漂泊的云

张伟权◎著

漂泊是一种浪漫,漂泊又是一种痛苦。人的一生没有漂泊不行,如果永远漂泊也不行。

中国文史出版社

图书在版编目（CIP）数据

漂泊的云 / 张伟权著 . —北京：中国文史出版社，
2014.4

ISBN 978-7-5034-4886-7

Ⅰ.①漂…　Ⅱ.①张…　Ⅲ.①长篇小说—中国—当代
Ⅳ.①I247.5

中国版本图书馆 CIP 数据核字（2014）第 064522 号

责任编辑：刘　夏

出版发行：中国文史出版社
网　　址：www. chinawenshi. net
社　　址：北京市西城区太平桥大街 23 号　邮编：100811
电　　话：010 - 66173572　66168268　66192736（发行部）
传　　真：010 - 66192703
印　　装：北京天正元印务有限公司
经　　销：全国新华书店
开　　本：170mm×240mm　1/16
印　　张：18.5
字　　数：332 千字
版　　次：2014 年 9 月北京第 1 版
印　　次：2014 年 9 月第 1 次印刷
定　　价：46.00 元

目　录
CONTENTS

一、辍学打工 …………………………………………………… 1

二、陷阱 ……………………………………………………… 15

三、打工人家春常在 ……………………………………… 31

四、好马要吃回头草 ……………………………………… 40

五、甜甜的禁果 …………………………………………… 52

六、小学教授 ……………………………………………… 67

七、三伯父有了女朋友 …………………………………… 77

八、老同学徐春莲 ………………………………………… 93

九、凤毛脱了不如鸡 …………………………………… 107

十、周编和他的小三 …………………………………… 122

十一、谈情说爱 ………………………………………… 130

十二、水友哥提了空箩箩 ……………………………… 140

十三、屈原投笔去经商 ………………………………… 154

十四、三伯父进了派出所 ……………………………… 171

十五、小唐不见了 ……………………………………… 183

十六、彭可的智商 ……………………………………… 195

十七、有情人没有成为眷属 …………………………………… 202

十八、榕树下的婚礼 ………………………………………… 214

十九、飘进鹏城大学 ………………………………………… 229

二十、王群的故事 …………………………………………… 238

二十一、新的岗位 …………………………………………… 251

二十二、爱情往往是巧合 …………………………………… 260

二十三、云变雨 ……………………………………………… 277

一、辍学打工

高中三年一期时，因家庭经济特别困难。我只好辍学，决定外出打工。

经过父母充分酝酿，我的打地点被铆在深圳，因为社会上有顺口溜说："不去北京不知道官小，不去深圳不知道钱少。"听说深圳的钱多得不得了，在那里打工肯定捞钱要容易一些。另外，三伯父在深圳打工，他会对我有个照应。

动身前，我在县公安局办了临时身份证（正式身份证要三个月以后才能取到）、边防证和其他所需证件。父亲给三伯父打了电话，他在电话里对三伯父说要对我严加管教。

离家的先天晚上，母亲谆谆告诫我说：

"鼎生，到了深圳你一定要听三伯的话。不能学坏，要走正道。挣钱多少不要紧，千万不能做坏事。"还嘱咐我："自己要注意安全。"最后还交代说："到了深圳，先到三伯父那里落脚。吃了三伯父的饭，心里要记个账，自己有了钱就得还给他。在钱米往来上，不管和哪个，都要搞得洁洁白白，人的品质是最重要的。"

一切准备就绪，我在县城长途汽客运站乘坐了南下深圳的卧铺车。

在卧铺车上，我思绪万千：凭自己涉世不深的经历和十分年轻的年龄，去外面闯荡，心里真是虚虚的，不知这一去，会遇到什么样的人，会碰到什么样的事，等待我的是一种什么结果……一连串的问题在我脑子里萦回。以前都在父母卵翼下生活无忧无虑，现在离开父母，要去独立生活，心中有说不出的感伤。觉得自己就像一位不识水性的潜水员，一下子就要沉入海底，不知将会遭受何种困难和风险。想到这里心里产生了一些难以名状的恐惧。甚至还偷偷地流了眼泪。

汽车经过一天一晚的颠簸，终于到达深圳市南头长途汽车站。

深圳真美！宽广的街道，干净整洁，鱼贯而入大小车辆，形成了巨型长龙。高大的亚热带树木，像雄伟健壮的卫士。绿化带上红、蓝、紫、黄等各种颜色的植物生机勃勃，颜色不同形状各异的花朵相竞开放，那些被修剪成几何图案的花卉草木，显得美轮美奂。

深圳像一位巨人挺立在祖国南方的海岸线上。一看到她就觉感到有一种强

1

烈震撼,看到了中国大城市的灵魂。

从南头长途汽车站下车后,我找了个话吧在龙岗党校打工的给三伯父打电话。询问三伯父去龙岗党校的路线。三伯父电话里告诉我,从南头长途汽车站先乘229路公交车,再到南山医院转353路公交车,最后到龙岗党校公交站下车。三伯父还说他会在龙岗党校公交站台接我。

我想,要是三伯父能在南头长途汽车站接我,那该多好呀。但考虑到三伯父已是年过花甲的老人,如果要他打老远地来接我,作为后辈的我,消费一位老年人是不应该的。又想:反正自己是来深圳闯荡的,就要有勇气克服畏难情绪。

我一出车站大门,见一辆好像是229路公交车,在车站门口的公交站台停了下来,潮水般的顾客涌向了车门。我不假思索地跟了上去,好不容易挤上了公交车。车上人多,汗多,臭味多,有时还夹杂屁味,实在叫人苦不堪言。我花九牛二虎之力抓到了一个吊环,让公交车无限制摆弄和摇晃。我认真看了一下那些攀吊环的手,就像我们农村冬天挂在火炕上熏烤的腊猪脚,密密麻麻的,形成一道特殊的风景线。

在公交车上挂了将近半个小时,公交车的广播里还没有报南山医院站的信息。

我悄悄地问了一位身边同样挂着的女乘客:"大姐,请问南山医院还有多远?"

她回答说:"你乘错了车,这是去蛇口的228路,你要去南山医院,应乘229路。"

天啦! 怎么办呢? 在偌大的深圳市,乘错了公交车等于是犯了一个致命的错误,心里既紧张又着急。三伯父曾在电话里告诉我说,如果在深圳乘错车,一天都难到达目的地。

我又问那位女乘客:"大姐,我再麻烦你,请问去龙岗党校应乘哪路公交车?"

女乘客回答说:"你现在只能到蛇口站,到了蛇口站再换乘329路,可直达龙岗党校。"

要知山中路,须问打樵人。还算幸运,我问到了一位深圳通,要是问到不熟悉深圳的人,不知又要花多少口舌。我死死地记住329路公交车,暗暗告诫自己再不能弄错。

在228路公交车上颠簸了一个多小时后,到了蛇口站。我刚下228路公交车,就看见一辆329路公交车开来了,我赶紧奔向329公交车。因为蛇口站是329路的起点站,车上有座位。我选择了左边一个靠窗的位置坐了下来。乘务员售票时问我去哪里,我说了一声"党校。"她收了我三块钱。并还告诉我一句:"在岗厦下车。"我当时也没有多想,228路车上的那位女乘客说329可直达龙岗党校,为什么乘务员又说到岗厦下车,我想,乘务员肯定比乘客更熟悉公交站点,所以我对乘务员的话深信不疑。

不知过了多久时间,乘务员报站说:

"岗厦到了,要在党校下车的乘客请下车。"

我急急忙忙下了车。下车后,眼睛直向公交站台上搜索三伯父的身影。可是,哪里都没看到三伯父的影子。我走到公交站台的背面也看了一遍,还是没看见三伯父。我估计:可能在我乘错车的时段里,三伯父等得不耐烦了,回宿舍去了。

我在站台上向一位等车的老伯询问党校在什么地方。老伯指了正前方的一条街说:

"就在前面爱国路。步行十分钟到。"

我说了声"谢谢",就直径向老伯所指的方向走去。

到了爱国路,再经人指点来到了党校门口。我看见左边门柱上挂有一块铜字招牌,上面写着:"中共深圳市委党校"。

我想,是不是龙岗党校与深圳市委党校是两块牌子一套人马呢?带着疑问请教了一下党校门口值勤的保安。保安回答说:

"龙岗党和市委党校是两个不同的单位。这里是深圳市委党校,龙岗党校在关外龙岗区。"

再一次证明我又找错了码头。在万般无奈情况下,我在附近找一家话吧,拨通了三伯父的电话,三伯父在电话里问我到了什么地方?我说我在爱国路市委党校。

三伯父在电话里批评我:"你怎么摸到市委党校去了?"

我把自己的乘错车的情况向三伯父做了说明。三伯父在电话里告诉我说:

"你赶快回到岗厦,换乘 329 路来龙岗党校。"

三伯父还再三强调,要我回到原来我下车的岗厦站上 329 路公交车。千万不能错,因为除了岗厦还有岗厦村和岗厦西几个公交站台,它们都在不同的方向。刚到深圳的人对这几个站点最容易混淆。

打完电话,我问电话户主要多少电话费,他面带微笑和蔼可亲地说:

"不多,只要二十元。"

我心中一惊,一次不上两分钟的市话,为何要二十元?估计电话户主听我是外地口音,肯定是宰了我。在我未来深圳之前,有人告诉我说,大城市有些素质差的人肯宰外来人。我自己却尝到了被宰的滋味。我还能说什么呢?只有乖乖地掏钱给他,这才是最明智的选择。

付了电话费,我顺着原来的路返回到岗厦公交站,没多久,一辆329公交车来了,我赶快挤上了公交车。为了保险起见,我问乘务员,329能不能到达龙岗党校。得到乘务员的肯定回答后,我才放心地找了一个空位坐了下来。

329公交车在关内行驶一段时间后,要通过梅林海关检查站,过了梅林海关检查站,上水官高速公路,高速公路上车速加快了。大概过了半个钟头,乘务员报站了:

"龙岗党校到了,有在龙岗党校下车的乘客请下车。"

我从公交车上挤了下来,一眼就看见公交车站台上的三伯父。我一看见三伯父,一下子跑过去,抱着三伯父哭了起来,我多么希望能够得到三伯父的一番同情和安抚啊!

可三伯父既没有同情我,也没有安抚我,反而责备我说:

"那么大的人,连公交车号和站台名都搞不清楚。"

我知道了自己做错了事,也不好向三伯父说明。

三伯父带我到他龙岗党校的宿舍。

三伯父的住房在学员楼一层的标准间,学员楼共有五层。现在党校学员住宿提高了规格,都是宾馆型的标准间,不过里面的设施要比宾馆的标准间差一些。三伯父也享受了学员的待遇。他的职责是分管学员楼的清洁卫生。

三伯父既不看书,也不写字,这一标准间对三伯父来说是足之够也。对打工者来说是最优厚的待遇。

房间里有两张单人床,其中一张单人床是三伯父就寝的地方,床上垫着一张草席子。草席子也不平整,起了几道皱。床上的被子胡乱放着。枕头是一只蛇皮袋作为枕套,胀鼓鼓的,不知里面放了些什么秘密的东西。另一张单人床上胡乱放了些说不清楚的东西。两个床头柜上也是被一些杂七杂八的东西所占领。里间的墙壁贴有一架衣柜,也是灰尘满面,整个房间里就像一位很久没有修边幅的男人,显得十分窝囊。

房间后面是阳台,三伯父用来做厨房。阳台上的一台液化气灶放在水泥砖上,一口简单的铝锅可能是煮饭和炒菜兼用,很不安分地蹲在液化气灶上等待主人的任意摆弄。灶台旁边放了一只纯净水槽,水槽上面倒放着一只一次性杯子。灶台上放着两个没有洗好的瓷碗,一双变了色的一次性筷子在瓷碗上休息。

这就是一个老单身汉的全部家当。我真对三伯父有些不解,他有堂兄堂姐供养和时时眷顾,可以在家里衣食无忧地坐享其成,可他背井离乡过这样寒酸的生活,实在是让人不可理解。但从三伯父的表情来看,他对自己的生活却透露出一种满足的神情。

我稍事坐定,三伯父从纯净水瓶里倒了一杯纯净水给我。我没有来得及道谢,就咕咕地把水喝下去了。

喝完水后,我还以为三伯父会问我"为什么不读书了"、"为什么出来打工"之类的话题,可三伯父却只字不提,我感到有些奇怪。

不问就不问吧,反正他老人家怎么想的我无法揣测。

晚餐是三伯父用五花肉炒茄子,外加一个清炒生菜招待我的。看来单调,我却吃得有滋有味。在家里母亲是当地出名的做菜好手,街坊邻居都喜欢母亲做的菜。一旦周围有什么红白喜会,都邀请母亲当大师傅。尽管母亲的菜做得如何好,我总觉得没有三伯父这顿菜这么好吃,这么有味。

晚饭后,我想主动地洗碗,三伯父说,明天早上洗吧。我也巴不得三伯父说这样的话,因为我也确实太累了,只想休息。

当晚我就和三伯父挤在他的那张床上睡觉,以前在家时,三伯父从乡里来我家,经常和我一起睡觉,那时很随便。这次却觉得很拘束。我睡在三伯父分给我的那点领域,侧身睡着,伸了的脚再也不敢缩起来,伸直的身体就像卖衣店里面的石膏模特儿。睡下后也不敢打翻身,一夜都是侧身的姿势。开头根本睡不着,后来在酷累的唆使下,不知不觉地呼呼入睡,第二天早上醒来一看,我还是先天晚上睡觉时的姿势。

起床后,我胡乱洗了一下脸,就主动地承担起做早餐的事务。其实早餐也很简单,三伯父先天晚上已买了一袋馒头,放在铝锅上加热,就完事。买来的水酸菜,用菜刀一切,再回锅放点油盐就行了。我把从家里带来的干菜拿出来,也在锅里热了一下,一顿早餐就大功告成。

吃早餐时,三伯父对我说:

"你如果有大学文凭,只要到人才市场去应聘。没有大学文凭就只能到街上去看公司或工厂的贴的招工广告。你今天就去街上看广告,看有没有适合你做的工作。"

我随口回答说:"好。"

三伯父这一说,我心中发了蒙,千里迢迢来到深圳,原来是指望三伯父帮我找事做。可到了这里,三伯父却要我自己看广告找事做。心想,万一没有找到事做又怎么办呢?如果是父亲一定不会叫我看什么广告,三伯父毕竟不是父亲。父亲和三伯父还是有区别的。

早餐后,三伯父去干他的扫地活儿,我就去街上"找"工作。临行时,三伯父还叮嘱我说:

"你万一到外面迷了路,找不回来的话,就打个'的'回来。这里的路很难找。

我刚来时都迷了几次路。"

我回答得很爽快:"好。"

口里虽然这么说,心里却没有半点把握。

我从三伯父的宿舍出来后,感到一阵茫然,就像大海里一叶扁舟迷失了方向。这时想到家里父母,想到了学校的同学和老师,一股股辛酸味不断地在心中翻来覆去的涌动。心里反复问自己:"为什么自己要辍学来到这里,这里并不是像我想象的那么具有魅力,这里的一切都不属于我。我就是标准的流浪儿一个。"

我先到南联路,盲目地在街上打转。用一双贼似的眼睛,四处去寻找招工广告,并暗暗许愿:"请菩萨保佑,让我马上找到工作。"甚至还想,只要我能找到工作,到时候我一定要找一所庙宇去虔诚地去敬菩萨,感谢菩萨的保佑。

南联路没有什么收获,我又窜到龙城大道,也没有看到什么招工广告。我在寻找广告的过程中听别人说,深圳的大街上的建筑物上一般是看不到广告的,因为城管管得很严,他们一见别人贴小广告,就要严加处罚。特别是在主要建筑物上更是没有小广告的栖身之地。

出门时三伯父给我告诉了一个诀窍,说是在街上不显眼的地方或者是垃圾桶上才能看得到广告。其他城市,还可在电线杆上看到广告,还可以欣赏电杆文学。可深圳的电线都是走的地下,在地上是看不到电线杆的。

后来我发现,像我这样搜索广告者也大有人在,他们也在东张西望,样子看来是若无其事,心中想法完全和我一致。

龙城大道也没有收获,我就窜到龙翔大道。由于走了很长时间的路,觉得有点累,就先在凤翔大道的露天停车场的一处花岗石隔离墩上坐下来歇脚,乘歇脚的机会也浏览了眼前几部停摆的小车屁股。看这些小车的屁股后面贴了一些有趣的话语,什么"车子和妻子一概不能外借"、"越催越慢,再催熄火"、"车技差,脾气大"、"别吻我,我怕出事"、"嘀、嘀、嘀,越嘀越慢,再嘀要嘀泪嘀血"等。这些新的民俗语言,也能给人一种耳目一新的感觉。

歇了一阵后,又在凤翔大道上去寻找广告。功夫不负有心人,在凤翔大道叫九地门的一个公交车站台背面,终于看到了一张招工广告,是一家叫金山物流公司贴的。内容是招物流公关人员,只要男性,学历初中以上。年龄要求十六岁以上十九岁以下。月工资最低两千元,还包食宿。电话号码、公司地址一应俱全。广告上说可撕下带回。

我衡量了一下自己,还比较适合广告上的条件。我就把广告撕下来揣在衣袋里,回去好给三伯父报喜。有了这张广告,也就不想再去找其他广告了。

考虑到三伯父这时也还未下班,想在外面多玩一阵,等三伯父下班后再回龙岗党校去。

我信天游荡起来。游了半天,在街上看到的除了打工者还是打工者。打工者有大的、小的、老的、少的、男的、女的各种各样的人。

过了一段时间后,肚子里开始饿了,想在街上顺便找一家餐馆吃点饭,暂时解决一下肚子问题。

我信步来到德政路的一家叫"胡记餐馆"的小店,餐馆的两扇门上有一副对联很俱平民色彩:

童叟不欺　丰俭由君

我走进店内,看见整个店面大概有四十来个平方,收拾得还干净卫生。饭堂里摆了十多张餐桌,里面的客人还真不少。从外表上看,进来用餐的大都是打工者。店里的几个服务生都忙碌着招呼客人。

一位老板模样的年轻女性安排我在一张餐桌旁坐了下来。她左手拿着菜单,右手拿着一支笔和一本便笺纸来到我的身旁,一边给我送菜单,一边用十分亲切的口气问我说:

"小老弟,要点什么菜?"

她这一问倒叫我有些慌了脚手,因为我准备只是吃点快餐,没有点菜的打算。但我也还是装模作样地看着菜单,看到菜单上的菜谱,很多菜都不适合我,不是价格太贵,就是我不太喜欢。我就胡乱点了一个价格最便宜的酸辣土豆丝。

她轻轻地问:"就这一个菜够了么?"她接着说,"小老弟,我告诉你,到深圳来最好是吃海鲜,我们这里的海鲜既便宜,又新鲜。不像内地虽说是海鲜,其实早就是过期作废了的海生动物,失去了海鲜风味。"

我经不住她的开导,从菜单的海鲜栏里看到海蜇,就点了它。其实海蜇我从来没有过见过,连听都没有听说过,就更不用说吃它了。我是看它在整个海鲜中价位最低才点的。

她把我点好的菜写好后,送给了另一位服务生,并要这位服务生给我拿了一套消毒餐具,还给我倒了一杯茶水。

可她还没有要离去的意思,她索性坐在我的对面与我闲谈起来。

我顺便打量了她一下,只见她年纪大概二十二三岁。她的模样我不会形容,只觉得她:鼻梁直挺,准头微翘,皮肤白皙,耳垂半圆,身材高挑,眼睛流光,风韵无限,秀色可餐。她在我面前的存在使我感到极不自在。她不走我也没有办法,又不能赶她走。说实话,我连正面都不敢去看她,只是用眼睛斜视了她一下。

正当我斜视她的时候,我发现她在认真地打量着我,好像是要把我的五脏六腑都要看透似的。然后她用极其和蔼的口气问我:

"小老弟,刚来深圳吧?"

我对她的问话没有什么心理准备,我不能有一个正规的答复,我只是简单地从鼻孔里哼出一个"嗯"的音节。

她对我的回答没有什么反感,她问我:

"小老弟,你家是什么地方的?"

"湖南龙山县。"我回答得十分坦诚。

"原来在哪里混?"

我真不理解,她为什么说我"原来到哪里混"呢? 她是不是从我的言行中看出我只是一个小混混。

"我刚从家里来深圳。"

"啊!"

她的一个"啊",叫我猜不透其中包含着什么意思。我来不及想很多,就把自己的情况如实向她作了交代。目的是竭力证明我不是混混。

她也毫无保留地向我介绍了她的情况,我不知道她说的是否真实,从她诚恳的口气中,我觉得她并没有欺骗我。

她自我介绍说:她也是内地人,大学本科毕业,大学学的专业是汉语言文学。她生来就对文学十分爱好,有时也写一点文学作品。原来有个当作家的梦想。大学毕业后,听说深圳是最能体现个人价值的地方,就来到这里。

她说得认真,我听得淡然。她继续介绍说:她是三年前来到深圳的,曾在几家公司打工,总觉得给别人打工不是滋味,不如自己当个老板。这样就出来办了这么一个餐馆。

我心里想,你这样一个小餐馆也算老板么。

她似乎读懂了我的意思,她说:

"小老弟,你别看我这餐馆在深圳来说是规模不大,我总还是一个老板,总比给人家当雇员强。"

她不管我有没有听的兴趣,她仍旧启开她的话匣子:

"过去给别人做事时总是受制于人,现在自己当了老板就脱离了别人的羁绊,自由多了。"

我真不明白,她给我这个素不相识的人讲这些话有什么用? 我本想问一句:"你的老公呢?"但还是未敢开口。

这次她好像没有读懂我的心思,她还是顺着自己的思路继续说下去:

"小老弟,深圳这个地方繁荣和气派。是全国人民把它建设起来的。你看全国各地的人都来深圳打工,他们付出了自己的劳动和心血。他们把深圳建设好了,而自己的家乡却仍然受贫穷和贫困的威胁。像我们家乡,现在还是很穷。人均纯收入还未达到温饱线,乡政府和县政府上报的统计数字说人平达到了二千元,实际上只有六百元。我们那里农村的劳动力基本上都出来到深圳和其他地方打工,家里只剩一些老弱病残者。良田荒芜,村子萧条。"

我想,她说的和我们家乡拉西峒的情况也是一个样子。看来她的话还实事求是。

她又对我说:"小老弟,你刚来,可能还不知道深圳的情况。深圳百分之八十以上的人都是外地人,深圳的本地人其实很少,像这个龙岗镇,原籍人口只有三千多人,现在是多少?"

我摇了摇头,表示不知道。

她说:"现在龙岗人口有二百多万,你看增加了多少倍?"接着她带有一点情绪地说,"他们原来的那三千多人,现在富得流油,他们不要做任何事情,平均一个家庭一个月纯收入不下二十万。"

听她说深圳人一月纯收入不下二十万,这对我来说是一个不可理解的天文数字,我们那里一家人月收入上一千块的都不多。

"哇,有那么多?"我不由自主地说了一句。

她看到我有怀疑,就解释说:"深圳本地人家家都建起了两栋或两栋以上的房子,每一栋至少九层,每一层又分成了很多个一室一厅的小套房,他们又把这小套房的空间压到最低限度,专给外地人出租,一个小套间月租费最低一千五百元,一层最少有八个小套间,月收入就是一万多元,一栋房子的月收入最低就有十万元,两栋就近二十万元。如果楼层高一点,或者多有几栋房子,那么月收入就远远不止二十万元这个数字了。"

听她用具体数字作了说明,把我吓得一跳。

她又说:"深圳人以前穷得叮当响,我看了有关深圳的地方资料,深圳人在新中国成立前的主粮是玉米和马铃薯,灾荒年成还吃木瓜度日。现在和过去比,那真是一个在天上一个在地下啊!"

她还给我介绍了她刚来深圳时的情况:"我刚到深圳时,就像是离了娘的鸡崽,显得十分凄凉,街头上睡过,树荫下睡过,桥洞下睡过,别人的屋檐下也睡过。吃的呢? 在未找到工作之前,一天只计划三块钱的伙食费标准,那就是每餐两个馒头度日。有时实在饿得不行,就加一个馒头。一般不敢随便突破自己规定的伙食费标准。不过也给自己划了一道底线,那就是两个'绝不':绝不乞讨,绝不吃别人的残汤剩饭。可以说外面的艰苦生活我是都尝试过了的。"

听她这么一说,我身上暗暗冒汗,为什么大家不在内地谋职而跑到深圳来自讨苦吃呢？我的一位老师曾经给我们班上的同学说过，"人是世界上最不知足，最难以填满欲望的动物。"我眼下的这位老板就是这样的动物。

"小老弟，你不知道，任何事情都有一种极限，如果到了极限的时候，希望也是即将到来的时候。在我艰苦难熬的时候，在一家外资企业谋得了一个文秘职位，因为我学的是汉语言专业，英语水平也不错。文秘工作对我来说是轻车驾熟，干得顺风顺水，开头三个月是试用期，每月只有一千五百元。试用期满后，月工资飙升到二千五百元。我知道在老板心目中，我的工资还有上升的空间，我就和他讨价还价，甚至用辞职相威胁。"

她说到这里时，我看见她眉飞色舞，还表现出洋洋得意自我陶醉的样子。

我终于忍不住问了一句："后来呢？"

因为我不知道对她称呼什么，所以也就只好这样不礼貌地问了她。

她还是十分豁达，没有计较我的失礼，她很坦率地说：

"后来，我的月工资涨到三千五百元。"

我听她的话，把舌头一伸，表示十分惊讶，她很快看出了我失态的样子，于是就说：

"小老弟，你是涉世不深的小青年，你可能还不懂得这样一个道理：那就是什么困难你只要和它抗争，你才会得到你应得到的东西，否则，你永远只是一位落伍者。"

老板看来要给我进行一次人生教育。这时，一位极标致的女服务生来了。她在老板耳边耳语了一下后，老板点了一下头，又转向对我说：

"小老弟，我去有点事，你的菜马上就来了。"

老板说完就像一朵云彩在我眼前消失了。她给我却留下了一种难以名状的印象。

老板去后，一位服务生向我微微一笑，她这一笑，真叫我有些六神无主了，因为这位服务生太漂亮了，漂亮得就像白居易诗里所说的，"回眸一笑百媚生，六宫粉黛无颜色。"尤其是她脸上的那对小酒窝格外迷人，酒窝在现在女孩子的脸上已经是稀有的东西，可她能得到这一稀有的东西，说明上帝对她的偏心。

这位服务生对我说：

"你真是好运气，我们的老板一般是不会随随便便接待一个顾客的，今天老板与你谈了这么久，说明老板对你的厚爱。"

服务生把话说完就离开了。

这位服务生的话给我留下了一个迷茫，我真不明白她为什么要说这样的话。

没多久，又是那位服务生把海蜇摆上了桌，她还很亲切地问我：

"先生,请问要喝什么酒?"

这是平生第一次别人叫我为先生,开始我觉得很不好意思,接着自己感到有些自豪:因为有人叫我为先生,证明我正式走向社会,是一位合格的男子汉了。

我不好意思地回答说:"我不会喝酒。"

"要什么饮料呢?"她又带规劝似的说,"喝点饮料吧。"

"饮料也不需要,我只要吃米饭。"

心想:"我还有什么资格喝饮料。现在维持基本生活都成问题。以后能不能喝上饮料都还没有把握。"

"好的。"她也没有强人之难,"我就去给你拿饭。"

不一会,服务生用一个小木桶给我盛来了米饭。另一位服务生又端来了酸辣土豆丝。她俩把米饭和酸辣土豆丝端端正正地放在餐桌上后,其中一位交代说:

"先生,你的菜已上齐,请慢用。"她准备离开时又补了一句,"先生,还需要什么请吩咐。"

我顺便说了一声"谢谢!"

正当我用完餐,老板又飘到我的对面坐了下来,她问我:

"小老弟,味道如何?"

我说:"很好。"

"你还没有找到工作吧?"

她这一问,我怎么也不好回答,心想:"我的工作在我口袋里呢。"但我没有如实地回答:

"我刚到,还未找到工作。"

"你如果不嫌弃的话,你就在我这店里当员工,愿意不?"

我没有马上回答,我想:"我到深圳来,是准备捞大钱的,怎么能在你这样不起眼的餐馆打工,难道我只是在你这样的餐馆打工的料子么? 你也真是小看我了。在餐馆打工对我来说,除了大材小用外,要是家乡人知道也会笑话我的。"但我看她对我的热情友好,而且很诚恳,也就不好意思当面回绝。我只是淡淡地回答:

"让我考虑考虑吧。"

她听了我的话后,很认真地对我说:

"小老弟,到深圳来找工作是很不容易的,特别是要找一份满意的工作就更难。你还可能不知道深圳的情况。我给你说,很多人都怀着一个良好的愿望来到这里,最后都是以失望而告终。你看那些大学生、研究生都找不上工作哩。他们在没有找到工作之前,有的还吃馆子里的残汤剩饭。前几天就有几个大学生模样的人,还到我这里吃别人的残汤剩饭哩。"

她的话对我来说根本就是危言耸听。我想，说不定她为了要我给她打工，是恫吓我这个涉世不深的人吧。我就不相信深圳就这么难找工作，那些大学生、研究生就下贱到吃残汤剩饭的地步？既然如此，为什么每天还有成千上万的打工大军还源源不断地开进深圳呢？

她又继续说：

"小老弟，深圳的一些工作的确十分诱人，待遇高，工作也轻松。而那样的工作一般的人是得不到的。大多数人在深圳人都只能做普工。"

"普工？"我不自觉地发出了疑问。因为我还不懂普工是什么意思。

她从我的发问中知道我还不知道普工的含义，她解释说：

"小老弟，你可能还不知道什么叫普工。普工就是下苦力的工作，一般普工的劳动时间都在十二个小时以上。有的普工还不包吃不包住呢。就是有的普工包吃包住，也只是一个概念而已。"

我不懂她所说的"概念"是什么意思，于是就问了一句：

"概念？什么叫概念啊？"

"是的，你可能不懂我所说的'概念'是什么意思。"她说，"我说的'概念'就是一种表面形式，其中的内容却与实际不相符。譬如说包住吧，厂家或公司给你的那个床位并不是真正意义上是属于你的，假如你上白班，那么晚上你就到那床上睡，白天却有人在你那床上睡。假如你上晚班，白天你就在那床上睡，别人晚上又要到那床上睡。也就是说，分配给你的那只床是几个人共有，几个人轮流睡，不是你一个人独有。"

我想，如果真的像她说的那样，怎么行哟，虽然我家是下岗职工中的贫困户，但我自己的床也不至于与别人轮流睡觉啊。就是家乡人来了与我搭铺，也只是短期的一夜两夜，但我还是睡在自己的床上呀。如果自己的床让别人长期睡下去，我是坚决不允许的。

"另外，"她又进一步向我解释："饮食方面，可以说是粗制滥造，都是吃的大锅饭，大锅饭的质量很差，差到什么程度？有人开玩笑说：用显微镜到菜汤里看不见一点油花花。"

她说的显微镜我知道，学校生物实验室有这玩意儿，我和同学曾经把头发放在显微镜下面观察，头发有手指头粗，而且十分清楚地看到头发像竹子一样有节子。她说的在汤里用显微镜都看不到油花花，那是什么汤啊。

她还继续自己的话题："当然，像这样的菜饭，价格不是很贵的，有的普工一个月下来只吃四五十块钱的伙食，钱是没用多少，可身体却被搞垮掉了。"

我用怀疑的口问："这是真的么？"

她用十分肯定的口气说:"你如果不相信我说的是真的,你可以多留心一下媒体的披露,媒体上经常会披露,某某厂或某某公司的员工,在某月某日某时猝死的消息,这些猝死者不是劳动过度就是营养不良。有人对打工者编了一段顺口溜说:'吃的比猪还少,干的比牛还多,睡得比狗还晚,起得比鸡还早。'这并不是说着玩的,实际上有些地方的情况比这顺口溜说的还严重。"

经她这一番解释,懂了她说的"概念"这一词的基本意思,她说的概念真把我吓了一跳,也让我震动不小。

她很快又把话题转到我身上了:"小老弟,从你走进我店铺的第一步起,你就给我留下了很好的印象,你长得秀气,说句我不该说的话,我在深圳几年还没看到过像你这样长得漂亮的小伙子,你确实讨人喜欢。"

她讲的也许是实话,在家时,别人有时对我父母说:"你们鼎生长得很标致,以后找一个漂亮老婆是没问题的。"我一进初中,就有一些女同学给我写恋爱信,记得在初二的时候,有位女同学偷偷地给我写了一封恋爱信,信开头写道:"攸鼎生:我勿你!"真把我弄得一头雾水,什么叫"我勿你"哟,后来我当面问她,她理直气壮地说:"是我吻你呀。"原来是她把"吻"字错写成"勿"了。后来有人取笑我说:"攸鼎生,人家吻你,口都掉了,那叫什么吻哟?"就是这封恋爱信,很长时间在学校作为笑柄流传。后来还有人把它编成了一出小品在学校的联欢晚会上演出。上了高中,给我写爱情信的女同学就更多了,如果说要统计下来,不少于部队里一个排的人数。这些女同学中有我同班的,也有我同年级的,还有既不同年级又不同班的。这么多向我求爱的女同学中我也曾动心过,高一时,我与我班的一位女同学进行了地下恋爱。我们之间,爱得还算正常,没有超出爱情红线。当时我只想考一所好的大学,以后好报答父母,把所有的心思都放在学习上。男女之间的一些微妙的事终究没有在我们身上发生。后来她高一未读完,就外出打工。她打工去后的几个月内,还给我通过几次信,后来就通信终止,恋爱夭折。

她又对我说:"小老弟,一看到你走进我的店门,我就想要你留在我的店里工作。"

从内心来说,我根本不想到她这里打工,为了不扫她的兴,我先是微微一笑,后又故作谦虚地说了一句:

"我恐怕胜任不了你这里的工作。"

她笑了笑,说:

"这一点你就不用担心了,我一定会安排你能胜任的工作。"

她以为从我的微笑中挖出了我的心扉,同意了在她餐馆打工的诉求。

她十分真诚地对我说:"就这样吧,今天和明天你休息,你休息的地方可以在我餐馆,也可以你自己自由安排,后天正式上班。"

　　未经我认可,她就口头上给我发出了录用通知书,还给出了具体上班时间表。她这赶鸭子上架的作法,让我没有了退路,我就只好把责任推到三伯父身上:

　　"是这样的,我还有一位三伯父在龙岗党校,我回去同他商量一下,他同意了,我就来你这里打工。"

　　她回答得也很爽快:"行,你可向你三伯父说一下,不过你三伯父同意与否你都到我这里上班。"

　　其实她不知道我心里是怎么想的。我想,我绝对不会到餐馆端盘抹桌。打工也要有尊严,一个男子汉到餐馆端盘抹桌那像什么话啊。

　　"好,谢谢你!"我敷衍她说。

　　说完就出了餐馆的大门。心想:我出了你的店门,就用不着你纠缠了,到时候,来不来就由我了。

二、陷阱

下午六点半钟,我按三伯父交代的时间回到他的住处。三伯父正在做饭,他一见我回来,就问:

"今天有没有效果?"

我没有马上回答三伯父。我的意思是晚饭后我再给他作详细汇报。

三伯父估计我没有找到工作,他又对我说:

"鼎生,你要知道:刚到深圳,一天两天是难找到工作的,起码得要十天八天才会有个名目。"

听三伯父这一说,觉得自己是一个幸运者,刚来的第一天就有两份工作等待我去做,而且有一份工作是别人主动要我做的。我很自负地对三伯父说:

"三伯,我今天找到两份工作。"

三伯父马上停下做饭的活,惊奇地看了我一阵子,然后用怀疑的口气说:

"我就不相信你运气那么好,一下子就找到了两份工作。"

我很认真地对三伯父说:"真的,我还能骗你三伯么?我什么时候骗过您老人家呢?"

三伯父说:"你是从来没有骗过我,但我不相信你今天就能找到两份工作,凭我多年到深圳的经验,这完全是不可能的事。"

看来没有真凭实据,三伯父是不会相信的,于是我把带回来的广告递给他老人家,然后再把胡记餐馆老板要我上班的情况讲给他听。

三伯父把做饭的活暂时停了一下,他把广告拿到电灯光下,戴着老花眼镜认真看了起来。他反复看了几遍后,然后,半信半疑地说:

"如果按广告上面所写的条件,你是完全符合的。"他又说,"难道真的有这样的好事?我不相信天上会掉下来馅饼。"

三伯父也会说"天上会掉下来馅饼"这样时髦的话。这可能是他到深圳后,受到新思维的熏陶后才说出的话吧。

"广告上写的还有假吗?"我问三伯父。

三伯父说:"现在这社会是市场经济,到处都是假的天下,广告就不能有假么?"他又说,"你看,广告上开口就是月工资两千块,哪有那么便宜的事?一般在深圳打工,普工的月工资绝对没有两千块,能有一千多块都是了不得的。就是有一千多块也要累死你。也就像我们那里俗话说的'你要人家的钱,人家要你的命'。他这广告中,把工作写得很轻松,工资又那么高,我很怀疑。"

三伯父的话又让我心里冷了大半截,我原来是想给三伯父报喜,哪知三伯父却对广告持有怀疑态度。也许三伯父是对的,因为他毕竟到外面打了那么多年的工,很有经验。

三伯父又说:"这广告里面还有叫人不放心的是不要交抵押金。其他任何公司和工厂招工都是要交抵押金的。抵押金最少也不得低于一千块。我可以肯定这广告有问题。"

我听了三伯父的话后,觉得他把问题看得太严重了。原来的激情全无,一下就像跌进了冰窖一样。

我试探性地对三伯父说:"三伯,广告上面有电话号码,我们是否打个电话问一下?"

三伯父对我的这一建议还很是赞成,他说:"是的,可以先打个电话问一下对方。"

"好,我们吃了晚饭就打电话问一下。"

晚饭后,三伯父对我说:"鼎生,我们打电话问一下打广告的公司。"

我说:"好。"

我还以为三伯父要拿他腰间别着的手机给对方打电话,他却对我说:

"鼎生,我们去外面电话超市打电话去。"

我真不明白,三伯父自己有手机,何必跑到外面去打电话呢?那手机难道只是用来作装饰或摆设?我随三伯父去外面电话超市去打电话。

我们边走边三伯父对我说:"鼎生,你不知道,深圳什么都不便宜,就是电话费便宜。"

我心里想:既然电话费便宜,你为什么还要把我带到电话超市打电话呢?

我们来到一家电话超市,三伯父要我按照广告上的电话号码拨号,电话一拨就通了。我先叫话,对方是一个年轻女子接的电话,声音很甜。

三伯父怕我把很多事情讲不清楚,他就从我手上接过电话筒,用一口不标准的普通话与对方交流起来。交流中,他有时用我们龙山方言,把"你们那里"说成"你们那可可",把"我们"说成"翁蒙"等,我在一旁听了忍不住笑。三伯父除了用眼神表示对我不满外,他继续询问对方单位在什么地方,具体做哪些工作,公司的规模有多大等,凡是该问的都问到了。看来对方也不愿其烦地向三伯父做出回答和解释。电话那头还问了三伯父的电话号码,三伯父把自己的手机号码告诉了对方。

三伯父打完电话,把话筒轻轻挂上。然后骂我说:

"娘的,我打电话你笑什么。"

从三伯父的表情中可以看出,对方的答复他很满意。

我们在往回走的路上,三伯父说:

"看来那个公司是可以去的。他们明天还要派车来接你。"

我真没想到,自己能被用工单位那么看重,还要用车来接我,能享受那么优厚的礼遇。

三伯父还说:"可能这个公司才开张,还没有形成气候。用一些优惠的条件笼络招聘新的员工。"

接着三伯父又问我的身份证放在哪里。我说,我办的是临时身份证,放在我的行李包里。

三伯父说:"深圳这个地方身份证很重要,没有钱不要紧,你可以向别人借。没有身份证就寸步难行。如果你没有身份证,警察可以随便抓你,把你抓到派出所,你纵是有十万个理由也是讲不清楚的。好一点的派出所,把你训斥一顿后就放你出来。不好的派出所就要把你折腾得死去活来,一时要你写检讨,一时又要你交罚款。他们折腾你后,最后还要你去感谢他们哩。"

三伯父还说:"你的临时身份证暂时放到我那里,我替你保管。你就拿临时身份证复印件去应付。"

三伯父毕竟是过来的人,这些方面还很有经验。

既然三伯父说身份证那么重要,我就对我那临时身份证加倍爱护了。

当晚,我和三伯父找了一家打字社,复印了临时身份证。

回到三伯父的住处,我对三伯父的话进行了仔细的回味:他的话除了对我有警示作用外,而且还给我上了一堂现实生活的教育课。三伯父是我深圳唯一的亲人,也是我在深圳的打工和生活的导师。

三伯父还告诫我:到了用工单位要一定好好做事。不要偷懒耍滑,不要耍小聪明,不要贪小便宜等。

第二天一早,三伯父的手机响了,他一接电话,我就知道是金山物流公司的打来的。三伯父告诉我说,金山物流公司的车已到了党校门口,要我马上出去上车。

这时,我看到马上要离开的三伯父,又有一种难舍的心情。不过也没有办法,自己是到深圳来打工的,要闯出一条新路,要创造一种新的生活。待我有钱后,一定要请三伯父好好地吃几顿,让他享受一下他从来没有享受过、他也不愿意花钱享受的幸福生活。

我和三伯父来到了党校门口。金山公司的人一见我出来,赶快要我上车。我还来不及给三伯父说一句道别的话,车子就开动了。我一上车,其中有个人就送给我一副墨镜,说是为了保护眼睛。我心里想,金山公司还挺人性化的,对初来的员工这么关怀,一股幸福的暖流从我心田流过。

我戴上墨镜后,发现这不是墨镜,而是地地道道的黑镜。戴上它后什么也看不见了。心想,这是别人关心你,你也就不要去计较墨镜和黑镜,戴着就是了。反正你是来打工的,又不是观来赏风景的。

约莫过了个把钟头,车子停了下来。其中一个给我摘下了黑镜,我看到了光明,感到光明是多么的宝贵。我还来不及观察一下周围的环境,他们就把我带到了一条巷子里。拐了几个弯后,进了一栋很不起眼的房子里。我稍稍瞟了一下房子的概貌,十分破旧是房子主要特色,房子里面也没有任何办公设备,就连一张像样的沙发都没有。这是一个什么公司呀? 心里疑惑不断:难道这就是公司所在地么? 如果真的就是公司的所在地,它与现代化的深圳是多么不协调不相称啊。后来又一回想,也许公司刚开张吧,还处于筚路蓝缕阶段,以后公司成了气候,就会有气派的办公大楼和办公设施。

屋里散坐着五六个人。其中的一位接我的小青年,向一个三十多岁的男子汇报说:

"乌拉,乃业僆结丢。"

他们的话我听不懂。听三伯父说,这里大多数人都说客家话,或者是说粤语,在学校时只听语文老师说客家话和粤语是广东人的汉语方言,发音与的其他汉语方言有一定的差距,一般人是很难听懂的。我无心去琢磨别人说的是客家话或粤语,作为一名打工者,别人讲什么话我是没有必要去探究的。(后来我才知道这是行话,意思是'老总,人已经接来了。')

这位男子样子很亲善,很和蔼。他温和地对我说:"小伙子,你到了这里,我们就是一家人了。"

他这一句话,把我的心说得美滋滋的。我多高兴呀,刚来到一个陌生的地方,竟然有人把我当成是一家人。与"四海之内皆兄弟也"的古训太吻合了。我原来对公司的疑惑,被他这句善言驱散到九霄云外去了。

还是这位男子向屋外发话:"小天,请把这位小伙子带去吃早点吧。"

很快就有一位二十多岁的叫小天的男青年进来,他把我带到外面的一个早点馆吃早点。小天还算客气,先征求了我的意见要吃什么东西。我在家时最喜欢吃包面,我看见馆子的案板上放有包好的包面疙瘩,就顺口说:"我要吃包面。"

店主和小天都不知道我说的什么,我就指着包面说:"我要吃那个包面。"

店主听懂了我的意思,他问我:"你是哪里人?"

我老实回答:"湖南人。"

"啊,怪不得你叫包面。我们这里叫它为云吞。"

"云吞?"我很怀疑地重复了一下。

"是呀,"店主向我解释说,"广东和福建都把它叫云吞。这东西不同的地方它的叫法就不相同。在重庆叫超手,在你们那里叫包面,在湖北叫小饺子,在黄河以北又叫它为馄饨。"

真想不到一个小小的包面,在不同的地方却有那么多不同的称谓。

小天要了一碗田鸡粥。我知道田鸡就是青蛙呀!我感到有些恶心,在家的时候,青蛙肉我是不敢吃的。可小天却要吃青蛙粥,真是胆大包天。想不到深圳也还有人用青蛙熬粥,真是一方风土,一方民情。

吃完早餐,当要埋单的时候,小天说他的钱包忘记在宿舍里,我就主动交了二人的早餐费。早餐费也不便宜,小天的田鸡粥十元,我那一碗云吞八元。难怪三伯父说深圳的物价很贵,我马上就体验到了。在我们家乡吃一碗包面,只要二块五,无论是分量还是味道都要比这里的好得多。

早餐后,我们又来到了原来那幢房子。那位三十多岁的男子还在原来的地方。也没有人向我介绍怎样去称呼他,我也不好问别人应给他什么称呼。我想他可能就是我们的"头儿"吧。我很想知道我具体要做的工作是什么。但又不好问,我只在"头儿"的房间待上不到两分钟,"头儿"就主动问我:"你会骑摩托车吗?"

我说:"不会。"

"头儿"就指使陪我吃早餐的小天,要我和小天去训练骑摩托车。并下命令说在半天内一定要我学会骑摩托车。

刚到一个工作单位,我要想了解的东西很多,但是这位陪我训练骑摩托车的小天不是好说话的。从他的眼光中我看到了好像不允许我多问什么,我就把自己的想法沉入心底。我最不能接受的就是他们姓什么,叫什么名字都不相互交流。以后在一起怎么好开展工作呢。

陪我训练骑摩托车的除小天外,还有一位二十来岁叫小木的年轻小伙子。我们三人共乘一辆摩托车,来到离公司大约三十公里外一块废弃的草坪,草坪大约有百十来亩。里面的摩托车辙印很多,可能就是金山公司专门在这里训练骑摩托车的基地。

去训练骑摩托车的路上,我向二位咨询:公司是配送一些什么物流。陪我吃早餐的小天说:"我们公司有一个不成文的规定,那就是两个'凡是':凡是自己不该知道的就不用知道,凡是自己不该问的就不问。你该知道的都在广告上已经说清楚了。其他的就一概不要去打听。"

经小天这么一说,我心里就更加有些怀疑了,是什么公司嘛?员工要知道一些基本的东西都不让知道,以后怎么能做好工作?怀疑是怀疑,但我还是要珍惜我这份来之不易的工作。不该知道的就不要知道,不该问的自己就不问,不就行了吗?

由于摩托车操作简单,小天给我讲清了有关要领后,他只带我转了三个圈,我就可以独立驾驶。小天和小木背着我说了一些什么,然后又要我加速行驶。也是对第一次骑摩托车的好奇吧,我一直专心致志,他们要我加速,我从四十码立即提高到六十码。他们要我提高八十码,就算完成今天的任务。也许我生来就不是低智商,车速到六十码后,不到两个小时,就加速到了八十码。他俩对我的表现很满意。

回到公司,小天把我带到一个极其狭窄的单人房间,说是我的住处,房间不大,设施十分简陋,一架上下床,在下面床位上有一套旧被盖。小天说:"这就是你的住处。"他又对我说,"吃饭就在我们吃早点的那个地方,方便得很,你要吃什么都有什么。要冲凉的话就到隔壁浴室。"

我想,公司能给我安排单间住处,已是对我很礼遇了。吃饭由自己解决也是天经地义的。

第二天,小天和小木又陪我去练训骑摩托车。在路上小天告诉我说:"你昨天的表现老板很满意,如果今天的训练也像昨天一样顺利,你明天就可以正式上班。"

我回答说:"谢谢你们对我的关心和指导。我一定会集中精力去练的。"

到了训练场,小天交代今天训练主要内容是骑车捡物和飞车取物。骑车捡物就是地上的东西,在骑车的时候要很快捡起来。飞车取物就是要把移动物体上的东西,准确无误地拿到手。小天强调说,这是能准确配送货物的保证。首先,小天做了几个骑车捡物的示范动作。他还给我有一个硬性的规定,那就是车要开在八十码以上能顺利完成这一动作才算过关。

这一动作讲起来容易做起来难,我开始在车速二十码时成功的概率都不大,练了两个钟头后才达到百分之九十五的命中率。后来慢慢加速,从四十码加速到六十码,成功率达百分之九十以上,小天和小木说我智商高,有悟性。中午之前,八十码的时速捡物我也顺利过关。我为自己学得了一门技术而由衷的高兴。

中午休息一个钟头后,就进行飞车取物的训练。练这一动作时,小木作被取物的模特儿,他骑另一辆摩托车快速行驶,我驾车从他身上飞车取物。先取他头上戴的帽子,然后取他腰上挎的挎包,再后来是取他身上任意的东西。不知是我真的悟性好,还是小木有意思让我过关,不到两个小时,则是他们给我规定的动作我都做得比较熟练了。小天和小木对我的表现倍加赞赏。他俩说回公司向老板汇报,说我明天就可以上班了。

我心里十分高兴。终于自己能挣钱了,再也不是纯粹的消费者,成了一位能自食其力的公民。这一下我感到自己突然长大了许多。我想,我挣得了钱,除了自己生活费外,全部都寄回家中,也让我的父母享受他儿子给他们带来的快乐。

第二天凌晨,我还在睡梦中,小天就催我赶快起床、洗脸、吃早餐,然后去上班。

一听说要上班,我心里太高兴了。简直觉得自己是世界上最幸福的人了。我还只有十七岁就有了自己的一份工作,这不让人高兴才怪呢。现在很多大学生、研究生都找不上工作,有的还吃残汤剩饭,还睡桥洞和草坪,那是多么悲惨的事情啊!我比他们幸运,一到深圳就找到了工作。这不仅是给我的一种安慰,也是我们家里的一种福气。我也还得感谢三伯父,是他让我在深圳有了一个落脚之处,还给我找事做进行一番精心的参谋。如果没有三伯父在深圳,我还不知道在什么地方流浪呢?我们家乡有一句俗话说"人亲骨头香",这真是一个颠扑不破的真理!

真是苍天有眼,我一下就能成为一位幸运儿!打算在明天下班后马上给父母打电话,也让父母分享我的幸福和快乐。

早餐后,"头儿"把小天、小木和我叫去。并给我们交代说:"你们今天是第六个方队。地点在089范围。小天为前锋,小木为后卫,小攸为接应。"

"头儿"的话里的一些词我还弄不清楚,因为有"两个凡是"的训诫,我也就不想去弄清楚,也没有必要去弄清楚。

"头儿"的话刚说完,小天和小木就像电影和电视里面的日本鬼子接受任务一样,把双脚并拢,腰板挺直,齐口应承:"保证完成任务!"

因为我初来。"头儿"没有计较我木讷的表现。我心里想,过两天让我熟悉情况后,我也会像小天他们如此这般的。

从"头儿"的口中我隐约知道这个公司人也并非就我们这几个人,我们是第六方队,那么上面还有一至五方队,下面还有多少方队也就说不清了。一个方队三个人,那也得有几十个人。

我和小天、小木各人骑一辆摩托车,摩托车都是七成新。可能公司对摩托车时时检修,性灵很不错,轻轻一踏,发动机就叫了。这也是我昨天学习摩托车时知道的要领。

"头儿"没有明确说出我们三个中谁是负责人,从举止言行来看,小天是我们三人的负责人是确信无疑的。因为他的姿态和语气都是一个负责人的派头。

出发了。

小天走在最前面,小木在中间,我殿后。路上小天交代说,在配送物品时一定要眼快手快,一切动作都要准确无误地做到位。我本想问今天要配送什么东西,但又是两个"凡是"的训诫提醒我,话到口边又咽回去了。小天只是粗略地说了一下,他要小木接物动作一定麻利快捷。对我的告诫是接小木的物品时不能迟疑,不能有半点疏漏。为了让他放心,我的回答非常果断。我想,第一天上班我会使出浑身解数来圆满完成任务,我要把你们对我的第一印象做得好上加好。绝对不能给自己丢面子,绝对不能给父母丢面子,绝对不能给我的三伯父丢面子。我要用实际行动来证明自己是一个很合格的打工者。

我们到了目的地,小天对我说:"小攸,这就是今天我们配送物品的089地域。你才来可能还不知道,干我们这一行的发财快,风险也很大。你今天的任务是接应我们给你的物品。动作要准确无误,不能有半点差错。"

到底配送什么物品,怎样配送物品,他始终不肯给我讲出来。看来他对我还十分保密。我也就不想去问他了。

小天说的089其实就是一条大街,这里人和车都不多,我有些犯疑:这里有什么东西可以配送呢?

我们三人先呈三角形停在一个街口,小天和小木的眼睛就像鹰犬的眼睛注意着来往行人。我心里想,他们在等谁呢?没多久,他俩似乎看到了什么,就要我骑摩托车到两百米远的一个岔路口等待接应小木。服从命令是天职,我骑着摩托车向他指定的地方驶去。我到了小天指定的地方,看着他俩如何配送,专心等候接应小木。

没多久,我看到了在电视和电影上才能看到的一幕:小天骑着摩托车朝一位单身行走的女士开去,还没有让我反应过来,就听到那位女士喊"救命"的声音,小天很快从那位女士身上把她的坤包夺走。那位女士倒在地上呛天呼地。小木骑着摩托开在小天前面准备接应小天。这一下把我给弄傻了,这是不是小天他俩同那位女士作实战演习?

正当我很不理解的时候,不知从什么地方冒出来一群男子汉,迅速地把小天和小木摁倒在地,我还以为碰到了黑社会。打算上前去看个究竟,可没料到一副冷冰冰的手铐铐在我手上。这时我更加有些莫明其妙。稀里糊涂地被人推上了一辆写有警察字样的警车,这时我才醒悟,原来我们被警察抓住了,我害怕极了。正当我被推上车时,小天和小木也被推上了另一辆警车。到了车上,一个警察给我戴上了一个头罩,说是头罩,其实就是用女人的黑色丝袜套在头上。警车风驰电掣般地开走。在车上我想了很多:早上我觉得我的眼有一轮鲜明美丽的太阳冉冉升起,转眼间,天地间乱云飞度变成了一片昏暗的世界!

没有多久,车子停了下来。我被带到了一间审讯室。我还没有站稳,就遭到一阵没头没脑的暴打,因为戴着黑丝袜,看不清是谁打的。我喊娘喊老子。喊也没用,打的还是在打,打手不因为你喊声大就能发出慈悲。我在书上看到形容打得很厉害有个成语叫做"皮开肉绽",大概我已经皮开肉绽了吧,因为我实在难以忍受了。

后来有个人向打手提醒说:"差不多了,别弄成孙志刚。"

这样打手才住手。一个人把我的头上罩的黑丝袜拿了下来。让我坐在一条凳子上。开始对我进行审问。这时我放声大哭。我的哭有两个因素,一个是被打得疼痛难受,另一个是悲哀自己落到这一地步。

一位审问我的干警呵斥我道:"不要哭,不要故意装腔作势,要老实交代你的罪行。坦白从宽,抗拒从严。"

他这么一说,给了我一个提醒,我还是要争取坦白从宽。

正式审问我了。是一个国字形脸的人审问的,另一个较瘦长形脸的人负责记录。

"什么名字?"

"攸鼎生。"

"籍贯?"

"湖南龙山。"

"多大年纪?"

"十七岁。"

审问我的那个国字形脸的人怔了一下,然后又继续审问。

"有身份证不?"

"有。"

"拿来看看。"

"我这里只有复印件。原件在我三伯父那里。"

"复印件拿来看一下。"

他们解除了我的一只手铐,让我从衣袋里取出身份证复印件后,又把我铐上了。

他们把身份证复印件认真端详了一阵,又对着我验证是否与复印件上的照片相符。接着,他们又问了我三伯父的基本情况,诸如:叫什么名字,多大年纪,电话号码,住在什么地方,从事什么工作等。我都老老实实地向他们作了回答。

继续审问我。

"什么时候来的深圳?"

"五号那天。"

纪录员可先看了一下身份证复印件上的日期,他就大概推算了一下具体日期,觉得我的说话是实在的,然后作了纪录。

"什么时候加入这个抢劫团伙的?"

经他们提醒,我才明白我所加入的不是什么公司,而是一个抢劫团伙。

"前天。"

"为什么要加入这个抢劫团伙?"

"我是在一个公交车加入上看到他们的招工广告,广告上写的是金山物流有限公司,我是应聘站台进去的。"

我把广告的内容和加入的经过都做了如实的交代。

"广告你带来了没有?"

"在我衣袋里。"

他们又解开了一只手铐,让我取出广告。

他们看了广告后,我听到国字形脸的人轻轻地说了一句,尽管声音很小,我还是听清楚了:"他们又变成了物流公司。"

"你前天才入伙,今天就实施了抢劫?"国字形脸的人问道。

我为自己作了辩护说:"他们说是要我进行物流配送,我才干的。如果知道他们是实施抢劫,我是坚决不会干的。"我又亮出自己的底牌说,"在我来深圳前我还是一位高三学生哩。"

"为什么不在家好好读书?"

"家庭困难。"

我又把家里的情况向他们作了陈述,目的是希望得到他们的同情和谅解。本来"家庭困难"这样的话我是不想说的,但人到了最无奈的时候,什么底线都被攻破了。

他们也可能认为我说的都是一些实话,对我的态度也有了一些改变,国字形脸的人又问:"你们的公司在什么地方?"

"我不清楚那地方叫什么地名。"

"你知不知道具体方位?"

"知道。"

"好。"

国字形脸的人对我的回答加以肯定,我心里感到有了一些轻松。接着国字形脸的人说:"好吧,暂时就问到这里,如果我们需要你时再找你。"

"只要我知道的,我一定老实坦白。"

"你伯父的电话能否打通?"

"能。"

"你伯父的电话号码是多少?"

我如实说出了三伯父的电话号码后,两位警察出去了。

审讯室可能是一间办公室临时改做的,因为里面的设施都是一些办公设备。审讯室临着派出所的院坝。院坝里的一切都看得很清楚。两位警察出去后,把我的手铐解了一只,解下的那一只就铐在窗户上的防盗栅栏的钢筋上。这样我又舒服一些。

我在房间里感到十分寂寞和恐惧。一时看着室内的设施,一时又看窗外院坝里,就这样不知反复看了多少遍。孔夫子说"学而时习之",我已复习了无数遍。复习复习再复习,也没有复习出个结果出来。

后来,我又看到警察从车上押解下来几个人,都被戴上了头罩。我看见其中一位的衣服裤子的款式和颜色都与"头儿"的极为相似。因为我早上看见他穿着这样的衣服和裤子,但没有看见脸也不敢乱下结论。如果说是"头儿"被捉,那么那个所谓的金山公司彻底覆灭了。我从内心也希望那个所谓的金山公司覆灭。否则,不知多少人要遭受厄运。我也庆幸自己今天一"上班"就被警察擒拿,要不然的话,长时间地在那里干,真的要给人民犯下不可饶恕的罪行。尽管自己受了一点皮肉之苦也是值得的。

大概过了一个多钟头,那位审问我的国字形脸的人进来了,我心里又有些害怕。心想,他又找我有什么事呢?我还未把疑问向思维之外延伸,他就来到了我的身边,用钥匙把我那只铐上的手打开。接着他对我说:"现在你就在这里好好休息,不要胡思乱想。也不要有其他过激行为。"

"是的。"

我说的是真话,我现在胡思乱想也没用啊。至于过激行为,我还没有达到那样的层次。我唯一能做的就是用眼睛反复复习窗外的事物。

到了晚上十一点多钟,国字形脸的人又进来了,心想,半夜三更他来做什么呢?难道还要在夜间秘密提审我不成?我心里十分恐惧,我在学校看过一些小说,凡是半夜三更提审的犯人都凶多吉少,有的犯人在半夜三更带出去后,就再也没有权利看太阳和月亮了。我想恐怕自己的生命到这里就画上了句号。我马上回想起奥斯特洛夫斯基的那段名言:"人最宝贵的东西是生命。生命对于我们只有一次。一个人的生命应当这样度过:当他回首往事的时候,也不因虚度年华而悔恨,也不因碌碌无为而羞愧……"我这一生是虚度年华,也是碌碌无为,既悔恨又羞愧。我连自己的父母亲都看不到最后一眼,就是连在深圳的三伯父也看不到最后一眼。想到这里是多么悲哀多么不幸啊!我心里几乎处于崩溃状态。

国字形脸的人对我说:"攸鼎生,你的人看你来了。"说完就带我到会客室。

听说我亲人来看我,我的心里一下掀开了灰蒙蒙的阴霾,出现明媚的天空,一下子从严酷的寒冬变成了万紫千红的春天! 心里太高兴了,说实话,没有经过失去自由的人不知道,一旦失去自由,自己觉得世界上最伟大的字眼就是"亲人"二字。只要能看到亲人,比我马上要我当中央政治局常委还高兴。我估计是三伯父看我来了,因为警察把三伯父的电话和他的一些基本情况都向我了解过。他们肯定给三伯父打了电话。三伯父毕竟是我在深圳最亲最亲的人,我在三伯父身上获得了极其伟大的父爱。

跟着国字形脸的人来到会客室。我一踏进会客室的门,就看到了三伯父和父亲、母亲坐在长沙发上。母亲一看见我,起身向前,一下子就把我搂抱起来,嘴里不断地喊着"鼎生,鼎生。"她把我搂得很紧,好像怕我马上要飞向远远的天国。母亲放开我后,父亲又跑过来又把我抱住。他没有喊我,只是号啕大哭,我有生以来第一次才看到父亲哭得这样动情。三伯父呢? 他像一只呆鸡待在凳子上,只是用衣袖擦拭着眼泪。

国字形脸的人对我们说:"你们坐下来好好聊聊。"

母亲和父亲都很理智地回坐到沙发上。国字形脸的人就坐在我旁边的靠椅上。我坐在事先已经给我安排好的父母对面的塑料小凳上。我一坐下来就"三伯父"、"爸爸"、"妈妈"连喊了三声。要知道,这时候能舒心地喊自己的亲人也是一种莫大的幸福和快乐啊!

我带着疑惑问:"爸爸、妈妈,你们怎么知道我出了事?"

"还不是你三伯打电话告诉我们的。"母亲抢着回答。

我站起来给三伯父深深地鞠了一躬。表示对他的感激之情。我正想问父亲母亲是怎么来的,这时进来了一位警察,他问道:"谁是攸鼎生的父亲。"

父亲机械地回答了两颗字:"我是。"

"你跟我出来一下。"那位警察说。

父亲起身跟那位警察出去了。

父亲出去后,三伯父直是摇头,表示出一种自愧的神态。我主动对三伯父说:"三伯,感谢你对我的关照。"

三伯父听我这么一说，连连向我摆手。似乎想说什么，但又说不出什么。在一旁的母亲目不转睛地看着我，好像是第一次看见我似的，又生怕我从她的眼前消失。面对这一窘境，我真不知道用什么话来安慰母亲和三伯父。我自愧地低下了头，眼泪就像断了线的珠子掉了下来。

过了一会儿，父亲和那位警察进来了。

那位警察对我们说："你们好好听着，现在我宣读《关于攸鼎生的处理意见》。"他先念了《意见》前面的导言。这我们都没有听进去，因为导言没有实际作用。导言念完后，就是处理条款：

"鉴于攸鼎生是受了别人的欺骗而误入歧途的，加上攸鼎生还是未成年人，认错态度很好，没有主动参加抢劫的行为。经所领导研究并报上级批准，对攸鼎生的处理如下：一、给攸鼎生免于刑事处分。二、对攸鼎生进行严厉的教育（在派出所已进行了这一程序）。三、为了惩前毖后，治病救人，给攸鼎生罚款八千元。四、攸鼎生由其监护人领回。"

最后，那位警察宣布："宣读完毕。"

处分决定宣读完毕，那位警察还要我和我的监护人——父亲，在处分决定上签字。

我考虑到家里哪有交八千元的罚款的能力，就对那位警察说："警察同志，我家现在是没有钱的，那八千元根本无法交出。能否让我在你们这里打工，我把那八千元的罚款做完后，我再回去行不行？"

那位警察回答说："罚款的事与你无关，你只要签字就行了。"

我和父亲就按他的指点在《关于攸鼎生的处理意见》上签了字。我们签完字，国字形脸的人送我们出派出所。

我们走出派出所后，我感到很奇怪，心里想，派出所怎么没有宣布什么时候去交罚款？

我们在派出所大门外打了一辆的士车，司机要价一百二十块。三伯父二话没说，要我们赶快上车。没多久，我们就到了龙岗党校门口。的士车一停，三伯父很麻利地给司机付了一百二十块钱，我看得十分真切，三伯父付钱的速度如此之快是我有生以来第一次看到的。我也是第一次看见三伯父这样慷慨。我在家时曾有人开玩笑说，如果是哪个收到一张有汗臭的钱，那肯定就是三伯父捏过的，因为他舍不得用钱，他把一张钱要捏出汗后才舍得用出来。三伯父这次为我这么破费，真让我有些过意不去。

到了三伯父的住所，我们大家都各自找了个地方坐了下来。我最担心的就是那八千块的罚款。一坐下来我就对父亲说："爸爸，派出所那罚款钱几时交啊？"

　　父亲说:"罚款的事就不要你管,你能有这么一种结果,我们很满意了。这次全靠三伯父。要不是三伯父,你可就要大拐场了。"

　　我说:"是啊,到这里我太麻烦了三伯父。"我又问父亲,"爸,你和妈怎么这么快就到了深圳?"

　　母亲抢着回答:"还不是亏你三伯父给我们打电话。"母亲停了一下,说,"今天上午十点多我正在家里补枕头,突然接到三伯父的电话,说你被派出所抓起来了,当时我只差晕倒。我马上联系你父亲,他正在帮别人做小工挑砂浆。三伯父在电话里告诉我们,要我们赶快坐班车到张家界,再从张家界坐飞机到深圳来看你。我们在张家界机场乘晚上八点到深圳的航班,晚上九点就到了深圳。三伯父还在深圳机场接了我们。"

　　父亲接过母亲的话说,"为了你的事,三伯父除了费神外,还破了费,那八千块的罚款,也是三伯父在家的存款。他要你堂兄从乡里信用社把三伯父的存款取出,赶到龙山送到我手里。这样我们就来深圳来赎你。"

　　听了父母的陈述,我不知怎么感谢三伯父,我纵有千言万语也表达不完对他的感激之情。

　　三伯父倒不好意思地说:"玉香快莫那样讲了,鼎生出事我也有一定的责任。我没有对广告上所讲的金山公司进行认真考虑,稀里糊涂就同意鼎生去那里。我也晓得深圳有很多骗人的公司,这次好像是鬼摸脑壳又被别人骗了。"

　　接着三伯父又讲了派出所给他打电话,在电话上调查我在派出所讲的是不是实话。派出从三伯父口中知道了我讲的都是实话后,才要家里准备八千块钱赎人。

　　父亲说:"派出所找我谈话说,你们那个公司,不!那个抢劫团伙,已作案多起。派出所早就注意了他们。前几次,派出所都想连锅端他们,但那个头头很狡猾,没有抓到他。这次已一网打尽。听派出所说,今天中午把那个团伙的头头给抓起来了。其实你们还未去之前,派出所的警察就在抓你们的那个地方守候了几天时间。你们一到那地方就进入了警察事先布置好的埋伏圈。"

　　"怪不得我们到那里没有多久,就被擒住了。"我说。

　　后来我才明白:为什么他们行动十分保密,说话做事鬼鬼祟祟的。一到那里就给我灌输"两个凡是"。与我一起的小天和小木,既是要我实施抢劫的导演,又是对我进行监视的人,难怪他们时时刻刻都不肯离开我。现在回想起来还有些后怕。

　　三伯父只是摇头,好像我的遭遇是他一手造成的。

　　父亲对三伯父说:"三哥,鼎生这次如果没有你,那就要坏大事了。你又给我们贴了那么多钱，我们真是感激不尽。"

母亲也说："是啊，三伯这次给我们的帮忙太大了。我们一辈子要记住三伯的大恩大德。"说完，母亲碍着我坐了下来，她的眼里噙着泪花。她还用那粗糙的手，在我身上反复抚摸，我感到了一股温馨的母爱在我的浑身上下流淌。

三伯父说："老四（父亲的小名）和玉香你俩就不要那么讲了。那年我在龙山城住院，要不是你们给我一千多块钱治病，我现在的骨头都可以打得鼓了。那时的一千多块，比现在一万块还值钱，当时老四一个月的工资也只有七十五块。"

父亲说："三哥，以前的事你就不要再提了，反正这次鼎生有这么个结局，我们也是满意的。"

母亲也说："三伯，鼎生他爸讲的是对的。"

三伯父说："鼎生的这事我们就不讲他了。如果鼎生不发生这样的事，就是把你两个用轿子抬都抬不来。今天我们大家能在深圳相会，我很高兴。"三伯父把话题一转，"时间也不早了，大家都累了，我们休息吧。"

三伯父的话得到了我们的赞同。说实话，也真是很累。父亲和三伯父到三伯父的床上休息。我和母亲在另一张床上休息。没多久，都进入了梦乡。

第二天，父亲和母亲都急于回家，一大早父亲和母亲就醒来了，他向三伯父询问了回龙山的路线行情。三伯父先还是竭力挽留父亲母亲在深圳多玩几天，但父亲和母亲执意要回龙山。在万般无奈下，三伯父告诉了父亲和母亲回去的几条线路：一是他们从龙山来深圳的线路，在深圳坐飞机到张家界，再从张家界乘汽车到龙山。二是乘汽车，这有两套方案可供选择：一套方案是从沙井汽车站乘班车到龙山。这趟班车是下午两点发车。不过这趟班车有点问题，那就是如果旅客不多，就要等旅客满额才走，有时要耽误一两天也说不准。还有一套方案就是从南头汽车站乘班车（也就是我从家里来深圳的那趟班车）。那趟车是上午九点发车，但是从龙岗到南头汽车站最少也要两个半钟头，如果路上塞车，就有误车的可能。三是从深圳火车西站乘火车到张家界，到了张家界再乘汽车回龙山。深圳西站到张家界的火车是 N75 次，中午十一点一刻发出。时间上也来得及。另外，汽车票最少要二百二十块，火车票只要一百三十四块。

父母听三伯父介绍回龙山的交通行情后，经过反复考虑，决定从深圳西站坐火车回家。

关于我的去留问题，父母也征求了我和三伯父的意见。我觉得这次到深圳不仅没有赚到钱，反而闯了一场祸，我想将功补过，争取以后多捞点钱，为家里做贡献。三伯父也认为，让我就这么空着手回去了，他也有些心里难过，还是要我在深圳再找一份事做，以后有了钱再回去也体面一些。我和三伯父的意见统一后，父母也尊重我们的意见,要我留下来,并一再嘱咐我要好好地听三伯父的话。

第二早上,三伯父做了一点简便的早餐,我们草草吃早餐后,三伯父依旧上他的班,我送父母到深圳火车西站去乘火车。

我们从龙岗党校门口公交站台乘 353 路到深圳火车西站的公交车,由于路上塞车,到达西站已是十点五十分,离开车只有二十五分钟的时间了,我赶快买了两张火车票和一张站台票,同父母挤进了上车的队伍。父母上车不到十分钟,火车就徐徐开动了,我与父母挥手道别。我看见车厢里母亲只是不断地揩着眼泪。我本来也哭,但还是强忍下来了。

我走出火车站后,一个人到火车站前面的公园里的一株凤凰树下狠狠地哭了一场。

三、打工人家春常在

父母回去的那天晚上，三伯父我俩商量我打工的去向问题。

三伯父说："以后找事做一定要稳定可靠。宁愿工资少一点，也不要去那不明不白的地方。"

"是的，这次是初来，上了当受了骗。有了这样的教训，我也会格外小心谨慎的。"

三伯父提醒我说："前两天你不是说有个馆子要你吗？我看你先去那里做一段时间，以后有机会再找好单位。"

"三伯，那个馆子我什么时候去，老板都是欢迎的。"我又征求三伯父的意见说，"我看这么办行不行？"

三伯父回答："你讲。"

"我还是先到其他地方再找一下，万一在其他地方找不到事做，再到那个馆子去。"

"也好，明天你就到外面去找一下。"

真的要我一个人去找工作，我还有些心虚，初来初到，到什么地方去找呢。

三伯父看出了我的心思，经过这次折腾，他也真有些担心。他想了很久，然后说："我看你明天去西丽看一下。我们龙山人在那里打工的很多，说不定他们会帮你找一份工作。"

"好。"

经三伯父这一提示，我想起了在西丽打工的二舅。二舅来深圳时曾到我家落脚住宿，他说在深圳西丽当清洁工。心想，要二舅给我介绍个事做，恐怕不成问题。我把这一想法向三伯父说了出来。

三伯父满口赞成说："你二舅是一个靠得住的老实人。你要他介绍事做，他会尽心尽力的。万一他那里找不到事做，你再去那个馆子。"他还给我交代说，不能把我的这次遭遇给我二舅他们说。

"好。"

三伯父还告诉了去西丽的路线:"西丽要从龙岗天虹商场坐 329 路公交车到南山的深圳大学,然后再从深圳大学转 290 到西丽。"

第二天,我按三伯父提供的线路去西丽。从天虹商场上了 329 公交车。我想:西丽是南山区的一个镇,一个镇的面积也不小。到哪里去找二舅呢?因为三伯父也不知道二舅他们的具体位置,这一下可难倒了我。上了公交车,我向公交车乘务员询问了龙山籍清洁工在西丽什么地方。乘务员说她刚来深圳,不知道具体情况。倒是公交车司机向我提供了一条管用的信息:他要我去找环卫所,因为清洁工都属环卫所管。这样我就决定去找西丽环卫所。公交车司机还告诉我,西丽环卫所就在湘里人家站不远,要我在湘里人家站下车。

329 公交车到了湘里人家站,我赶快下车。一下车就看见一位穿橘黄色环卫马夹的中年妇女打扫卫生。我灵机一动,何不去问这位清洁工,不就省事了。

我在那位清洁工后面喊了一声"阿姨",她没有反应,我又重复喊了她两声,她才本能地转过身来看了我一眼,反问我:"你叫谁呀?"她说的是不标准的普通话,因为到外面大家都是来自天南海北,谁的普通话都不标准,但也得讲,这样你才能与别人沟通交流。

我说:"阿姨,我是叫你呀。"

这时我才看见这位清洁工腰间挂了一个大塑料袋,里面装有一些别人遗弃的矿泉水瓶子及其他有回收价值的废品。在她旁边有一辆垃圾推车,车沿的左侧也挂了一个蛇皮袋,凭直觉,里面肯定装的是能卖钱的垃圾。

"阿姨,我向你打听一个人行吗?"

"你打听谁呢?"

"我想问一下湖南龙山籍的清洁工的在哪里上班?"

"你是哪里的?"

"龙山的。"

这时她改用龙山话对我说:"我也是龙山人哩。"

这一下真可把我乐坏了,在学校曾学过一句成语,叫作"踏破铁鞋无觅处,得来全不费工夫。"

我也马上改用龙山话与她交流:

"阿姨,你是龙山哪个乡的?"

"我就是龙山城里人。"

"你家在龙山城哪个地方?"

"水泥厂。"

"阿姨,你来深圳几年了?"

"九六年下岗后就来了。"

她这一说，我再仔细地打量了她一下，马上想起了我们班上的一位叫彭桥树的同学，因为彭桥树的脸形同她是一模一样的瓜子脸。彭桥树曾和我们说他母亲下岗后在深圳工作，很有钱。所以，彭桥树用钱十分大方，除了上网不说，还经常邀同学一起大吃大喝，抽"金芙蓉"香烟，又爱酗酒，常常在女同学面前炫耀自己如何富贵风光，讨得女同学的欢喜。不过彭桥树也是资产阶级的花花公子，今天与这个女同学好了一阵，明天又去巴结另一位女同学了。要是他知道自己的母亲是用一滴汗，一滴血来供他挥霍的，他也该有所收敛。也正如我们在课本上所学的古诗里说的："昭阳殿里歌舞人，若见织时也应惜。"他如果看见自己的母亲像这样找钱，他也就不会大脚大手地去浪费金钱了。

我试探性地问："阿姨，水泥厂我有个同学叫彭桥树的你认识不？"

"你怎么认识他？"

"他是我的同学。"

"哎呀，他就是我儿哩。"

"阿姨，彭桥树经常向我们说起你在深圳，想不到今天有幸碰上了阿姨，太高兴了。"

"现在还未放假，你来深圳做什么？"

"阿姨，我上学期失学后到东莞打工，今天来深圳我二舅家来玩的。"

我编了一通谎言。否则不能自圆其说。

"你二舅是谁？"

"他是龙山乡下的，你可能不认识。"

"凡是龙山籍在西丽的清洁工，我没有一个不认识。你说出名字，我就晓得。"

"土车的刘大勇。"

"我怎么不认识？他就在前面两百米上班，"彭桥树母亲指了一下前面不远的地方说，"这时他换班去家做饭。"

"他家在哪里？"

彭桥树母亲正要告诉我二舅住的地方，这时一位靓丽的女孩从人行道上扔了一只营养快线的塑料瓶，彭桥树母亲也不管迎面开来的一辆捷达车，奋不顾身地去捡塑料瓶，就像狗的主人扔了一块骨头，狗就全力以赴地去捕捉骨头一样。彭桥树母亲暂时忘记了我的存在，在塑料瓶面前我对她来说显得十分渺小。

我认真打量了那位女孩，她对彭桥树母亲的举动，投出了一种鄙夷的目光。这位女孩打扮十分入时，着装非常华丽。我觉得她只用外表去攫取美丽，但她根本不知道用美丽来装饰心灵。

唉! 这个社会,年轻人用钱买垃圾,而年长的又用垃圾卖钱。这到底是什么逻辑我真弄不明白。

彭桥树母亲以胜利者的姿态归回到我俩说话的位置,她带着我向前迈了几步,然后在一条消防道口,指着正前方对我说:

"你看,前面那六层楼上有一个'人人乐超市'招牌。"

我顺着彭桥树母亲手指的方向看去,真的有一张'人人乐超市'的招牌。我点了点头,表示看到了。

彭桥树母亲接着说:"在'人人乐超市'下面过一座小桥,有一栋九层的楼房,就是红色瓷砖圈边的那栋房子,你二舅就住在那栋房子的第二单元第九层西方靠前的那一间房子里。"

彭桥树母亲介绍得太详细了。比解放军的作战地图还详细。

我向彭桥树母亲说了声"阿姨,谢谢"后,就按照她所指点的目标去找二舅。

我正走到那九层楼下面时,又碰到一位推垃圾车的清洁工,他大概是上班去的。我同他落实一下二舅的住处,他的说法与彭桥树母亲说的完全吻合,并且他还带我到了第二单元的入口处。

九层楼,我有生以来还是第一次攀登这样高的楼房,我们县里的房子最多是六层。这九层楼把我的头都上昏了。不亚于上我们故乡的双且山。

到了彭桥树母亲给我指点的门口,看到门的两边还有一幅没有撕下的春联。一看字迹就是二舅写的,二舅的字迹我是很熟悉的。他是老高中生,在家时爱舞文弄墨,过年时都爱自己写春联贴在家门上。这幅春联是这样写的:

打工人家春常在

勤劳门第福自来

我看二舅家的门没有关紧,还有一条小缝,说明里面有人。为了礼貌起见,我把门敲了三下,里面有人应答:

"是哪个?"

我一听就是二舅的声音。我赶忙推门进去,看见二舅弯腰在一张双层床的下一层床面上切菜。

我喊了一声:"二舅。"

二舅伸腰转身一看是我,惊异地问:

"是鼎生嘛。你什么时候来深圳的?"

二舅赶快停下了手上的工夫,把我让到房里的另一张双层床的下层床沿上坐下。他还叫了睡在我坐的上面一层的刘其明老表说:

"其明,快起来。你鼎生老表来了。"

二舅对我说:"你和其明讲闲话,我到外面阳台上去切菜。"

二舅说的阳台,可能就是我来时的那点小巷。狭窄的走廊就是二舅他们的临时厨房,后来听其明老表说,用餐完后,就得把所有的炊具用袋子统好拿到房里,放在床下面。就是这样的不像厨房的厨房,还不能让你一家人无节制的占领,因为其他人家也要在这里弄饭。你把饭弄好了,就得明智地让给别人。一般来说,大家都会自觉地相让,这也可能成了一种生活中的潜规则。

我先扫视了他们的这间住房:有两方是用高压密度板隔成的,有两方是原来的墙壁。整个房间不足五平方米,两架上下床就占去了房间面积的百分之七十,活动空间很小很小。

其明老表从床上把头往下面勾了一下,我俩的眼光碰到了一起,他很快地从上面下来了。他的动作使得整个床都"吉嘎,吉嘎"地响,我感到我的头上都落了一点细渣。我又不能表现出头上落了细渣的样子来,只好装着若无其事的样子。

其明老表比我大两岁,古历十月就要满十九周岁。他下来后,给了我一张亲切的笑脸。我也还给他一张笑脸,算是两老表的见面礼。

其明老表先没有坐下来,而是去开床前的电视来招待我。其明老表开了电视,因为与电视机的视觉距离太近,仅比玩电脑的距离稍微远一点,像这样看电视眼睛太难受了。电视里播的是中央电视台第八频道的一出武打剧目。我无心去看,只想和他讲讲话拉家常。我要其明老表把电视给关上,他马上关了电视。然后,我俩就闲聊起来。

我先问其明老表:"你们怎么住这么窄的房间?"

其明老表告诉我说:"本来是一大间,被房东隔成了四小间。"

我问:"这么窄的房间,一个月房租多少?"

其明老表回答说:"八百块。"

我把舌头一伸。其明老表看出了我惊讶的样子,进一步解释说:

"今年还好一点,去年就更惨了。"

他用个"更惨"两个字,我就有些不解了,我问:

"怎么个惨法?"

"去年房东把这间房,同时租给我们和另外一家,每家都得出八百块钱的月租费。"

"那怎么住啊?"我说。

其明老表说:"一家住白天,一家住晚上。"

我摇头,表示还是不明白。其明老表耐心地解释:

"是这样的:去年我们租房的两家人,一家住一个月的白天,一家住一个月的晚上。房东与用工单位联系，要用工单位岔开安排我们的上班时间。一家白天上班，另一家就晚上上班。今年与我们同租的那家到福田打工去了，我家就可以独租了这间房子。"

其明老表这一说，印证了胡记餐馆老板所说的"一张床轮流睡"的真实性。

"像那样的话，两家的行李怎么处置？"

"没有法，在自己不住时就打包。自己住时又解包。"

"那多麻烦。"

"出了门，只能将三就四有什么办法呀。"

二舅家有三个孩子，除了其明老表外，还有个其暗老表和一个表妹。其暗老表与我同龄。表妹比其暗老表和我又小一岁。

我问："其暗老表和表妹都在这里睡吗？"

"是呀，我爸和我妈就睡那架床。"

其明老表指了一下原来二舅切菜的那架床。床的下面一层有一床简单的被盖。床的上层放的一些行李和杂物。

其明老表还说："我和其暗就睡这架床的上层，我妹妹就睡我们坐的这一层。"

我的天啦，要是整个世界都像这样充分利用空间，不知要省出多少空间！

我又询问了他们一家人的打工情况。

其明老表告诉我说："我爸爸和妈妈当清洁工，月薪六百六十块。我妈这时还在上班。我在田兴公司打工，专门做手机外壳。月工资七百块，今天是我的轮休日。其暗在西丽的一家洗发水厂打工，月薪六百五十块。妹妹在西丽一家玩具厂打工，月薪五百五十块。"

我暗暗地算了一下，他们全家一个月加起来收入也只三千多一点。一个五口人的家庭就三千多块钱，不包吃包住，除了房租费、伙食费、水电费和其他的日用开销，一个月的工资也就所剩无几。

其明老表这一说，我才知道中国其他的都很昂贵，就是劳动力便宜。

这时表妹其英也回来吃中饭。

其英一看见我，就很亲热地叫了我一声"鼎生哥。"

我认真地打量了其英表妹，发现她现在已是水灵灵的大姑娘了。青春的魔力让她该发育的部位都发育得十分完美，浑身布满了诱人的曲线。我爸爸经常对我说，现在的婚姻政策规定表兄妹不能开亲，要是过去，爸爸就要请媒人讲其英表妹给我做老婆。我们家乡自古就有开始表亲的习俗。还流传有"舅舅女如手取"的俗语。

其英表妹我们之间已经有很多年不见了。小时候，我最喜欢去拉西峒外婆家玩,因为那里有其明老表、其暗老表和其英表妹,大家都是一个年龄层次上的人,在一起玩的时候两小无猜,几个人玩得最开心。

记得有一次,我们几个一起在小河沟里洗澡,我发现其英表妹身上比我们少了一样东西,我感到很稀奇,我跑回外婆家问外婆:

"家婆,其英表妹身上比其明老表、其暗老表和我少了一根把儿,是怎么搞的?"

外婆笑了笑,解释说:

"你还说哩,其明、其暗你们几个呀,都是大懒鬼,你们在妈妈肚子里的时候,要你们赶快来到世上,可你们偏要在妈妈肚子里睡懒觉,你们的妈妈趁你们睡懒觉的时候给你们多栽了一根把儿,这样你们身上就多了一根把儿。而其英呢,她就勤快一些,她没有睡懒觉,没有让她妈妈给栽上把儿就来到了世上。"

外婆虽然去世多年,她老人家给我讲的这个故事我至今还记忆犹新。想不到现在我们都进入了青春年华,都成了社会上的打工仔呢。

没多久,二舅招呼我和其明老表和其英表妹吃饭。

我说:"等等舅娘和其暗老表一起吃中餐吧。"

其明老表说:"我妈已经吃了饭,上班去了。其暗他今天加班,就在厂里吃快餐。"

二舅家吃饭也有潜规则:那就是不能围在一起吃饭,你拈了一次菜后,就得马上退出,要让其他人来拈菜,你要自觉地到房里的床上去吃,没有菜了又走过来拈菜,这样我们这一群人为了拈菜,就不停地来回走动。真是叫作"灶里不断火,路上不断人"。不过,这样对人的身体也有很大的好处,那就是有利于把吃的东西很快消化和吸收,是减肥的最特效的办法。

我真不理解那些天天说要减肥的人,为什么不采取像二舅家这样的吃饭方式,把自己身上的赘肉减掉,如果大家都这样的话世界上哪里还有胖子呢?

吃过中饭后,我原本想与二舅谈一谈要他给我介绍打工的事,看到他们的现实情况,我也就也不好开口了。

其明老表问了我为何来到深圳?为什么不读书了?

我就把家里的困难向他老实做了说明。

"哎呀,你不读书,真可惜。"

"现在中途辍学的人多的是,没有什么可惜的?"

"我们姑姑和姑爷也真舍得让你辍学。要是我有你那么好的成绩,我一定要读大学。"

"条件不好,就是考起了大学也读不了。"

"也是的。"其明老表把话锋一转,问我:"你什么时候来的深圳?"

"前天。"我撒了谎。

"住在哪里?"

"我三伯父那里。"

"你三伯父好像是在龙岗吧?"

"是的,他也在龙岗党校当清洁工。"

"他那里工资很高吧?"

"高个屁,每月只有七百块。"

"是的,凡是到深圳下力的人工资都很低。"他又问我,"你找到事做了没有?"

"没有。"

"打算到哪里找工做?"

"现在还搞不清楚。"

"你如果找到了好工种,我也和你一起去打工。"

我心里想,我都是想到你们这里来找事做的,你倒说要我给你找工做,岂不本末倒置? 我没有说出自己的想法,而是用另一种语言应付:

"好吧,我找到好的单位就介绍你进去,几老表在一起也有个照应。"

这时候,二舅把碗筷都收拾好了,他对我说:

"鼎生,今天晚上你就到我们这里住宿。我上班去了。"

"好,二舅你去忙吧。我要在你家住宿就留下来。如果不住宿,我就回到三伯那里去,如果我去了,就不给二舅打招呼了。"我还说,"现在我找得着二舅的住处了,以后到你们这里玩的机会是很多的。"

"好。"二舅说完就出去了。

二舅出去后,我和其明老表到西丽镇上转了一圈。

我们看到西丽镇上一些背大包小包的人群,其明老表对我说:

"这些都是打工的,在没有找到事做之前,只好背着包天天在大街上游荡。这有什么办法哟。如果说我的父母不先到深圳当清洁工,我到深圳还不是要像他们这样。"

说真的,像这样的景象我实在是不爱看,也不想看。原因是自己也是其中一员,他们那样的辛酸我是不愿意领教的。

其明老表要我去逛几个大超市,他说:

"深圳的一些大超市很有名,如天虹、沃尔玛、世贸、万佳百货等,我们那里是没有的。"

我对逛超市没有兴趣,无钱去逛超市是没有什么实际意义的。再说,也没有必要去超市去浪费时间。

我们在街上逛了一阵后,提不起什么兴致,我对其明老表说我要回三伯父那里去。其明老表一再挽留我到他家住宿,我还是谢绝了。

如果他家的住房稍微宽敞一点,我都会要住一个晚上。况且我们老表之间已有很久未见面了,年轻人在一起好说知心话。但他们的住处太窄了,他们自己一家人都挤得喘不过气来,我还掺和其中,岂不是"癫子头上加疮"么?

其明老表看我回龙岗的心切,他也就不再挽留,并且交代我说:

"有时间又到我们家来玩。"

看来其明老表已经把自己看成了深圳人,尽管他们住的房间是世界上拥挤得再也不能拥挤的地方,他还是乐意把它归位到自己家的范畴。这是需要很大的勇气啊。

四、好马要吃回头草

回到龙岗党校三伯父的房间。三伯父已经吃过晚饭。他问我吃了晚饭没有，我说吃了。我到二舅那里已吃过中餐，也可以算是晚餐。按我们那里的俗话说的就是"两场麦子做一场打"。出了门，进餐的时间和方式也就不要在家那样正规了，当忽略的一定要忽略。如果还要像在家一样：早餐、中餐、晚餐准时按部就班，那会给自己带来不便，也会给别人带来麻烦。尽管三伯父是自家人，当省时也要省。

三伯父问我："你二舅那里情况如何？"

我知道三伯父的问话当中有两层意思，一层就是说二舅家的居住环境，二是关于二舅给我介绍打工的情况。我没有向三伯父实话实说，只是笼统地说：

"二舅他们很好。不过要他们给我介绍打工还是有困难。"

"你打算怎么办呢？"

"万一其他地方找不到事做，我就去胡记餐馆。"

三伯父赞同我的观点说："暂时有个事做的也好。捡得一个总比掉落一个好。"

"我明天就去胡记餐馆上班。"

"好吧。到那里好好干，说不定还能干出个名堂出来呢？"

"一个小馆子，是做不出什么名堂的。"

说实在话，我对胡记餐馆并没有抱多大的希望。只不过是想暂时在那里过渡一下而已。

三伯父他的看法和我不一样，他告诫我说：

"你不要小看小馆子！有时候'庙小香火旺'，俗话说'茅屋里腊肉香，瓦屋里喝清汤'哩。"

"我明天就去胡记餐馆。"

"好，你明天就先去那里试试看吧。"

第二天,我又以顾客的身份来到胡记餐馆。一到胡记餐馆,看见老板正在餐厅和一位顾客指划着什么。

我故意高声冲着老板说:"老板,给我一碗面汤。"说完,就自觉地找了一个餐桌的空位坐了下来。

老板一见我,兴高采烈地说:

"小老弟,欢迎惠顾!欢迎惠顾!你到深圳没有几天,就学会了深圳话,把面条说成了面汤。我们内地都是说的面条哩。"

"你没看见?深圳到处都不是贴有一条叫作'与时俱进'的口号吗?到什么山上就要唱什么歌呀!"我半开玩笑地说。

"对,对,对。"她连说了三个"对"后,又说,"小老弟真不错哩,难怪你不愿到我这馆子里做事,原来肚子里面还有一点货哩。"

说完,她在我坐的餐桌对面坐了下来。并和颜悦色地问我:

"小老弟,这几天在深圳玩得痛快吧?"

"还可以。"

"你今天准备去什么地方玩?"

"如果老板你不嫌弃的话,我今天来了就不走了。想在你手下混碗饭吃。"

"小老弟,你莫开玩笑了。我那天苦苦挽留你,你就是不干,今天肯定又是来戏弄我的吧?"

好在她不知道我的遭遇,如果她知道我的遭遇,一定会奚落我一番的。我欲擒故纵的回答:

"老板你要这样说,我在你这里吃面汤也就没有意思了。"

我索性来了一个激将法:"好吧,老板你不相信我,我马上告辞。你那碗面汤我虽然未吃,也照章给你付款。"

她一见我真的要走的样子,赶紧挽留说:

"别,别,别。小老弟,你别走。"她又进一步验证我说的话,"你讲的是不是实话?"

"怎么不是实话呀!如果你不要我,我说走就走。"

"别走,有话好好说。"

"看来你是看不起我的。好吧,你走你的阳光大道,我走我的独木小桥,我现在就去别的地方。"

我假装有点激动的样子。

"你果真说的是实话?"

"是实话!"

我说得斩钉截铁。

"如果你说的是真的,那么从今天起你就是我胡记餐馆的一名正式职工。"

"谢谢老板!"

"你既然是我馆子里面的一名员工,一切就得服从馆子里安排。"

"那当然。"

当我吃完面条,老板对我说:

"小老弟,请你到我工作室来一下。"

我随着老板走进了她的工作室。

说是工作室,不如说就是老板的办公室。里面有一副高档沙发,一个写字台,写字台上放有一台电脑。里面还有一张挂衣架,一面屏风,正面墙上一块穿衣镜,在靠左边的墙角有一台冰箱。正里边的碍着墙壁的是电视柜,一台五十英寸液晶电视机中规中矩地放在电视柜的下方的正中央。东边墙壁上有一张书架,里面放了很多书籍,我顺便扫了一眼,大都是一些小说之类。看来她还是比较珍惜书,在书架上贴切了一张提示,上面写着"架上图书,概不借阅"。西边的墙壁上,贴了一些名人字画。天花板上都作刻意的装饰,特别是那我叫不出名的吊灯,更是一件造型别致的工艺品。我看了这些,一下就傻眼了:一家不起眼的小饭馆老板竟有这样的一间工作室,一方面显示出她是一位非同一般的女性,另一方面说明它的主人不仅很有思想,而且是一位饱学之士。

老板叫我在沙发上坐,我就像小学生一样,很规矩地坐了下来。接着她从抽屉里取出一张四方形的硬纸片递给我(我后来才知道那是名片)。我看了上面的名字叫龙芬芳。

我轻轻地念了一下:"龙芬芳"。

老板说:"你以后就叫我龙大姐好了。"

她既然这么说,从此后我也就称她为龙大姐。

龙大姐从冰箱里给我取出了一支冰激凌。

当时我正想要身上补充水分,这冰激凌真是及时雨。我不讲客气地喝了起来。

我看了她的四方形的硬纸片后产生了怀疑,她既然叫龙芬芳,为什么餐馆又叫胡记呢餐馆? 我带着这一疑问对她说:

"龙大姐,"我第一次叫她为"龙大姐","你既然姓龙,为什么你的餐馆又取名胡记餐馆呢?"

"是这样的,我妈姓胡,我这一生中最崇拜我的妈妈,所以我就以我妈的姓作餐馆名。其实,一个名字也无所谓,正如英国的莎士比亚所说的:'名字有什么关系,玫瑰花叫别的名字还不是同样芳香?'"

别看龙大姐很年轻,学识还不浅哩。

龙大姐坐在写字台前的老板椅上,把电脑打开,开始了正式地对我谈话。

"小老弟,你叫什么名字?"

"攸鼎生。"

龙大姐问我了的名字后,还询问我的一些基本情况。我都如实地作了回答。她把我回答的内容都输进了电脑。

龙大姐在电脑上拨弄一番后,对我说:

"根据你的情况和我餐馆的需要,你就作配送工作。"

一听到配送工作,我心里一惊,一个疑团马上上升:是不是又碰到了一个抢劫团伙,难道她们以开餐馆为名,行抢劫之实么? 前次那个配送差点把我的命都送掉了。今天又要我作配送,这到底是怎么回事啊。生活为什么会给我开这么大的玩笑! 唉! 我怎么与抢劫团伙有不解之缘? 我的心马上进入了一级战备状态。时时准备逃跑,只想找一个借口和机会离开这个是非之地。早点离开,早点解脱。

龙大姐见我惊恐的样子,提醒我说:

"小老弟,我讲的这些话,你听清楚了没有?"

我只是用"呵呵"的简单言语进行应酬,其实我自己也不清楚讲的是什么。

龙大姐继续讲下去:"我给你说一下配送工作的任务,所谓配送就是给外面的客户送快餐、面食和馆子里一些熟食品。"

啊! 原来这也是配送,这配送和抢劫团伙的配送有本质的区别。我还是冒昧地地她问了一句:

"龙大姐,你说的配送不是什么抢劫吧?"

龙大姐睁大眼睛问我:"小老弟,你说什么? 你再给我说一遍。"

因为把话已经说出了,就索性说明白一些,我重复说了一遍:

"我是说,你们配送不是抢劫吧?"

"你怎么能把配送和抢劫联系在一起呢? 我们做生意讲公平、公正,我给他食品,他给我付款,这是天经地义的事情,这和抢劫是风马牛不相及的。"龙大姐又问我,"你在什么地方看见配送是抢劫?"

我知道我自己走漏了嘴,赶忙采取补救措施,说:

"没有,没有! 我不会说话。请龙大姐包涵,请龙大姐包涵。"

好在她没有对我的话进行深究,只是轻轻地说了我一句:

"小老弟,你以后说话一定注意一些,千万不要信口开河。"

我感到了龙大姐这话的分量。我才明白,有的话也确实不能乱说。

我点了点头说:"是的,我牢记龙大姐的教诲。"

"你还很年轻,说错话也并不奇怪。"于是龙大姐书归正传,她问我,"你要选择哪一种用工形式?"

我对她所说的用工形式还有些不明其理,坦率地问:

"龙大姐,我还不懂你说的用工形式是什么意思。能否说明白一点吗?"

"行。"龙大姐解释说,"是这样的,在我这里打工,有四种用工形式:第一种是包吃包住;第二种就是只包吃不包住;第三种就是包住不包吃;第四种就是既不包住也不包吃。你看选择哪种? 工资就按你用工形式决定。"

"这几种用工形式的工资标准各是多少?"

"第一种包吃包住,月工资八百块;第二种只包吃不包住,月工资九百五十块;第三种包住不包吃,月工资九百八十块;第四种不包吃不包住,月工资一千一百块。"

我把这几种用工形式在头脑里进行简单的权衡:第四种不包吃不包住马上就给否定了,就看前面三种用工形式了。我考虑了一下,如果采取第二和第三种形式,就得打扰三伯父,要么在他那里吃,要么就在他那里住。这两种用工形式中无论采取哪一种,都要与三伯父维系在一起。如果采取第一种形式,钱虽然少一点,但单纯一些,不愁吃不吃住,也不需要去打扰三伯父了。三伯父也是年过花甲的人,他需要过安逸一点的生活。我经常去打扰他,自己也于心不忍。我就选择了第一种用工形式。

我明确表态说:"龙大姐,我就选择第一种用工形式吧。"

"好的,暂时月工资八百块。如果表现好,试用三个月后,可追加到九百块。"

我心里想,每月八百块的工资水平到深圳来说是很低的,但比起二舅和几个老表的工资来说又算是高薪了。还是先在这里稳定一段时间,反正又不是铁打铜铸,自己边做边看,以后其他地方有比这里高一些的待遇,我也就脚板上抹油——开溜。

龙大姐还很自信地说:"我们这里的住宿条件是比较好的,你们男士总共六人,各自都住一个小单间。房间虽小,但是自己可以任意支配。别的地方是十几个人甚至二十几个人挤在一个房间里,闻一下气味都很难受。"

龙大姐讲的这些我是没有亲身经历,说是危言耸听也行。

龙大姐又问了我:"你会骑摩托车不?"

我暗想:我在那个抢劫团伙那里学习的骑摩托车技术,想不到在这里派上了用场。

"会。"

"会骑摩托车就好,不过不会也不要紧,学一天两天就会了。"

"什么时候正式上班呢?"我问。

"你先花两天时间熟悉一下餐馆的情况。工资就从今天算起。"

通过两天的熟悉和了解,这个馆子原有员工十一名,男性五名,女性六名。五名男性中,厨房大师傅占了三名,他们分别是林师傅、李师傅和黄师傅;一名男性作采买,还有一名男性是也配送员叫华利。六名女性中,一名女性大师傅,约四十来岁,年纪虽大了一点,但风韵犹存,是广东河源人,姓吴,大家都叫她吴师傅。她主要是掌管红案。一名领班,姓白,浙江人,别人叫她小白。一名收银员,姓钱,河北人,别人叫她小钱。三名女服务生,一名姓路,湖南人,别人叫她小路。一名姓唐,江西人,别人叫她小唐。一名姓赖,广东人汕头人,别人叫她小赖。看来每个人的工作任务还不轻。几名女性中除了那位掌管红案的吴大师傅(其实吴师傅年轻时也是一位漂亮的姑娘,只不过是岁月让她有些稍稍落伍)外,其余几位都秀色可餐。长得最漂亮的那位是江西的小唐,她很开朗,她说我俩可以算半个老乡,因为江西和湖南是邻近的两个省。我戏称她为江西老表,她也乐意接受。她说全国人民都称江西人为江西老表。

这也是龙大姐的一种用人理念吧。她很懂得人们的心理,餐馆里的员工漂亮点,来的顾客也就多一点,有的人不是到这里专门来吃东西的,而是以吃东西为借口,是专门来看几位漂亮女服务生的。

人是世界上的一种最大又最难理解的怪物:无论是男女,只要看见一位异性的漂亮,就是与他(她)没有任何关系,但只要一饱眼福都是一种莫大的慰藉。估计胡记餐馆就是从女服务生的脸上赚了不少钱。

餐馆虽然不大,却分成了两个部,一个是小吃部,小吃部专营快餐、面食、包子、馒头、粥之类的。按行家术语说这就是白案。除了小吃部就是餐馆。餐馆里面有一个大餐厅,还有四个小包间,有的地方叫雅座。餐馆还承接一些规模不大的宴席。餐馆有餐桌十五套,可供一百五十人同时用餐。

两天后,我正式上班,龙大姐要我同那位名叫华利的配送员跟班熟悉一下业务。实际上就是同华利跟班实习。华利是一位年近三十的人。籍贯陕西,大专生。他老婆大学本科毕业,在龙岗一家打工学校教书。有一小男孩,年方两岁。他母亲来深圳专门为他们带小孩。他到这胡记餐馆里已工作了近两年,一直都做配送的工作。表面看来人还是挺忠厚老实。

我跟华利跟班实习的时候,我向他请教一些配送方面的知识。他很保守,不肯给我直说,他总是说你自己观察就行了。我想,你不告诉我也没有什么关系,我可以在与你配送的实践中,多留心一些不就成了么。

通过与华利几天的跟班实习,我还是领悟到了配送也是一门学问,其中也有不少的知识。

首先,从电话里面弄清对方要什么价位的饭菜或面食,再要弄清对方所需菜单的种类。还要在电话上弄清对方的单位、门牌号码、几单元、楼层多少、房间位置等。这些都弄清楚后,还得给配送的每一份饭盒上都要编上号,避免乱套。

其次,到了配送的地方,要用弯曲的手指敲门,对方开门后要恭敬地说"先生或女士请用餐!"对方接受配送后,要静等对方付款,不能催促对方,更不能向对方索要餐款。对方付款后要当场点清款项,如果有短款现象,还要赔着笑脸叫对方补齐。这一切都弄妥当后,就要给对方交代一句"请慢用餐"才能离开。

再次,在配送过程中,还要小心翼翼,要讲究卫生,千万不能把汤水之类的东西撒泼在食品袋里。否则,别人一看到食品袋里洒泼的汤水就会有逆反心理。

最后,配送完了回到馆子后,马上把配送的款子一分不少地交给收银台。并要作好登记,以备查询。

看起来都是小得不能再小了的事,但面对这些小事一点都不能马虎,否则就出差错。出点差错看来没有多大了不起,实际上也会影响整个馆子的声誉。

后来我又发现,作为配送人员,一定要穿上干净得体的衣服。千万不要衣着不整,不讲卫生。很多餐馆之所以生意不好,是因为他们的员工恰恰就忽略了这一点。这些餐馆老板认为配送人员是打工者,穿差一点没关系。素不知,配送人员是一个餐馆的窗口。别人看见你穿的那"牛吃了都要屙三年痢"的衣着,就会影响顾客的食欲,人家就吃不下你送去的饭食。这对配送者本人和餐馆都是没有好处。我常常认真观察华利的穿着,在出发前,他都是要刻意地把衣着整理一番,头发要反复梳理几次。另外,我还发现,华利虽然不是穿的高档名牌服装,但穿得很整洁还是不争的事实。

从华利举止言行中,我得出一个结论,那就是"配送无小事。"我也才懂得中国的古训:"世事洞明皆学问,人情练达即文章"的真正含义。

我与华利跟班实习几天后,就开始单独配送了。原来华利一个人配送的时候,由于他的配送范围太广,有时来不及,还得抽男性大师傅上阵。现在有了我,老板就把华利我俩做了地域分工,他负责餐馆的东方和南方,我负责餐馆的西方和北方。

开始配送的这天早上,龙大姐对我说:

"小老弟,今天你正式上班了。祝你干得十分出色。"龙大姐又对我说,"你的电话号码是多少?"

我不好意思地说:"老板,我没有电话。"

她马上纠正我对她为"老板"的称呼:"我不是给你说过吗,你别叫我老板,就叫我龙大姐。"

我赶快给她补了一声"龙大姐"。

龙大姐说:"正式上班,就得配一台移动电话。便于相互间联系。"这样吧,你暂时用我那台小灵通。以后你自己买一台手机。"

龙大姐的大方,却掩不住我的羞涩,我说:

"龙大姐,我还不会用这玩意。"

龙大姐说:"这非常简单,暂时你就先学会如何开机、如何关机、如何接电话、如何打电话这些基本的程序。其他功能以后边用边就会了。"

龙大姐手把手地教了我小灵能通的使用方法,我反复实习了几遍后,把打电话和接电话的功能基本掌握。

正式上班了,我暗下决心,一定要把这项工作做好,把工作做出色。

第一天的配送还算顺利。而且配送的质量都得到了客户的肯定。有一家汽车配件厂的职工还打电话给餐馆表扬了我。龙大姐对我的表现感到很满意,她鼓励我戒骄戒躁,继续努力。

第二天上午也很顺利,下午却遇到了一点麻烦。天星宾馆一楼108号房间一位小姐来电话说要一盒香干炒牛肉的盒饭,价位是二十五块。餐馆按她的要求标准给她做好了。我骑摩托来到天星宾馆,走到108号房间门口,用手轻轻地敲了门。

她从里面回答说:"请进。"

我进门把她要快餐送到手后,她却没有付钱的意思,我按华利的作法,不主动向顾客取钱。我呆呆地在她房间站了有二十多分钟,她却没有付钱的意思。

她看见我没有离开,就对我说:

"你去吧,餐费以后一起付。"

我想,她怎么这样不懂礼貌呢,给别人没有付钱,为什么就轻易下逐客令呢?她的这一做法真有些为难我。我怎么向餐馆收银台交差呢?

我又一想,我衣袋里还有点零用钱,第一次就算我给你贴了。

回到餐馆,我看见龙大姐正在门口和一位顾客说话,她见我回来,又很高兴地对我说:

"小老弟,你表现还不错哩。"

我本来要把刚才发生的情况向龙大姐反映一下,这时服务生小唐走过来对我说:

"小伙,银鹭大厦A座17楼170028室,有一位先生要一份龙虾快餐,请你快送去。"

　　我查询了银鹭大厦的具体位置后,飞上摩托车直奔银鹭大厦。但不巧的是,由于粗心,我把清林路当成了林清路,这样多走了一些冤枉路,白白浪费了二十几分钟时间。

　　到了银鹭大厦,乘电梯时又出了一点问题,我没看清电梯运行提示,我上的一号电梯不停单号,这样又折腾了几分钟的时间。重新下到一楼乘要停单号的二号电梯。我来十七楼170028室门口,敲了一下门,里面没有人应答。我反复敲了三次,最后一次里面发出了凶神恶煞的声音:

　　"是哪个吃饱了撑着没事做?"

　　"送龙虾快餐的。"

　　"送什么龙虾快餐?"

　　"胡记餐馆的。"

　　这时里面有人出来开门,开门人不问青红皂白就破口大骂起来:

　　"谁叫你这时才来?我都饿得快晕死了。我已另外叫盒饭吃过了,你送的龙虾快餐我不要了。"我先向他道歉,然后耐心地向他进行解释,可他把我堵在房门口,不准我进去,并高声说:

　　"你给我滚!"

　　我感到在人格上受到了极大的侮辱,泪水不由自主地掉了下来。但他还是没有被我的泪水所感化,仍然我行我素地骂我。他的谩骂,气得我浑身发抖,为了表达对他的不满,我狠狠地把快餐扔进了走廊上的一个垃圾桶里。愤愤不平地离开银鹭大厦。

　　我曾听华利说,没有送到的快餐费要自己承担。这龙虾快餐都是三十五块钱一份,加上那位天星宾馆108号房间的小姐没有给钱,我岂不要倒贴六十块钱?按照我们家乡的说法,"钱未赚到,倒找婆婆四两姜。"这是多么可怕的事啊。

　　我没精打采地回到胡记餐馆。我很想把今天的遭遇向龙大姐作个汇报。

　　我来到老板的工作室,龙大姐不在,听服务生说到外面有事去了。当我从收银台路过时,收银的小钱对我说:

　　"小攸,你还有六十块的配送费没有交呢?"

　　我强装笑脸说:"等一会儿吧,也让我舒一口气呀。"

　　这时我看见华利从外面配送回来,口里还哼着小调儿。看他那满面春风的样子,肯定是工作顺利,我在羡慕他的同时又有点埋怨他。他为什么不把我今天遇到的事例事先给我打个招呼呢?我就不相信他配送了几年就没有遇到我今天这样的情况。那边收银台的小钱又再催我要交款,我实在是心烦意乱,把身上的钱凑齐六十块,交了上去。

钱虽然交了,但心里真不是滋味。想不到如今社会上竟有一些各种各样的人,这是自己始料不及的。

过了一段时间,我估计龙大姐也许回来了,我决心去找她,把今天的情况向她作个汇报,求得她的同情和支持。

我敲了一下龙大姐工作室门,里面发出了"请进"二字,得到允许后,我进入了工作室,龙大姐正在看书。她并没有因为我而把书放上,还是继续看她的书。我想,现在很多人都不大爱看书了,她这样专心致志地看书倒显得有些异类。

我轻轻地叫了一声:"龙大姐!"

这时她才把书慢慢地合上,再小心翼翼把书放到写字台上。我顺便扫了一眼书的封面,原来她看的是一本叫《三朵玫瑰》的长篇小说。

从龙大姐脸上的表情来看,对我的到来并不反感。倒有些亲热的神态。她指定我在一架单人沙发上坐了下来,她见我坐稳后,亲切地问我:

"小老弟,有事吗?"

我说:"有,没有⋯⋯"

我的话有些卡壳。

世界上的事情就是这样,在你没有实施的时候,有天大的决心准备去实施,一旦有了实施的机会往往又是畏葸不前。

"小老弟,看样子你找我有事,有什么事你就直说,不要吞吞吐吐的。"

我想,既然自己是来上门找她,就应该坦率地把话说出来。于是我把当天的遭遇全盘向她托出,求得她的同情。

龙大姐听了我的汇报后,笑了笑说:"像第一种情况,原来华利还没有遇到过,在用钱方面一般女性都比较自觉。有时女人比男人还慷慨。天星宾馆108号房间小姐的情况我估计有两种,一种是可能她一时没有散钱;另一种是可能她心情不佳。无论是哪一种情况,她以后一定会补偿的。"

我觉得龙大姐说的也有几分道理,她毕竟是在江湖上混过几年的人。她把我认为很气愤的事情,只用两句话就解决了。

"至于第二种情况,"龙大姐又继续说,"银鹭大厦的人员结构比较复杂,从一楼到五楼都是金融机构和酒店,什么中国银行、建设银行、招商银行、民生银行、信托公司、报关受理、福翅酒店等。五楼以上是龙岗区政府的一些部、办、委、局,诸如文化局、体委、文联、民政局、科信局、作家协会、社保局、计生局、教育局、建设工程局等办公的地方。所以,有人又把银鹭大厦又叫作龙岗区第二人民政府。一般来说那里面人的素质是很高的,说不准也有个别人的素质可能不高,俗话说'人上一百,形形色色'。像你这样的情况,原来华利在别的地方也遇到过。"

听龙大姐这一解释,我心理平衡了许多。我想,华利遇到过的事我遇到了,华利没有遇到的事我也遇到了。我本想对龙大姐说今天自己的贴现如何处理,可听她这么一说,也就没有意思说了。因为以后还要遇上,不能次次都求龙大姐解决。我只是呆呆地愣在沙发上。

龙大姐见我愣在沙发上,就鼓励我说:

"小老弟,好好干,希望你在深圳闯出个门路来,成就一番事业。"

我笑了笑,心想:你说的都是天方夜谭,现在糊口都还困难,哪里还能谈得上成就一番事业!

龙大姐也没有揣磨我心里在想什么,她还是按她的思路说下去:

"小老弟。我建议你以后就在深圳安身立命,然后就在深圳组成一个家庭。"

龙大姐的这话引起了我对她的联想,我说:

"龙大姐,我还年轻,至于组成一个家庭的事,是你们那个年龄段的人所思考的问题。"

龙大姐并没有回避涉及她的话题,她大方地说:

"小老弟,你说得很对,像我们这样年龄段的人应该考虑组成一个家庭了。你虽然现在很年轻,但也不要掉以轻心,时间过得很快。在不久的将来,我的今天就是你的明天。"

"龙大姐,像我现在有必要谈婚论嫁吗?"

龙大姐笑了笑说:"从现阶段来说,你的确没有必要谈婚论嫁,但也要作个前期的心理准备,一旦哪一天爱情之神突然降落在你的头上,也不至于让你措手不及。"

龙大姐是在给我这位涉世不深的小青年上一堂婚姻课。我想,也许她说的是对的。我故意说谎话骗她:

"龙大姐,不瞒你说,我在我们家乡已经有了一个女朋友。到了结婚年龄我就要回家去结婚哩。"

龙大姐听了我的话,笑了。她是笑得那么的甜,笑得那么的艳,她的脸被笑装饰后,就像是一朵美丽的白玉兰。说实话,我的心被她的笑所征服,她的笑敲开了我的情欲心扉!激活了我对女性的渴求!我多么想冲过去拥抱她啊!我多么想去扑在她身上吮吸她那沸腾青春的乳液!我又多么想快达到结婚年龄,让我去享受像她那样异性的迷人风采!

然而,面对现实的她,我又不敢多有分外之想,我把自己萌动出来的激情深深地埋藏在想象的档案里,让她绝对不能看出我的一点破绽。我慢慢地把自己心态调节到正常的层面,然后问她说:

"龙大姐你笑什么呀?"

"小老弟,你们男孩子就是爱说假话。你说你在家乡有了女朋友,除了你自己相信,谁相信呢?我说句不客气的话,你在家乡就是有女朋友也是临时的。告诉你,莫说是你这样的毛孩子,就是现在大学生恋爱的成功率也只有百分之一,像你们这样的毛孩子恋爱的成功率,"她马上自我纠正说,"我说错了,应该是成活率,你们恋爱的成活率几乎是零!"

我被龙大姐的这否定性的语言,批驳得没有回答的余地。她还是继续按她的思路说下去:

"爱情光有爱并不是婚姻成功的主要构件,爱只是其中的一个方面而已。也就像一台机器上的一个构件,不能说它就是一台机器。爱情也像一台机器,要有多个构件组装才是叫爱情。"

"爱情还要很多构件?"

"是呀,比如经济基础啦,社会基础啦,思想基础啦,感情基础啦等,都是爱情的重要构件。我问你,你有什么基础?"

我被龙大姐说得哑口无言。

"小老弟,告诉你,对于婚姻问题,我也曾尝试过。在现实社会中也看到了不少例子。一般来说,在内地婚姻还停留在传统观念上,大多数都是从一而终,如果有哪个离了婚那是极不正常的。而到深圳和其他开放城市,婚姻的稳定性就很差,如果在深圳和沿海开放城市没有人离婚倒又是不正常的事了。我可以这样比喻,内地的婚姻就像是一架航天飞机,它的所有结构和零部件是非常稳固的,很少出差错,要出差错也是百万分之一的概率。而深圳和沿海开放城市的婚姻就像是一台锈迹斑斑的农用车,结构松散,零部件磨损已超过所承受的能力,随时都有散架的可能,有时还会车毁人亡。"

"龙大姐,既然如此,你为何还要我在深圳组成一个家庭。"

龙大姐泰然自若地说:"婚姻的稳定与否,与组成家庭并不矛盾。你看,这里不是天天有人离婚,也不是天天有人结婚么?"

末了,龙大姐还告诫我说:

"爱情是人类最美好的精神产品,她能给人带来温馨和甜蜜,亦能给人带来幸福和欢乐,一旦把爱情行为弄得过于庸俗,或过于泛滥,有时甚至把她异化,那么爱情也就变成了'可耻'的代名词。"

本来到龙大姐工作室是求得她的同情,可被她上了一堂爱情课。也算是给我的一种感情慰藉吧。

五、甜甜的禁果

我在胡记餐馆工作三个月后,一天早上正式上班前,龙大姐面带笑容地召集全体员工在大餐厅开了一个短会,她在会上宣布:

"近来阳光明媚,气候适中。餐馆决定给员工轮流放三天假,给每人发放五百块钱旅游费,用来深圳旅游,餐馆还是照常营业。旅游目标、旅游方式由自己决定和选择。"

关于我的旅游问题,龙大姐公开向大家说明:

"因为小攸年纪最小,又是来深圳不久,我要亲自带他游览深圳。"

其实在这之前,龙大姐也曾带我在深圳的一些重要地方游玩过:如地王大厦、华强北路、市民中心、东门、荔枝广场等地,还游览了一些深圳的名胜古迹。她有私家车,出行方便,想去什么地方就去什么地方。另外同她旅游还有一大优势,那就是她本人对文物古迹有一种特殊的爱好。开头我对文物古迹没有什么认识。只知道无非是看几栋老房子或看几样老古董而已。在她的开导和熏陶之下,慢慢地好对文物古迹有了一些粗浅的认识。

我俩选择了一个风和日丽的日子出发。这次,龙大姐先带我游了蛇口。蛇口有四个景点,即:赤湾的宋少帝墓、左炮台、马祖庙和海上世界。

我们先游赤湾的宋少帝墓。龙大姐给我介绍说:一二七八年春末,七岁的宋端宗病死,陆秀夫等拥立六岁的小皇帝,朝廷迁至距广东新会县五十多里的海中弹丸之地。这年冬天,文天祥率军进驻潮州潮阳,欲凭山海之险屯粮招兵,寻机东山再起。然而元军水陆并进,发起猛攻。陆秀夫见形势不利,不愿做俘虏,最后负少帝赴海而死。后来有一些好心人就把少帝安葬在赤湾。现在在少帝墓门前还立着陆秀夫背少帝的塑像。

游完了少帝墓,我们来到左炮台。龙大姐介绍说,本来还有个右炮台,"文化革命"中被毁掉了。

我们到了左炮台的古城堡上,向前一望,龙大姐告诉我说,我们的正前方就是零丁洋,是文天祥写著名的《过零丁洋》诗的地方。该诗其中有两句"人生自古谁无死,留取丹心照汗青。"最为有名,激励了一代又一代的中国人。我在中学课本上读到这样的诗句时,深深地被这两句诗所感动,立志要做文天祥那样的英雄。想不到自己站在英雄写诗的现场,真是感慨万千。

来到左炮台摆放大炮的平台,我骑在林则徐当年向英帝国主义发射炮弹的大炮上,龙大姐从不同角度给我照了几张相。我建议给龙大姐也照几张相。她说,她在这个地方来过多次,原来就照了不少的相,没有必要照了。后来她带我在林则徐那威武的塑像前又照了几张相。

照完相后,龙大姐对我说:

"蛇口在中国的历史上有着举足轻重地位。最重要的是蛇口为中国放了两个第一炮,把中国社会带入两个不同意义的时代。一是林则徐到这里放了打响鸦片战争的第一炮,使中国由封建社会进入了半封建半殖民主义的时代。二是在二十世八十年代初,深圳的建设者们为建设蛇口工业区,放了开山炸石的第一炮。这一炮,吹响了中国改革开放的号角,使中国社会进入了全面改革开放的新时代。"

龙大姐真会总结和概括。

我想:如果龙大姐当老师的话,一定会培养出一拨又一拨能说会道的人才。

然后龙大姐又把我带到炮台下方的一堵墙壁下面,她要我对墙壁认真观察,发现这堵墙壁有什么特点。我看见墙壁两株榕树的根,这些根把整个墙壁都网织起来了。我这才懂得什么叫盘根错节。

龙大姐说:"我们中国人之所以有着五千年的灿烂历史文化,主要像这榕树根一样,致力团结,形成一种合力,永远立于不败之地。不像其他国家,国名换了一茬又一茬,使得这些国家的后人连自己国家原来叫什么名字都弄不清了。比如说伊拉克,也是世界上的文明古国之一,有着灿烂的古代巴比伦文化。可是在历史的长河中,不断争战。前几年,由于国内几派争斗,加上美国对其石油的虎视眈眈,悍然向伊拉克拉发动了一场不对等的战争。现在伊拉克被美国所侵占,满目疮痍,民不聊生。人们成天受到死亡的威胁,人民多么的痛苦啊。"

我在接受龙大姐的爱国主义教育。她从字里行间都透露出一种强烈的爱国主义的情怀。想不到龙大姐还是一个狂热的爱国主义者。

我们游完蛇口后,只是匆匆地看了一下马祖庙和海上世界,也就是平素所说的走马观花吧。接着我们驱车来到了新安古城。

新安县是明朝万历元年析东莞市的一部分而建的县,新安古城距今有四百三十多年历史。古城的位置在深圳南头,有人又叫它为南头城。古城的南北两座城门还保存完好。但总的说来它与深圳这座现代化大都市有些不协调。也正如一个人上身穿的西服,下身穿的草鞋一样。古城内有两条 T 字形的狭长街道。原来的麻石板路面早已被现代的水泥砼代替了。龙大姐说她很担心,不知何年何月,这古城会在深圳这现代化城市中消失,也正如宋太祖赵匡胤对南唐后主所说过的:"卧榻之侧,岂容他人酣睡。"

古城内有几处经典古迹。它们是:新安县衙,这是在国内存在不多的一处县级衙门;文氏故居,据说是文天祥的胞弟的住所;聚秀楼,是清朝的妓院,妓院不远还有一条聚秀街,是当时妓女的生活起居的地方。除此而外还有东莞会馆,东莞会馆是东莞人聚会的场所;另外还有新安烟馆和当辅。

新安烟馆和当辅门前各有一副对联,还挺有意思。

新安烟馆的对联是:

含珠银灯通仙域,

卧云香榻吐春风。

这副对联把抽鸦片时的情景描绘得出神入化。这肯定是封建社会没落文人的应世之作。

当辅的对联是:

周旋两便寄生库,

权衡相宜度寒时。

这副对联的寓意也较深远。

令人费解的是,深圳市政府把聚秀楼和新安烟馆都定为爱国主义教育基地。还授牌挂在各自的门口。

龙大姐看了后颇有感触地说:

"深圳人为什么这样做呢?把封建社会的残余作为当今社会的爱国主义教育基地,岂不是对当今社会的一大讽刺么?"

龙大姐有感慨,我却什么感触也没有。在我看来这些都是无所谓的。

第二天,我们又游览了大鹏所城。大鹏所城在大鹏半岛上。始建于明朝洪武二十七年,占地十一万平方米。是明、清两朝重要的海防军事要塞。大鹏所城的城门古朴庄重,城内保存风格独特的明清民居,古典街道狭长深邃,特别是还有七座将军府第,可见此处原是藏龙卧虎之地。七座将军府第中以赖恩爵将军府第最为雄伟,赖府里面还有古代衙门的结构设施,显得十分威严。所城里涌现出了赖恩爵、刘起龙等一批抵御外侮的民族英雄。其中赖恩爵是九龙海战的功臣,道光皇帝又封他为"呼尔察图巴图鲁"。道光二十八年,道光皇帝又封授他为"振威将军"。

龙大姐还给我讲了赖恩爵一家三代五将军的故事。道光十年,赖恩爵的祖父赖世超,晋封武功将军,从二品;赖世超的两个儿子赖英扬——赖恩爵的父亲,道光十八年,被晋封为振武将从一品,赖信扬在道光二十七年晋封为建威将军正一品。赖信扬的儿子赖恩赐,咸丰八年被晋封为武功将军,从二品。此外,龙大姐还给我讲了赖氏三代五将军各人的一些英雄事迹。

我真佩服龙大姐的见多识广。

参观了将军府第后,龙大姐质问我说:"小老弟,你想不想当一位将军?"

"我没有那种奢望。"

龙大姐说:"拿破仑说过,'不想当元帅的士兵不是好士兵。'"

"我从来不想当什么将军元帅,就是士兵我都不想当。至于拿破仑说的,完全是屁话。"

龙大姐这时摇了摇头,说:

"小老弟,你还真有个性。我看拿破仑也真是有些发疯。元帅是几十万分之一的精英,不是人人都能当的。要是人人都去当元帅,士兵谁来当呢? 大家都有当元帅的野心,他能安心当士兵吗? 指挥官也就没有谱了。我看拿破仑纯粹是欺人之谈,也是无稽之谈。现在中国的大官小官和老百姓都爱引用拿破仑的这句话,我看都是无知。"

我不明白拿破仑在什么时候、什么地方讲了这样的话。也不明白这句话到底是讲得好还是讲得不好。

后来,我们又走马观花地游览了龙岗的鹤湖新居、坪山的大万世居、横岗的茂盛世居、坑梓的龙田世居等客家围龙屋。客家围龙屋又简称为客家围屋。这些客家围屋,从外表上看,雄伟壮观,但我对它们的内部结构和文化内涵是一窍不通。对这些客家围屋我并没有多大的兴趣。

龙大姐对却对这些围屋很有兴趣,她对客家围屋津津乐道,并饶有兴致地向我介绍说,围屋是客家人的杰作,她告诉我她曾经多次到围屋参观,对围屋的大致结构和文化内涵也很了解。她给我介绍说,围屋讲究中轴线和两边对称,它的堂、横和门口的月池,符合中国传统文化的天、地、人合一及五行共和的原则,围屋还与山水自然融为一体。整个围屋的功能,集居住、储粮、加工、生活、祭祖、教育为一体。又是建筑艺术的大展示。龙岗的鹤湖新居,建筑面积二万五千平方米,平面呈"回"字形,四角有炮楼,围墙上有走马楼,整幢房子共有一百七十九个单元,每单元有一至三间,同时可住一千五百多人。屋宇、厅、堂、房、井、廊、院错落有致,有九天十八井,十阁走马楼,有上天街和下天街各一条。是全国最大的客家大围屋。

这些客家围屋通过龙大姐的解读,我的心明亮了许多,就像漫漫的黑夜有了一颗启明星。我突然冒出了一个想法向她提出:

"龙大姐,以后我就叫你龙老师吧? 我太佩服你的才华了。"

龙大姐赶快对我的话进行否定说:

"别,别,别。你千万别叫我老师,叫龙大姐不是很好的么?"

既然龙大姐不认可,我不能改弦易辙,还是叫她为龙大姐。

游览了几天深圳的文物古迹,我们的最后一站是到大梅沙。

大梅沙位于南海之滨,大鹏湾畔,这里有金色的海滩、蔚蓝的海水、灿烂的阳光、碧绿的山峦。大梅沙海滨公园是一九九九年六月竣工的,面积约一百六十八公顷。公园利用屏山傍海的优势,形成了由山到海逐渐过渡的景观层次。有大小四个广场,有椰树林立、花草群艳、绿荫冠盖的观景长廊,有法国枇杷掩映着的草坪,有造型美观各异如朵朵白云般的张拉膜,还有金色沙滩,阳光走廊等,是集休闲度假、观光旅游、运动娱乐为一体的旅游胜地。呈现出一派浓郁的亚热带海滨风光。

我们先在大梅沙瞭望台下的临时停车场,停了几分钟的车,利用这几分钟时间选择酒店住宿。前几天我们都是当天旅游当天回到餐馆住宿。这天,龙大姐说要在外面住一晚。

龙大姐先问我:"小老弟,你想住什么档次的酒店。"

我说:"就住一家二十块一个铺位的旅社吧?"

其实我说能住二十块一个铺位的旅社,都是比较奢侈了,说句不好意思的话,我还没有住过二十块一个铺位的旅社呢? 心想,住一个晚上都要二十块,那么时间久了光住宿得花多少钱啊! 我们以前和爸爸出门时,尽管是公家报销,住上十块钱的铺位都算很了不起。每次乡下人来到龙山我家,我还常常带他们到车站旅社住两块钱的一个铺位,他们都还感谢不尽。当时我还怕龙大姐舍不得住二十块钱一个晚上的旅社呢?

龙大姐听我说住二十块的铺位,她轻轻地笑了一下。然后说:

"小老弟,我们不是来做叫花子的。住二十块一个铺位的旅社多么没有面子!多么令人寒碜啊?"

我无言以对,对于住宿条件的选择,我是没有话语权的。说直接点,我还不懂得对住宿的选择。我有时去老家拉西峒还与我的同龄小伙伴们睡苞谷壳呢。

"我们最低要住一家星级宾馆。"龙大姐一点也不含糊地说。

星级宾馆对我来说更十分陌生。我不知道什么是星级宾馆。宾馆也有星么?我们龙山县城,只听别人说县政府贵宾楼酒店是星级宾馆,但我从来没有到那里去过。下岗职工的儿子不可能问鼎那样高贵地方的。

龙大姐向我介绍了大梅沙的酒店情况,她说:

"大梅沙上星级的宾馆有二十来家,四星级以上的有大梅沙海景酒店、雅兰酒店、芭堤雅酒店、海语东园公馆、观景度假酒店、凌海酒店公寓、京地酒店、水云间酒店、滨海明珠酒店等。"龙大姐向我征求意见说:"你看要住哪家酒店?"

其实龙大姐这样问我,也等于没有问一样。出于礼貌,我还是回答了一下:

"龙大姐,由你决定。"

"好吧,我们就去住芭堤雅酒店。"龙大姐向我介绍了芭堤雅酒店的概况:"芭堤雅酒店是因为大梅沙的环境与泰国的旅游胜地芭堤雅极为相似,所以在这里开了这么一家芭堤雅酒店。住在那里面,人们可以领略一下泰国风情。芭堤雅酒店面向深圳黄金海岸大梅沙海滨,浩瀚海景一览无余,青翠的梧桐山环抱两旁,自然景观醉人心扉,开扬景致尽收眼底。天然的绿色环境,适度的滨海距离,完全纯净的空间。泰国风情格调设计,各种配套完善齐备,充分享受五星级宾馆的标准。"

"龙大姐,你原来住过那里么?"

"住过,深圳比较豪华的酒店都住过。"

"那我们就去住那里吧。"

因为我对芭堤雅还一时说不顺口,所以用了一个指示代词"那里"来代替。

龙大姐把车开到了酒店的停车场,我们下车后,龙大姐从保安手中领取了泊位卡,我们就向大厅走去。

芭堤雅也真名不虚传,除了酒店的主楼设计别具一格外,主楼两边的玻璃墙上是两道人工瀑布,整个主楼就躲藏在瀑布里面。这样的建筑,我还是第一次看到。

走进大厅服务总台。就看见《芭雅堤酒店房价目表》:

房型	门市价	平日价	周末价
高级标准房	688	368	398
豪华海景房	768	388	428
豪华蜜月房	788	438	498
海景套房	1288	800	1000
高级海景套房	1888	1138	1368
行政套房	8888	3388	3988
豪华计时房	128	88	98

我看了这个价目表,心想:"哇!这么贵。睡一晚都要那么多钱,按我们乡里人的说法,就是到山上去摘桐叶子也来不赢,我们家乡有的人甚至一辈子也不会

拥有在这里住一晚的钱。像我们寨上的顺富伯伯,他的家产,就是一个破鼎罐、一床烂棉絮。其他什么也没有。有时政府给他救济一点钱,他还不知道钱怎么去用。"

唉,我常听父母说新旧社会两重天,我看深圳和我们那里是两重天才恰如其分。难怪现在贫富不均是社会上的一个长盛不衰的话题,社会上穷人杀富人的现象屡禁不止,也是有客观原因的。

我在价目表前呆若木鸡似的看着。

龙大姐轻轻地问了我一下:"看好了没有?"

我傻笑了一下,我真不知道怎么回答才好。

龙大姐也看出了我的心思,就不再为难我了,便拿出身份证去总台登记。

总台小姐首先声明说:"高级标准房已经住完了。"

"我们还不想住高级标准房呢?"龙大姐摆出了一副阔佬架势,"其他的房间还有不?"

"有。"总台小姐回答得很利落。

"那就住其他的房间吧"

"几个人?"总台小姐问。

"两个。"龙大姐回答得泰然自若。

"什么档次的房间?"

"高级海景套房。"

"几间?"

"一间。"

总台小姐瞟了我一眼,我脸上马上被红晕搏击了一下,心里也有些紧张。我寻思:龙大姐也真怪,我们两个异性怎么能住一间房呢? 是否龙大姐在玩什么游戏? 总台小姐没有注意我的表情。

"住几天?"

"暂时住一天。"

"请预付三千元。其中包括押金。"

龙大姐从包里取出一匝钱递给总台小姐说:

"你自己数钱,多退少补。"

总台小姐先用手把钱数了一遍,又用验钞机过滤了一遍。然后给龙大姐退了一些钱,开了一张收款收据,再给了一张房卡,最后告诉老板说:

"你们住主楼 8898 房间。"总台小姐还补了一句说:"两张早餐票在里面。"

我们乘电梯来到 8898 房间房门前,龙大姐用房卡在房门拉手上一贴,发出了一种"咝"的声音,房门锁就被打开了,我有生以来第一次看见这样的锁,感到特别新奇。

8898是套房,外间是客厅,宽大的客厅里有:电视、电脑、电话、饮水机一应俱全。还有一些我叫不出来的豪华家具。里间是卧室,有一张宽大的床,我估计龙大姐晚上就会睡在那张床上,我晚上就可能与客厅里的沙发为伴。卧室富丽堂皇:那装修和一些设施我是一窍不通,只知道豪华和漂亮。

我俩稍事休息后,准备去大梅沙海滩。我们先在商店买了一些饮料、零食,龙大姐给我买了一条游泳短裤,她自己买了一套游泳衣。

到了海滩,我们租了一把大太阳伞。把简单的行李和食品放好后,我俩先后去更衣室更了游泳衣裤。

龙大姐着游泳装,我着游泳裤,她拉着我的手,先去沙滩上沙浴。

来大梅沙游玩的人太多了,多得有些人满为患。原来到电影或电视上才能看到的海滨情景,现在我已实地看到了,而且自己还是其中的一分子。这一激动的心情用普通语言是难以形容的。

当我们要离开太阳伞的时候,一位保安走过来提示说:

"先生、美女,这里人多,小偷也不少。请你们把小行李寄存。"

我们把小行李寄存到了沙滩上的寄存店后,龙大姐再拉着我的手去沙浴。我们走在松软的金色的细沙上,十分惬意。我感到无比的快乐与幸福。我真想不到快乐与幸福会来得这么快,回想在"金山公司"那一幕,我根本没有想到会能享受今天这样的幸福时光。

我们前面的海是那么的湛蓝,远处的远洋轮慢慢驶向盐田港。在海的那边还隐隐约约可以看到香港的房屋。海滩上那六个硕大的塑料人,好像腾空欲飞。有时飞来几只海鸥,给大梅沙作一些自然的点缀。所有这一切是那么和谐,是那么自然,尤其是我手牵着一个十分艳丽的异性,更把我的幸福升华到了瑰丽的天空!

我们手拉手漫步在沙滩时,我乘机对龙大姐进行了观察。我发现她那美丽的身段和肌肤太迷人了。我感到她那手,是那么的细腻,是那么的温柔。她那白白的脸上飘荡着一绺染过的黄色头发,那是青春活力的暴露。她那未经装饰的但很迷人的睫毛,像两弯彩虹把两个水灵灵眸子装饰得如一轮明月。那一管微微高翘的鼻子,令人勾魂摄魄。那富有棱角的小嘴,时时都像在喷吐着绚丽的丹霞。胸前那一对坚挺的双乳,任何时候都对男性虎视眈眈。那纤细的玉腰,掩饰不住迷人的妩媚。那白得剔透的双臂,让人如醉如痴,那笔直的玉腿,给人一种思绪的飞扬!

我们踩着松软的细沙,有时脚下发出"咝咝"的声音,这是我第一次走在大海的沙滩上,心里有一种说不出的高兴和好奇。

龙大姐说:

"现在是秋天,用赤脚在沙滩上走还很舒服,如果是在夏天,烫得脚快要被烧熟了,很是难受。"

我们走了一会后,在沙滩上坐了下来。龙大姐建议用手刨沙坑,然后我们两个都睡在沙坑里,再用沙子把两个埋上。其实这浪漫有余,舒服不足。

玩了一阵后,我实在是玩不出味儿,表现出一些厌倦神色。

龙大姐揣测到我玩的兴趣淡然,就提议去海水浴。海水浴我还是第一次。可是我还不知道海水的脾性,心里既高兴又胆怯。龙大姐拉着我的手,走向大海。当我还没有反应过来,她就把我推向海里的一个大波浪之中,开头我还有些害怕,被海浪反复折腾几次后觉得还挺有意思。她也就跟着我接受海浪的折腾,我看她顺着海浪的波峰和波谷,玩得十分开心,给我增加了胆量。我俩在海中是零距离的接触,因为都只注意安全系数,也就没有其他的一些想法和动举。享受着大自然给人带来的欢乐与愉悦。

海水浴的人太多,这叫作真正意义个摩肩接踵。

海水浴虽然好玩,但也十分乏人。我们玩尽心后,上了岸,用清水淋浴了一阵,然后直径去芭堤雅酒店。

我们来到8898房间,龙大姐进卫生间去梳理,而我却躺在沙发上休息,这时才觉得浑身无力,肚子里也感到有些饥饿。

龙大姐梳理完后走出了卫生间。她在另一张沙发上坐了下来。她征求我的意见说:

"小老弟,今晚这住宿条件,你看怎么样?"

"太好了。"我说,"龙大姐,我今晚就睡这沙发。"

龙大姐笑了笑说:"你睡沙发,我能忍心吗?里面有一张大床,我俩睡绰绰有余。"

我莞尔一笑。对龙大姐的话不置可否。心想:也许是她以大姐姐的身份在与我这个涉世不深的小弟弟开玩笑吧。

龙大姐没有考虑我在想什么,也没有揣摩我的心思,她还给我讲了一段笑话不像笑话的话语:

"小老弟,你可能是第一次同异性睡吧。现在社会上有一种男女共睡的说法,那就是'同房不同床,同床不同被,同被背靠背。'"她还进一步解释说,"也就说,男女同一间房的时候,如果有两张床就各睡各的床,如果只有一张床,那就各人盖一床被子,如果说只有一床被子就只有背靠背了。我俩今晚可能就要背靠背了。

因为卧室里只有一张床,也只有一床被。"我听了龙大姐的话,傻笑着,我也只能傻笑。

"好吧,晚上的事晚上再说,我们现在去餐厅解决肚子问题。"

龙大姐的这一提议正合乎我意。我们乘电梯去三楼餐厅。

我们刚到餐厅门口,服务生就给我鞠了一躬,并说:

"欢迎光临!"

我们刚在一处餐桌旁落座,就有服务生来询问:

"请问,有几位?"

"就我们两位。"龙大姐回答。

服务生赶紧拿出菜谱:"二位请点菜。"

龙大姐把菜谱递给我说:"小老弟,你来点菜。"

"龙大姐,还是你来点吧。"我的意思是我能点什么菜呢?我从来没有进过这样的豪华酒店,哪里会点菜啊。

龙大姐看我不敢点菜,她就鼓励我说:"你点,你就按菜谱上的点,想吃什么就点什么。"

我推辞了一阵,后来实在推辞不掉,只好把菜谱浏览了一遍,才点了起来。我先点了青椒炒肉丝、家常豆腐和回锅肉片。

龙大姐见我点的一些普通的菜,她马上否定说:

"小老弟,在这样档次的酒店你不能点这些菜。否则就有失我们的面子。"

"龙大姐,还是你点吧?我真的不会点菜。"

"你就点你爱吃的和你没有吃过的菜,不就成了吗?"

我老实地说:"龙大姐,你说点我爱吃的菜,这菜谱里面我还说不准。不说菜谱上的大多数菜我根本没有吃过,也根本没有见过。"

"那就点你没有吃过的吧。"

"这个,这个……"我有些难以启口。

"说话不能吞吞吐吐的。有什么就说得慷慨些。"

在龙大姐的鼓动下,我只好讲真话:

"如果点那些菜,就太贵了。"

龙大姐"哈哈"一笑,说:

"就这么一点问题?没关系。你大胆地点。"

龙大姐既然这么说了,我就开始点菜。首先我点了一道"古法秘制南非鲜鲍三头"。

我在家的时候听别人说鲍鱼是海鲜中的精品。今天我就点它一盘,一方面开一下眼界,另一方面也亲自尝一尝鲍鱼的滋味。

我点第二道菜是"清蒸深海比目鱼"。第三道菜是"芦荟浓汁炖官燕"。第四道菜是"灵芝煮海参"。

点到这里我再也不点下去了。因为这几个菜都超过了四千块。我觉得也够潇洒了。我把菜谱递交给服务生说:"好了,就点这些菜。"

龙大姐把菜谱接过来一看,说:

"我也来点一道菜。"

龙大姐又点两份"夏威夷木瓜海虎翅汤。"

"夏威夷木瓜海虎翅汤"我在菜谱上也看到过,每一份的价位是八百五十块。我说:

"龙大姐,我们吃不了那么多吧。"

"你别管那么多! 如果说真的要吃好,填饱肚子,就到大排档里去。到这里主要是讲排场,讲面子。"

龙大姐的话才使我明白什么叫作"有钱人的世界"。

点完菜后,龙大姐还给服务生嘱咐了一句:

"上菜速度请快一点。"

"是。"服务生也回答得干脆。

服务生去后,龙大姐看了看我,她的眼光就像一柄利剑直向我刺来,好像要把我整个身子刺穿似的。但我又发现她的眼光里带有特殊的温柔,温柔得想让我整个身子都被收服在她卵翼之下。我直呆呆地坐在椅子上。

没多久,两份"夏威夷木瓜海虎翅汤"上来了。我不知道"夏威夷木瓜海虎翅汤"是什么玩意,我问了龙大姐什么叫"夏威夷木瓜海虎翅汤"?

龙大姐解释说:"这道菜是把夏威夷的木瓜的柄部开一个洞,然后把里面的瓤弄碎煮熟,再把鱼翅汤放进去,就成了'夏威夷木瓜海虎翅汤'。这道菜说起来容易,实际做起来也还是比较麻烦。"她还介绍说,"广东的饮食习惯是在吃饭之前,先要喝一道汤。这'夏威夷木瓜海虎翅汤'是汤中精品。"

我心里想:这么贵,应该是精品了。否则什么才算精品呢? 不过我还是有很大的疑惑,鱼翅不就是鱼的翅膀么,我在家吃鱼时还把鱼翅当废物扔掉呢? 为什么到了这里就身价百倍了呢? 因为问了第一个问题,这个问题我也就再不好意思问了。就让它在实践中去给我答案吧。

我见龙大姐用汤匙喝汤,我也就依样画葫芦地喝起汤来。平心而论,这"夏威夷木瓜海虎翅汤",味道真的不错。有一股奇特的清香味,还有一种非常好的口感,就是价钱高了一点。这样的味道我还是第一次尝到。我仔细地观察了盛汤的木瓜,同我们老家那名叫冬狗子包包的没有两样,我知道冬狗子包包学名叫瓜蒌。我又认真看了一下汤的结构,除了看见黄色的金瓜瓤汁外,就是几根小粉丝,根本就没有什么鱼翅。

我忍不住拿着我的那一份金瓜鱼翅汤,让龙大姐看了一下后说:

"龙大姐,你看,这里面哪里有鱼翅啊! 就只有几根粉丝在飘荡。"

龙大姐轻轻地笑了一下,用手捂住嘴轻轻地对我说对我说:

"小老弟,那粉丝状的东西就是鱼翅呀。"

我还据理力争地说:"我们那里的鱼翅根本就不像这个样子。"

龙大姐"咕咕"地笑出声来,她说:

"你知道鱼翅是什么吗?"

我据理力争地说:"鱼翅不就是鱼身上的翅膀么?"

龙大姐用她那玉手往我身上轻轻一拍,她用推销员的口吻对我说:

鱼翅是取自海里鲨鱼的背鳍、胸鳍、尾鳍晒制而成,尾部称为勾翅;胸鳍称为片翅,背鳍称为脊仔翅。鱼翅种类很多,鱼翅的档次也分很多种,最高级的是天九翅,其他依次是:海虎、金钩、春翅、蝴蝶青等,最次一等是脊仔翅。我们今天吃的就是海虎鱼翅。作为名贵海鲜,鱼翅含有丰富的蛋白质,有益精固本、补血、补肾的功效。这里的鱼翅不是我们内地的鱼翅,也就是说此鱼翅非彼鱼翅也。我们内地的那鱼翅膀,是没有一点价值的,在某种程度上来说还是废物。"

听龙大姐这么一说,我才恍然大悟。

龙大姐又问我:"你点的那'芦荟浓汁炖官燕'你知道它是一道什么菜吗?"

"就是我们那里的芦荟炖燕子肉吧?"

龙大姐抿嘴一笑:"你看了一下它的价位没有?"

"看了,一千八百五十块一份。"

"你们那里的芦荟和燕子肉有那么值钱吗?"

我摇了摇头,实际上我也不知道我们家乡的馆子里有没有燕子肉,就是有也不知道它的价位是多少。

"告诉你,你点的那份芦荟浓汁炖官燕,是燕窝中的一道精品。"

我把舌头一伸,心想,我怎么一下又点到燕窝了? 也只好又向龙大姐求教说:

"燕窝怎么又叫官燕?"

"你对燕窝也不了解?"

我点了点头。

龙大姐向我介绍说:

"燕窝分三大类,一是白色官燕,又称白燕。纯由金丝燕的唾液垒窝凝固而成,色白洁净,为金丝燕第一次所筑之巢;二是毛燕,为金丝燕第二次所筑之巢,由于第一次筑巢时用了大量的唾液,所以第二次筑巢时就不得不加入一些羽绒毛,杂质较多;三是血燕,由于有的金丝燕所进食的食物不同以及周围环境不同,所筑之巢穴呈现红褐色,俗称血燕。这三种燕窝中,官燕最好,营养最丰富。"

接着服务生陆续上了其他的菜。

最后一位女服务生端来了一盘贝壳模样的菜,我心里想:我们没有点这道菜,为什么上这道菜呢,莫非龙大姐在私下里又点了一盘贝壳不成? 龙大姐从点菜到上菜始终没有离开餐桌,这道菜到底从何而来的呢? 我心里只是纳闷但不好作声。

这时服务生告诉我们说:"先生,美女,你俩的菜已上齐,请慢用。"

听了服务生的话,我不甘心的是,我点的鲍鱼为什么未上桌呢? 我用筷子夹了一个贝壳,然后还是忍不住问了服务生一句:

"美女,我点的鲍鱼为何没有上呢?"

服务生转过身去偷偷地笑了,她收拾了笑容后,又转过脸和颜悦色地对我说:

"先生,你夹的那个不就是鲍鱼吗?"

龙大姐也跟着笑了起来。

我呢? 我感到十分尴尬,第一次在鱼翅的问题上,是龙大姐悄悄地给我解了迷,而在鲍鱼的问题上却是在服务生面前出了丑。出了我的丑,也就出了龙大姐的丑。我在家听老一辈说:"丑了寡人丑了国,丑了麦子丑了面。"我真有些无地自容。

服务生也看出了我的尴尬,反替我解围说:

"先生可能刚从内地来。对鲍鱼还没有认识。"

我老老实实地回答了一个"是"字。

龙大姐安慰我说:"世界上的很多东西,就是从不知到知之,从知之不多到知之甚多。"

服务生肯定龙大姐的话说:"这位美女说得很对。"

龙大姐又慢慢地、耐心地对我说:"小老弟,你在视觉和理念上发生了误差,可能认为鲍鱼就是鱼,错了。也正如甲鱼不是鱼一样,甲鱼是爬行动物,有四肢,不是鱼类。还有蜗牛是软体动物,也不是牛是一个道理。"

龙大姐进一步向我解释说:"鲍鱼是海产贝类,自古被人们视为海味珍品之冠。鲍鱼有'餐桌上黄金'的美誉,中医理论中早有鲍鱼养肝明目、止渴通淋的说法。早在清朝就有所谓'全鲍宴',而当时沿海各地官员朝圣时,大都进贡干鲍鱼为礼物,一品官吏进贡一头鲍,七品官吏进贡七头鲍。鲍鱼的等级按'头'数计,有

'二头'、'三头'、'五头'、'十头'、'二十头'不等，'头'数越少价钱越贵，正所谓'有钱难买两头鲍'。而鲍鱼以加工形态又有有干鲍鱼和鲜鲍鱼之分，干鲍鱼烹制时间较长，需要精制的汤反复煨味，干鲍鱼充分吸收了其他物料的味道，才香味浓郁、肉质甘腴。而干鲍鱼的极品更是讲求个大、肉丰和'糖心'。鲜鲍鱼的加工时间相对要短些，程序也简单一些。你今天不仅看到了鲍鱼，而且还要吃它，这也许让你开了一下眼界吧。"

"是啊！"

我真不理解，龙大姐为什么懂得那么多啊。

我在家时，经常听人说吃山珍海味，话是那么说，其实真正吃到山珍海味的并不多，今天我才真正吃到了山珍海味。

进完餐后，我和龙大姐就回到 8898 房间。这时夜幕已经降临。我和龙大姐先坐在客厅里，龙大姐用遥控器打开了电视，里面播放的戏剧节目，但我无心去看电视节目。虽然沙发十分柔软，对我来说如坐针毡，心里却不停地跳动。自己不断地问自己："我今晚是否真的与龙大姐同床呢？如果真是那样又会产生什么样的后果呢？"但我的自问又得不到最佳答案，又不能向龙大姐求证。这不是鱼翅和鲍鱼的问题。这是关系到隐私问题。

龙大姐削了一只苹果递给我说：

"吃点水果，以助消化。"

我接过苹果胡乱吃了起来，根本没有认真去留心苹果的滋味。龙大姐她自己也削了一只苹果，然后大口大口地吃了起来。她边吃苹果边看着我，有时想笑，又没笑，表情非常自如。她的眼光叫我实在有些惶恐不安。

龙大姐发现我有些不自在，就把电视遥控器递给我说：

"小老弟，你喜欢看什么节目，你自己去选。"

我接过遥控器，也只是胡乱换了几个台，还是提不起兴致。龙大姐见我没有兴致，就提议说：

"这样吧，我们刷牙、冲凉，干脆早点休息。"

我也就恭敬不如从命，马上就去卫生间刷牙、冲凉。

我要踏进卫生间门时她交代说："浴衣在卫生间的衣柜里。"

我回答了一个"是"字，说实在话，我长成这么大还未见过浴衣，更不知怎么去穿它呢？我想，既然叫浴衣肯定有两只衣袖，把两只手伸进到里面也就成了么？管它三七二十一，今天也得尝试一下。

我很快就把刷牙、冲凉的程序弄完了。打开卫生间的衣柜一看，里面有两件长衫形白色浴衣。与普通的长衣没有什么两样，只不过是普通长衣是扣子，浴衣

是带子而已。我顺便穿了其中一件走进客厅。龙大姐一看见我穿浴衣出来,赞扬了我一句:

"呀,真是一个帅小哥!"

龙大姐又去卫生间去履行洗漱的过程。她就不像我用时短暂,大概不下四十分钟。

龙大姐穿着浴衣来到客厅,并直径走到我的面前,她毫掩饰地问我:

"小老弟,你看我漂亮吗?"

我把龙大姐从头到脚认真地打量了一番,在我眼睛中的她是一尊活生生的王昭君!呀,我真不相信自己的眼睛,想不到世界上真的有这样让人痴醉的艳丽美人!她真的漂亮!她实在漂亮!在柔和的灯光照射下,她是一朵出岫轻云!她是宽阔湖面一朵清水芙蓉!站在我面前的是一位仙女!不!是一位楚楚动人的当代玉环!

龙大姐邀请我说:"小老弟,我俩一起到房间内的穿衣镜面前照一下,看谁漂亮些。"

龙大姐有意向我进行容貌挑战。

我随龙大姐走进房间的大镜子面前。呀,我第一次看见自己和一位绝色的美女站在一起,是何等的幸福!是何等的快乐!她在我面前是何等的丰姿!又是何等的潇洒!而看到我自己却又感到是何等的无知!是何等的自愧!

我毕竟是成熟的青年,我开始胡思乱想了。我把手不由自主地伸到她的胸部去抚摸她那坚挺的乳房,好在她不仅没有拒绝,反而把浴衣解开,让我摸得尽情。突然,她用双手把我紧紧搂抱,甜蜜地吻着我。

一股幸福的暖流慢慢地在我周身流淌。

我们相互吻了一段时间,最后我俩终于被激情退掉了遮羞的浴衣,双双倒在了温馨的席梦思床上。

我,一位十七岁的青年,把人生的第一次献给了一位我敬仰的女神!

她,一位二十出头的女性,把最美好的东西献给了一位乳臭未干的青年!

六、小学教授

　　与龙大姐有了那段特殊经历后，我下决心要与她结为夫妻。尽管我离结婚年龄还相差很远。作为一个男子获得了从来没有的幸福后，就要得陇望蜀了。

　　我们回胡记餐馆的机荷高速公路上，我主动向龙大姐提出：

　　"龙大姐，既然我俩之间已拆掉了男女之间的那堵樊篱，我们马上结婚吧？我愿意为你创造终身幸福。"

　　"那好哇。"

　　龙大姐回答得出乎意料的爽快。

　　"我们能否最近就把婚事办了呢？"

　　"行。"

　　"我们就通知双方父母，让他们也知道这桩好事。"

　　"有这样的必要吗？"

　　"我们都是父母所生，结婚这样的大事不让父母知道怎么行呢？"

　　"你说得对。"

　　"那我们就着手办吧？"

　　龙大姐"嘿嘿"一笑，然后抑扬顿挫地说：

　　"小老弟，你怎么把事情看得那么简单啊。男女之间有了肉体关系，并不等于有了爱情，有了爱情，也不等于就有了婚姻。"

　　"我爱你！"

　　我的话说得十分执着，也十分坚决。

　　"就凭'我爱你'这几个字能决定婚姻大事么？你想：世间上的男女不知有多少人说过'我爱你'，最后有多少人能真正结合在一起呢？"

　　龙大姐的这话真叫我一时难以回答，她毕竟比我要老练一些，我只知道自己凭激情说话，根本没有考虑她的内心世界。更不知道男女间的爱情是什么样子。她见我半天没有回答，大概是怕伤了我的自尊心吧，她又主动对我说：

　　"说实话，小老弟，我是对你有好感的。自从你到我店的第一天，我就对你有一种特殊的好感。我这次单独带你来旅游,也就是我对你好感的一种兑现。尤其是你昨晚的表现,让我终生难忘。"

"那么我们赶快结婚吧。"

"你想过没有,我俩结婚合适吗?"

"合适。我愿永远做你的保护神。"

"你能保证一时,不能保证一辈子。"

"请你放心,我会保证一辈子的。"

"当爱情还只具雏形的时候,双方都会做出保证。而且保证的声音特别响亮。"

"难道你就不相信我的保证吗?"

"我相信。"她又说,"你知道吗? 世界上最不经折腾的就是婚姻和爱情。你看,现实生活中,很多人的婚姻和爱情,说变就变。人类的婚姻和爱情时时都充满着变数和风险,当你还没有任何准备的时候,那变数和风险就悄悄地来到了你的面前。"

"我俩不会。"

"小老弟呀,口头上的承诺并不等于完整的现实。今天的承诺也不等于就是明天的实践。我也曾经考虑过我俩的终身大事,但是,我反复权衡一下后,我们之间的爱情和婚姻是不对等的。无论从年龄、受教育程度和其他诸因素来看,都有一种级差。"

我对龙大姐所说的"因素"、"极差"等词汇并不是透析的理解,但还是知道她的这话已经讲得十分清晰了,我不能再去纠缠她,更不能把个人的意志强加于她。我被她说得有些失落感。我只好胡乱挑选了几个词语说:

"是的,龙大姐,我知道我是配不上你的。"

龙大姐从我的话语中听出我的感伤情调,反过来又安慰我说:

"小老弟,我俩就是不能成为夫妻,但成为终生朋友是没有问题的。"

龙大姐这么一说,我就保持了沉默。

这天中午,馆子里没有派送任务,我帮助服务生在餐馆里面做一些杂务工作。当我正在端着一摞碗,准备去盥洗间去时,这时从外面进来了两位顾客,挑选了一张餐桌坐了下来。

我没有认真去打量这两位客人。餐馆有明文规定,凡是餐馆员工不能随便打量客人,做好你的本职工作才是你的天职。但听他们对话中,我发现其中一个讲话的发音和声调同我的差不多。他发音中的辅音 H 和 F 不分,声调比一般人都要高一点。是典型的龙山话。我估计他也许就是我们龙山人。虽说龙山人在深圳打工和做事的人很多,但是你真正要碰见龙山老乡也很不容易,平时大家都各忙各的,很难相遇。

我把碗放好后,马上走出来,假装拿一扫帚在他们那餐桌旁去扫地。心想,尽管不能与他们搭腔,就是听一听乡音也是一种安慰。

我还未走到那餐桌旁,那位讲龙山话的人认出了我,主动叫了我一声:

"攸鼎生"。

我定了定神,仔细一看,不看则罢,一看则让我吃惊不小。原来是孙文光老师,我回应了一声:

"孙老师"。

孙老师站起来赶紧握住我的手,久久不肯放开。约莫过了十来分钟,我拉了一条凳子碍着孙老师坐了下来。

孙老师是我高中时代的语文老师,他的课讲得特别好,尤其是对现代文学课的分析是最透彻的。凡是听过他课的学生,没有过一个不崇拜他。我上高一的时候,据说湘西学院要调他,县教育局不给档案没有去成。孙老师就硬撑着给我们上了一年课,我到了高二,省里的一所大学要他,县教育局同样不给档案,照样没能走成。高中二年一期结束后,我听说他和州民中的两个老师甩掉了铁饭碗,来到了深圳。真想不到能在这里碰到孙老师,显得格外亲切和高兴。

我坐下之后,孙老师就向那位顾客介绍我说:

"这是我的学生,叫攸鼎生。我曾给他们班上过语文课,他的学习成绩特别好。"

那位顾客向我点头示意。

孙老师又问我:"攸鼎生,你明年都要高考了,怎么来到这里?"

我把自己家里的困难情况如实向孙老师做了说明。

孙老师听后发出感叹说:"唉,实在太可惜。你如果继续读下去,考上重点大学是不成问题的。"

孙老师对我的赞扬,反倒使我难受,谁个又不想上大学呢?我不想在我辍学的问题上继续说下去,越说越只能使我痛苦。于是我岔开孙老师的话题,问孙老师:

"孙老师,你现在到哪里工作?"

"就在离这里不远的白灰围远景小学。"

孙老师所说的白灰围远景小学,我是知道的。曾在那里派送过几次快餐。听人家说,白灰围远景小学,原来是一所白灰围村民小组办的一所民办小学。最先只有小学一二年级,学生不上二十人。前几年白灰围的土地都收归国有,由市里统一规划,村民都成了城市人口。原白灰围村民小组的土地上兴办了很多民营企业,龙岗区政府也在这里修建了一些机关大楼。原本只一百多人的白灰围村民小组,现在发展成有十万多人的一个市镇。村民小组也改称为白灰围社区。由于外来人口剧增,二十世纪末,一些民营老板在白灰围兴办了几所小学,还兴办了龙岗区最好的中学——龙岗高中。一家民营老板对原白灰围小学投入了一大笔资金进行改造,把校名也改为白灰围远景小学,目前在校师生员工有两千多人。从严格意义上来说它还是一所打工学校。

孙老师作为内地的一位高中语文的把关教师,为什么到深圳来当一位小学老师呢? 真让我百思不得其解。

"孙老师,你怎么到深圳教小学啊?"

孙老师反问我说:

"你对我当小学老师有些不可理解吧?"

"孙老师,这怎么说呢。"

"你要在老师面前说实话,没有什么关系的。"

我被孙老师逼上梁山,也只能讲实话了:

"是的,孙老师,你还是我们家乡的高中把关老师呢?"

"攸鼎生,你刚来,你可能不知道。深圳是人才济济的地方,也是用人最奢侈的地方。"孙老师指着同他一起来的那位顾客说,"你看,我们这位胡老师,原来是安徽淮北科技大学的一位教授,他先是在布吉外国语学校教书,后来又在教苑中学任教。今年又与我同时到白灰围远景小学共事。别人是从小学教到中学,从中学再教到大学,可他是从大学教到中学,从中学再教小学。"

我以为是孙老师挖苦这位胡老师,我还担心胡老师接受不了孙老师的这些话哩。哪知,胡老师却很坦然,他说:

"孙老师说的是实话。有人还向我开玩笑说,'白灰围远景小学对面有一所白灰围幼儿园,可能在不久的将来,你又要去白灰围幼儿园教幼儿。'我正面回答说:'无论是教大学、教中学、教小学,还是教幼儿园,反正都是老师,这一点谁也否认不了。也正如造原子弹、造飞机大炮和造皮鞋、造牙膏的人都是工人一样,你不能说造皮鞋和造牙膏的就不是工人呀。'我这一说,别人也就无言以对。"

想不到胡老师还挺幽默。胡老师的这一坦然表白,让我看到了新深圳人的胸怀。

胡老师还饶有兴味地说:"深圳是一个移民城市,全国各地的人都汇集到这里,首先是能够安下身来是第一位的。至于职位那是第二位甚至是第三位。小伙,我可以告诉你,我们远景小学里教授、副教授就有十多个,还有几个市厅局级干部,我们的副校长原来就是内地一名厅长。"

由于胡老师说话慷慨,我也就打破了语言壁垒。我问他说:

"胡老师,你们内地大学教授,到深圳来当中学教师、小学教师,思想一下是怎么转换过来的?"

"小伙,你如果爱听,我也就可以毫无保留地告诉你。"他摆出说书的架势说,"我要说还是一步一步说,首先说我为什么要到深圳来。你想,到内地当教授月工资也就三千多块,在大学工作如果拿不到国家课题和省部级课题,学校是没有钱给你的。国家课题和省部级是多么难拿到啊。其他的不说,最重要的一方面你要舍得起花本钱,给那些评委行贿,另外一方面你要在圈子里面有熟人,如果在课题评审组里面有熟人更佳。这两个条件你都不具备,你就根本不要去想拿它。如果没有国家和省部级课题,月工资三千多块钱能做什么? 一个月下来,买点书、应付家庭生活、走走人情也就所剩无几。在深圳中小学教书,工资就高多了,除开房租费、水电费、交通费等,剩下的比内地正常工资还要多,再加上一些节假日补助,收入是十分可观的。"

孙老师补充说:"这里节假日单位给每人发放五千到一万块的福利。"

我持怀疑态度说:

"节假日单位给每人发放五千到一万块?"

胡老师说:"是呀。我原工作的那所大学,如果在节假日能发个一百块,大家都还说校长很开明。"

孙老师说:"内地都是这个样子。"

"是呀。"胡老师又说,"我现在已经买了房子,买了小车。如果到内地,那是猴年马月的事。"

"对呀。"孙老师说。

胡老师又进一步解释说:"我为什么要从中学到小学呢? 因为教中学的备课和改作业太花时间,在小学即或要备课和改作业,那都是小菜一碟。加上我一个教授在小学,也受到别人的高度尊重,有时学校要和国际上交往,就要我们这样的人去参与。我们这些人也可以算是学校的一块招牌。我到远景小学一年多,已出国两次,这在内地大学像我们这样普通的教授要想出国是根本不可能的。"

"深圳中学和小学的工资哪个多一些?"

我知道工资是个人的隐私,是不便乱问的。我看胡老师畅所欲言,我也就冒昧地问了胡老师。

"差不多,小学有时还有家访补助。"

我听了胡老师的这一番话，我心中疑惑被驱逐了。

胡老师还言犹未尽，他继续给我讲深圳的一些高级知识分子的故事：

"我校有一对老师，他们原来都是北方理工大学的教授。男的姓朱，女的姓应。应老师在当地还是国务院特殊岗位津贴享受者。朱老师比我先来深圳两年，他一开始就到白灰围远景小学。朱老师为了把应老师弄到深圳，他哄骗应老师说是在深圳的一所大学工作，已经给应老师在这所大学谋得了一个职位。应老师把朱老师的谎言信以为真，就辞掉北方理工大学教授职位，来到了白灰围远景小学。应老师来到了白灰围远景小学后，发现朱老师欺骗了自己，感到大大地屈才，应老师骂朱老师害了自己。心里感到十分沮丧。但又很后悔辞掉了内地的教授职务，如果再回去别人不拒绝也会嘲笑自己。后来应老师觉得回去又无望，只好在什么山上唱什么歌，硬着头皮留了下来。再后来应老师慢慢习惯了。最后是深圳优裕的城市氛围和良好的气候条件，让应老师乐不思蜀。现在他们在关内买了房子，开着自己的广本小汽车，是一个标准的深圳市民了。前两天我还同应老师开玩笑说，'你应回北方理工大学当你的教授去呀！'应老师反过来回敬我说：'你怎么不回淮北科技大学去当你的教授呢。'我俩都哈哈大笑起来。"

胡老师讲得有声有色。经他这么一说，我对孙老师到深圳来任小学老师也就觉得没有什么不妥的了。他们的话，让我陷入了深深的沉思：我想，深圳人来自天南海北，各种各样的人才都有。深圳也就充分利用全国各地优秀人才资源，用其所长，因而就发展得那么快。难怪我在家常常听人说，深圳的发展主要是靠的人才战略。这我没有过在深圳之前，在没有听到胡老师和孙老师他们的故事之前，我是不太相信的。

回想起我们那里家乡的教育状况，真是不堪回首。我们家乡的教育越来越萎缩，很多农村都没有学校，就是有学校的地方，教育也是苟延残喘地在死亡线上挣扎。学生大量流失。老师也难以为继。要校舍没有校舍，要师资没有师资。乡下村小，连一个普通的中师生都不安心在那里工作，很多地方都是小学水平教小学，有的甚至小学水平教中学。虽然当地政府经常刷出"再穷不能穷教育，再苦不能苦孩子"的标语，这都是当地官员为自己增添政绩资本的豪言壮语。也是那些想在政治市场上大赚一笔的掮商语言。没有半点实际意义。

深圳的小学教师已有一部分人是博士和教授。二者的差距太大了。我虽然谈不上忧国忧民，但狭隘的家乡观念还是有的。我看到我面前的孙老师和胡老师，他们虽然在深圳是职位低就，但他们毕竟走出内地的贫困，走出了他们所向往的一种生活。他们可以谈享受、谈出国，他们现在以深圳人的姿态来展示在世人面前。他们的前面一轮红日冉冉升起，光芒万丈！

我默默地注视着孙老师和胡老师,我想他们已经成了"一部分人先富起来"的实践者和受益者。同时,我也想到,深圳的成功,是得益于一种政策的倾斜,政策的制订者往往忽略绝大多数人的利益,或者说是牺牲绝大多数人的利益来让一部分人得到充分的好处。中国几千年以来,历代决策者都没能把这一问题得到很好的解决。

我正在陷入沉思的时候,孙老师对我说:

"攸鼎生,以后你来我们学校玩玩。到我办公室来聊天。我的办公室在叠韵楼 A 座 5 楼 24 室。"

孙老师给我告诉的地址有些不顺口,我找了一张菜单便笺纸,要孙老师用笔给我写在纸上。孙老师把他的地址写好后还给我,上面还写了他的手机号码。并还交代我说:

"如果你要来,先打我手机。如果我的手机不通,你也可以打王医生的,我把王医生的电话号码也写在上面了,反正我俩总有一个人的手机是通的。"

孙老师说的王医生是指的孙老师的爱人,她原来是我们中学的校医。

"孙老师,王医生也在你们学校?"

"她在关内一家香港人开办的医院工作。最近有半年的带薪假,她在我们学校休假。"

"王医生的工资有孙老师的三倍多。"胡老师替孙老师回答,接着胡老师的又说,"没有那么多钱谁又肯来呢?"胡老师又好像想起了一件什么事,他说,"孙老师,你们原来那个彭校长现在好像也有不少钱。前次我看他开了一辆宝马车。"

"是呀,他现在是一个不大不小的老板了,在深圳开宝马车的大都是老板。"

"他在做什么生意?"

"他不是做什么生意,而是在市民中心那里开的一个健美操培训班。"

"难怪我多次在皇岗路看到他的车。"胡老师又问孙老师,"彭校长为人还是很不错,他这几天来你那里没有?"

"上个星期天他还请我到银湖会所消费。"

我想:胡老师和孙老师所说的彭校长,是不是几年前我读初中时的那位彭校长?当时我在上初二,听说彭校长号召全校老师在假期给学生补课,与县教育局不准补课的指示对着干,据说还多收了一些补课费。这样受到教育局的重点批评。彭校长一气之下,辞掉校长职务,跑到深圳来了。

为了证实我的猜测,我问孙老师:

"孙老师,胡老师说的那个彭校长,是不是原来龙山一中的那个彭校长。"

孙老师回答说:"就是他。"

"他怎么会想到办健美操培训班的?"胡老师不解地问。

"他老婆在我们县里时,就办过健美操培训班。"孙老师说,"反正现在攸鼎生也不是学生了,我可以把彭校长和她老婆的真实情况露一下底。"

孙老师介绍了彭校长和她老婆故事:

彭校长老婆原来是彭校长的学生,跳舞跳得特别好,她初中毕业后考入省舞蹈学校。她二年一期时,就与省歌舞团签约,毕业后就在省歌舞团就业。她读初中时,彭校长就与她有暧昧关系。彭校长生怕她从省舞蹈学校毕业后会远走高飞。就在她快要毕业的那个假期,彭校长玩了一个手段,要她在龙山一中给学生补舞蹈课,就在这期间,彭校长干脆和她睡了觉。这样,她也就辍学不去上学了。后来彭校长用自己当校长的权利,聘请她为龙山一中舞蹈老师。没有多久,两个领了结婚证,也就名正言顺地成了夫妻。

"嘿嘿,彭校长还是一个很有算计的人。"胡老师掉转话题说,"想不到办一个健美操培训班也能赚得到那么多钱。"

孙老师说:"现在人的生活质量提高了,要求的标准也不同了。办健美操培训班正是符合历史潮流。"

胡老师还是有些不解,他说:

"那也是。不过我还是弄不明白,办健美操培训班怎么能弄得到那么多钱?"

孙老师说:"能。我到过他们那里。你想,一个人交一千块,十个人就一万块钱块,一百个人就十万块钱。深圳人交个千把块钱是很容易的事。又是短期培训,培训周期不长,资金流转非常快。"

"人们对健美操就那么热心?"胡老师还是有些不解。

孙老师回答说:"一方面彭校长本身就有一种组织能力,加上他老婆又是内行,通过一定的宣传手段,别人不认识也得认识。"

我在一旁帮孙老师的腔说:"彭校长爱人的课讲得好哩。我在初一时她给我们上过舞蹈课,她不仅舞蹈动作好,理论课也上得有滋有味。原来我们同学对舞蹈理论课未得兴趣。通过她的讲课,都有兴趣了。比如说,她讲舞蹈首先就要讲究动作,动作就靠设计。动作设计一方面要讲究方向变化,对称与不对称,手臂的动作要讲究多样性和创新性;另一方面还要讲究路线的变化,路线要讲究长短、曲直的搭配;从而达到动作连接的创新,队形变化的创新,难度机制的创新;还要融入不同风格的健身方法,最终实现极佳的效果。"

胡老师听了我的介绍后,微微点头,表示对我讲话的认可。

孙老师也说:"是的。攸鼎生说得很对。有一次我到他们短期培训班,听过他老婆上的理论课,讲得挺不错。她讲的健美操的热身作用和塑身理论使我为之倾倒。她讲热身作用时说,热身能提高中枢神经系统的兴奋性,增加内分泌的活动性,为正式练习的生理功能迅速转为最适宜的程度;增强氧气运输系统的活动;体温适度升高,调动生理状态;降低肌肉的黏滞性,防止运动损伤;增强皮肤的血液循环,有利于散热,防止正式训练时体温过高。"

胡老师对孙老师的话听得入了意境,胡老师说:

"噫,真是不错!把其他综合性的知识也结合进来了。这说明每一门学科都有它自己的特点。"

孙老师继续讲他还未讲完的话题:"是呀,她那健美操的塑身理论也讲得好。她说,塑身要讲究自然、平衡与协调。其神奇之处就是赋予机体细胞年轻的状态。保持充沛旺盛的精力,帮助一个人的健康的精神系统,使不健康的神经系统恢复正常功能,凭借对重要内分泌系统产生有利的影响来保持身体健康各种健美操的姿势,将会帮你伸展肌肉,使身体每个部分得到益处。"

孙老师说到这里后,发表感慨说:

"我从彭校长老婆那里才发现知识价值。"

胡老师对孙老师的话产生了共鸣:"哎呀,我虽然在大学当过教授,可像她这样把在我看来很微不足道的健美操说得这么生动有趣,以前还未碰到过。如果是我,也愿意给他们交一千块的培训费,就是不练健美操,听一听她的课也是一种享受。"

"对呀,条条道路通罗马。无论哪条路只要你走通了,都是有前途的。"

这时小唐走过来给我挤了挤眼,示意我不要只顾和客人说话,也要注意客人的进餐事宜,经过这一提醒,我才发觉我只顾与孙老师和胡老师说话,忘记了他们是来进餐的。于是我就问孙老师和胡老师:

"二位老师想吃什么?我们边吃边谈吧。"

孙老师说:"胡老师,你喜欢吃什么菜?你点几个吧。"

"孙老师还是你点吧。今天我们多点两个菜,请你的学生也同我们一起进餐。"胡老师说。

孙老师见我在场也就不好再推托,没有看菜单,就点了起来,他先点四个菜:劲霸国色天香(海虾)、银针海蜇、爽鲜海胆、粉丝蟹肉煲。其实孙老师点的也是我们馆子里的几道特色菜。看来他们以前曾来过这里。

点了这几道菜后,孙老师说:

"我点了这几个,其他由胡老师你点几个小菜就够了。"

胡老师再点了几个小菜,就算是把点菜的事情给完成了。

没多久,菜就上来了,二位老师要我一起进餐,我也没有推辞,就一起吃了起来。

吃完饭,孙老师再次邀请我去他们学校玩,我说以后有时间一定来。

随后他和胡老师都给了我一张名片,并交代说,以后有事就打电话联系。

七、三伯父有了女朋友

这天,天星宾馆108号房间那位女士又打来电话,说是要一份二十块的快餐盒饭,另外还要加一份三十块的金瓜墨鱼汤。

大师傅把饭菜做好后,叫我马上送去。

我犹豫不决,说白了就是不高兴。如果说她又像前次那样不给现金,我承受不了。前次那二十五块钱我是不指望她还了,这次比前次的金额更多,如果她再赖账我就麻烦了。我本想同华利换一下。可是华利又去其他地方配送没有回来。就是回来了,凭他那固执的个性也不一定得去,因为那是我配送的范围。

我还在考虑到底去不去。电话又催来了,领班小白要我马上送去。

唉!吃了人家的饭,就要受人家管。这是千年古训,谁也违背不了。我还是更着头皮去天星宾馆。一路都在思考这次想什么办法把钱拿到手。

到了天星宾馆108号,我轻轻地敲了一下门,这次是那位女士亲自来开门。她和颜悦色地对我说了一句:

"请进!"

她的这句"请进"让我看到了拿到钱的曙光。我很老实地跟着她走进了房间,她把我让到了一张沙发上坐了下来。

"小姐,我不坐了,馆子里还有很多事。"

我很诚实地说。我只是希望她快点把餐费给我。

她却不以为然地说:"你到这里配送也是做事呀。难道你们的老板就那么没有人情味?"

"老板很有人情味。正因为她很有人情味,我们员工就更要自觉。"

我说的"自觉",也有双关的意味,其中也有对她要自觉给钱的暗示。

她也好像明白了我话里的意思,说:

"我叫你坐你就坐呀!让我吃完饭就把餐费给你,如果不要餐费你就去吧。"

她这么一说我再也没有退路。她这个人对人太残酷,难道她吃饭还要别人在一旁陪着不是? 但想到自己是做服务工作的,"服务就要服务到家,尽量满足顾客要求。"这是领班小白经常给我们员工的训诫。我只好坐下来等她把饭吃完。

趁她吃饭的时候我打量了一下房间格局：原来这房间是一套房，外面是客厅，里面一间是卧室。

她吃饭的时候有一些附属动作，先把茶水放在茶几上，再把盒饭里的菜饭分别重新盛在预先准备的碗和盘子里，又再拿自己的筷子用餐。她打开饭盒时，要认真反复地看上几分钟，用餐时还在饭和菜里反复挑选，好像别人给她下有毒药似的。她的这些动举，实在叫我有些反感。既然如此，你何必又要人送盒饭，自己弄饭不是更放心么。

她吃饭时还问了我一句话：

"看样子你是刚来不久吧？"

"是。"

我回答是应付性的，我没有兴趣和她搭话，就是这样应付性的回答，我都不愿给她。

她也没有再问下文。只是吃饭，挑剔，挑剔，吃饭。相互轮回。约莫过了二十分钟，她把饭吃完了。又到洗手间把碗和盘子洗好，并把盛饭的塑料盒放进了垃圾桶。她每做一个动作，都叫我有一种极大的反感。真想不到她会如此的把别人的时间不算数，把别人时间不算数的人是最可耻的。不知是哪位名人曾经说过，"浪费别人的时间，就等于是浪费别人的生命。"

她把该做的一切做完后，就问我说：

"上次是二十五块，这次是五十块，一共七十五块，对吧？"

"是的，小姐。"我忍着内心的不满，还带有一点恭维的口气回答，目的就是要她把餐费快交给我。

她听我把话说完后，她就进卧室去了。

不一会，她从卧室传来一句话：

"要钱就进来拿呀。"

我迟疑了一下，进她的卧室取钱是不是合适呢？她会不会是给我一个陷阱，到时诬陷我是进她的卧室里进行抢劫呢？但又一回想，钱在别人手里，不主动一点是不行的。我光明正大地拿钱，也没有不合适之处。这样我也就只能唯命是从了。

我走到卧室门口，见她站在床头。并没有把钱拿出来的意思，我又迟疑了一下。不敢向前移动脚步。

她催促说："要钱就自己来拿呀。"

这时我感到受莫大的侮辱，怎么能说我要钱呢？是你吃了别人的饭，难道不该给钱么？但我把不满情绪还是没有表现出来，把脚步挪进卧室，我马上停止步伐，忍气吞声地问了一句：

"小姐，钱在哪里？"

她指了指她左边的裤兜说："钱在这里面呢？"

我看她是存心侮辱我，我想：侮辱就侮辱这一次吧，以后我再也不会到你这里来配送了。我硬着头皮走近她，并把手伸进了她的左裤兜……

我一伸手却麻烦来了。手刚伸进她的裤兜，她的裤子就完全垮掉了，一双洁白而美丽的大腿展现在我面前！让人惊异的是她连裤衩都未穿，她那女人最敏感而毛茸茸的东西长驱直入地进入了我的眼帘。这一下把我给惊呆了。我真不知道如何是好。

她呢？她并未因此而收敛，她索性把上衣全部脱掉，赤条条地躺在床上。只见那两眼流光，面庞红润，樱口流丹，一痕雪脯，两座乳峰，双腿叉开，春光四溢！呀，这是一道多么美丽的风景线！

眼前的这奇特的一幕，我顿时觉得大山已圮颓！大海已枯竭！大湖已干涸！大河已断流！

我毕竟是正处于青春萌动热血沸腾的青年，说内心话，还是很向往女人那最隐秘最神圣的部位！如今有这样一个童话般的现实，我也只能勇敢地面对！本能驱使我爬上了她那令人诱惑的青春艳体！顿时真让我分不清哪是天，哪是地，哪是人，哪是物。头脑里是一片空白，只有一股激流在身上奔腾。

我得到了世界上最舒服，最快乐的一种满足。本来男女之间存在着这么一种令人神往的意境！这时我才体会到世界上最伟大的不是领袖，不是理论，不是文化，而是女人！

一切过后，她用她的樱桃小口在我脸上温存了一番，然后再满意地把我推开。我就像一堆烂棉花似的，软软地躺在她的床上。

我原来对她的怨恨和仇视，瞬间化成了无数只翩翩起舞的花蝴蝶，展示出妙曼的舞姿，欢快地飞向了灿烂的天空！

当我身体恢复正常后，她对我说：

"冲一下凉，这样对身体有利些。"

她的语言听似平淡，然而其中有无限的妩媚与热诚。

我接受了她的建议。我走进洗手间冲凉，身体突然觉得舒服不少。冲好凉后，走进了客厅，她要我坐在客厅的沙发上我们一起闲聊一会，我觉得盛情难却，陪着她闲聊一会儿。

闲聊期间，她拿了一只香蕉，让我吃。

我发现她对人还是那么的温柔,那么的体贴。

"你刚来吧?"她问我。

我点了点头。

"原来是一位姓华的到这里派送快餐。"

"是的。"

"他几次三番曾对我有分外之想,我都拒绝。"

她的这话,不知是对我的安抚还是对我的炫耀,我找了一个不置可否的中性词回答说:

"是吗。"

"我们今天像这样的事都做了,我们之间也就没有什么可隐瞒的了。"她就向我袒露了对华利的看法,"那个姓华的对我有分外之想,他根本不考虑他自己是有家室的男人,他的老婆就在附近学校教书,一旦他老婆知道了,那就是一笔没完没了的感情官司。男女之间的事情毕竟还是不能公开放肆的。"

接着她还毫不隐讳给我讲了她的情况。她说:

"我原是内地一所大学的大学生,在大三的时候,就被当地一位副市长包养,每到星期五下午,那位副市长开车到两个约定的地方去度周末。"

我问:"他老婆不知道吗?"

"他老婆在外地一个科研机构工作,很少和他在一起。"

她又继续她的话题,"大学未毕业,他说要给我在深圳买一套别墅。并给我办了一张银行卡,任我消费。到深圳后,别墅的价格太高,最低也要上千万元一套。开始他就给我租了一套关内的宾馆的套房,月租两万块,比买别墅便宜多了。但他发现关内的宾馆有很多内地人在那里住宿,保密性差。于是就租了天星宾馆的这一套房子,天星宾馆的月租又相对便宜一些,一月只要两千块。开始,那位副市长还来得比较勤快,一个月最少来深圳两次,后来就来的次数很少了。今年一次都没有来。"

她说到这里眼睛里含有泪花。

"你现在知不知道他的情况呢?"

"关于他的情况我也只道听途说,我听说的有三个版本,一是说他因受贿罪已被拘捕。二是说近来内地查贪官查得很严,他不敢乱外出。三是说他又有了新欢,在别的地方又包了一个年轻女子,已经把我淡忘。但这些都只是我听说的,至于他目前的真实情况我还是一无所知。"

"你认为哪个版本最真实?"

"关于第二个版本和第三个版本,因为我现在对内地的情况不了解,说不准确。我估计第一个版本的可能性最大。按他的所作所为,是触犯法律的事情,应该受到法律的制裁。"

我面前的这位让我讨厌了很久的女人,想不到她的内心里也有委曲、郁闷和痛苦。

这天晚饭后,我要去看我的三伯父。从我到胡记餐馆上班后,还一直没有去看三伯父。心里也很惦念他老人家。三伯父为我的事也花了很大的心血。特别是我那次误入陷阱,三伯父不仅费了力,也花了钱。要是没有三伯父,不知道还要受到怎样的折磨。

我在就近的万佳百货大超市买了六十块钱一瓶的香河酒,这是我第一次用我自己的劳动所得的钱,给自己的亲人买酒,而且是买了一瓶高档酒。另外还花了一百五十多块钱买了一条红树林牌香烟,这是深圳中等偏上的香烟。我想:我用这两样礼物来看三伯父,也算很风光了。

我来到龙岗党校三伯父的住处,三伯父正在屋里看电视。电视是三伯父刚买的,三伯父原来是没有电视的。他一直说不喜欢看电视。我不明白三伯父为什么现在又喜欢电视了,也不明白一向节俭的三伯父也舍得花钱买电视机了。

三伯父买的电视机是 HGK 牌子,21 英寸,不是品牌机。我怀疑是旧电视机经过改造后翻新成的。深圳人来自五湖四海,什么样的东西都会克隆和备分。我在家就听说深圳人做这样的电视机,我们龙山集贸市场,邵东生意人就卖过这样很便宜的小型号彩色电视机,有的说是邵东的生意客从深圳进的货,有的说是邵东人自己组装的。坊间的这些说法谁也没有去证实过。我认为三伯父能买这样的电视机也是一件了不起的事情。这是他认识上的一次突进,也是他观念上的一次飞跃!

我又认真观察了一下三伯父的宿舍,房间里比以前收拾得整洁多了,从来不爱拖地板的三伯父,这次也把地板拖得干干净净,炊具和碗筷都摆得整齐有序,不像我初来时那样,横七竖八杂乱无章堆放在一起。床上也换了新的被褥和新的床单,被子折叠得十分整齐。

变化最大的还是三伯父的身上,原来三伯父那蓬松的头发,已经不见了。他在理发店经过理发师傅的精心设计精心修剪,左分的西式头发,不仅梳得很整齐,而且是还打了啫喱水,使得那黑白相间的头发在电灯下熠熠发光。

三伯父的衣着也有了很大的变化:衣服是深蓝色的老爷车品牌夹克套服。不说是笔挺,但是说他十分整洁得体还是不为过的。我还发现三伯父无故地戴着老花眼镜,他的老花眼镜一般是在看书看报时戴的,这次他没有看书看报,竟然也戴着。这不能不说是一个变化。戴上老花眼镜对他的外貌并没有坏处,反而是一种身份的象征,这眼镜可以使他从一个不起眼的农民工,演化成了一位具有渊博学识的高级知识分子。

以前,三伯父在我心目中的是一个老实巴交的、朴实的、不爱整洁的、生活随便的、不爱修边幅的、地地道道的农民,现在发生了这样根本变化,实在是令吃惊。常言说得好,人要改变环境,可是在三伯父这里却是环境改变了人。

三伯父见我来了,很高兴地问了我吃了饭没有?还问了我打工的情况。我都向他作了如实回答。

三伯父问我:"那里还做得习惯吗?"

我回答说:"三伯,请你老人家放心,我做得习惯,工作也比较轻松。"

"工资能按时发放吧?"

"很按时。有时候还可以提前预支一点。"

"那就好,现在的很多单位老板就是不能按时发工资。"

"我们老板还是很好的,她还给我们员工每人发五百块钱,轮流到深圳范围作了一趟旅游。"

"你去了没有?"

"去了,游览了深圳的一些名胜古迹和著名景点。"

"很好,很好。深圳的一般工厂和公司是做不到这一点的。"三伯父又问,"你都游了哪能地方?"

我把游览过的地方向三伯父做了汇报。

"好哇,我到深圳几年了,还未游过这些地方。"三伯父又问,"是你一个人去的还是几个人一起去的?"

"我和厨房里一个姓王的大师傅。"

我把我与龙大姐的那段特殊经历作绝密资料封存在我的心底,暂时还是不想向三伯父透露。

"早知是这样,上次到那什么鬼物流公司就不要去,你也就不要受那些皮肉之苦了。"

"是呀,我原先还看不起那个餐馆。也是我自作自受吧。"

"这也是个教训,俗话说'上不尽的当,学不尽的乖'。"

我和三伯父说话正投机的时候,他的手机响了,他认真看了一下来电显示后,就到外面去接电话去了。

我感到有些奇怪:三伯父为什么现在接电话要背着我呢?以前他都是当着我接电话,是不是他老人家有我不能听的一些个人秘密?

三伯父在外面接电话的时候,我在屋里看电视,电视中经常出现"今年过节不收礼,收礼还收脑白金"之类的广告,电视节目老被这些广告给打断。感到有些乏味,干脆在三伯父的床上躺一会儿,我想,等他老人家回来,我们再闲聊一会后,就回胡记餐馆。

当我准备躺下的时候,我发现有一个东西把我的背刺了一下,我摸到那东西后,拿起来一看,原来是一枚女人用的塑料头发夹子。我很纳闷,在三伯父的床上怎么会有女人的塑料发夹呢?我百思不得其解。我马上与三伯父的身世产生了一些联想:

三伯父在五十岁的时候,三伯母不幸归西,那时我的堂兄和堂姐都还未长大成人。当时,周围很多人都劝三伯父续弦,遭到三伯父的坚决反对。三伯父的意思是,再找一个老伴,几层为人不好做。还怕后伯母不能好好对待我堂兄、堂姐而产生一些家庭矛盾。这样,年年有人劝,年年单身汉。我的堂兄和堂姐结婚后,旁人看到三伯父孤独,又规劝三伯父续弦。就连我母亲原来反对三伯父再婚,后来也主动给三伯父介绍过几个女人,都被三伯父谢绝了。听说还有几个中年女性亲自找上门要和三伯父成亲。最典型的就是我们寨子上有个寡妇叫王丁香的,多次到三伯父那里自己给自己做媒。三伯父还是意志坚强,矢志不移,没有答应。后来王丁香外出打工,在浙江重新组成了家庭。

我在三伯父的床上发现女人的发夹,我就有些怀疑,是否三伯父枯木逢春,耐不住单身寂寞,对异性有所渴求。在女性的诱惑下也开始动心了?我想这也并非没有可能,从生物角度来说,就是蚂蚁和昆虫等低级动物都有一定的性要求,三伯父毕竟是人,是人就是要有正常的性要求。在学校老师给我们上《生理卫生》课时说过,人的生理需要是第一位的。生理需要中,性的需要又是最基本的。何况三伯父还不是老到连性要求都没有了的地步。

从三伯父最近住所的整理有序,边幅上的修饰变化,再从三伯父背着我接电话的情形来看,我估计十有八九是他已经有了一位相好的女人。说不定这时三伯父接的电话就是那位女人打来的。加上从在三伯父的床上发现的发夹证明,他与打电话女人的关系还不是一般。

从内心来说我也希望三伯父应该再找一个三伯母,人到了老年,也应有个老伴相互照应。俗话说"少是夫妻老是伴"嘛。

过了一阵后,三伯父进房间来了。他的表情告诉我,生怕我问他是谁打来的电话,他先发制人地说:

"水友打电话真啰嗦,讲了老半天,也讲不出一个所以然。"

"水友哥他都讲了些什么?"

"他说他今天到外面出差,下周来看我。"

三伯父所说的水友是三伯父的外甥,是我姑姑的儿子,是我的表哥。我习惯称他为水友哥。水友哥在深圳横岗坑梓一家洗发水厂上班。三伯父说是水友哥打来的电话,我就知道是三伯父在搪塞我,说得直接点就是三伯父在欺骗我。但我没有必要去追根究底地去问这些。自己心知肚明就行了。作为后辈的我来说,我应该为三伯父有这样的举动而高兴,而自豪,而欢呼,而雀跃!如果他不遮遮掩掩的话,我还有责任和义务去鼓励他大张旗鼓地去追求女性,去攫取他应得到的幸福和欢乐。让他那口爱情的枯井重新流出汩汩的清泉!现在,他却要尽量装出让我不知道的样子,为他自己找一块遮羞布。他认为我还是一位不谙事理的毛孩子,以为我什么都不懂!我对他的这些言行很有意见,就是不好表现出来。

不过作为晚辈的我来说也应该明白:爱情像一位打扮得艳丽的姑娘,她大大方方地来到人间,人们就要对她追求,对她渴望。人们对她追求和渴望时,总是遮遮掩掩,就是性感异常的青春年少的年轻人,也都难摒弃遮遮掩掩的举动。更何况三伯父已经是一位老年人,老年人在爱情领域里又多了一层遮阳棚,他的言行我也应理解和体贴。

我的理解是:老人嘛,在晚辈面前,也要有自己的一块不被人知道的天空。尤其是像三伯父这样自己把自己禁锢在爱情的枯井中的单身老人更应是如此。

我顺着三伯父说:"水友哥可能在外面打工多年,现在也知道讲一些客套话,他打电话肯定很啰嗦。"

我的话音刚落,外面就有人"笃笃"的敲门声,我赶快起身去开门。

我开门一看,来的不是别人,就是三伯父的外甥水友哥。

我看是水友哥,我马上喊了一声:

"水友哥"。

水友哥一见是我,高兴地问我:

"鼎生,你什么时候来的?"

"我都来了几个月。"我说,"水友哥,说曹操曹操就到。"

我把水友哥让到屋里,他十分恭敬地给三伯父喊了一声"三舅",并把给三伯父带的礼物顺手放在了房间的一个角落。然后就主动地很随便地坐在床沿上。

水友哥的突然到来,三伯父有些措手不及,他的脸上顿时就像钱塘江浪潮洗刷过的江岸,显得一片狼藉,我知道三伯父的心里对水友哥的到来在思想上有些准备不足。

"你怎么这时候才来?"三伯父问得不伦不类。

"我们公司临时决定明天要我广州出差,来回要半个多月,我是专门来看一下三舅的。"

"那好。"三伯父怕我讲真话而露马脚，赶快把话题转移到我身上说，"鼎生还找到了一份好的工作，工作轻松，工资也能按时发放。"

水友哥用羡慕的口气问："鼎生，你找了一份什么好工作？"

"就在这附近的一家餐馆当配送。"

"好嘛，现在深圳的工作也不好找，就是找到了工作，迟发和扣发工资的现象不少。"

我们谈话还没有进入主题，外面又有人"笃笃"地敲门。这回水友哥抢了我的头功，立即起身去开门。

跟水友哥进来的是一位穿着妖艳的中年妇女，我仔细一看，使我惊讶不小，来者不是别人，而是我们胡记餐馆的那位姓吴的大师傅！她来这里里做什么呢？她怎么与三伯父相识呢？

吴师傅也一眼就看见了我，开头她的脸上也有一种不自然的神态。但马上恢复了平静。而我呢，反被她平静弄得不知所措。只是呆呆地看着她。这时，房间里的空气好像凝固了一样。

过了一会儿，我回过神来，叫了一声"吴师傅"。因为平时在餐馆大家都叫她吴师傅。

就是这位吴师傅的到来，我原来对三伯父的很多不理解疑难问题都烟消云散了。一切都在吴师傅身上找到了答案。

水友哥见我给进来的女人叫吴师傅，觉得一头雾水。他既看看我，又看看吴师傅，看样子他很想从一团迷茫中冲刺出来，找到一个理想的答案。

吴师傅一见我，马上就回答说：

"噫，是小攸嘛。你怎么也在这里？"

水友哥对我和吴师傅的对话有些莫明其妙，他问我：

"鼎生，你们相互认识？"

我只能实事求是地说：

"我和吴师傅都在胡记餐馆上班。"

水友哥又问三伯父："三舅，你怎么认识这位大姐的？"

水友哥已是三十几岁的人了，他也十分清楚，他按吴师傅的年龄外貌，也只能给她喊"大姐"。

三伯父面对水友哥的这一问话。回答也不是，不回答也不是。在我看来，水友哥不是向三伯父的问话，而是给三伯父出的一道非常棘手哥德巴赫猜想，在三伯父那里一时是得不到准确答案的。

我赶快给三伯父解围:"水友哥,是我介绍三伯父和吴阿姨相识的。"

三伯父对我的解围很满意。他毕竟是老年人,经验有余,防备不足。他无可奈何地对吴师傅说:

"刚才我给你回电话说,不是叫你不要来么?"

吴师傅解释说:"是的,我去龙岗中专我妹妹那里,妹妹不在家,我就顺便来看看你。"

水友哥听吴师傅这么一说,他挤眉弄眼地给我做了一个鬼脸,我知道在他的这一肢体语言中,蕴含着一些还没经过阳光暴晒的内容。

为了三伯父,我宁愿承担水友哥对我的误解,也宁愿承担任何人对我的误解。

我马上又给三伯父一个台阶:

"三伯,吴师傅来得正好。是请不来的客。今晚水友哥也在这里,我们几个老少正好大团圆。"

三伯父也觉得事情已发展到这一步,知道再遮盖也没有实际意义,于是他坦然地说:

"水友和鼎生都不是外人,我可以明确地告诉你两个,这吴大姐是我的女朋友。"

三伯父说吴师傅是他的女朋友,我肚子里泛起了一股酸水,我的脚也不听使唤地直打颤:三伯父六十多岁的人还说是女朋友,话是时髦,但是有些不合时宜。一般年轻人说女朋友才得体。老年人只能说是老伴才比较合适。看来三伯父接受新鲜事物的能力很强。这充分说明人在不同的环境之中,也就会接受不同的思想,这就是环境感化的力量之所在。

我还是自告奋勇地向吴师傅作了一下介绍,我先介绍水友哥:

"这是我的表哥。"

水友哥只是轻轻地一笑,我猜不到他那笑里包含着什么内容,反正是有内容。

我又指着三伯父给吴师傅介绍说:"这是我的三伯。"

我给吴师傅介绍我三伯父的目的,就是亮明我与三伯父的关系。

吴师傅也很大方地发话:"想不到小攸我俩还是亲属关系。"

我不知道吴师傅怎么一下就把我带进了亲属的圈子。我想:你和我三伯父的关系都还在偷偷摸摸的地下阶段,根本不敢公开见太阳。怎么一下就把我们说成是亲属关系?说这话的确要点胆量和勇气,否则别人会说真不知世界上还有"羞耻"二字哩。

既然三伯父和吴师傅都把事情说得明白不过了,我们做晚辈的也只能向他们两老祝贺。我提议说:

"今天我们几个正好都在这里,我和水友哥庆贺一下两位老人家的喜事。"

水友哥马上响应说:"好,鼎生说得对。我们应祝贺二老。"

三伯父说:"没有必要吧。"

水友哥说:"三舅,这你就没有发言权。这些都是鼎生我俩的事。"

三伯父听水友哥这一说,也就不再发言了。

从三伯父的话语中也可以听出,他对我的建议并非持反对态度。

吴师傅大大方方嗲声嗲气地对三伯父说:

"亲爱的,既然他们两个晚辈要庆贺我俩,我们也就受之无愧。"

说完还抱着三伯父来了一个狂吻。

吴师傅的举动叫水友哥不好意思地转过脸去,并不断地摇头。

我呢,我被吴师傅的这一超常规的动作,给我好奇的心理又增添了新的内容,把我的眼球定格在吴师傅和三伯父身上。

约莫过了五分钟,吴师傅的表演告一段落,她赶快坐在三伯父对面不断地向三伯父暗送秋波。从三伯父的表情可以看出,因为有我和水友哥在场,他还是显得很不自在。他的面目表情就像一只小鸡被鹞鹰惊吓了一样,弄得魂不附体。房间的空气又第二次凝固。

还是水友哥打破了僵持的局面,他说:

"怪不得我一进来就觉得三舅的房间有一番脱胎换骨的改造,三舅的打扮也好像年轻了二十岁。原来有这么一桩天大的好事、喜事。"

三伯父对水友哥的话没有什么反应,倒是吴师傅自告奋勇地说:

"我不是在你两个晚辈面前说他。他呀,本身是个邋遢鬼,这房间要不是我的收拾,就肮脏得像牛栏一样。他身上要不是我给他打扮,他就是一个脏兮兮的糟老头。"

水友哥说:"三舅娘真是能干人。我三舅从我懂事起就没有这样风光过。"

"是吧。"吴师傅高兴地说。

水友哥说:"三舅真是晚运不错,福星高照啊。"

"这也是我们的缘分哩。"吴师傅又高兴地补了一句。

水友哥说:"我们做晚辈的不知道则罢,知道了老人家有这样的好事,我们就得给二老好好庆贺一下。我正好拿有一条深海鱼和两个大闸蟹。我再去外面买些酒和烟。我们几个好好地吃它一顿。"

我说:"水友哥,酒和烟就不用买了。我带了一点。"

水友哥说:"你的是你的,我还是要去买一点。"

水友哥说完就出去了。我本来也想跟着水友哥去买东西,但他的出去的行动过于神速，另外，如果我跟着他去，怕他有些不高兴，这样我只好留下来。不过这也有个好处，那就是我能好好地近距离地观察三伯父和吴师傅的友情、表情、感情和他们那来得如此神速而神秘的爱情。

吴师傅在三伯父这里就像到了自己的家里一样，她的举动是那么的自然和熟练，她的神态是那么的平静和安然，她的语言是那么的轻细和敦厚，她的目光是那么的温柔和慈祥。

三伯父与吴师傅相比，觉得年纪是大了一点，两人的年龄差距有两杆之多。不过三伯父并不像六十多岁人的老态龙钟，通过吴师傅刻意打扮和修饰，也还十分精神。

我看着眼前这对不寻常的异性，心想：大师傅成了三伯娘，三伯父成了老俏郎。这是社会大师导演的一出恶作剧，还是时代巨匠雕塑的畸形胎儿？同时我也想起了我在胡记餐馆听别人说的一些吴师傅的情况：吴师傅在家乡有丈夫，别人说她与丈夫关系不错，而她本人却多次说与丈夫离了婚。到底是哪个版本是真实的，谁也没有去认真地核实过。吴师傅有两个女孩子，一个快满二十岁了，在河源念大学，另一个和我一般大的年纪，在深圳外国语学校读书。不过我在胡记餐馆几个月从来没有见过她的两个孩子。她说两个孩子判给了她的老公，她是孑然一身。我听到的都是"她说"，谁也辨别不了真假。我在餐馆还听别人说，吴师傅以前曾在深圳市留学生创业园，与一位四川的老头好过一阵子，后来那位四川老头又与一位比吴师傅年轻的发廊妹好上了，吴师傅还与那位发廊妹争过风吃过醋，据说有一次还有过肢体接触。不知什么时候，吴师傅又和三伯父好上了，这也就像地球和太阳的关系，有了太阳光的照射，地球上什么样的东西都能生长出来一样。我就按中国的传统思维：这也是一种缘分吧。

我估计，三伯父事先没有预料到要与吴师傅有这段姻缘。想不到三伯父自己苦苦死守了十多年的不续弦的坚固城堡，竟然在吴师傅面前豁然坍塌。一切都是那么突然，一切都是那么的乖张。看来性这东西对人的迷惑性太强了，既然像三伯父这样一位十分固执的老人都成为性爱的俘虏，那么对于那些风花雪月的年轻人就更不用说了。

没有多久，水友哥提着烟酒进来了。立即向我发号司施说：

"鼎生，快动手，这时就是我两个的工夫了。"

我说："好的。"

这时吴师傅主动说："还是让我来吧。烹调方面我比你两个要强一些。"

我巴不得吴师傅出手，一方面她是大师傅，对烹调是很内行的；另方面，她经常到三伯父这里来，对这里的一切都比我们要熟悉得多。要是我和水友哥我俩烹调,也是会是用了这样又找不到那样的。

可水友哥却坚持要我们两个动手操作,他说:

"你两老就坐着聊吧,让鼎生我俩敬孝你二老。"

可能吴师傅对我们两个的烹调手艺不太放心,就提议说:

"这样吧,我们大家都动手,快熟快吃。"

吴师傅这一建议,水友哥也就没有再争了。我们几个就一起动手操作。

动手之前,吴师傅还作了简单的分工:三伯父负责炊具的安排,水友哥负责破鱼洗蟹,叫我打杂,吴师傅她自己负责烹调。几个人七手八脚地动了起来。

我们把烹调所需要的准备工作都做好后,是吴师傅显手艺的时候。吴师傅不愧是在餐馆磨炼过多年的老手,她把液化气灶的火势调到最佳位置,不到一支烟的工夫,就把大闸蟹给弄好了,并泛出了阵阵清香。

吴师傅操持烹调的时候,三伯父也忙于给她做配角,送这送那的。

水友哥我俩忙了一阵后,就干脆坐着聊天。

吴师傅炒菜技艺非常娴熟,特别是她那炒菜时用锅簸菜的动作,既优美又到位,水友哥看了伸出大拇指对我说:

"鼎生,三舅娘的烹调技术确实不错。"

"是的,"我回答说,"她的炒菜技术在我们胡记餐馆里都是一流的。"

"难怪哟。"水友哥又再一次追问我说,"鼎生,你怎么把三舅和你们的吴师傅搅和在一起?"

我用通俗的话敷衍说:"这是他们的缘分。"

水友哥把我的肩膀一拍,说道:

"你呀真是人小鬼大。我问你,你懂得什么叫缘分?"

他这一问,也可真的难倒了我,我这个冒名顶替的红娘真的不知道什么叫缘分,我又不能反悔而否认自己是红娘,于是我还是强装正经地说:

"水友哥,我虽然不像你那样对缘分有深层次的理解,但肤浅的理解还是有的。我认为缘分就是男女之间相互在内心深处的一种爱慕。"

我的这一解释,水友哥没有提出异议,如果要他谈深层次缘分,他也是肯定谈不出来。他的文化水平还没有我的文化水平高哩,只不过是他已结了婚,在爱情方面的实战经验要比我丰富一些而已。

没多久,吴师傅把所有的菜都弄好了,并整齐地摆在三伯父新买的一张小方桌上,在电灯光照射下,我看到吴师傅炒的菜色、香、味俱全。

水友哥把三伯父和吴师傅安排在背靠房子正墙壁的位置并排坐着,我和水友哥南北相向而坐。座位排好后,水友哥拿一次性杯子作酒杯,给每人都倒一杯酒。

我说我不会喝酒,水友哥下命令说:

"舍命陪二老。不喝也得喝。"

水友哥也是有见识的人,他能把"舍命陪君子"改为"舍命陪二老",可见他悟性不错。经水友哥这一提议,我也就恭敬不如从命了。

虽然只有几个人,但气氛还是很热烈。

水友哥有时又故意把三伯父和吴师傅挑逗一下。他给吴师傅一会儿叫"吴师傅",一会儿又叫"三舅娘",由他乱叫一通。他还要三伯父和吴师傅喝交杯酒,三伯父不肯,水友哥强迫,他说:

"你们不喝,我就要硬给你们灌。不要讲我们做晚辈的不讲礼,因为在新夫妻面前三天不分大小。"

三伯父和吴师傅也无法,只好照着去做。我在旁边看来也十分好笑,眼前的人毕竟是我尊严的三伯父,我是不能随意放肆的。悄悄地把笑吞到肚子里面去了。

我们吃了将近两个钟头,水友哥买的"南澳大曲"喝完了。看来时间也不早了,水友哥对三伯父和吴师傅说:

"三舅,三舅娘,今天我们就喝到这里,以后我买酒来,我们再一起喝。"水友哥又给吴师傅交代说,"三舅娘,原来我们不认识时是两家,现在认识了我们就两家变成一家了。今天老外有冒犯二老的地方,请原谅。"

吴师傅说:"感谢你和小攸的一片深情。"

进餐完后,水友哥就提出要回去,三伯父也就没有过多的挽留,只是礼节性地说了一句:"就在这里住宿吧。"

水友哥开玩笑说:"三舅,我和鼎生到这里住宿,你老人家和三舅娘就不方便了。我们作后辈不会做这缺德的事。"

水友哥讲这样的话,我在旁边都有些不好意思。真亏他说得出,也许水友哥是一位老在外面漂荡的人,说话走点火别人是不会计较的。就是像三伯父这样十分严肃认真的人,对水友哥的话也是听惯了而不会产生反感。

水友哥又来了一套祝愿的话语:"三舅,三舅娘,我今天祝你二老有真正的幸福,白头偕老。"

我在一旁真好笑,水友哥也真卖关子,幸福就幸福,何必说真正的幸福?另外,三伯父已经白了头,吴师傅还一头秀发,他俩要白头偕老恐怕很难,吴师傅到六十岁时,三伯父都是八十多岁的人了,三伯父又能否活到那么大的年纪都还是未知数。我估计是水友哥有意取笑二人。

水友哥说完就起身要回去了,他要动脚的时候都还祝福三伯父说:

"祝你二老相敬如宾,笑口常开!"

水友哥说完,就离开了三伯父的住所,我也跟着水友哥离开三伯父的住所。

三伯父见我俩都要走,就简单地说了一声:

"你们出去要注意安全。"

水友哥大声地说:"三舅,请你老人家放心。"他又阴阳怪气补了一句,"请三舅和三舅娘晚上多保重!"

我和水友哥从三伯父的住处出来,三伯父和吴师傅走到门口还目送了我们。

水友哥我俩还一起同走了一公里的路程。

路上,水友哥对我说:"鼎生,难怪前两个月,我们寨上的彭三对我说,他在横岗的一家餐馆看见三舅和一位打扮得花枝招展的中年妇女一起吃饭,他本想上去打个招呼,怕三舅难堪而未去。彭三的话开始我是不相信的。我认为三舅不是那号人,现在看来彭三没有讲假话。"

"我原来也认为三伯不可能有这样的事。"

"也好,三舅那么大年纪,再尝尝女人的味道也是应该的。"水友哥又说,"看来三舅和你们那吴师傅早已生米煮成了熟饭。可能每天都在一起。"

"这我就不知道。"

"你怎么未看出来?我看他们早就是到一起了。你看那个吴师傅,她对三舅房里的一切,比我们还熟悉。不是一起相好很久的话,不会熟悉到那样的程度。"

我真佩服水友哥的洞察力。

水友哥又问我:"你认为三舅和你们那吴师傅能搞得长久么?"

"我怎么晓得。你比我年纪大些,见多识广,我想听一下你的高见。"

水友哥直言不讳地说:"我估计三舅和你们的吴师傅恐怕只是个露水夫妻。"

"不可能吧。"我对水友哥的话表示不赞同。

"完全可能。"水友哥说得十分肯定,"你们那个吴师傅,与三舅年龄相差那么大,再看吴师傅那对色迷迷的眼睛,好像把我们两个都要吃进去似的,她的心哪在三舅身上?只是想在三舅身上刮点油水,三舅的油水刮干后,她会义不容辞地挥手拜拜。"

"你怎么讲得那么绝对?"

"我的眼睛是火眼金睛,什么事都瞒不过我。"

"我不相信你就说得那么准,你也不能把别人说得一文钱不值。"

"你年轻,你没有经验。这几年我到深圳像这样的事看得太多了。"

"如果三伯父和吴师傅是例外呢?"

"例外,没有那么些多例外。"

"水友哥,你说得太绝对了吧。"

"也不绝对,鼎生你不晓得,女人就是烧钱的动物,有一天三舅的钱袋子干了,她就要翻脸。"

"水友哥,你不要把事情说得那么严重。"

"我问你,三舅能在深圳待一辈子吗? 你们那个吴师傅她愿意到我们拉西峒去吗?"

水友哥的这两个疑问号,把我弄得有些丈二金刚摸不着头脑。他还言犹未尽地说:

"我真不了解三舅为什么会在吴师傅面前动心。以前在家里很多人给他讲老婆,他就是不肯接受。这次是不是有鬼催他和吴师傅裹在一起?"

"是呀,我也是这样想。"我附和了一句。

这时我们走到一个交叉路口,我向水友哥说了一声"再见!"

水友哥也回了一声"再见!"

八、老同学徐春莲

　　这天上午,我急匆匆地骑着摩托车,去留学生创业园送快餐。刚到天安数码广场与林清路的交叉口时,突然有一辆奥迪车在我面前停了下来。我想,出门在外,安全第一。别人是怎么想的,你就不要去考虑,你自己要主动绕道让路才是道理。

　　我把摩托车的方向向左打了一下,准备拐弯让路时,一位打扮入时的青年女子从奥迪车钻了出来,并迎面向我走来。她向我喊道:

　　"攸鼎生!攸鼎生!"

　　我感到很奇怪。这位女性怎么会知道我的名字?我刹住摩托车认真打量了一下,想不到她是我中学时代的同学徐春莲。

　　徐春莲见我惊愕的样子,马上吐出咄咄逼人言语,说:

　　"哇,攸鼎生,你到深圳为什么不先告诉我一声呀?"

　　我一见到徐春莲,心里很不自在,我俩同窗将近四年,那时我们都是十四五岁的孩子,双方开始对异性产生了十分神秘和好奇。

　　徐春莲在同辈的女孩子中是发育得比较早的。初二时她就有一米六的身材,女性的第二生理特征也都表现得十分充分,优美的线条真的还迷倒了不少男孩子。凡是学校开展大型活动,总是要她抛头露面,不是当主持人就是当礼仪小姐。在全校师生中的知名度很高。令人遗憾的是,她在高中一年一期时就辍了学,只听说她辍学后到外地打工。具体在什么地方打工弄不清楚。想不到今天我们在深圳相见了。我们之间已有两年多没有相见,她现在已经变得更加靓丽迷人。

　　我看徐春莲的打扮:头发被染成金黄色,眉毛修剪得呈抛物线,脸上淡淡地涂了一层胭脂,上身穿紫红色外套,下身配女式短裤加长筒丝袜,脚上著一双绛色高筒靴。一切都时髦化摩登化了。原来的"土老帽"的形象在她身上荡然无存,代之而起的是一位成熟秀气的现代女郎。

　　我还没来得及回答,她又说开了:

　　"鼎生呀,我时时等着你考上大学的好消息哩。"她又给我连发了两个问号,

"你什么时候来的深圳？你怎么有时间来深圳？"

她连珠炮似的问号，真叫我不知怎么回答。

我挑选了简洁而又老实的话语回答："我已辍学了。"

她睁着赵薇一般大的眼睛说：

"你不是说谎吧？你怎么能辍学呢？像你那样的成绩，辍学是多么可惜呀！"

"可惜不可惜反正我已辍学了。"

看来我的老实回答她有些相信了。她看了看我的摩托车头挂的快餐盒，问道：

"你这是去干什么？"

"我去给别人送快餐去。"

"你……"

她显然是对我送快餐有些怀疑。我就把自己辍学和到深圳打工的情况向她作了简单介绍，她听了以后连连摇头，感到十分惋惜。

"呀，多可惜呀。要是你能把高中念完，考上一所重点大学是不成问题的。以后肯定是国家的栋梁之材。"

"到了这个地步，只要能吃上一碗安稳的饭都不错了，还说什么栋梁不栋梁的。"

"我真不相信，你一下就蜕变成没有一点志气的人了。"

"俗话说，到了矮檐下不得不低头嘛。"

我的实在话消除了她的疑虑，她面对现实地问我：

"你去什么地方送快餐？"

"留学生创业园。"我知道老同学见了面是有说不完的话，尤其是女孩子一打开话匣子，就像开动了永动机，没完没了的。我怕耽误别人用餐，于是说：

"这样吧，我还要去给人家送快餐去，别人正等着呢。你如果有时间有兴趣就到胡记餐馆来，我们再一起聊。"

"不，不，不。你先去送吧。我在这儿等你。你回来后我俩一起到我的房子里去，我就住在黄阁坑苑第五栋二单元 A 座 4 楼。"她用手指了一下前面不远处的黄阁坑苑说。

我曾在黄阁坑苑送过几次快餐，不知道她就住在那里。

我说："今天就不用了，说不定我回到餐馆还有其他事要做。"

"不行，今天我们要一起好好聊聊。既然你出来办事，餐馆里也不会对你说什么的。你快去快来，我就在这里等你。"

她的盛情也的确不好回绝，于是我说：

"好吧。"

我去留学生创业园把快餐配送完毕,马上折回。看见徐春莲还原地等我。她一见我回来,就对我说:

"你先在这里站一会,我把你的摩托车存寄在对面电大门卫那里,你同我一起去我那里。"

她也未征求我的意见,也未征得我的同意,就主观地把我的摩托车推到电大门口,可能她与电大门卫很熟,不一会她就寄存好了。本来黄阁坑苑与电大的距离是差不多远的,她要寄存我的摩托车,目的就是要我坐她的奥迪车。

她从电大门口回到原来的位置,很快进入驾驶室。然后把副驾驶室的门打开,要我坐在副驾驶座上。她顺手拿起茶杯,咕噜噜地往嘴里倒了一口茶水,把嘴泯了一下后,就熟练地踩油门、叫车、换挡,车子就徐徐开动了。

不到两分钟时间,就到了一栋30层的商品楼下。她把车开进车库后,我俩乘电梯到了她的宿舍。

她的住房与我们龙山的普通人家的套房没有过什么两样。室内也只是大致上装修了一下。客厅里是普通的海绵沙发,电视柜也是普通的低档样式,比较值钱的要数那一款液晶电视机,价值可能是几千元。

我选择一个单人沙发坐了下来,她先给我和她自己各倒了一杯茶水。放在茶几上。然后,她坐在长沙发上,与我形成直角形。

她先开腔说:"鼎生,今天见到你十分高兴。"

我不好说见到她十分高兴的话,毕竟她是女性,怕产生一些惹是生非的联想。

她继续说了下去:

"我原来满以为你一定会考上一所重点大学,哪知你也和我一样,来到深圳打工。"

"事情的发展谁也说不清楚。"

"是呀,本来我也是很想读书的,只是当时我家里太穷了,供给不起我把高中念完。"

"按你的成绩,只要不出意外,考个重点大学是不成问题的。"

徐春莲的成绩也是很不错的,在班上是前十名之内。

"本来我还是很爱读书的,当我父母宣布我辍学时,我的脑子差点都要炸了。但我又不能怨父母,只能用宿命论的思想来宽慰自己。这也是命运的安排,就听天由命吧。不读书,在家里又没有适合我做的事,这样我就跟堂嫂来到深圳打工。"

她停了一下后,又问我说:

　　"不过,你只要咬紧牙关挺一下,坚持几个月就可以参加高考了。"

　　"你不知道,像我家那种经济状况,挺一天都不行。"

　　我把自己家的困难向她作了陈述。

　　"是的,俗话说,父望子成龙,龙望父登仙。不是在万不得已的情况下父母是不会随便让自己的子女失学的。"

　　"是啊。"我又问她,"你在深圳还混得不错呀。"

　　"也算过得去。比起一般人来说又好一些。"

　　她向我介绍了她初到深圳的故事:

　　"我和堂嫂来到深圳的时候,她通过熟人的介绍,我在比亚迪公司当普工。主要是做手机电池。一个月几百块钱的工资,如果每天加班到十几个小时,一个月可拿一千多块。"

　　"也不错嘛。"我问,"你堂嫂做什么的?"

　　"我堂嫂在歪沙谋职。"

　　"歪沙?在福田歪沙还是在大鹏湾歪沙?"我问。

　　徐春莲说:"她在福田歪沙。"

　　"你到过这两个歪沙么?"

　　"没有。"

　　"你知不知道两个歪沙各有什么特点?"

　　"不知道。"

　　"你不知道就算了。"

　　我很想问徐春莲说的两个歪沙的特点,怕她嫌我啰嗦,我也就欲言而止。

　　"你堂嫂在歪沙从事什么职业?"

　　我这一问,让徐春莲的脸上有些异样的表情,但她很快调整了自己的心态,并很坦诚地对我说:

　　"你也不是外人,我就向你直说了吧。"

　　徐春莲就像讲故事一样向我讲述了她堂嫂的情况:

　　"我一到深圳,从别人口里听说堂嫂的收入颇丰。一天都有几百甚至上千块的钞票进她腰包。我问堂嫂这种说法是否真实。堂嫂笑而不答。开始我对堂嫂很有意见,埋怨她不把能赚大钱的事让我去做。堂嫂面对我的埋怨,并没有记在心上,总是付之一笑。最让我有些不解的是:堂嫂从不让我到她从业的地方去。后来,我才发现堂嫂干的性工作者职业,我对堂嫂的意见也自然销融了。我曾试问堂嫂,为什么不带我去做那种事情?堂嫂说,'我怎么能毁掉你这朵青春之花呢?你还年轻,你的路还很长,你还要讲名誉、讲地位。还有光明的前途在等待着你。如果我把你带到深圳来做那种事,我以后回到家乡,怎么能对得起你的父母呢?我不是成了我们家族的罪人。那么我的衣服前面是穿烂的,后面就是指烂(被别人指骂)的了。'她又自我解嘲说,'我嘛,反正是三十几岁快四十岁的人了,也顾不得什么名誉了。像我们这样年纪的人到外面打工,除了年龄受别人挑剔外,又加上没有文化,就是有人要,也只是做一些下等的工作,比如扫地,洗碗抹桌之类的工夫。做那些工夫月工资就只几百块,一个月几百块钱对我们养家糊口的人来说是太少了。你看我家里的那破烂不堪的房子,也得更新换代了。就靠在外面几百块的工资要想建新房,那可能要等到猴年马月。所以我不得不做这肮脏的行当。自己也知道拿的是昧心钱,这也是没有办法的无奈之举。我现在多挣一些钱,除了想修一栋房子外,还要在银行存点款,以后好供你侄儿侄女上大学,让他们有一个好的前途。也就是说用我的耻辱换来家里的一点幸福,这也值得。'堂嫂又补充说,'可以说在深圳做我们这一行的女人是绝大多数,她们白天在公司或厂里做工,晚上出来做那些事。其实很多女人打工也只是一种掩护,主要还是靠晚上的收入。'"

徐春莲说到这里,她深有感触地说:

"攸鼎生,我前次在火车上听到与我相邻的一位旅客说:'金钱是带着微笑的商品,她可以满足人们的一些诉求,如果刻意去追求她,那么她就变成了魔鬼。'我仔细一琢磨,他这话还是说得很有道理的。"

徐春莲讲到这里,我也插一句说:

"你堂嫂她们那样做,难道就没有人干涉么?"

她说:"怎么没有啊,干那些事,在古今中外都是明令禁止的。经常有公安部门进行干预,不过干预一次,她们就缩头一次,但过了一阵以后又重操旧业。也正如我们在初中时学过的诗句:'野火烧不尽,春风吹又生'。"

徐春莲又说:"你不知道,现在社会主义市场经济,其实像我堂嫂她们干的也是属于市场经济的范畴,市场经济特点是,只要有卖方市场,就有买方市场。二者形成互补,堂嫂她们的性工作行业就不愁没有生存的空间。"

徐春莲说完她堂嫂的情况后,就主动给我揭示了两个歪沙的谜底。她说,大鹏的歪沙是深圳人休闲胜地,那里有很多高档宾馆和别墅。福田的歪沙是深圳性工作者的天堂,凡是做性服务的女人大都云集在那里。那里也有一些别墅,而那里的别墅大都是二奶和小三住的。两个歪沙的共同点都是有钱人生活的地方。

我"嘿嘿"一笑说:"想不到你还真有一套,要是你能把高中念完,考上大学,说不定以后是一位了不起的经济学家。"

徐春莲很自负地说:"你现在还只是初出茅庐,而我呢?我已在社会上混了几年,比你多了一些社会实践知识,也经历了一些风浪。这没有什么奇怪的。"

"你说得极是。"

"是与不是,这是明摆着的。"

"你堂嫂现在也还做那事么?"

"怎么,你想体验一我堂嫂她们那样的生活?"

她的这一句话说得我很不好意思。我觉得自己的问话也太没水平,这时的我,要是能看见自己的脸的话,肯定是满脸通红。

我赶紧辩解说:"你说到哪里去了,我只不过是随便问问而已。"

"我也知道你是随便问问,我是向你开的玩笑。老同学之间开开玩笑,我想你也不会戒意的。"

"那是的。"

徐春莲还告诉我说:"堂嫂还做那事,只是她现已不在歪沙,而是在深圳的其他地方。她说她明年回去后,要重点培养我的侄儿侄女。侄儿已读初中,侄女已读小学五年级,她要和堂兄一起把侄儿侄女培养成有用的人才。"

"你堂嫂也还算个人物。"

"哎呀,快别那么说了,形势所逼,做那号事还算是个什么人物?"她说,"不过话又得说回来,我堂嫂还是很不错的,我初来深圳的时候,她经常关心我,还到厂里看过我几次,也经常向我敲警钟,要我千万不能走她那条路。有时她怕我钱不够用,还八十一百的送过我几回。"

"在某种程度上来说,她是你的恩人。"

"是啊。不过是一家人,也就不说什么恩人不恩人的了。"

"你现在还在比亚迪上班么?"我把话题转到徐春莲自己身上。

"早就不在那里上班了。"

"为什么?"

"要说又是一大篇。"她说,"我到比亚迪上班不到两个月,厂里见我能歌善舞,就安排我到厂办幼儿园当幼师。我原来认为当幼师也只不过是哄哄小孩子玩玩。哪知当幼师也得有一些学问,什么幼儿心理学、幼儿生理学、幼儿智力开发学、幼儿认知学、幼儿智慧心理学、幼儿思维语言学等,这些都是我原来没有接触过的新学问。比亚迪幼儿园的大部分幼师都是大专以上文化水平,很多人都专门学过幼儿学专业。其中两名老师还是名牌大学的幼儿心理学教授。"

"你可以向她们学习一些你不懂的幼儿知识。"

"我也是这么想的,可到了现实生活却又有所不同。因为现在是竞争的时代,如果你不能胜任自己的工作,随时都有被淘汰的可能。你向别人学习也只能学那表面的东西,系统的和深层次的东西是学不到的。"她举例说,"有一次有一个外单位的幼儿教师前来观摩,园长要我给幼儿做一个皮亚杰的幼儿认知游戏。开始我连皮亚杰是一个人还是一个物都弄不清楚。要我做皮亚杰的认知游戏,岂不叫我摸海洋风。"

"后来怎么样了呢?"

"观摩前几天我去向一位资深的幼师求助,平时我和这位幼师玩得很好,还有一定的情谊。当时她承诺说:这是很简单的事情,到时她会竭尽全力帮助我的。但我向她请教了几次,她都不愿真心教我。后来我发现她实际上就不愿帮助我。我知道,世界上懂得情谊的人是很多的,而站在情谊金字塔尖上的人却很少。我觉得她不是站在情谊的金字塔尖上的人。"

想不到徐春莲现在的说话水平提高了不少。她对世界上人与人之间的情谊看法也非常透彻。

徐春莲接着说:"我担心到了那天,自己不会做不说,还会影响园里的声誉。这样,我就主动到园长办公室向园长提出放弃作皮亚杰认知游戏的资格。当时我向她求助的那位幼师也正在园长办公室。她一看见我主动放弃,马上自告奋勇向园长要求带领幼儿做皮亚杰认知游戏。她在那次观摩活动中获得了很高的声誉。事后还有意无意地在我面前摆出不可一世的样子。我只差气死。"

"再后来又怎么样了呢?"

"你想在那样的环境下,我还能在那里待下去吗?"

"你选择了离开?"

"对,离开,只有离开才是上策。"徐春莲说,"我们在小学的时候,曾唱一首歌,其中有这么一句歌词叫作'帝国主义夹着尾巴逃跑了',现在我把这句歌词改一下,叫作'徐春莲夹着尾巴逃跑了'。"

开始我对徐春莲的遭遇感到十分惋惜。后来听她这么一说,我连连叹惜。

徐春莲揣摩到了我对她悯怜的心态,她反倒又安慰我说:

"鼎生,你知道吗,一个人到了最危急的时候,总有天上的几颗星星向你眨眼,它们会给黑暗中的人洒一点光辉。尽管那光辉是那么遥远,又是那么微不足道。但它还是能点燃人的希望。"

徐春莲说得不错,我对这一点是深有体会的。前不久我误入陷阱,到了最难受的时候,还不就是有星星点点的光亮照射到了我的身上。最终得到了解脱。但我还是不放心地问:

"当时你是怎么挺过来的?"

"那就走人吧。"

"你去了什么地方?"

"说实在的,当时我赌气是赌气,不过自己真的离开了比亚迪,心里还是一片茫然。脑子里是一片空白。自己面前是一片无边无际的苦海。当时的情绪低落到了最低点。"

"没有发生意外吧?"

"要是发生了意外,今天我俩就不会坐在一起了。"她又说,"走了就走了吧,对于过去的事不应有半点留恋。当天我就来到宝安南路人才大市场旁边的一家旅馆里住了下来。我的目的是想去人才市场找一份工作。"

"你既没有大学文凭,又没有个人档案,人才市场怎么会接收你?"

"我在旅馆住下来后,再找那些伪造证件的电话,仿照别人的样子造一张大学本科文凭和一份个人档案。"

"大学文凭和个人档案也能伪造么?"

"只要有钱,什么东西都能伪造。"

"你伪造了没有?"

"怎么没有伪造呢?"她说,"第二天,正当我按照'办证'电话号码所指示的地方去办假证,在去办假证的路上,我看见有一处卖体育彩票的窗口,让我有些心动。因为我在比亚迪上班时听别人说,有的人买彩票发了财。当时我心灰意冷,也没有任何目的,就凭一时的脑子发热,来到卖彩票的窗口,先买了一张一百块的彩票,后来又加买了两百块的彩票。心想,我就扔三百块钱,作为一种解闷的方式。"

"你的想象也真奇特。"

"对,人到了穷途末路的时候,往往有一种难以名状的思维在你的脑子里浮动。什么冷静呀,什么节制呀,什么考虑呀,统统都放到了脑后。只是凭着一股激情一个劲儿地向前冲啊冲的,哪怕是前面有豺狼虎豹,哪怕是前面有刀山火海,哪怕是前面有万丈深渊,哪怕是被撞得头破血流,也无所畏惧。"

徐春莲这富有激情的话语,真让我的思维连接不上来。我真佩服她!她只比我先来两年,她就能知道那么多,我觉得她现在是一条奔腾不息的大河,而自己却是一条不足挂齿的时断时续的山间小溪。人们常说社会是一所大学校,是锻炼和培养人的思维的好地方。对徐春莲来说一点都不假。

"你对买彩票不抱任何希望啰?"

"没有抱任何希望,我只当着一种施舍。"徐春莲说,"买了彩票后,我就去办假证。"

"听说现在的假文凭在电脑上一查就会露馅?"

"你说的也是事实。但是现实社会中,有哪个会专门去查你的文凭的真假呢?查到假的也有,那就是按我们那里的方言来说被查到的人'点子太斜(运气不好的意思)'。你想,求职的人千千万万,如果都要一个一个地要验明真假,人才市场的人就是整天不吃饭不睡觉也是做不完的,鱼目混珠的事总是有的。再说文凭也只是个敲门砖,求职成功后,文凭的作用也就不是那么突出了。你上了班,别人就看你的真本事,没有真本事,就是有真文凭干不了也得走人。"

徐春莲说的也有一定的道理,我又问:

"假证好办不?"我也想去办一个大学毕业的假文凭。

"我听说有的人办假文凭也遇到过陷阱,我办假文凭还算顺利。不过那些办假证的人也不是愚蠢的代名词。他们的警惕性很高,交易的方式十分诡秘。"

徐春莲给我讲述了她办假文凭的经历:

"我原以为他们有一个固定的窗口。其实没有。我按广告上的电话号码给办假证的打了一个电话,他们先问了我所在的位置,然后同我约定一个时间,说是到红湖公园的湖心亭与我面谈价后,再进行下一步的程序。"

"看来还很神秘。"

"是呀,我看他们搞得神秘,我也就不敢掉以轻心,我先把手机开着,并在手机按好了'110'三个数字,一旦发生情况,我就马上打'110'报警。"

"你多聪明。"我赞扬了她一句。

"不是聪明。一个人出门在外,就是要多一份心眼。"

"你说得极是。"

"我按对方规定的时间和地点,准时赴约。对方还告诉我,与我接头的是一位手拿报纸的青年女性。她要我拿一本十六开杂志在手上,作联络标志。"

"这都像搞地下工作。"

"是呀。"

徐春莲给我讲了她与办假证人会面的过程:

"我来到红湖公园的湖心亭。那里就有一位手拿报纸的青年女子等着我。她看见我拿着一本十六开的杂志,就问我:'你是要文凭的吧?'我说:'是的'。她又问我:'你要本科文凭还是要专科文凭?'我说:'要本科文凭'。她又问:'要重点大学的还是一般大学的?'我说:'重点大学的文凭,并且是211大学的文凭。'她又问:'要不要档案?'我说:'要。'她就把重点大学进入211的名录让我看了一遍。她在我看重点大学的名录时又交代说:'211大学如北大、清华等全国排前十名的学校的文凭又贵一些。'我就要了湖湘大学的本科文凭和档案。她又问我:'需要什么专业?'看来办假证的想得十分细致,我反问她说:'你认为什么专业对招聘有利?'她说:'对全国而言,计算机、电子信息、会计专业、医学专业、国际贸易和英语等专业是招聘的热门专业,但在深圳来说这些专业都过剩了。你最好还是选择其他略微冷门一点的专业。'我没有上过大学,不知道大学里有哪些是冷门专业或略微冷门专业,我要她给我介绍一下略微冷门专业。她把一份记录有略微冷门专业的名录送我说:'你自己在上面找。'我拿起名录一看,边看边思考,认为还是要自己能胜任的专业,如果一点也不能胜任,别人就是招聘了你,你也很快会被淘汰。经过慎重选择,我选了汉语言文学专业。她说:'也好,虽说汉语言文学专业现在不太被人重视,但这个专业还是常青树,哪一个时代也少不了它。'一切谈妥后,她说:'湖湘大学的文凭要两千元。还得先交一千元的抵押金。待把文凭和档案交给你后再交一千元。'她还向我保证说:'两个小时内就可以交货。'她要我约定交货的地点。我就约定在我所住宿宾馆的 0848 房间。我们谈妥后马上分开了。分开后,我脑子里想,我是不是遇到了骗子?万一遇到骗子也没有关系,无非是舍一千块钱而已,这是自己心甘情愿的。我回到宾馆里等,在这两个小时的时段里,觉得时间过得太慢,甚感无聊。我就在手机上玩游戏,用来消磨时间,其实没有一点兴趣。快要到两个小时的时候,房间外面有人敲门,我打开门一看,又是与我接头那位青年女子。她把湖湘大学的本科'毕业证'和'毕业学生档案'一并送给了我,并要我把一千元交给了她。我要她在房里坐坐休息,她不肯。我们一手交钱,一手交货的程序完成后,她马上消失在房门口。我看那些办假证的人,办事效率很快捷。不到几个小时,我用不着四年的寒窗苦读,就成了湖湘大学的本科毕业生。"

"有了文凭和档案,你就有了求职的本钱。"

"是啊。"徐春莲淡淡地一笑后说,"我就可以像一句歌词所说的'妹妹你大胆地往前走'了。第二天我就去深圳市人才大市场应聘。"

"效果如何?"

"应聘的人太多,先要在人才市场外面排队。我排队排了三天,第四天进了人才市场的大厅。进了人才市场大厅也不是马上就能应聘,在里面还是要排队等候。当时天气十分闷热,大厅里因人多而气味难闻。到第五天我就委托排在我后面的一位女孩,交代她说,如果轮到我的名下,请她给我打电话,我就到外面找个网吧上网。"

"她同意么?"

"那是有偿服务,我许诺给她一个小时五块钱的补偿费,反正她自己也要等。她当然乐意。"

"你真有意思。"

徐春莲继续告诉我说："我在网吧里上网,首先看一下体育彩票的中奖信息,看到一个中奖彩票号码,简直叫我不敢相信,我仔细一看,呀! 那是我的彩票号码。叫我兴奋无比,当时激情差一点有些失控。我想:这是不是做梦? 我真不敢相信自己的眼睛。我从包里拿出彩票,一对照号码,一点都没错。这样我才相信这是真的。"

"中了几等奖?"

"中了一等奖。"

"奖金多少?"

"一百万。"

"你一下子就成了百万富翁。"

"是呀,你想叫我怎么不高兴?"

"幸运之神一下就降临到了你的头上。"

"据说彩票中大奖的概率只有百万分之一,想不到,我就是百万分之一者。"

"这一下你也就不需要应聘了。"

"是的,但是人也要知足。我妈妈曾经给我说过,如果过于贪心,不仅会折财,也会折寿。"徐春莲接着她的话题说,"常言道:'福无双至',我却'福双至'。那位替我顶额排队的女孩子打电话通知我,说是到了我应聘的名下。要我马上赶到人才市场。由于很兴奋,我给那位替我站队的女孩子随便给了五十元,她十分高兴。这时我本对应聘没抱多大的希望,只是想去敷衍一下,想不到这一敷衍,还敷衍成功。我被应聘到黄阁坑实验小学。"

"这是天上掉下来的财宝。"我赞赏她说。

这时徐春莲给我谈起了深圳的发财经,她沉着老练地说:

"在深圳发财的有这么几种类型:一是蛀虫型,这一类就是靠钻政策的空子,把大量的国有资金占为己有;二是投资型,靠自己的资产在深圳投资办企业或者做生意;三是知识型,这一类型的人是凭自己的硬本事,当一名高级白领;四是投机型,就像我这样凭运气买彩票中奖。不过这几种类型的人所占的比例也是极少数;最后还有一种就是欺诈型,他们的钱财就是靠欺诈得来的。在深圳,除了发财的,大部分就是贫困者。他们组成了中国新的贫民阶层。"

我来深圳不久,没有像她对深圳的社会行情了解得那么清楚。她又继续她的思路说下去:

"其实很多人都不了解深圳,我在深圳闯荡了两年后,深有感触。依我看来,中国最穷的人在深圳,中国最富的人也在深圳。"

我对她的话不理解,我只知道深圳是金钱圣地,深圳是富贵的乐园,徐春莲怎么说最穷和最富的人都在深圳呢？我呆呆地望着她，只等她能给我一个满意的答案。

"你刚来，还不知道深圳的底细。我说中国最穷和最富的人都在深圳，也不是信口开河，是有充分依据的。比如说，凡是民工聚集的地方，那里的日用品和其他生活用品都十分廉价，只要十几块钱就能买到一床棉被。这到内地是找不到这个价位的。这些棉被都是供最穷的人购买。深圳又是中国最富的地方，你看深圳的一些大超市，里面的货物价格高得惊人，一般人就望而却步。只有那些阔佬才能买得起。"

我对她的话只是点头。她没有对我的点头有所反应，她还是继续说：

"深圳是一个有魅力的城市，也一个琢磨不透的城市。说白了就是在深圳也不好生活，因为深圳这地方房价高涨让人焦虑异常。正如像有人所说：'工作压力让人喘不过气；缺乏归属感让人心灵空虚；治安问题让人神经衰弱；价值单一让人渴望逃离；情感纠纷让人沮丧无比。'"

"照你这么说，在深圳无论是有钱和无钱都是让人活得很累。"

"对。在深圳，没有钱的就拼命挣钱，有了钱的就拼命玩命。"

"你有了钱就不会玩命吧。"

"不会的，我拿到资金后，为了工作的方便，就在黄阁坑苑买了这一套房子，当时房价每一平方米二千二百五十块，我这套房子是一百二十个平方，只花二十来万。后来为了出行的方便我又买了一台二手奥迪车，也只不过十来万。其余的除了存在银行外，也做一点慈善事业，最近我给我家乡村小捐了十万块。"

她这一说，让我回想起一件事，我说：

"啊，难怪前次孙老师到我们胡记餐馆，我们俩还谈起一位在深圳打工的龙山籍女青年为家乡的一所小学捐款十万元，想不到就是你。"

"哪个孙老师？"

看来她还不知道孙老师到深圳的信息。

"就是我们龙山一中孙文光老师。"

"是他？我高一时他还给我们上语文课哩。他什么时候来的深圳？在什么单位供职？"

"他是去年暑假来的，现在到白灰围远景小学任教。"

"他到小学任教真有些可惜。"

我对她说："那有什么可惜的！深圳是一个人才集聚的地方，又是极度浪费人才的地方，还有大学教授当小学教师的呢。"

"说明深圳人才多了。"徐春莲又问，"你是怎么见到孙老师的？"

"前不久,他和他们学校的另外一位老师来我们胡记餐馆吃过饭。"

"有时间我要去拜望一下孙老师,我对他上的语文课至今记忆犹新。"

"到时我也同你一起去看孙老师。"

"好的。"

徐春莲刚回答完,她的手机响了,她对我说:

"不好意思,我接一下电话。"

她马上拿起手机接电话,可能也是一般的电话吧,她并没有回避我,当着我接了起来。对方的电话内容我一点都没有听到,只听到她回答说:

"好的,好的……"

徐春莲的接话过程就是用"好的"二字来完成的。

徐春莲接完电话后对我说:"攸鼎生,不好意思,我们校长要我去一下,说是有个东北的教育访问团,下个星期要来我校参观。要我组织学前班的小朋友跳舞,迎接访问团,我马上就要去学校参加相关会议。"

我说:"好,你去吧。"

"你把你的手机号码告诉我,以后我们电话联系。"

我坦白地说:"我还没有手机,我现在手上拿的是餐馆老板借给我的小灵通。"

"这样吧,你把老板的小灵通回去后退还给她。小灵通出了深圳就变成哑巴,不方便。我这里有一台旧夏华手机,如果说你不嫌弃,我就送给你。里面有一张132的电话卡,还有百把块钱的话费。"

我心想:我还有什么嫌弃的。只是自己不好意思拿,于是回答说:

"那不好吧。"

"有什么不好的。反正我又未用,放在那儿还不是一种浪费。"她十分诚恳地说,"你拿去用,送给你了。"

我看徐春莲说得那么果断,既然是老同学,肯定是真心实意的。有一台手机是我多年的梦想,就是由于家庭条件不好而一直没有实现这一愿望。尤其是在深圳这个地方,手机的重要性是显而易见。

徐春莲从电视柜的屉子里,拿出一部夏华G50C型的手机送给我说:

"这手机还挺好用的,就是款式有些陈旧,你们男士使用还不算太过时。"

我虔诚地从徐春莲手中接过手机,感到手机上她的余温还在,心里特别激动,随口说了声"谢谢!"我又说,"你这高科技产品我还不会用哩。"

"很容易,像你这样智商高的人,四两可以拨千斤。会用小灵通,也会用手机。"

接着徐春莲给我告诉了手机的使用方法。

　　"你有了手机,我们以后联系也方便些。"她说。

　　我领略了一下手机的基本使用方法后,现场拨弄了几次接电话和打电话的程序,还大致了解了一下发短信方法。

　　我见徐春莲很急的样子,就和她一起从她住所走了出来。她陪我去电大取了摩托车,我带着一种十分喜悦的心情,骑上摩托车一溜烟地回到餐馆。

九、凤毛脱了不如鸡

这天，我从外面配送后回到餐馆，服务生小赖对我说：

"小攸，你的两个老乡来找你。"

"他们在什么地方？"

"那不是么？"她顺手指了一下餐厅的靠东的一个角落。

我顺着小赖指的方向一看，有一对青年男女坐在餐桌上相互谈论什么。由于初见，我没有认出这两位老乡姓甚名谁。只见男的穿着深黛色外套，脸上架一副眼镜。女的穿着浅灰色上短衣，下着牛仔裤，头发料理得比较现代。一看他们的衣着，就知道他们是从内地来的。因为他们的衣着与深圳形成了很大的反差。我虽不是深圳人，通过一段时间观察，大致上了解深圳的穿戴习惯。看来他们也不认识我，我估计他们肯定看到了小赖与我说话情形，但他们并没有什么反映。

出于礼貌，我主动上去打个招呼，信天飞出三个字"你们好"，免得别人说我到了深圳看不起老乡。

我问："你们是……"

我还未说完，戴眼镜的男子很礼貌站起来说：

"你是鼎生吧？"

"是，是。"我接连回答了两个"是"，并赶快坐在他们的对面。

我刚一坐下，男的就自我介绍说：

"鼎生，我们好久未见，相互都不认识了。我以前见你时，你还很小。"

"你是……"我总觉得我的记忆中没有眼前这两个人的印象。我对他们很有戒心，三伯父曾对我敲警钟说，"有时候，一些不三不四的熟人常到深圳来骗吃骗喝。你不给吃，面子上又过不去。碰到这样的情况，你最多给他施舍两餐饭也就行了。其他就不要再多管闲事。"

我作了心理准备，心想：我最多管你们两餐饭吃，然后你们就得赶别家。

男的见我对他还没有认定的表情，就自我介绍说：

"鼎生，你可能不认识我了，我是你二槐哥。"

听他一说是二槐，我马上就有了印象。

"啊，你就是二槐哥！"

我们家乡有一个习惯，往往称呼别人时只在称呼面前加上排行号。我说：

"二槐哥，听说你不是在读博士么？"

"已经毕业了。"

"现在到哪里上班？"

"……"

我只见二槐嘴巴在动，就是没有说出一颗字，说明他有难言之隐。

我仔细地打量一下二槐，沉淀的记忆中把二槐家与我们家的关系重新浮现了出来。

二槐家是我转了几道拐的亲戚，他的祖母是我外公的表姐的表妹老公的姐姐。二槐我两家的关系也富有戏剧性，时好时歹的。我听父亲说：民国时期，有一年我的祖父被土匪绑票，要一百块大洋赎人，否则就会撕票。我家没法，就向二槐家借了一百块大洋赎回祖父。后来，二槐家看我家太穷，知道还不起那一百块大洋，就明确表态不要我家还那一百块大洋。从此以后，两家就结成了亲密的关系。

土地改革时期，二槐的祖父被划为地主，我祖父当上了农会主席。祖父应顺历史潮流，积极参加土地改革运动，祖父由于工作积极，还入了党，祖父成了我们家乃至寨子上的第一个中国共产党党员。土地改革运动中，祖父组织全寨贫下中农，对二槐的祖父进行了斗争，我家还分了二槐家的两亩水田和半头耕牛。二槐家对祖父的举动很有意见。不过迫于当时的形势，他们嘴上不说，心里很不舒服，他们在暗地里还说我祖父忘恩负义、翻脸不认人。这样我们两家的关系到了最坏的时期。听父亲说，祖父这样做也是迫不得已。如果我祖父不这样做的话，上面就会对祖父有看法。因为当时祖父是土地改革的依靠对象。其实祖父还念其救命之恩，对二槐的祖父还留了一些情面。如果不是祖父，换了其他人当农会主席的话，二槐的祖父还有被枪毙的可能。

文化大革命中，二槐的祖父是四类分子，造反派把二槐的祖父揪出来批斗，还把二槐的祖父栽赃通匪，更严重的是说二槐的祖父还帮助土匪打死一位红军战士。如果这一罪名成立，二槐的祖父有可能判重刑。造反派要祖父作证，祖父坚持说没有这回事。当时祖父是大队党支部书记，造反派说祖父包庇牛鬼蛇神，是一个死不改悔的当权派。造反派夺了祖父的权，罢了祖父的官。还把祖父送到公社劳改队劳改了一个月。虽然祖父受了很大的委屈，由于他坚持不给二槐的祖父作伪证，保护了二槐的祖父，觉得心中无愧。

通过这次折腾，二槐家对我家又有了好感。从此以后，我两家的关系又恢复到了以前最好的时期。改革开放不久,二槐的祖父和我的祖父都去世了,我们两家一直到现在还保持着很好的关系。听父亲说,我们还没有到龙山城里安家之前,双方一有什么红白喜会的大事,还经常相互往来,二槐考上大学时举办了入学酒席,父亲还专程前去祝贺。

二槐是他的乳名,他的学名叫尚天堂。不过我们那里有个习惯,如果有乳名,在平常交往时就叫乳名,绝对不叫学名。就像我,父亲没有叫我学名,只有乳名鼎生,后来上学后就加上我的姓"攸",就成了攸鼎生,本来我的字辈是"正"字辈,可以叫攸正什么的,可父亲懒手脚,就叫攸鼎生。

二槐是我们寨子上青年人的一面镜子,他读书很用功,高中毕业后考上了省里的一所水电大学,大学毕业后,考起了硕士研究生。再后来听说又考起了博士研究生。

家乡人的父母都以二槐为榜样教育孩子:"你们在展劲读书,以后像二槐一样,考取大学,做个官,多捞些钱,为家里争光。"

家乡人认为,读书是做官的阶梯,古训有"学而优则仕",这是中国人几千年来固有的观念。现实社会中,人们还认为考起大学就是进了做官的笼子,就成了造钱的机器。也就是盛传不衰占了整个国民思维的成语"升官发财"。想不到今天在深圳碰到了二槐。

我顺便打量了一下二槐身边的那位女性。

二槐可能看到了我的眼神,马上向我介绍说:

"鼎生,刚才我忘记向你介绍我的女朋友。"二槐瞟了一眼他的女朋友后说,"她姓潘,你就叫她潘姐。"

"潘姐。"我顺着二槐的话喊了一声。

"哎,你好。"二槐的女朋友笑着回答了我。

"二槐哥,你们现在到哪里上班?"我再次想知道二槐的工作情况。

"我们找个清静的地方聊聊,我再回答你,否则在这里说话会影响你们餐馆的工作。"二槐很谨慎地问我。

二槐到底是个知识分子,很理智。

"行,就到附近鱼石公园去吧。"我又问他,"你们还未吃中餐吧?"

二槐点了一下头。

我在外面混几天后,也知道点头是爱面子人的利器。口上不好说的事情往往用点头或其他肢体语言来代替。于是,我向厨房里要了一份供三个人吃的午餐,这午餐不奢侈也不太简便。

也是古训"朝里有人好做官,厨房里有人好喝汤"起作用吧,厨房里的大师傅很快就把我们的午餐弄好了,而且分量也不少。我们三个认真地吃了起来。

吃完中餐,我向龙大姐请假,说我要陪老乡聊聊天。

龙大姐说:"你去吧。"

我把二槐"夫妻俩"带到鱼石公园,我们到一棵古榕树下坐了下来。其实这棵古榕树也是山寨版,它的原籍并不在这里,是当地园林部门从别处花钱买来的。这可能是当代中国城市的通病吧。这鱼石公园建得也很气派,什么假山、人工湖、亭子、玉带桥、休闲所、运动场等,要有尽有。里面的奇花异草也多得不得了。我听人说,里面有五株佛肚树,是从澳大利亚进口的,每株花六十万元,还未计算运输成本。另外还有几株叫红刺露兜树,是从遥远的马达加斯加进口来的,据说光是运费就花了五千万。有关部门原本还打算在公园里要修一片高尔夫球场,后来因上级有指示,一个办事处不能超过三个高尔夫球场,这样就作罢了。公园里的花台和绿化带都剪修得非常整洁。听说,内地的一些城市花草和绿化带,并不比深圳少,但都没有深圳料理得好,内地有些城市的绿化大都是只管种,不管培。

公园里的游人很多,有的散步,有的赏花,有的划船,有的情侣亲昵,有的唱歌、有的跳舞……表面上看来大家都很悠闲,都很自在。他们没有忧愁,没有悲伤,没有找不到工作的烦恼,没有工资低的苦衷。所有的一切都是显得那么心气和平。

二槐碍着潘姐坐了下来,我坐在他们的对面。

二槐又主动地再次向我介绍他的女朋友:"鼎生,潘姐是河北人,是中华民族大学南方民族史的博士生。"

我认真打量了一下潘姐,其实潘姐并不漂亮,人不是很高,大概一米五五的样子,头发不是很茂盛,用黄的染发剂也扶持不出青年女性应有的一头秀发,皮肤黄褐色且显得有些粗糙,眼睛显得细小,就是装假睫毛都好像没有装上的余地。嘴唇皮有点超厚,活像放大了的鸡屁股。脸上星星点点的青春痘才证明她还是一位年轻的女性。眼睛上架的那副眼镜证明了她有一定的知识,透露出一丝丝的气质。我真为二槐找这么一个不漂亮的女朋友而惋惜。我马上回想起历史老师给我们讲了一个故事,说是三国时鼎鼎大名一表人才的诸葛亮,找了一位十分丑陋女子为妻,后来促成了诸葛亮一番伟业。二槐也许像诸葛亮一样,找上这样一个不美丽的女人为妻,以后说不准也会成就一番伟业呢?

上帝也是很公平的,如果他给了谁一副好脸蛋,就会把高的智商给那些没有好脸蛋的人,如果他给谁高智商,那就会把一副好脸蛋给那些智商不高的人。否则把好脸蛋和高智商都集中某一个人身上。那么上帝就不成为上帝了,社会也就失去了公正的天平!

　　我也曾听说过,大凡大学里面的女硕士生和博士生外貌都是不敢恭维的。当然也有个别的美女硕士和博士,那是被遗落的少量明珠。这就是哲学上所说的特殊与一般了。由于大多数硕士、博士女生不是很美,男孩子也就很少光顾她们,他们没有男性干扰,他们没有爱情负担,努力学习成了他们唯一的选择。他们学习上的成功,也可以弥补外貌上的不足。而那些真正的美女孩,早已被大学前后的几个时间段给截留完了。那就是:初中被那些不爱读书的男孩子截留一部分,在高中时代被那些飞扬跋扈的男学生夺去一部分,到了大学,除了有一定志向的大学生捞了一部分外,还有那些有钱的老板也把魔爪伸进校园抓了一部分。虽然有的老板长相比猪八戒的弟弟还不如,但他有钱,有钱就是万能,俗话说"钱中自有颜如玉"。女孩子往往爱把自己投到钱篓子里去,也就不管男人的年龄和外貌了。因为男人的外貌和年龄毕竟只是爱情的参考资料,不是爱情的必需要件,金钱才是爱情的导航器、瞄准镜和通行证!

　　金钱是最具颠覆力的一种物品。它能颠覆世界,它能颠覆社会,它能颠覆人格,它能颠覆公理,它能颠覆爱情,它能颠覆人类所有的一切! 金钱又是一种最具杀伤力的武器,世界上没有被它摧毁不了的东西,只要它一发挥作用,什么坚固的堡垒都会立刻化为灰烬!

　　听二槐介绍潘姐也是博士生,我就感慨地说了一句:

　　"啊,你们的到来,真让我蓬荜生辉。"

　　潘姐一听我说"蓬荜生辉"四个字,马上就"扑哧"地偷偷一笑,并用手捂着嘴扭向一边去了。我想,可能我的用词有些失当,才引起了潘姐的好笑,但又不知道怎么改正才好。心里有些着慌,为了顾及面子,强行掩饰着难堪的心理。

　　二槐是智商高的人,他猜测到了我的难堪心理,于是他批评潘姐说:

　　"你笑什么? 人家鼎生是高中生,一个高中生能说这样的话也是不错的。现在很多大学生都还说不出这样的话呢?"

　　我就顺势对二槐说:"二表哥,我说话有不当之处,请多多包涵。"

　　二槐用大哥哥的口气对我说:"鼎生,你这个'蓬荜生辉'用得有点不太恰当,'蓬荜生辉'是别人来到自己家里,而使自己非常光荣。"

　　他又怕我有想法,再补了一句说:

　　"不过你今天用这个词也不是完全不恰当。"

　　我知道,二槐后面的话是给我灌的米汤,只不过是让我有些好想而已。我犯的语言错误并不因他的这碗米汤而消失。这时我心中涌入了一股酸水,才觉得自己连高中都没有读完而辍学,是很叫人寒心的,如果自己能读上大学,也就不会犯这种低级的知识性错误了。

　　二槐当然不知道我内心想的是些什么。我想他也不会去揣摩我想什么,他唯一的想法是把他所要说的话,很快向我倾吐出来。他详细地向我介绍了他的有关情况和遭遇:

　　他说,他从龙山一中高中毕业的。填报志愿时,认为水电专业是国内的热门专业,他就报考了湖湘水利水电大学,在填写自愿时,他本来是填的水工建筑专业,后来收到通知时,是机械自动化专业。他对这个专业很不感兴趣,本来他都不想去上这所大学,还想复读一年再考上一所比湖湘水利水电大学还好一点的大学,再选择一个好的专业。但他的父母不同意,因为复读一年的费用不少,家里供给困难。加上亲戚朋友的劝说,他还是硬着头皮上学去了。到了学校后他才发现机械自动化专业也是新兴的热门专业,他觉得没有入错门。在湖湘水利水电大学四年,他认真苦读,成绩一直很优秀,大学毕业后,考上了华东船舶大学的研究生。机械自动化专业与船舶专业虽然有一些区别,但也有很多联系,更重要的是华东船舶大学有两个系列,一是民用系列,一是军工系列。二槐读的民用系列。读研究生期间,二槐和导师还到俄罗斯东部的符拉迪沃斯托克、马加丹等港口城市进行过考察。二槐的导师认为二槐是一株好苗子,将来会在海洋事业上有所作为。导师建议二槐继续读他的博士研究生。还答应尽量把二槐转为军工系列。但是二槐的父亲不同意,要二槐考土木工程专业博士生。二槐父亲认为,土木工程虽不是当今最吃香的一门学科,但土木工程是一门实用专业。二槐父亲说上了土木工程专业,就是一门吃不穷,卖不掉的手艺。无论在哪个时代,都会大兴土木。二槐遵从父亲的意见,考上了北京夸耀大学的土木工程专业的博士研究生。有一次,二槐在中关村一家图书城结识了潘姐。开始时他们之间好像谈不到一块。二槐也觉得潘姐的外貌实在是有些落伍,尽管潘姐的穿戴很现代,还是呼唤不起二槐对她的激情。加上专业的壁垒,在他们之间找不到爱情的切入点。二槐没有打算与潘姐要发展成为恋人关系,只是一点普通的相识关系。到后来,二人在电话上的不断交流和节假日的频繁交往,二槐慢慢地对潘姐产生了好感。二槐觉得潘姐的知识和智商掩盖了她相貌的不足。双方也就有了爱情的意向。不知不觉两人各自的心里都有了对方的影子。再后来二人还是确立了情侣关系。二人毕业时,他俩到西南一所民族学院各自找到了一份工作。也就是说他们一毕业就顺利就了业。可是,二槐大学时一位同学的一通电话让他们放弃了这次就业机会,改变了他们的命运。

　　说到这里,二槐停了一下。

　　我想:二槐他们的下一步的举动就要为钱而奔波了。在金钱面前就是庙里的菩萨也会动容的。你看那些菩萨在金钱面前各有表情不同,那些金刚怒目菩萨,都是因为得到的香火太少而满脸的不高兴,青面獠牙,面目狰狞,香客和游客见了都畏惧三分。你看那观音菩萨,成天都笑眯眯的。她每天带着蒙娜利莎的微笑看着众生,是因为天天有人给她上香,她面前香火不断。如果哪一天,她面前的香火少了,她同样微笑不起来,笑脸也会变成哭脸的。

二槐继续他的话题:

二槐的那位同学在电话里说,要他俩赶快到 J 省 M 市去,说那里有高工薪的职位等待他们。对方还说要不是老同学,他还不会给他们传送这样的好信息。二槐问对方具体是做什么事,那位同学只言简意赅说说了十二颗字:"工作轻松,赚钱容易,赶快过来!"

二槐对自己最要好同学不能有半点怀疑,相信百分之百是真实的。二槐和潘姐怀着发财的美梦,怀着对未来的向往,兴致勃勃地来到 J 省 M 市。到达 M 市的当天,二槐的同学和他同学的几位同僚在火车站热情地迎接他俩。当时欢迎他俩的盛况就像迎接外国国家元首,只差没有仪仗队而已。他俩顿时感到十分荣耀和幸福。当时二槐和潘姐把二槐的那位同学看成了自己人生旅途的一位大救星。

这样热烈的场面十分短暂,也就是一条成语所说的"稍纵即逝"。

晚饭那位同学招待的,是在一家很小的饭馆里请吃的便餐,菜谱也十分简单,尽管如此,二槐和潘姐还是感激不尽。

但是,让二槐和潘姐最不能接受的是,那位同学把他俩安排的一间十几个男女混杂在一起简陋的房间住宿。小潘曾向二槐的同学提出要求,是否给他俩安排一个单间,哪怕条件差一点都不要紧。二槐的那位同学笑了笑,但没有作具体的回答,他俩不知道这笑里面蕴含着什么深层次的内容。

二槐他俩没有想到的是,当他们一脚踏进同学布置的圈套,苦难就开始了。每天吃的都是一些垃圾食品,而且只吃两餐。每餐都是稀粥,十几个人只是一小盆。菜是菜市场里的那些别人不要了而扔掉的发黄蔬菜叶。就是这样的菜不是缺油就是缺盐。一天下来都饿兮兮的。每到开餐的时候,大家都像从牢房里出来的人,风卷残云似的把这些垃圾食品用筷子赶进肚子里去。有的手脚不快的人,就连这样的垃圾食品,都抢不到手。二槐和潘姐有时也因抢不到手而常常受到饥饿的威胁。那位同学告诉二槐说,公司还在创业阶段,大家先要艰苦一点,待以后条件好了再谈享受。

过了两天,那位同学还向二槐和潘姐各自推销了四千块的化妆品,二槐说没有钱,他们也不需要化妆品。那位同学说,这是公司的规矩,不买是不行的。二槐没法,先要由那位同学垫付一下,以后再从工资中扣除。那位同学说任何人都不得特殊,都要交现金才行。二槐说,他实在没有钱,万一要现金,他和潘姐就退出不干了。那位同学说既然来了,也是老同学一场,就是春铁也要在一起春。如果身上没钱,就给家里打电话,要家人把钱寄来。后来二槐才从那位同学的口里得知,一旦进了这里大门,你都得无条件地服从,否则会自讨苦吃。

几天后,二槐和潘姐发现,来这里的人,都是被别人骗来的。被骗到了这里的人又去骗别人。二槐还发现周围已有人暗暗监视他们,就是要跑也跑不了。二槐没有办法,叫家里给他寄八千块钱,说是要找工作。二槐家里想尽了一切办法,最后把唯一一头大水牛给卖了,凑足八千块钱寄来了。家里寄来的八千块钱,二槐还不能自己取,他把身份证交给那位同学,那位同学到邮局把钱取来了。只是在口头上给二槐说了一声,钱收到了,其他再无下文。

那位同学告诉二槐说,他们这公司是美国在中国的直销公司,只要你直销产品,不需花多少代价和成本,就能发大财。要做好这直销也是不容易的,先得进行系统的培训,然后再多多发动下线,这样暴利也就来了。

二槐还发现,那里面的一拨人,都是些变态狂,想钱想疯了。什么时候都是讲钱,坐着讲钱,站着讲钱,睡着讲钱,就是连做梦也是讲钱。时刻都是想如何发大财,如何成为千万富翁或亿万富翁。

那里最多的活动就是培训。培训就是给大家洗脑。这培训与其说是培训,倒不如说是集体疯狂。二槐和潘姐也参加过几次培训。一群吃完垃圾食品的人,就来到一个可容一百左右人的会场,一到会场,他们就狂呼乱叫:

"钱!钱!钱!命相连!"

"爹亲娘亲不如钱最亲!"

"我们一定会成富翁!"

"我们的明天是灿烂辉煌!"

据说中国现在是缺乏信仰的国度,然而这些垃圾口号乘虚而入,成了他们的唯一信仰。

二槐和潘姐也逼着参加培训。

他们培训的第一天,是一位教授模样的人,向大家进行现身说法:

"先生们,女士们:我为什么不在大学当教授而要来到这里创业,因为这里才是我最能发挥优势的地方。这里有光辉的起点,更有灿烂的终点。我来之前是个穷光蛋,现在我腰缠万贯。今天的我不是你们的榜样,明天的你们才是我最崇拜的偶像!"

培训的第二天,一位明星模样的女性现身说法:

"人家都说明星赚的钱多,我认为都赶不上这里赚钱多。虽然这里不是造钱的地方,但这里的钱比造钱地方的钱还更多。钱这个东西很奇怪,你对它无所谓,它就会离你远去,你如果说对它亲热,它就会与你寸步不离,会在你面前越聚越多。亿万富翁不是企业家,不是大老板,而是我和你们在座精英!"

培训的第三天,是二槐的那位同学发表的演说:

"我大学毕业后,分配到市政府办当公务员,月工资八千以上。但我要追求一番新的事业,这就是我们现在共同从事的直销事业,直销这一事业是方兴未艾的事业,它是从厂家那里把产品直销到消费者手中,把所有的利润都转让给了消费者。就拿大家用四千块钱拿的那套化妆品来说,按市场价就得一万块以上。因为社会上流通渠道的环节太多,首先是通过厂家到批发商,再从批发商又到批发商,经过多次转手后,最后才到超市或营销者手里,所有的利润已被中间人给拿走了,最后受害的是消费者。"

二槐想,那套化妆品在市场上最多也就是个两百块钱,真弄不清老同学说的让利让在什么地方。混淆黑白在这里得到了最合理的注释。

那位同学还口含白泡说:

"我为了把我们公司做大做强,我们就要多多地发展下线,你发展了十个下线,职务就上升为组长,组长的工资每月是三千块,如果你的十个下线,每人又发展了十个下线,那么你的职务就成了总管,总管一个月的工资是一万块。如果你的下线,再又发展了下线你就成了经理,你的职务上升为经理的工资每个月就是四万块。你当了经理后,下线越多,你的工资就越高,我们公司的经济发展是呈几何级数增加。我们中国是泱泱大国,有着灿烂的古典文化,《易经》就是光辉的代表,《易经》的发展理论是一而二,二而四,四而八……这样永无止境地裂变下去,永远都没有尽头。我们公司的经济理论就是以《易经》为基础而发展起来的,以后全球的经济命脉就都掌握在我们手中了。你们和我都是世界上最幸福的人。到了那时,你们就不需要求助于人了,而是世界上所有的人都要求助于你们了。"

二槐和潘姐参加培训的第五天,是一位老总模样的人鼓动大家说:

"常言道,天上不会掉下来馅饼,天下没有免费的午餐。我们这里的天就会给你们掉馅饼,我们这里就有免费的午餐:我们这里的馅饼比其他任何地方的馅饼都要大,我们这里的午餐比其他任何地方的午餐都要丰盛。先生们!女士们!努力啊!"

二槐认为,这个人说话太不顾事实,他可能没有吃过垃圾食品,他简直是放狗屁。自己在这里吃了垃圾食品,天天都饿兮兮的,哪里有馅饼!哪里有午餐!二槐从书上看到"胡说八道"几个字,但从来没有亲自听说过"胡说八道"。到这里却看到了"胡说八道"的真面目。

那人还大言不惭地说:

　　"女士们,先生们:大家都知道埃及有雄伟的金字塔,我听说金字塔是外星人建造的。然而真正上过金字塔尖的人却很少,我们呢,我们每个人都是金字塔尖上的人! 我们的这座金字塔就是经济金字塔,我们的金字塔比埃及的金字塔更高大,更雄伟!"

　　二槐心想,我们现在真的站在金字塔上了,上不能上,下也不能下,最后不是饿死,也会掉下来摔死。

　　每一次的演讲,下面是闹哄哄的,有的人应付和嚷叫:"我要发财!""我要成富翁!""我们是人类世界的主宰者!""世界上的金钱会源源不断地流进我们的口袋!""我要成为世界上的经济英雄!""我们是世界上的金钱超人!"

　　二槐觉得世界上再也没有比这里更疯狂更黑暗的地方了,再也没有比这里更乌烟瘴气的地方。他宁愿舍那八千块,也不愿在这里被人用毒素洗脑。他想早点出去,早点获得解放。他再次向那位同学提出离开的请求,那位同学先是劝他多忍耐一段时间,后来那位同学说:"老同学,实话告诉你,来了这里就别想出去了。我们要走共同富裕的道路。这里是进来的门槛矮,出去的门槛高。再说,你没有发财就出去了,我也于心难忍啊。"

　　二槐真不知道自己同学说这话的目的是什么。他说"于心难忍"简直是有猫哭老鼠之嫌。而"进来的门槛矮,出去的门槛高"才是事实。二槐才知道自己上了老同学的圈套。老同学已经成了敌人。自己这样的处境还不能给家里说,说了也是没有作用。只怨自己来时没有认真思考,轻易听信别人的谎言而上了当受了骗。

　　从这以后,二槐每天所想的是怎样想办法逃出魔窟。想来想去也没有想出一个比较合理的方案。有一天,他和潘姐曾以去邮局寄信为名,想偷逃出去。他的老同学告诉二槐,所寄信的内容要经过他们检查,还要有人陪伴他们去邮局。二槐才感到根本没有逃出去的机会。他体验到了当今社会的黑色恐怖。

　　我听了二槐的讲的经历,真让我毛骨悚然,几乎与我上次的经历差不了多少。我心想,这样的日子怎么过啊。我着实替二槐他们担心。

　　后来二槐又告诉我说:恶人总有恶有恶报的时候,同他们一起搞传销的其中几个人,把家里的一切都卖光了,搞得倾家荡产,还连累了不少亲戚,把一些亲戚朋友也拉进了这个火坑,这几个人多次要老板给他赔偿一点损失,老板总是以种种理由予以回绝。这样,弄得他们非常气愤。在喊天天不应,叫地地不灵的情况下,他们采取了过激行动。一天晚上,他们几个男子汉,把三个老板给杀了。还有几个经理级别的人都被砍成了重伤,二槐的那个老同学也是在重伤之列。也算二槐的那位同学命大,没有被杀死,但是被那几个人砍断了一只脚和一只手,后来被

120 急救中心的救护车拉到医院抢救,捡到了一条性命。

那几个行凶者把事作完后,主动到公安机关投案自首。由于案情重大。公安机关进行立案侦查。先把传销人员都集中起来进行了批评教育。然后,就都各自出去自谋职业。

二槐和潘姐被解救出来后,长长地舒了一口气,觉得外面的空气真新鲜。虽然在里面只待二十多天,就像待了几年一样难受。

从传销窝点解救出来的第二天,出于人道主义的考虑,二槐和潘姐去医院探视一下那位老同学,尽管那位同学做出了伤害他们的事情,二槐认为过去了的事总算过去了,用不着计较了。自己要对得起自己的良心。二槐和潘姐来到医院,只见那位缺了手脚的老同学全身都裹着绷带,他见二槐来看自己,就向二槐忏悔说:

"老同学,实在对不起。"

这是二槐最想得到的一句话。二槐才觉得古语说得好:"人之将死,其言也善。鸟之将死,其鸣也哀。"他的同学弄成这个样子,能说出这样的话,也是一种人性的回归! 二槐又替那位同学担忧:弄成这个样子,以后怎么生存啊。这也是中国古代的"善有善报,恶有恶报"古训的再实践吧。

二槐还是安慰老同学说:"老同学,安心养病吧,早点出院。"

可能这是二槐从千言万语中选择出来的最合适的语言。也只能说这样的语言。原来对那位同学的仇恨都化为烟云。二槐想,人到了这一地步,还有什么可说的啊。像他老同学以后的日子,生不如死。尽管那位同学好好的时候害了不少人,但那毕竟是过去,忘记过去也是一种高尚! 再说,那位老同学也毕竟是受人指使,也是受了金钱的诱惑。人在社会上与钱打交道,就像与狼打交道,弄得不好就会搭上性命。

人的一生,有时充满着光明,有时享受着温馨,有时也要遭遇黑暗,有时还要用昂贵的代价来收获自己所种植的苦果!

从传销窝点出来后,二槐和潘姐就来了深圳。在来深圳之前,二槐父亲在电话上告诉他,说我在深圳。并从我父母那里询问到了我在深圳的工作地址。他们一到深圳就投奔我了,目的想到我这里先落脚。待他们找到工作后,再作打算。

二槐把他的经历说完后,我想把二槐和潘姐安排到三伯父那里,三伯父毕竟有一个不像家的家。我嘛,也实在是容不下他俩。因为我的住处都是临时用胶合板隔成的,空间很小。只能容得下我一个人的小小辅位。

我把我的想法对二槐说:"二槐哥,你们住到我三伯父那里去。"

二槐说:"鼎生,我们到三表叔那里就不去了,和老人家一起住还是不方便的。"

二槐说的也极是,我也想,到三伯父那里也不合适,一方面,三伯父的个性孤僻,是不愿意接纳别人到他那里长期食宿的。另一方面,三伯父和吴师傅正在热恋之中,如果二槐和潘姐插了进去,会干扰双方的爱情生活。

二槐和潘姐的处境,也叫我有些为难。这时我又想起了父亲对我所说的,在家靠父母,出门靠朋友。既然二槐都那么信任我,千里迢迢来投奔我,要我解决他的困难。我不能把他的困难推给别人。人都有困难的时候,能够帮忙的就尽量帮忙。

我给二槐出主意说:"二槐哥,这样安排你看行不行?"

二槐说:"你说。"

"我们餐馆不远的蝉联路口,有很多民工夫妻旅社,价格也不是算贵,一晚也就只花二十块钱,我给你们到那里联系一家旅社,你们就住到旅社去。"

二槐讲了尽情话:"鼎生,你不了解,如果我们有住旅社的实力,怎么还会来麻烦你呢?再说,到那样的旅社,人多复杂,很不安全,我们虽然没有什么东西,但也有几件破衣服,还有我俩的个人档案。这些东西在别人看来是没有多大作用,但对我们来说要是失掉了一件,都是无法挽回的损失。"

我看二槐把话都讲绝了,我也就再也没有退路了,我说:

"这样吧,二槐哥,你和潘姐就住我那里,就是条件不太好。"

二槐这时破涕为笑了,他说:

"这样最好,我们现在不是讲条件的时候。只要有个落脚之处,就是万幸了。"

我又说:"不过,我也得给我老板说一下。"

二槐说:"鼎生,你一定要给你老板好好说一下,而且一定要说好。她要我们给她磕几个头,也心甘情愿。"

二槐说这话,我知道他实在是山穷水尽了,要不是他给我说了那么多。我还真不知道饱汉不知饿汉饥哩。当然他也不知道我与龙大姐的特殊关系。我没有十足的把握,我也不能随便乱给他许诺,如果给人许诺没有成功,是要付出一定代价的。我故意卖了个关子说:

"二槐哥,你放心,我是会尽量说服老板的。我们老板是很有同情心的人。"

二槐说:"好的,鼎生你要把百分之一的希望,就作百分之百的努力。你现在救了我,我以后一定加倍补偿。请你相信,我们兄弟间是不讲虚话的。"

唉,人在落难的时候,讲话总是有着良好的期盼,也不失有一些许愿,这些许愿到底能否成为现实,谁也没有把握。

另外,人在落难的时候讲的话又是多么的可怜啊,他一个博士生向我这个高中都没有毕业的人说出这些话,我也觉得于情难堪。

我想:我和二槐比又算得了什么呢,我只不过是比他们先来深圳几天而已。加上我们又是同乡,亲不亲故乡人啊。我下定决心给二槐帮个忙。

我们从鱼石公园一起回到胡记餐馆。我把二槐和潘姐安顿在餐厅的餐桌旁,就去老板办公室,把二槐的情况向龙大姐做了汇报。

龙大姐听了我的汇报,简单地沉思了一阵后,问了一句:

"他们现在在哪?"

我说:"他们在外面餐厅候着我回话呢。"

龙大姐说:"我去看看他们。"

我和龙大姐来到二槐和潘姐面前。我指着二槐给龙大姐介绍说:

"龙大姐,这是我的二槐哥。

龙大姐看见二槐和潘姐落拓的样子,脸上浮现出丝丝悯怜神情。我猜龙大姐的心里一定会想:"两个博士生怎么落到这个地步。"

我又向二槐他们介绍了说:"这是我们的老板龙大姐。"

二槐随口叫了一声"龙大姐。"他刚叫完,可能发现自己有些口误。二槐知道,自己和女朋友的实际年龄要比龙大姐要大许多。

我把潘姐和龙大姐作了比较,发现龙大姐就像清澈湖面的一朵睡莲,既美丽又动人,而潘姐就像是冬天的一朵枇杷花,开是开了,既不鲜艳,也欠光彩。

龙大姐我俩看望二槐和潘姐后,她把我叫到外面悄悄地对我说:

"他们住了你的地方,你住什么地方?"

我说:"我白天送快餐,晚上就在餐厅里扫一块地方打个地铺,也就行了。"

"这能行吗?"

"能行。我一个男子汉,就睡在大街上别人也不会把我怎么样。"

龙大姐听我说的话后,微微一笑,说明她对我的意见没有异议。

得到龙大姐的同意后,我再次来到餐厅,二槐一见我,就急切地问:

"鼎生,老板怎么说?"

可能是实践告诉了他,他把龙大姐改称为老板了。

我们知道二槐的心思,生怕龙大姐不同意他俩住进到我的房间。

我说:"龙大姐同意了。"

二槐和潘姐脸上出现了片片彩霞。就像阴霾久罩的日子突然出现了明媚的阳光。

我就把二槐和潘姐带到我的房间,我的所谓房间是只有三米见方的小旮旯。仅只能容张单人床。二槐同潘姐住的话,晚上睡觉时,如果说要翻个身,或者做异性间的那些运动时,还需要来个君子协定,否则就会乱套。尽管如此,二槐和潘姐都十分满意。对我千恩万谢。他们那认真的样子,弄得我真不好意思。

是的,经历了无数艰难的人,只要有一丝丝的安定,都是感到无限地幸福。

这天晚饭,是我尽地主之谊招待了二槐他们。我本想要龙大姐也来参加,后来一想,龙大姐参加了就不会要我结账。既然是我家乡人,就得由我请客,由我自己出钱,这才是道理。

我们快要吃饭的时候,龙大姐主动参加了我们进餐,原来我只点五个家常菜,龙大姐来后,她就加了三个菜,一个是鲍鱼,另一个就是清蒸鱼翅,还有一个是人参墨鱼汤。我知道二槐他俩是没有吃过这些上等菜的。是龙大姐给我的面子。龙大姐说这餐就是她请的客。她说二槐是我的朋友,也就是她的朋友。我又担心龙大姐会向二槐他们透露我俩的关系,不过实践证明这是多余的,龙大姐是聪明绝顶的人,绝不会犯那低级错误。

晚饭后,龙大姐很礼貌地向二槐他俩说:

"二位博士,我有事不能陪你们,请原谅。"

二槐和潘姐也作礼节性的回答。然后我们来到我那简陋的蜗居,不,现在已经是二槐和潘姐的暂时的窠巢。

我们三个都一字儿的排开,坐在床上,二槐悄悄地问我:

"鼎生这一餐大概要多少钱?"

我说:"你吃了就别管什么钱不钱的。"

二槐坚持要我报个价,说是也想了解一下深圳的餐饮行情。既然是这样,我就实话告诉他说:

"二千八百多块。"

二槐睁大眼睛,惊奇地说:

"那么贵?"

"是的,"我解释说,"深圳的随便一顿饭都要上千元,如果有鲍鱼和鱼翅,二千多块还是很普遍的,三、四千多块一餐也不在少数。你想,一盘鲍鱼最低的也要九百五十块,一盘鱼翅八百块。我开头点的那普通餐也要一百多块,人参墨鱼汤七百五十块,你看不就是两千多块了吗?"

二槐没有说话,他低着头好像在思考什么。不久他又抬起头来问我:

"你们的老板真好。"

"是的。"

"我看她对你有些言听计从。"

"她把我一直都当小弟弟看待。"

"是的。不是这样,她不会对你这么好。"

二槐是个天分极高的人,如果我同他说下去的话,他一定会发现我与龙大姐之间的特殊关系。基于这种考虑我赶忙说:

"她对餐馆的所有员工都好。"

"是嘛,能遇到这样的老板真是一种福气。"

是的,与二槐的遭遇相比,我真算是有福气。

十、周编和他的小三

　　我把房间让给二槐和潘姐后,龙大姐我俩交往也有些不方便。以前她经常买来一些水果到我房间我俩一起分享,或者她要厨房师傅做好了丰盛的快餐我俩就在我那小小的天地里享用。虽然房子空间狭小,但精神的空间却如广袤的原野。现在我那房间让给了二槐和潘姐,乌鸦占了凤凰窝,我二人的那块小天地暂时成为眷恋的历史。

　　这天,龙大姐要去关内彩田路天语出版社。她说接到天语出版社的电话,说是她的小说集的清样出来了,要她亲自去取清样。

　　龙大姐邀请我陪她一起去。在别人看来,龙大姐的举动只不过是大姐姐对小老弟的一种原始关怀。年龄成了我俩隐秘关系最好的挡箭牌。

　　社会上凡是人们认为不可能的事情,往往有一种可能。因为这种不可能给了可能一件很合法的外衣,让这种可能在暗中成长壮大,人们是会忽略不见的。

　　也许是龙大姐的车速较快的缘故,不到两个小时,我们就到了天语出版社。

　　天语出版社文学编辑部的周编辑在他的办公室接待了我们。周编辑按我的眼光来看,大概四十五六岁的年纪。龙大姐称他为周编。我一听龙大姐称他为周编,心里就疙登了一下:因为我听龙大姐所说的"编",就像是餐馆菜单里的动物"鞭"的发音,什么牛鞭、羊鞭、狗鞭等,如果说当编辑的有人姓牛、姓杨(羊)或姓苟(狗),岂不成了牛鞭、羊鞭、狗鞭,不折不扣的成了雄性动物身上那种敏感的器官。来胡记餐馆消费的很多中年男性顾客就最喜欢吃这些鞭。中国人有一种坏理念,认为是吃什么补什么。我想,大概这位中年男性就是需要补"鞭"吧。

　　我听龙大姐称他为周编觉得不怎么文雅,可能在周编来说又是龙大姐对自己的一种尊称了。

　　龙大姐拿出从南澳海鲜市场买的一大包南海燕窝送给了周编。周编口里说了声"龙作家何必破费",其实并没有推辞的意思,顺手把它放进办公室的冰箱里去了。

周编把南海燕窝放到冰箱后,又回到原来的工作椅上坐了来。他认真地打量了我,然后问龙大姐:

"龙作家,这位小伙子是谁?"

龙大姐胸有成竹地回答:"是我的弟弟。"

不知是出于吹捧,还是我真的值得夸奖,周编夸奖我说:

"呀,长得好有气质。有其姐,必有其弟。"

龙大姐又故意挑逗地问:"周编,你看我弟像我不?"

"像,像,像。"周编连说了几个"像"。

龙大姐进一步求证:"是真的像,还是假的像。"

"真的像。特别是鼻子和嘴巴就像是二者复制的一样。"周编说得有板有眼。

平素在餐馆里,也有员工说我和龙大姐很相像,不过没有周编说得这么具体化形象化。我在家就听我的母亲说,两个非亲非故的男女青年相像是一种夫妻相。难道我与龙大姐真的能成为夫妻么?我本来还想继续往下面想,但现实的很多不确定因素,把我要想的都给否定了。

周编和龙大姐谈起了龙大姐小说集的出版之事,我就坐在沙发上喝茶。其实就是用喝茶打发时间,我本身对茶没有什么嗜好。

周编和龙大姐的谈话中,他对龙大姐的小说集赞赏有加,说龙大姐的文章写得好,他还对龙大姐的文章用十六个字作了高度概括:

"文笔清秀,谋篇精巧,内容生动,叙述明畅。"

龙大姐谦虚地说:"周编过奖了吧。"

"是真的。我给其他几个编辑都传阅了,他们都是这样评价的。"周编又说:"书稿的清样已经出来了,请龙作家自己再校一次,因为这是五校了,再校一次就可以正式出版了。"

龙大姐礼貌性地连说几个"辛苦"和"谢谢"。

周编从写字台的抽屉里拿出书稿的清样,递给龙大姐。龙大姐在接过清样稿后,放进了公文包,然后邀请周编共进午餐。周编也未拒绝,只是提了一个要求:他想请他的一位好朋友也参加进餐。

龙大姐说:"太好了。"

周编马上拿起坐机电话筒打起电话来。他最后一句是:

"就这样定了,不见不散。"

周编搁下电话筒后,坦白地告诉我们说:

"她是我在深圳的女朋友。"

我想周编既然对自己的异性朋友能公开地向别人展示,这说明深圳人交异性朋友是公开的秘密。

周编还向我们介绍他自己的基本情况:

周编是内地河南人,他原来在省会一家出版社当编辑。两年前来到深圳天语出版社的。他的妻子在郑州的一所大学学报编辑部工作。他曾多次要妻子来深圳,妻子就是不肯来,没有办法,他也就只能在深圳孑然一身。因为一个人远在他乡,倍感寂寞,才找了一个异性朋友。

"你老婆怎么不来深圳?"龙大姐问。

"说实话,她不愿来深圳的原因是,深圳的工作节奏她不习惯。内地八小时的工作时段里,还可以有些灵活性。深圳的八小时,不但很紧张,而且八小时外还要经常加班。有时加起班来我们男的都受不了。"

"深圳发展这么快,如果没有大家的辛勤付出是不可能的,这也叫作深圳速度。"

"我现在习惯了,也还过得去。"

"看来你内地那位还是个女强人。"

"说不上女强人,也不是等闲之辈。"他又自我解嘲地说,"她不来也好,我们两个各自有充分的活动空间,双方都可以开辟新的感情领域。如果两个人天天在一块,相互监督,限制对方的自由,无形地把自己的活动空间挤压得太小了,给双方的心理上也是一种伤害。"

"周编不愧是学者型编辑,把问题看得很深透。"龙大姐说。

周编对龙大姐的话没有做出正面反应,他还是按自己的思路说了下去:

"在两性关系的问题上,我不主张吊死在一棵树上。"他还使用了现身说法:"要是我一辈子都厮守我的老婆,我一定会被憋死的。"

周编的话让龙大姐笑了起来:"你们这些知识男性的脑袋瓜子,真是让人值得研究。"

"是吗,龙作家,那你就莫写小说了呀,改行研究我们这些知识男性的脑袋瓜子吧。"

周编和龙大姐都笑了。

龙大姐和周编还讲了一些其他闲言碎语。过了一段时间,龙大姐看了一下手表说:

"周编,我们吃中餐去吧?"

周编说:"好的。"

"你的那位好朋友呢?"

"不要紧,我们到了餐馆再打电话给她。她有私家车,会按时赶到的。"周编又问龙大姐说,"我们去哪里进餐呢?"

龙大姐说:"周编,你对这一带餐馆很熟悉,你选一个餐馆吧?"

周编听龙大姐说要他选餐馆,他就建议说:

"就到市民中心图书城外的一品香去,那里既干净又实惠。"

"好。"

我们驱车来到市民中心图书城外一家叫一品香的餐馆,周编向餐馆服务员要了一间叫大榕树的卡座。龙大姐坚持要周编坐了比较显眼的位置,周编开始也谦让了一下,后来也就按龙大姐的安排坐上了。龙大姐还在周编旁边预留了一个位置。

龙大姐要周编点菜,周编也未推辞,拿起菜谱,就点了几个该餐馆的特色菜。点完菜,周编征求龙大姐的意见:

"龙作家,你看我点的这些菜行不行?"

"很好,很好。"龙大姐还问周编说,"周编,你要喝什么酒呢?"

周编反问了龙大姐:"龙作家,你想喝什么酒?"

"我和我弟弟都不会喝酒,不知你那位朋友会不会喝酒?"

"她也不会喝酒。"

"你哩?"

"我是可以喝一点。"周编说,"我看是这样吧,下午我还要看书稿,我们大家就来一瓶葡萄酒吧?"

"也好。"龙大姐说,"喝外国的? 还是喝中国的?"

"中国人就喝中国的葡萄酒,不要喝外国的,崇洋媚外我最反对。"

"周编和我的想法是一样的。"

"就喝那张裕解百纳葡萄酒吧。"

"好。"龙大姐响应。

酒和菜都点妥帖,周编就用手机给他的朋友打电话。

不到十分钟,服务生就领来十位时髦的青年女性飚进了卡座。她一进卡座,就不顾我们的存在,冲着周编撒娇说了一声"哎哟,累死我了。"并给周编一个狂吻。

周编可能早就习惯了她的这些招数,心安理得地接受了她的侵略,并要她在自己身边空着的位置上坐下来。周编向他的女朋友介绍龙大姐:

"这位是中国东方作家协会会员龙作家。"

周编说龙大姐是中国东方作家协会,我从来没有听说过,大概是周编为了提高龙大姐身份的需要,而给龙大姐杜撰的一个作家协会会员的头衔吧。反正这些头衔都是暂时作交际的代称,又不是什么原则问题。龙大姐也没有做出非议的表示。

"呀,美女作家。"周编的女朋友赞美了龙大姐一句。

"谢谢夸奖!"龙大姐也礼貌性地反馈了一句。

"中国现在就是美女作家多。"周编的女朋友说。

"是呀。"周编应承了一句。

接着,周编又向他的女朋友介绍我说:

"这是龙作家的弟弟。"

"噫,长得真棒。"周编的女朋友夸奖我说。接着她又把矛头指向周编,"你如果长得像这位小弟弟一样就好了。"

周编的女朋友这么一说,我的脸庞燃起了火焰,把我的脸烧得热乎乎。

周编自吹自擂地说:"我这样子也不错吧,无论到什么地方,我都是美男子的标杆。"

龙大姐附和了一句:"是的,周编是长得很帅气。"

周编又向我们介绍他的女朋友说:

"她叫小薛,是宏图印刷厂的编排员,我们已经是业务上多年的褡档了。她业务娴熟,责任心强。"

龙大姐点了点头,表示对周编介绍的认可。

"你还没有介绍完。"小薛说着,瞟了周编一眼,噘着嘴巴耍了一个娇。

"我还有哪些没有介绍到的,你作补充吧。"

"好,我补充一下。我今年二十八岁,离婚,单身。补充完毕。"

小薛说完,用手在周编肩上一拍,还做了一个鬼脸。

我偷偷地看见周编用左手在小薛的左大腿上捣了一下。小薛只是脸上稍微表示了一下,却没有过激的反应。

没多久,服务生就把酒菜上齐了。

周编提议:"龙作家,今天是你请客,你发话吧。我们开始进餐。"

龙大姐也没有推辞,她要服务生给我们各自斟了一杯葡萄酒,然后举杯祝酒:

"感谢周编和小薛给我面子,我先祝周编和小薛幸福欢乐!"

周编举杯回敬:

"祝龙作家姐弟幸福快乐!"

相互祝福后,各自坐在位置上进餐。

席间,周编谈起了出版社的改革。他说,如果说是以前,龙大姐的作品不仅不要出版费,而且出版社还要给龙大姐一笔稿费。现在出版社由事业体制改制为企业体制,出版社员工的工资,还得出版社自己解决一部分。这样大部分的书籍出版都要收出版费了。全国所有出版社内部还制订了一些硬性的创收指标,这样要收取出版费也是一种约定俗成的事了。

龙大姐问:"我有个同学的老师,也想在你们出版社出版一本书,不知要多少钱?"

"是什么类别的稿子?"

"是民俗学方面的稿子。"

"有多少万字?"

"我还要在我的手机上翻一下。"

龙大姐拿出手机,认真地翻着看了起来。我听龙大姐给我说,她这手机是智能手机,具有电脑功能,能够打字,能够上网,能够发邮件,能够看电视,能够看新闻。比以前的商务手机先进多了。龙大姐看了一阵后说:

"二十五万字。五十二幅插图。"

"开本是多少?"

"就现在通用的国际 16 开吧。"

"是的,以前的 32 开已经过时了。"

"要用什么纸张?"

"轻型纸。"

"插图用彩色还是用黑白?"

"彩色插图是多少钱? 黑白插图又是多少钱?"

"彩色插图就贵多了,一个页码最少要一万块,黑白插图便宜些。五十二幅插图要编成几个页码?"

"一个页码四幅图,五十二幅图要十三个页码。"

"如果说是彩色插图就太贵了,弄下来要十七八万。"

"黑白插图要多少?"

"五万左右。"周编又问龙大姐,"不知作者的经济实力如何?"

"我也不大清楚。"龙大姐说,"我向我同学咨询一下再告诉你。"

"行。"

"周编,我向你咨询一个问题,行不行?"龙大姐用试探的口气问。

"你说吧。"

"你们出一本书的费用是怎么核算的?"

"出版经费一般分三大块,一大块就是出版管理费,另一大块就是审稿费,第三大块就是印刷费。"

"书号费是怎么回事?"

"书号费就是管理费,只不过是对外面说得好听一点而已。因为新闻出版署明文规定不准卖书号,如果说你明目张胆地卖书号,新闻出版管理部门是要进行处罚的。这样出版社就给它另外命名为管理费。"

"现在人的人真聪明。什么不能做的事,只要变个方式或名称就都可以了。"

"是呀,如果百分之百的都按上级规定的执行,很多事也就办不好了,像我们出版社,要死板硬套地执行上面的规定,不仅日子难过,就是维持正常的工作运转都困难。上面给你拨的钱很少,自己就不得不从书号上面找突破口。"

"你们这样做,新闻管理部门知道不?"

"肯定知道。"

"知道,怎么又不禁止?"

"也难禁止,你看全国有多少家出版社,大家都这样做,是禁止不了的。"

"是的,法不责众嘛。"

"还有一种情况,在社会上也有很多人想出版书,卖书号也就有了滋生的土壤。这样周瑜打黄盖——一个愿打,一个愿挨。"

"这么说上面也就撒手不管了?"

"也不是不管,上面有时也在查,如果查起来了,大家诉点苦,给上面也塞些金戈戈,把关系攀活一点,也就没事了。"

"此话有理。"龙大姐说。

"所以,新闻管理部门也就睁只眼闭只眼,久而久之就成了一个潜规则。"

"现在要求出书的人多得很,按你这么说你们出版社不是该发大财了。"

"也不是像你说的那样容易,书号也是控制得很严的,上级给你一年多少书号,都是核定死了的。当然,有的书也不都是收出版费,这些书除了免费出版外,出版社还要给作者发稿费哩。"

"哪些书不收费?"

"就是那些武打、言情小说。"

"你们也是戴有色眼镜。"

"不是,因为这些书出版后的销量很大,出版社有利可图。"

"你们出版人点子多。"

"这叫作搞活经济,也叫作经济多元化吧。"

"难怪你们出版社的人经济实力雄厚。你看市民中心那些高档的商品房,你们天语出版社的人就买了不少。"

　　"那些高档商品房都是官儿们的,我们一般老百姓也没有几家能买得起的。"周编觉得自己的话涉及当官的,马上改口说:"龙作家,我们这时的主要任务是进餐,其他的事我们就不去谈他。"

　　龙大姐说:"好。"

十一、谈情说爱

同周编他们进完餐后,龙大姐在收银台结了账,小薛说了一声"谢谢",周编说了声"再见",我们就分开了。

我坐进了龙大姐的车,龙大姐建议说:"时间还早,我们找个公园玩玩吧?"

"好哇。"我说,"去哪个公园呢?"

"去荔香公园吧。"

"是不是草坪上有十二生肖雕塑那座公园?"

"是的。"

荔香公园我以前到过。

龙大姐说:"荔香公园的草坪很有名,我们去那里的草坪上躺一躺坐一坐。"

"好。"龙大姐的建议我还有什么意见呢。

自从与龙大姐接触后,在龙大姐的呵护下,我就像是一颗久旱的小草,一天一天地苏醒过来。尽管我们之间隔着几岁的年龄鸿沟,我在她面前,无比的快乐。快乐得像一只任性的小麻雀。好像整个世界都任我雀跃似的。

我们先在公园附近的一家超市买了一些水果和饮料。然后龙大姐把车开到荔香公园的停车场,我们从西门进到公园内。

我俩进公园后,走在松松的草坪上,脚上的感受十分惬意,公园的左边一排高大的大王椰树,就像是忠诚的卫士,齐刷刷地站立在那里,显得十分威武和庄重。右边是一大片紫荆花树林,紫荆花开得十分热闹。在微风的吹拂下,随风飘动,显得婀娜多姿,风情万种。

龙大姐说荔香公园很大,占地面积五千多亩。里面有山、有湖、有亭、有榭、有儿童娱乐场、有成人娱乐设施、有草坪、有很多名贵花木,是南山区有名的公园。

荔香公园里游人很多。深圳人就是与内地人不同,工作起来是没完没了的,休闲起来也是要尽情地放松。公园的游人可以用熙熙攘攘来形容,也可以用摩肩接踵来描绘。游人中有的是以家庭为方阵,有的是以朋友为群体,有的是以情人为伴侣,各类不同的角色构成了公园的五彩缤纷的色调。

我们在草坪上漫步了一段时间后,龙大姐建议我俩在前面不远的一片鱼尾葵树林中休息。那片鱼尾葵树林非常茂盛,修长光洁的鱼尾葵树伸出长长的躯干,上端垂下了浅绿色成束而美丽的花穗,展示出一种特殊植物应有的风韵,让人看到一种积极向上的追求精神。我本想给龙大姐找一处好一点的地方要她落座,可她先就随便席地而坐。

她招呼我说:"小老弟,随便坐吧。"

我也就碍着她坐了下来。

我们想坐下来好好聊聊天,可是有几个老头来了,有个老头还带了京胡,看来是要拉京胡唱京剧。有几个带着录音机,看那架势他们是来打太极拳的。龙大姐是讲礼貌的人,她说我们不能干扰老人的娱乐,建议我俩去公园的东南角的娱乐场去玩。娱乐场里的太空梭那里人气最旺。由于太空梭非常刺激,那里的喧闹声也最热烈。

龙大姐问我坐过太空梭没有,我说没有。

"你没有坐过太空梭我们就去坐一下,在深圳就只有欢乐谷和荔香公园才有太空梭。要去,我们就得抓紧时间,过了下午六点太空梭就不开了。"

我没有乘过太空梭,怀着一种好奇心理跟着龙大姐去见识见识。

我们来到太空梭的入口处,龙大姐买了两张票。经过管理人员验票后,我们来到太空梭下面。太空梭在一根高高的柱子上,一圈人围着柱子的托盘上坐着。满载人的托盘一会儿升得很高,一会儿降下来,人们高声叫喊着,喊声响彻寰宇!再看看简介:哇,这个"柱子"高六十米,足足有十八层楼那么高!是亚洲最高的自由落体速降机。我本来就有恐高症,有时过很高的桥头都有些目眩。我看了太空梭,头就开始晕了。真有点后悔不该来这里,但龙大姐买了票,如果自己不坐又对不起她。她也可能观察到了我有畏惧心理,就鼓励我说:

"不要紧,胆子大一些。"

我想,你一个女的都不怕,我作为一个男子汉也就没有什么可怕的了。

要乘太空梭的人还不少,大家都排队等候。我们先加入了排队的行列,约莫排了十分钟的队就轮到我们了。龙大姐我俩坐上升降机时,我心里就虚虚的。龙大姐一再鼓励我不要怕。我为了报答龙大姐的好意,咬紧牙关说了一句:

"龙大姐,你放心,我不怕。"

我紧紧地抓住扶手,不敢睁开眼睛。我表面上虽然很冷静,但心却扑通扑通地跳,双腿麻木,身出冷汗,我咬紧牙关,只听见"一、二、三,发射!"托盘便像离弦的箭一样"呼"地升了起来。那快的速度,简直无法形容。上升时,空气的冲力促使我把头压得低低的,瞬间感受身体失重。我鼓足勇气偷偷地睁开眼(这是托盘已经升到最高点了),有点儿飘飘欲仙的感觉,自己就像长了翅膀要飞起来。太空梭上下几个回合后,终于在原处停了下来,我长长地舒了一口气。但是恐惧还在我心中游荡。

龙大姐看见我脸上的表情,笑着说:"小老弟,你的脸都吓青了。"

我诚实地说:"我心都还在嘟嘟地跳呢。"

"要不我俩去公园西侧望月楼品茶去。给你压压惊。"

我答应了一个"好"字。

我们信步来到望月楼。

龙大姐以前来过望月楼,她对望月楼并不陌生。她给我介绍说:"望月楼是深圳很高档的茶楼之一。就是在整个广东省也很有名气,这里茶水调配师是从我们内地挑选的几名高手,很多香港人都喜欢来这里品茶。"

来到望月楼,服务生把我们带到一个包厢。包厢是妨木结构的装修,粗粗一看并不怎么样,仔细一看还是颇费一些手脚。比一般的装修费用要多一些。

龙大姐我俩坐在一条长沙发上,她有意思地把身体向我作了坚决的靠拢,我巴不得我俩能紧紧地碍在一起。

龙大姐问服务生:"你们这里有没有笔峰茶?"

龙大姐向我介绍说,笔峰茶是的一种名茶,出产于湘西的那且山上。产茶叶地方叫笔峰茶园。说来也很奇怪,那且山是一座高大的山脉,方圆十几平方公里,产笔峰茶的笔峰茶园仅十五亩地。传说宋朝的开国皇帝赵匡胤和大将郑子明,曾经在那且山驻过兵。赵、郑二人在那且山品尝过笔峰茶。赵匡胤当皇帝后,下圣旨点名要湘西地方官进贡笔峰茶。笔峰茶的名声远扬。后来的历代皇帝,也就沿袭了要进贡笔峰茶的这一传统。

据说,那且山的其他地方也有笔峰茶,但都赶不上笔峰茶园的茶。市场上也曾用那且山其他地方笔峰茶叶,冒充笔峰茶园的笔峰茶,非行家往往上当。最好的珍品笔峰茶,最高年产仅八十来斤。为什么取名笔峰茶,意思是茶叶的细和白都像羊毫笔峰。笔峰茶的市场价格是市斤八千元,显得弥足珍贵。

服务生回答龙大姐说:"美女,我们店里今天上午刚进到一千零五十克笔峰茶,刚才两位东南亚客人要了十克。"服务生又问,"美女,你要多少克?"

"是真笔峰茶吧?"

"是的。"

"可以肯定?"

"完全可以肯定,假一罚十! 你放心,美女。"

"我们也就来十克吧。"

"行。"

"美女,是杯水勾兑还是壶水勾兑?"

"壶水勾兑吧。"

"其它还要些什么?"

"一碟无花果,一碟阿胶红枣。"

"好。"服务生马上用复写纸开了茶单,撕下一张放在茶几上,并嘱咐了一句:"稍等,马上就到。"

服务生离开后,我拿茶单一看,"二千五百五十九块。"我差点"哇"地叫出声来。我想,就喝这么一次茶,就把我读高中的一个学期的学费给喝掉了。我看了看龙大姐,她表现得很平静,可能这样的价位她早就心中有数。这时我才体会到深圳人的阔气。

龙大姐见我有些疑惑的样子,就解释说:

"小老弟,我刚来时对别人的大手大脚的花钱很不理解,现在也习以为常了。"

由于自己在家因为钱而深受其害,对钱的认识相当肤浅,也没有话语权。我只能用点头来应付回答。

龙大姐又说:"在深圳找钱容易,用钱更容易。"

唉呀!品一次茶都要花上二千五百五十九块,这是什么概念啊,我们家里为了给母亲治病,负了不少债,有时差几百块钱都把我的父亲折腾得快要疯了。我想,要是我有那么多钱那该多好啊。

我正在自己默默深思的时候,服务生把我们的茶水和果品送上来了。我看见龙大姐先泯了一小点笔峰茶,半天没有吞下去,似乎用牙齿在咀嚼茶水,要用她的味觉进行了认真地鉴别,过了一阵龙大姐才下结论说:

"是的,这是正宗的笔峰茶。"

我的味觉对烟、酒、茶这三种东西的反映是最迟钝的,根本分不出好坏。龙大姐的社会阅历丰富,什么真假都能辨别出来。

"龙大姐,我请教你,怎么算是正宗的笔峰茶?"

龙大姐解释说:"正宗的笔峰茶一到口里就先有点苦,再就有点涩、再就有点微麻、再就是微甘,最后才放出清香。我以前曾在这里喝过笔峰茶,所以对它的基本性能略知一二。"

想不到品茶也是一门学问。

"以后我回家后,给龙大姐买一包笔峰茶带来。"

"用不着。说实话,小老弟,你不懂,笔峰茶不会随随便便落入一般老百姓手里。没有那且茶园得力的内线人,是弄不到真品的。就是弄到一点也是极少极少的。

我读大学时,我的一位同学的父亲就在笔峰茶园任职。他们内部每年都供应一百克,她每年都给我送二十克左右。我到深圳时也带了一点,但是自己不会调配,没有高级调茶师调配,也弄不出这样好味道。"龙大姐又说,"物以稀为贵,近年来笔峰茶的身价大涨,你看,中国那么大,你要想在一般茶楼喝到笔峰茶是不可能的。"

我佩服龙大姐知识渊博,我也真为自己能结识龙大姐而高兴。

接着我们就慢慢品茶。说我是品茶也真是徒有虚名,因为品茶也要有一定的知识涵养啊。

这时,龙大姐从包里拿出天语出版社给她的清样稿对我说:

"小老弟,乘品茶的机会,你把清样稿的第一篇短篇小说看一下。"

我接过她的小说清样稿,只见清样稿的封面上用颜体写着《龙芬芳短篇小说集》几个字。在我看来,实际上这也就是正规的书了。什么插页,扉页,衬页,版权页都一应俱全。可是在周编和龙大姐来说就还得精益求精,我想再精也只不过是作一些少量的调整。

我打开清样稿的第一篇文章,题目是《我与小老弟》。小说写了一位"我"和比"我"小几岁的小老弟的恋爱故事。小说中透露了"我"对小老弟从相识到相爱的全过程,并且在日常生活中"我"是如何关爱和照顾小老弟的,并与小老弟有了隐隐约约爱情。小说情节编织得娓娓动听,跌宕起伏,写得很真挚。我一口气把它看完了。我边看边想:根据小说的情节和生活原型,这不是龙大姐写的我们两个人的事吗?换了一个人,就写不出这样的小说了。这时我才发现,平素龙大姐在很多地方对我的关心和爱护,是有她良苦用心的。另外,我看到小说写到涉及姐弟俩的爱情部分,写得入木三分,不得不在我心中有一种深深的感叹。

龙大姐猜测到我看完了的神态,偏着头看了我一眼后,问我说:

"看完了吗?"

"看完了。"

"有何感想?"

龙大姐的这一问,把我弄得不知所措。因为我没有回答她这个问题的心理准备。

"啊,呵……"

我嗫嗫嚅嚅地说,我实在不知道说什么才好。

"不要急,慢慢来,有什么感想就讲什么。你看,我俩都这样亲密了,你还有什么不敢讲的呢?"

在她的鼓励下,我找了吹捧的语言来搪塞:

"龙大姐,我真佩服你的文笔。你的小说写得太生动了。"

"我需要的不是你给我这样的奉承,我是要你给我说实话,到底是我的文笔生动还是我俩的生活生动?"

"你的文笔生动!"我重复了一句。

看来她对的这样回答并不满意。她纠正说:

"没有生动的生活,哪能会有生动的文笔?"

她这句话说我得不好意思。说实在的,我还不真正懂得什么是生活,更不知道什么是生动的生活。

她又问我:"你认为那篇小说的主题是什么?"

这一浅显的问题我还是能够回答得了的,我马上说:

"是爱情。"

"是呀。没有现实生活中的爱情,哪能有小说中的爱情?"

我不明白,难道我和她的这些天的生活就是爱情么? 当我还不明白爱情是什么东西的时候,爱情早就闯进了我的生活,这是一种多么奇妙的事情啊。

我斜眼看了一下龙大姐,然后说:

"龙大姐,你是一位优秀的作家。"

"我现在不是和你讨论我是不是优秀作家的问题。而是要和你讨论爱情问题。"她又单刀直入地问我:"你给我要说实话。我问你,你不能不回答。"

"你问吧。"

"请你谈一下你以前在学校谈恋爱的感想,行吗?"

"我没有什么感想。"

"不可能。"

"真的。"

"你尝过爱情的滋味?"

"尝过。"

"你现在还想那位学校的恋人吗?"

"已经淡忘了。"

龙大姐对学校恋爱的评价:

"学校的那种恋爱,说得好听一点是爱情的初级阶段。说得不好听就爱情的死胎,因为学生之间的恋爱成活率几乎为零。"

我惊异龙大姐的表达能力,我们司空见惯的东西,从她口里一出来就显得十分有分量了。

她继续说:"莫说是中学生的恋爱,就是大学的恋爱,也只是对大学生活的一种点缀,总而言之,学生时代恋爱的生命力是十分脆弱的。"

"龙大姐,你怎么把问题看得那么透彻?"

"不是我把问题看得透彻,而是现实社会给了我们一面镜子。"

我老老实实地说:"我在学校与女同学谈恋爱,也只是从一种好感出发,最多也就是从一种激情出发。"

"你现在终于发现了你自己恋爱的幼稚。我记得前次我俩在机荷高速公路上,当时你就直截了当地向我说,'龙大姐,我俩结婚吧?'你回忆一下,我当时是怎么回答你的?"

"我回忆不起了。"

"你再好好回忆一下,不会回忆不起的。"

我认真回忆一下后,终于想起来了:

"你当时说'我俩结婚是不可能的事',对吗?"

"对。你不知道我为什么拒绝你吗?"

"不知道。"

"当时你向我求爱是在我俩发生了那事以后。是你一时的冲动而发出的机械性的语言,谁个相信呢? 你自己也不会相信吧?"

她问得我无言以对。

"小老弟,说句不客气的话,你还不懂得恋爱和爱情的关系。"

我像犯了错误的小学生对老师认错一样,虔诚地回答说:

"是的。"

"我就告诉你吧。"龙大姐说,"其实恋爱不等于爱情,恋爱只是爱情的初级阶段,爱情是恋爱转化的结果。它们之间既可以说是隶属关系,也可以说是相辅相成的关系。"

龙大姐的思维就像是脱缰的野马,在广袤的草地上奔驰。她滔滔不绝地说了下去:

"爱情不是一种简单的事情,爱情是熊熊火焰,它能把男女双方的萌心烧得通红;爱情是滔滔江水,它把男女双方心中的渣滓冲刷得干干净净;爱情是灿烂的阳光,它给男女双方带来明媚的春光;爱情是宁静的夜晚,它能给你带来群星闪烁的天空! 总而言之,爱情是人生中最神圣、最纯洁的一种精神财富。不管怎么说,人是需要爱情的。少了爱情,人生就少了乐趣,生活就少了浪漫,人生也就失去了五彩纷呈。"

龙大姐还说:"爱情是要以情作基础,没有情也就没有爱。情是异性双方的生理需要才产生的,如果哪一方的生理不需要,都是不能产生不了爱情。"

我看龙大姐不是一位年轻的女性谈论恋爱与爱情,而是一位智睿的学者在学术会议上作精辟的演讲。我原来真不知道爱情还有这么高深的内涵。

我在学校的时候,老师上"生理卫生"课时给我们讲过性的基础知识,大都只是在如何注意性卫生,怎样调节性心理这方面的基础知识,老师并没有对性和情的源流进行追溯,可能中学老师给学生也只能点到为止吧。

龙大姐进一步告诉我:

"我告诉你,异性双方有了性行为也不一定就是有了爱情。肉体关系仅仅只是人的本能的表现和感官的驱使。如果把肉体关系看成是爱情,那也只不过是低等动物的原始本能的表现而已。如果没有性要求和性本能,世界上的所有生物就绝种了。不要以为低等动物的交配就是它们的爱,也更不能定义它们为爱情。"

龙大姐说得多好啊!

是的,现实生活中也我时常看到一些低等级动物异性之间的交配,当时就没有去认真地思考它们动作的意义,只知道是它们弄来好玩的。通过龙大姐这一指点,才知道原来它们也在为地球上的生物多样化在默默地贡献着自己的力量。

龙大姐又接着说:

"小老弟,实话告诉你,我在大学时也有很多男生追求过我,坦白地说,我也同一位高大英俊的男生谈过恋爱,而且在学校的一株桂花树下立过山盟海誓。但到后来,山盟海誓化成了缕缕烟云。"

我很想问一下她为什么要与自己的那位同学分手。但我还是没有勇气问。

龙大姐继续说:"其实,当今社会很多青年男女的爱情因为受到外因的干扰或撞击而遭受夭折,有的甚至演变成为悲剧。这样的事例俯拾皆是。我可以坦白地告诉你,我的大学时代,我和我同桌的一位女同学,我俩在学校也各有自己的白马王子。可悲的是,二人都与自己的白马王子劳燕分飞。"

"那是为什么?"

"爱情的不成功,除了双方有很大的责任外,外界因素的干扰也是一个重要的方面。我和我那位同学没能与自己的白马王子走到一起,就是外界因素干扰所造成的。"

"是吗?"

接着龙大姐给我讲了她那位同学的遭遇:

龙大姐大学时代有一位同桌好友叫郭金玲,当时她两个不仅学习成绩出众,而且都是学校的两朵校花,长得标致漂亮。本来龙大姐和郭金玲都打算要考硕士研究生,最后还要考博士。学校也认为她俩是最有培养前途的两颗新星。到了大三的时候,有一次当地的一位副市长来学校参加联谊会。学校本来是派龙大姐去陪那位副市长跳舞的。很不凑巧,那天龙大姐因感冒而被郭金玲取代。在郭金玲陪那位副市长的时候,副市长发现郭金玲长得国色天香,勾出了副市长的欲火,想占有郭金玲。开始郭金玲坚决不同意。后来,副市长不断向郭金玲发动攻势,还采取了威胁利诱的手段,郭金玲终于屈服了,并与自己的男朋友说了'再见'。此后,郭金玲与副市长发展成了情人关系。后来,郭金玲就被副市长提拔到二奶的位置。郭金玲成了副市长的二奶后,副市长怕自己不轨行为败露,就强烈要郭金玲退学,郭金玲觉得自己已经走到了这一步,没有回头路可走,就只好听从副市长的安排。副市长就把郭金玲弄到深圳租房包养起来。后来那位副市长升为市长,每月还到深圳来两次看望郭金玲。最近,龙大姐听说那位市长因贪污受贿,已被司法机关拘捕。

说到这里的时候,龙大姐带着愤怒的口吻说:

"现在的官员们就是一群怪物!就是一群野兽!明知贪污受贿是一知不归之路,铜臭自古以来都是害人的祸根。可是在中国的大地上偏偏有人犯那重复、简单、愚蠢的错误,你看,从中央到地方,不知因贪污受贿倒了多少官员。有的受了牢狱之灾,有的还付出了生命的代价。他们都是为了两个字:钱!色!"

龙大姐说的在我看来有点危言耸听,因为我在学校里都是听的一些官场上的正面信息,觉得当官的是为人民服务的公仆,哪有像这位市长这么肮脏龌龊?我忍不住插说道:

"龙大姐,我们从小只听老师说当官的就是政治的化身。政治就是为人民谋利益哩。"

龙大姐说:"小老弟,你年轻,根本不知道政治的本质。政治其实就是那些社会流氓玩的游戏。其本质十分虚假、十分可耻!如果玩得过火,结局就十分残酷。"

龙大姐又把话题一转说,"人一旦有了权力,就会忘乎所以。其实权力就是一条魔杖,有了这条魔杖,什么地位、金钱、荣华、享受都会接踵而来。而贪心和色欲又是这魔杖的蛀虫,一旦魔杖被蛀虫蛀空了,一切都会化为灰烬。"

龙大姐又给我说了她与郭金玲的事:很多人把郭金玲的情况传给龙大姐,就是不给龙大姐告诉郭金玲在深圳的具体住址。因为别人都知道郭金玲与龙大姐的关系,如果龙大姐知道了,肯定会去探望她。龙大姐去探望郭金玲,就会给郭金玲心理上增加一种无形压力。所以龙大姐至今都还不知道郭金玲住在哪个地方。

从龙大姐的口气中,她对郭金玲的处境十分感伤。我猜得出,她虽然只是一位小老板。但不愁吃,不愁穿。生活过得很滋润。而她发现自己要好的同学的艰难处境,有些感伤也是完全可以理解的。

我听了龙大姐的这一故事,心里就暗暗叫苦:龙大姐所说的郭金玲,不就是我经常配送快餐的天星宾馆一楼 108 号房间的女主人么？她和龙大姐也只是相隔咫尺呀。我的天啦！我怎么同她们两位最要好的女性都有着不一般的关系。这到底是巧合还是上帝有意安排呢？或者是上帝有意捉弄我们呢？我就不得而知了。好在龙大姐还不知道我与郭金玲的秘密，郭金玲也不知道我与龙大姐的关系。如果双方都知道我与对方的秘密和关系，那又是一种多么尴尬的局面啊。

龙大姐的故事还给了我一种启示：她们虽比我只大几岁，可她们上过大学，又经历了社会上的风风雨雨。对人生，对爱情的理解也就更加透彻了。

"小老弟，我问你：爱情到底是什么？"

本来我是不想回答龙大姐这让人困惑的问题，但我怕我拒绝回答会伤她的自尊心，就信口讲了两句堆砌辞藻的语言：

"爱情就是男女双方在思想感情上迸发出来的火花。一旦思想感情的火花迸发，任何力量也是阻挡不了的。"

"对。"

龙大姐微微一笑，她这一微笑是对我的话语的一种肯定，或者是一种讽刺呢？我没有去刻意地思考，我只见龙大姐那轮廓清晰的嘴唇半张半闭，露出了几颗珍珠般的白牙，这虽然是一位女性最普通又最自然的表情，我却感到她的青春气息在喷射！我面对她这喷射的青春气息又激起了我对她的爱慕和向往。

我故意把手放在她的手上，她十分友好地把我的手搂在她的怀里。她轻轻地用那细微而柔软的手慢慢地摩挲着我的双手，我乘势紧紧地握住了她的双手，一股暖流急速地从我全身通过。接着，她把她的嘴无私地送到了我的嘴边，我感到她有淡淡的清香向我袭来，这时我感到无比的幸福、无比的欢乐，我的心开始是一种慢慢舒展，接着是激烈地跳动，后来觉得是好像从我躯体冲出，升华成了片片彩云。

啊！爱情，多么美好的爱情啊！世界上可能没有任何一种东西比爱情更宝贵，更诱人！

十二、水友哥提了空箩箩

没过几天，二槐在留学生创业园前面的天安数码城找到了一份工作。具体是做数码产品的售后服务，享受技术员待遇，月工资一千五百块。这与他期望的工资价位相差甚远，他打算暂时做一段时间，以后一边工作一边再找机会跳槽。

潘姐却迟迟没有找到工作。二槐要我给潘姐想个办法。我对他俩说，我怎么能给潘姐找工作啊，就是我能找到的工作也是潘姐看不起的普工。就是普工我也不一定能找得到啊。

既然，二槐和潘姐把找工作的希望寄托在我身上，我也就多留了一份心眼。

有一天，听徐春莲说她们学校最近要招聘几个临时代课老师，月工资七百块。招聘地点就在黄阁坑小学。招聘方式是现场考试，现场录取。我咨询二槐和潘姐想不想去试一下。开始潘姐认为自己是博士生，工资又那么低，还是小学临时代课老师，心里不太发热。二槐却说，叫花子莫嫌米糙。坚决要潘姐去应聘。

我先用电话联系了徐春莲，要她看在家乡人的面上，尽量给二槐哥帮一下忙。徐春莲回答很爽快，她说只要是她能做到的，就一定会帮忙。她还说，不能做到的也不能给别人开空头支票。我说潘姐是博士生，在她们学校应聘是没有什么问题的。徐春莲听说潘姐是博士生，还很担心地在电话里告诉我说：

"我们这里是小学，她一个博士生到我们这里作临时代课老师是否合适？高学历低就业，恐怕不行吧？"

我回答说，这是他们暂时的权宜之计。他们先在深圳立足，以后的事，以后再说。

徐春莲说既然是这样，就叫潘姐带个人简历和档案材料，到黄阁坑小学去应聘。

徐春莲在电话中保证说，一个博士生在小学应聘成功率是百分之九十以上，她又一再强调说，博士生在小学当临时代课老师实在是划不来。

招聘这一天，二槐请了假，我也向龙大姐请了假陪潘姐去应聘。我们一起来到黄阁坑小学招聘现场，我们先找到徐春莲。徐春莲很热情地接待了我们。我简单地把二槐和潘姐介绍给了徐春莲,同时也把徐春莲介绍给了二槐和潘姐。

徐春莲一看到潘姐的外貌,她当场就给我发了一条短信说:

"鼎生呀,我们小学老师是最讲究外貌和仪表的,像潘姐这样的外貌,面试的时候肯定会被刷下来。"

我心里暗暗地为姐潘惋惜。唉!这我才知道,一个人的外貌也是一个人的资本啊。潘姐的父母为什么不给自己的儿女一副好的脸蛋呢?

从徐春莲的短信中,我就知道潘姐的应聘肯定是一种可悲的结局。有了这一思想准备,我知道潘姐应聘的希望是没有的,只不过是我陪二槐他俩走一趟而已。但从另一方面来说,我尽了自己最大的努力,于心无愧。我也产生了联想,潘姐来深圳后,一直没有找到工作,是不是与她的脸蛋很有关系呢?

招聘会设在黄阁坑小学的礼堂里面,我们先在礼堂外面把招聘简章看了一下。招聘简章上告知:这次黄阁坑小学共招八个职位,语文、数学、图画各两名,音乐、体育各一名。潘姐应聘的是语文老师。她把复印的个人的档案资料交到报名处。

报名只限制半个钟头。报完名就马上进行笔试。笔试时间是两个钟头。笔试完后,马上阅卷,阅完卷,立即从高分按录取数 1.5 比 1 公布预录名单。

前来这里应聘的人不少,学校虽然只招聘八位教师,估计来了三四百名应聘者。看来,在中国的现阶段就业是何等的艰难!

报考语文老师的有四十二位,也就是说录取比例是 21 比 1。由于徐春莲已事先给我交了底,我知道潘姐就是按 1 比 1 的比例录取也是轮不到她的名下。

潘姐进考场笔试,我和二槐在徐春莲的安排下,在黄阁坑小学的操坪边上的一株大叶榕树下等潘姐。

潘姐进考场不到半钟头就出来了,二槐担心地问潘姐:

"题目难不难?"

潘姐满有信心地说:"不难,这些题目太浅了。"

看她回答得非常自信,二槐也很高兴。他认为潘姐能够先在黄阁坑小学暂时立足,也是美事一桩。

两个钟头过去了,大部分考生都走出了考场,有的说题目很浅,很好做。有的说题目还是深了一点,不好做。还有的说,题目虽不深,但是题目太多,时间短了,做不完。反正各种各样的说法都有。

不到一个小时,招聘处马上张榜公布了预录名单。潘姐也在其中。

预录名单一公布,立即进行面试。语文组的面试主考官是黄阁坑小学的一位副校长,徐春莲对这位副校长比较熟悉。

语文组是潘姐第一个面试的。她满有信心地走了进面试室。不一会,潘姐带着无比沮丧的神态来到了我们面前。

二槐着急地问:"面试怎么样?"

潘姐委屈地说:"主考官只是简单地问了我的姓名和年龄,然后打量了我一下,他只简单地说了一句叫我明年再来,这样我就出来了。"

这一下,可急坏了二槐,他说:

"我们能在内地大学任教,为什么到深圳小学任教都还受到排斥?"

二槐心急火燎地求助于徐春莲,说:

"徐老师,你看在家乡人的份上,是否再为我们作一次努力呢?"

"老同学,你就再替潘姐姐再作一番努力吧。"我也督促徐春莲说。

徐春莲说:"我可以尽我力量再作一番努力。不过我也没有十足的把握。"

二槐说:"只要你尽力了,就是没有成功,我们也心安理得。"

徐春莲说:"现在我只有最后一着棋,那就是找一下校长,给校长讲讲好话,看校长的态度如何?"

"好。"

徐春莲说完就去校长室。

没有多久,徐春莲回来了。

二槐立即迎上去问:"徐老师,情况怎么样?"

徐春莲回答说:"校长开头不同意,说是他不能超越主考官的权限。要以主考官的意见为主。我就把话挑明说,"她又给潘姐嘱咐一下说:"潘老师你别生气,我就照直说。"

潘姐说:"没关系,徐老师你说吧。"

徐春莲说:"我说,校长,人家内地一所211兼985大学的博士生到我校来应聘,这本身就给我校很大的面子。你们还以貌取人,这不仅是对别人的不尊重,实际上也是对自己学校的不尊重。你听校长怎么说,他说:'徐老师,你讲的也有一定的道理,不过应聘者的外貌太差,到时她上课会分散学生的注意力。'我说:'那只是开头几天,时间一长,习惯了也就没有什么。再说,人家博士生,就是不上课,我们这么大所学校就不能给她安排其他的工作?'校长说:'我们去年招了一个博士生,叫他上课不能上,叫他搞后勤,也搞不好。最后没有办法只好辞退了。'我说:'去年那个是他父亲花钱买的一个博士文凭。再说去年学校招聘也未经过考试,就是因为他是博士生就特聘特用。今年这个博士是通过笔试,她的笔试是第一名哩。'校长问我:'徐老师,照你这么说,学校能给她安排什么工作最合适?'我说:'校长,如果要我给她安排工作,我就给她安排在学校办公室。你看,全校这么多老师,都要评职称,评职称就得写论文。我们学校每年为写论文,到外面不知花了多少冤枉钱。这还不算,去年我们有的老师受了社会上一些骗子的诈骗。结果钱花了二十几万,论文一篇都没有写好,老师们的职称也没有评上去。学校可以安排她写论文嘛。'我又说:'现在小学也开英语课,她一个博士生,英语水平肯定高。要她教英语也行。'校长说:'噫,徐老师你这个建议还是不错的。'我怕校长不相信,又编造说:'我看到她带了很多核心期刊,上面都有她的论文。前天我俩一起逛天虹超市,她与一位老外用英语对答如流。'我这一说,校长开恩了,他说:'好吧,我给谭副校长(语文主考官)打个招呼。要他重新对这位博士考虑一下。'这样,我就出来了。"

我一听徐春莲这么一说,潘姐录取的把握性就大了。

果然不出所料,没多久,录取名单出来了,语文老师只录取一个,潘姐被录取在学校办公室。这是临时调整的名额。

二槐见潘姐录取了,他连连对徐春莲说了一些感激不尽的话。只差没有给徐春莲磕头。

潘姐的工作问题,虽然颇费了一些周折,最后还是解决得比较满意。不仅二槐和潘姐感到高兴,徐春莲我俩也感到很高兴。

徐春莲提议由她做东,邀请大家共进午餐。二槐听说徐春莲请大家吃午餐,坚决不肯答应。我猜想二槐的意思是:徐春莲为自己办事,照理是归他们请客。如果徐春莲请大家吃饭,是六月蚊子倒吃客——有些本末倒置。

徐春莲说:"尚老师,你就不要推辞了。我们都是家乡人,何必讲那些客套!"

二槐说:"麻烦了你,我心中都很有愧,你还要招待我们,就更不好意思了。"

徐春莲说:"那有什么关系?我们既是家乡人,可能还是校友哩。我估计你也是龙山一中毕业的吧。"

"是的,我初中和高中都是在龙山一中读的。"

"那就更不用说了。还有潘老师现在也是黄阁坑的老师了,我们以后就是同事。我们之间的关系又加深了一层。你就不要推辞了。"

经徐春莲这么一说,二槐也就没有推辞的理由。

"我们去金秋大酒店就餐,行不?"徐春莲向我征求意见说。

我说:"你请客,就由你决定。"

"我们就去金秋大酒店,那里刚开业不久,房子新,里面的设施也挺豪华。"

"好。"我说。

徐春莲说:"我去开车,你们就在这里等我。"

这时我突然想起了孙老师,我给徐春莲建议说:

"你是否把孙老师也请一下。"

"好哇。鼎生你不提我都还忘了呢？你那次说孙老师在白灰围远景小学工作,我早就想请他吃饭。"

"今天请孙老师也不迟呀。"

"不知他今天有时间没有？"

"今天是星期六,我估计他有时间。"我说。

徐春莲命令我说:"你赶快给孙老师打电话,我去开车。"

"好。"

我马上给孙老师打电话,从电话里得知,孙老师正好在家,他满口应承要来聚餐。

徐春莲去后,二槐问我:

"鼎生,是哪个孙老师？"

"就是我们龙山一中那个孙文光老师。"

"是那个代语文的孙老师吧？"

"是的。"

"他上的语文课是一流的。"

"是的。"

"他什么时候来的深圳？"

"去年。"

"他在哪里工作？"

"白灰围远景小学。"

"龙山一中失去孙老师这样的人才,实在是可惜。"

我心里想,你的女朋友聘为小学临时老师难道就不可惜吗？

我说:"那有什么办法呢？"

"好,今天能见孙老师,太好了。"二槐有了兴奋点。

我们来到金秋大酒店,徐春莲要一个叫紫竹院的卡座。我们刚在卡座里的沙发上坐下来用茶,孙老师就进来了。徐春莲一看见孙老师,马上迎上去握手:

"孙老师,你好!"

孙老师说:"前不久我听攸鼎生说,你在深圳发展得不错。"

"孙老师过奖了,作为学生,早就应该请老师。"

孙老师说:"现在都是在外面,各忙各的事。深圳这地方你又不是不晓得,工作期间,很难抽出时间聚会的。"

"今天就算是给孙老师谢罪吧。"徐春莲说。

"快莫那么说,我作为老师,还应该多关照学生哩。"

孙老师说话的时候,服务生来上茶。当孙老师端起茶杯时,发现二槐和潘姐,就问我说:

"鼎生,这两位是……"

二槐马上自我介绍说:"孙老师,我叫尚天堂,小名叫二槐,是龙山一中高89班学生。我在龙山一中读书时,你给文科班上语文。"

孙老师说:"是,我也听说有尚天堂这个名字,据说你不是考上博士了么?"

"是的,今年刚毕业。"

"在深圳哪个单位工作?"

"前两天才到留学生创业园的数码广场谋到一职。"

"那可是个好单位。"

"才进去,具体行情不清楚。"

"这位是……"孙老师指着二槐旁边的潘姐问。

"是我的女朋友。"

潘姐马上接过来说:"孙老师,我姓潘,就叫我小潘吧。"

我赶快介绍说:"孙老师,潘姐也是博士生。"

孙老师一听潘姐也是博士生,就问:

"小潘也在数码广场工作?"

"不,孙老师,我是学南方民族史的。对数码我是外行。"

"啊,恕我直言,这个专业有点偏,不太好找工作。"

二槐说:"是啊。这样的专业在深圳就业很困难。"

"可以到深圳的几所大学联系一下。"孙老师建议说。

"估计也难弄。因为深圳的大学都没有民族学专业。"二槐说。

"也可到周边其他大学联系一下。"

"恐怕也难。"

孙老师觉得二槐讲的实在话,他说:

"在深圳还是要找上工作,如果找不上工作,那是很麻烦的。"

徐春莲接过话题说:"潘老师今天被我们学校招聘了。"

"博士生教小学? 有点不对头吧?"孙老师对小潘应聘黄阁坑小学有点惋惜。

我在一旁插了一句:"孙老师,前次和你在一起的那位胡老师还是大学教授,他还不是和你教小学,你还说他要去教幼儿园哩。"

我这一说,孙老师"嘿嘿"一笑,说:

"鼎生呀,你的记性真好,那事你还未忘记。"

"你和胡老师到胡记餐馆也没有多久,怎么会忘记?"

孙老师马上改口说:"是的,在深圳就业,也不需要什么专业对口,只要有一份工作就行。也就像一粒种子,有撒的地方能生根发芽就不错了。"

这时服务生拿着菜单过来了,她问:

"请问,你们谁点菜?"

徐春莲接过菜单,征求孙老师的意见:

"孙老师,你点菜吧?"

孙老师说:"还是你点吧。"

"你是我们大家的老师,还是老师点菜恰当一些。"

"你做东就你点,点菜和老师并没有什么联系。"

徐春莲见孙老师不肯点菜,就提议说:

"这样吧,先由你们几个每人点一个自己最喜欢吃的菜,其余的就由我点。"

"这样最好。"孙老师赞成徐春莲的意见。

"那就请孙老师先点。"

孙老师拿过菜单,浏览了一遍,最后把眼睛定格在海蛇焖海蜇,就点了这道菜。孙老师还解释说:

"前次我到盐田山海酒店吃到这道菜,味道不错。就是价格贵了一点。"

徐春莲很高兴:"孙老师真是有眼力。这道菜实在不错。"她接过菜单,递给二槐,"尚老师,你点一道。"

二槐本来就没有点菜的意思,但孙老师又开了一个头,自己也不能扫他人的兴,于是他接过菜单,表面上看来是认真搜寻菜单的样子,弄了半天,才拿着菜单对服务生说:

"我点这道菜。"

服务生边记边念:"一盘鱼香肉丝。"

服务生又问:"鱼香肉丝要大盘还是要小盘?"

二槐说:"小盘吧。"

徐春莲又把菜单送给潘姐,潘姐说:

"我不要看菜单,我就点铁板鳝鱼。"

徐春莲又能把菜单送给我:"老同学,你来点一道你最喜欢吃的菜。"

我接过菜单,装模作样地看了几下,然后说:

"我就点虾仁炒香干。"

徐春莲接过菜单说:"现在轮到我点了。"她还吩咐服务生说,"我点一道菜你就记一道,莫搞错。"

服务生说："不会的,你点吧。"

徐春莲点了很多我很陌生的菜,她点的时候孙老师和我们都提醒说:

"好了,吃不了那么多。"

徐春莲说："今天请你们,就要请得像个样子。"

徐春莲点菜点得眉飞色舞,最后把菜单轻轻合上递给服务生。

服务生问徐春莲："菜点够了吧?"

徐春莲说："够了。"

服务生又问："要什么酒水?"

"孙老师,你喝什么酒?"徐春莲问。

"你们要喝什么酒?"

"还是你老师先提个方案,我们再参考。"徐春莲说。

"那就喝深圳特曲。"

徐春莲马上否定了,说:

"那不行,太低档了。我看我们喝还是喝五粮液吧。目前国内五粮液的价格是最高的。"

"不必,"孙老师说,"一瓶好的五粮液要一千五百块,划不来。"

"要喝,不管它划得来划不来。"

"实在要喝就喝湘酉酒,那酒味道好,价格也适中。"孙老师建议说。

"好,那就来一瓶湘酉酒。"

服务生记了,又问:

"要不要饮料?"

"要哩。"

"要什么饮料?"

"你们这里有什么最好的饮料?"

"有果素王。"

"那就每人来一瓶果素王。"

菜和酒水都点就绪,我们就坐在沙发上同孙老师闲聊。没聊多久,菜就上来了,我们把最好最显眼的位置让给了孙老师坐。

服务生正在给大家斟酒的时候,我的电话响了。我打开手机只听见对面焦急地问:

"你是鼎生吧?"

我一听口音是水友哥打来的。

我回答说："是的,我是鼎生。"

"鼎生,你这时在哪里?"

"你有什么事嘛?"

"我有很大的急事,电话上讲不清楚。我要当面对你讲。"

"你能不能过来?"

"我可以过来,你在哪里?"

"我在金秋大酒店。"

"我不知道金秋大酒店在什么位置?"

"就在爱连路口和教苑中学中间。"

"乘哪趟公交车可到那里?"

"你现在在什么位置?"

"我在横岗坑梓。"

"你要乘 365 路或 329 路都行。在爱连路口站下车,往南走一百米就到了。我在公交站台接你。"

"好,我马上过来。你就在爱连路口公交站台接我。"

我把手机关上。徐春莲问:

"是哪个?"

"是我的水友哥。"

"叫他来呀。"

"他要来。"

"他现在在哪里?"

"还在横岗坑梓。"

"要他赶快乘公交车来。"

"我给他说了。"

孙老师说:"乘公交车也快,我们就等他一起吃吧。"

"不,你们先吃。我在爱连路口的公交站台去接他。"

"都是家乡人,等一下没关系。"徐春莲赞成孙老师的话。

"等一下,没关系。"二槐也发话了。

既然大家都有这个意思,我也就不勉强了,他们愿等就等吧。我就到爱连路口公交站台去接水友哥。

不到二十分钟,水友哥匆匆忙忙地从 365 公交车下来了,看他那着急的样子,与平时的水友哥恰如两个人。

水友哥无头无脑地对我说:"鼎生,走,我俩先到我那里去。我把重要情况告诉给你。"

"水友哥,大家还在金秋大酒店,等着你我喝酒呢。"

"我这时哪里还有心思吃饭啊。"

"不喝酒,也得与大家见一面,我也才好脱身。"

水友哥很不情愿,但又好像有些难为情,我知道他心里十分矛盾,他问:

"他们都是些什么人?"

我把孙老师和其他几位向他做了说明。

水友哥说:"我就不去酒店了。我在这里等你。等你把饭吃完,我再给你说。"

"那不好,他们都等你好久了哩。"

"鼎生呀,今天就是有龙肉我也吃不下去。"

"什么事,那么急?"

我看水友哥的样子好像想说又不想说,但他还是说了:

"你的嫂子被别人拐走了。"

"哪一个拐走的。"

"河南的一个农民工。"

"嫂子不是和你一起上班上得好好的吗?"

"她原来和我一起上班,上个月被河南那个农民工花言巧语骗到装饰店上班去了。"

"河南哪个农民工?"

"前次我不是告诉过你吗,就是我俩打亲家的那个。"

"是你自己引狼入室。"

"是的。那牛鸡巴日的眼睛不认人。"

"你给派出所报案呀。"

"我报了,派出所不仅不管,还批评我说没有本事,说连自己老婆都管不住,死卵不中用。"

"你打算怎么办?"

"我想找你,再找几个家乡人。"

"你要我们做什么?"

"我们去找那对野口子,把他两个身上的零件下一个。也出一口气。"

"这不好吧。"

"有什么不好的!他要做初一,我就给他做十五。"

"我看这样吧,我们去酒店可以向孙老师讨教,他是老师,又见多识广,说不定他还有解决的办法。"

"鼎生,我不想去酒店,我觉得没有意思。"

"水友哥,你今天一定要听我的。非去酒店不可。他们在那里专门等我们两个哩。你不去不给人家面子也不像话吧。"

水友哥稍微思考了一下,觉得我把话讲尽情了,他再拒绝也没意思,就同意去酒店,但他又补一句说:

"去酒店可以,我不一定喝酒。"

我心想,只要你去了酒店,喝不喝酒那又是另一回事了。

我俩一起往回走,在路上我告诉水友哥:

"二槐哥也在酒店里。"

"哪个二槐哥?"

"拉西峒有几个二槐呀?"

"他不是在外面读大学吗?"

"人家博士都毕业了。"

不一会儿,我和水友哥来到了金秋大酒店紫竹院包厢。徐春莲就把水友哥安排在她事先已经安排好的位置上。

水友哥一见孙老师,就恭恭敬敬地打了一声招呼:

"孙老师,你好!"

孙老师说:"哎呀,你很面热,就是一时想不起叫什么名字。"

"我叫向水友。孙老师,你大学刚毕业分到龙山一中,就给我们代语文。"

"啊,你是高45班的。很多年了,记不清了。"

"老师记学生是记不了的,学生记老师是永远不会忘记的。我们高中毕业都十多年了,我有个小孩子都读初中了。"

"你今年有多大年纪?"

"三十六岁。"

"唉,岁月不饶人。"

水友哥看见坐在他对面的二槐,也打招呼说:

"啊,你就是二槐吧?"

二槐回应:"是呀,水友哥,你和孙老师讲话,我不好插言。"

我又把徐春莲给水哥作了简单的介绍,水友哥和徐春莲相互打了招呼。

这时徐春莲对孙老师说:"孙老师,现在都来齐了,我们开始进餐吧。"

"好的。"孙老师回答说。

徐春莲又说:"孙老师,就由你发话呀。"

孙老师也没有过推辞,他先拿起酒杯说:

"好,大家喝酒的把酒杯端起来,喝饮料的就把饮料杯子端起来。"

大家一致响应。

孙老师站起来祝酒:

"祝在座的各位兴旺发达,事业有成!"

我们回敬孙老师:

"祝孙老师事业有成! 健康长寿!"

孙老师要大家坐下,他很高兴地说:

"今天在座的,除了潘老师都是我的学生。我见到你们真是高兴。"

徐春莲代表大家说:"孙老师能抽出百忙的时间,给我们面子,我们也十分高兴。我们大家再敬孙老师一杯。"

"好啊。"

大家口里说并实践着。气氛一下就热烈了许多。

"好吧,大家都放松一点,需要什么菜就自己拈。徐春莲今天点了这么多丰盛的菜肴,希望大家吃得开心。"孙老师号召大家说。

"好。"大家又是响应。

水友哥可能还没有进入角色。他的情绪较为低落。孙老师看见水友哥的表情后,就以师长的身份,主动问水友哥:

"向水友,你是什么时候来深圳的?"

"今年已经是十个年头了。"

孙老师伸出大拇指说:"嘿,你已成了老深圳。"

水友哥说:"我们这些人是老深圳也没有用,就是使夯力,给别人做牛。"

"外出打工,只要能谋生就行。就不要说做牛不做牛了。"孙老师又问,"我看你的神色有点不对,是不是遇到什么不顺心的事。"

可能是老师提问,水友哥也就不忌讳,很直率地说:

"不瞒老师说,我的老婆被人家拐走了。"

他这么一说,我很想笑又不好笑。强忍着听他们继续对话。

"这是小事嘛。"孙老师说,"在我们内地如果说谁的老婆被别人拐走,的确是一件不光彩的事,到深圳这个地方,老婆被别人拐走了,就不是什么了不起的事。现在到处都是一样,打工呀打工,很多人都把老婆给打掉了。"孙老师又鼓励水友哥说:"不要紧,老婆走了又再找一个呗。"

"再找一个是另外一回事,问题是她把我的家庭害苦了。"

"怎么害苦了你的家庭?"

"我原来家里那个老婆也还算可以。几年前现在这个老婆和我死绞蛮缠,硬要逼着我离婚,现在这个老婆也一屁股走了,我就提空箩箩了。"

孙老师听水友哥说"提空箩箩了",把脸扭过去"扑哧"一笑,再又回过头来问:

"她原来结过婚没有?"

"结过婚,他与原丈夫的小孩都九岁了。"

"你们俩怎么弄到一起的?"孙老师问。

"讲起来又要讲老半天。"水友哥回答也很直接,"我家里原来那老婆个就是我们邻近寨子上的。我把我原来那个老婆带到深圳打工,我现在这个老婆也和我们都在同一个厂做扣子。一起接触久了,她就主动勾引我。我当时立场不坚定,没有过多考虑,和她打得火热,我原来老婆看不惯我们的关系,一气之下就回家了。她回家后,现在这个老婆就逼我离婚。在没有办法的情况下,我就和原来老婆离了婚,我现在这老婆和她老公离了婚。这样我俩就搞到一起了。"

"这说明你也勾引了别人的老婆。"

孙老师的话逗得在座的都笑了。

水友哥也不好意思地想笑又没有笑出来。

孙老师见水友哥尴尬窘态,马上顺着水友哥的话问:

"向水友,我倒想听一下你现在的老婆怎么害了你的家庭。"

"孙老师,你想,如果她不插足,我就不会和我原来老婆离婚。我不与原来老婆离婚,我们就能齐心协力把我的儿子盘到大学毕业。如今,我同原来老婆离婚了,现在这个老婆也跑了。我是无码子的扁担挑水——两头脱。"

"现在这个老婆和你有小孩没有?"

"生了个儿子,都四岁了。"

"你可以和你原来那个老婆复婚嘛。再重新组建家庭。"

"孙老师,你莫讲她了。"水友哥说,"现在农村也不成体统,男的到外面打工,女的留到家里就有人打主意。我们寨上,很多留在家里的老婆,都被村支书佘亏彼霸占了,寨子上的人都把佘亏彼叫脚猪(公猪)。我原来老婆离婚未得三天,就被佘亏彼捞到手。我原来岳父知道这事后,为了顾及面子,就把她远嫁到江苏去了。"

水友哥说完,显出很无奈的样子。

二槐对水友哥的话也有同感,他接过来说:

"佘亏彼真坏。我的隔房嫂子前年也被他奸污了,后来嫂子和我堂兄离了婚。"

孙老师听了水友哥和二槐的话后说:"这可能是现在农村的普遍现象。我所接触过的农民工都有类似问题反映。"

孙老师又转问水友哥说:"你现在打算怎么办?"

"孙老师,你是我的老师,在座的也都不是外人。我就直说吧。"

于是水友哥把要我替他帮忙的想法,坦白地说了出来。

孙老师摇摇头说:"你这样的想法是非常不可取的。这不仅是害你自己,也是害了鼎生他们。"

"那我怎么办?"水友哥显得无奈。

"我建议你重新整合老婆资源。再找一个比现在这个老婆强一点的女人。"

"孙老师,我被女人害苦了,我不想再找了。我打算把我那两个小孩子扶养成人就行了。"

"你这话又有些言不由衷了,像你这样的年纪不找老婆谁相信? 现在你受了伤害,暂时不想找老婆可以理解,一旦你心灵的伤口抚平后,你就会又要想起女人来了。再说,你再找一个老婆与你扶养了孩子并不矛盾。"

孙老师继续开套水友哥:"向水友呀,现在社会上的结婚和离婚都是很平常的事,最近我在网上看到一条资料,深圳这一个月共有四千八百八十三对离婚,离婚率达千分之二。这四千八百八十三对可能还不包括你和你被他人拐走的老婆呢?"

孙老师的话惹得在座的都笑了。徐春莲还抱着肚子"哎哟,哎哟"直叫。潘姐把头埋在餐桌下面不停地用餐巾纸揩眼泪。我和二槐都笑得前仰后合。水友哥却像一只呆鸡,面无表情地坐在那里。

还是孙老师打开了这一局面,他把酒杯递到水友哥面前:

"向水友,挺起来! 暂时其他的事都别管他,我俩先把这杯酒喝下去。"

水友哥被孙老师的语言鼓动得也渐渐进入了角色,他端起酒杯回敬孙老师说:

"好,孙老师,听你的。我俩干杯!"

孙老师又把气氛鼓动了一下,他号召大家说:

"我提议,我们大家为水友再找个老婆而干杯!"

我们大家都为水哥举杯,水友哥也高兴得开怀大笑起来。

本来这次徐春莲是盛情请孙老师和我们的,后来水友哥在宴席上却成了主角。这是谁也没有想到的。

十三、屈原投笔去经商

这天,我在餐厅提着快餐盒,准备给别人送去。这时,龙大姐向我走来,好像有事情向我交代。我毕恭毕敬地叫了一声"龙大姐"。

龙大姐带着微笑对我说:"小老弟,你的诗还写得挺不错呢?"

龙大姐当着餐厅里那么多服务生和顾客的面表扬我,我既感到高兴,又觉得有些不好意思。

我回答说:"龙大姐,我那根本不像诗哩,是你夸奖我了。"

"不,你那诗真的写得不错。"龙大姐用不许我否定的语气说。

龙大姐说我的诗写得好,指的是我俩两天前在龙城广场参观反腐倡廉事迹展,其中展出了一些腐败分子的罪证。当时龙大姐问我有什么感想。我一时没有回答上来,我说让我想想吧。过了两天,不好当面给龙大姐说出我的感想,就写了一首诗,用短信发到龙大姐的手机上。我的诗是这样写的:

受禄乘车着西装,无视民瘼半分寒
美酒还兼美女陪,鲍翅燕窝细品尝。
民间多少冤泪滴,歌声嘹亮舞翩跹;
贪官豺狼有何异,辜负民众罪万千!

我说:"龙大姐,你过奖了。我那胡刍的语言根本不像诗。"

"你不要谦虚,你的诗真的写得好。我还准备把它打印出来,让餐馆的员工都看一下。"我说:"那就给大家献丑了。"

"不是献丑,而是要大家也欣赏一下你的水平。"龙大姐停了一下说,"这样吧,你配送完后我还要找你聊一件事情。"

"好。"

"你快去快回。回来后来我工作室。"

这次配送快餐是在龙岗电视大学,我边骑摩托车边想:龙大姐要我快去快回,有什么要紧的事呢?龙岗电视大学离餐馆只有一箭之遥。我送完快餐后就马上回到餐馆。

　　我走进老板工作室，看见龙大姐正在看古典小说《红楼梦》，她见我来了，赶快把书合上，高兴地对我说：

　　"小老弟，这么快。"

　　"就在隔壁龙岗电大送快餐。"

　　龙大姐叫我在沙发上坐下，并给我倒了一杯开水。

　　待我稍稍坐定后，龙大姐说：

　　"小老弟，从你的诗文来看，你也是爱好文学的。"

　　"是的。"我很老实地说，"我在学校时，语文是我的强项。我的作文经常得到老师的表扬。"

　　"你如果考大学读中文，说不定会成一位诗人或文学家。"

　　"龙大姐，我如果要考大学，家里要我考理工科哩。"

　　"我知道，这是当代中国的一种趋势，很多有文学才华的青年，都成理工科专业的俘虏。这本不是有文学才华青年的意愿，那是因为理工科毕业后容易找工作，也就是说'读书专为稻粱谋'。这在竞争激烈的社会，不这样做又不行。"

　　龙大姐的话真是说到点子上了。在高二文理分科时，我的父母就因为理工科好找工作而要我读理科的。其实我骨子里还是喜欢文学。

　　"我知道你有一定的文学天赋。"龙大姐又把话题一转说，"好吧，其他的事我们就不说了，我要你来就是要商量一件事情。"

　　"什么事情？"

　　"我想组织一次吟诗活动，一方面我们可以以文会友，另一方面，也可以丰富我们的生活。"

　　"吟诗活动好是好，就是怕开展不起来。"我对龙大姐的想法有些担心。

　　"你这担心是对的，我也有这方面的考虑。不过任何事情都说不准，你说开展不起来，而在实际工作中又开展起来了呢。"

　　看来龙大姐对举办吟诗活动还是很有信心。

　　"龙大姐，你打算怎么办？"

　　"我们先把我们周围所接触的人，摸一下底。看哪些人爱好文学，爱好写诗。"

　　"这样的人哪里去找呢？"

　　"就在我们周围去找。"

　　"我们周围？"我用怀疑的口气反问了一句。

　　"是呀，通过我的观察，我们周围还是有一些文学天赋的人。比如，我们餐馆的小唐，唐君群，你别看她是个清秀女子，其实她的文学天赋也不错，她每次同我短信联系的时候，都是采用诗的形式。而且不是一般的口水话。"

"噫,也真还看不出,唐君群真是高人不露面呢。"

"还有,上次到我们餐馆进餐你那孙老师,还有住在你房间的潘老师。我从潘老师的话语中,发现她的文学修养都是很不错的。"

"潘姐我对她不太了解,我们的孙老师我是知道的,他在我们那里被称为秀才。他在文学期刊上经常发表散文和一些小诗。"

"对呀,你在外面配送快餐,接触面比较广,肯定发现一些对文学感兴趣的人。"

我想了想说:"我还可以推荐几个,一个是我的一位同学叫徐春莲的,她现在在黄阁坑小学任教,我知道她的文学水平不错。还有,我经常配送快餐的龙岗电视大学的王天明教授,是专门教现代文学的。"

"对,我们就要把这些人整合起来。肯定会把这吟诗次活动搞得有声有色。"

"龙大姐,你要我先做些什么?"

"这样吧,你先同他们沟通一下,然后我们策划如何实施。"

"行。我尽量完成任务。"

龙大姐给我交代任务后,我马上去物色对象。龙大姐建议物色八九个人比较适宜,人太少了没有气氛,吟诗活动显得冷清。人多了也不行,会拉长时间,使吟诗活动不紧凑。

我先找孙老师。

我原以为孙老师满口答应,会大力支持的。因为他是我的老师,老师怎么不会支持自己的学生呢。

事情却往往出乎人的意料,孙老师一下就给我泼了冷水。

我把想法给孙老师汇报后,孙老师向我端出了几个问号:一是吟诗活动的主持者是否有驾驭的能力?二是吟诗活动的参与者是否有写诗的水平?三是现在中国文学很不景气,正走下坡路。处于冰冻时期,不久就会陷入濒危阶段,开展吟诗活动是否有自作多情之嫌?

孙老师的这三个问号把我弄得晕头转向。我一个涉世不深的人懂得什么。他对我说这些不是对牛弹琴么。说了也等于白说。

我知道孙老师是很自负的。在学校给我们上课时,常常流露出他看不起现代文学史上的那些所谓的大师。他常说什么"鲁郭茅,巴老曹"他不是从内心佩服。他甚至还认为"鲁郭茅,巴老曹",包括胡适,对中国文学不是有功,而是有过。本来中国的几千年来的文学底蕴是相当深厚的,可到了他们这一些人的时代,却来一场什么文学革命,提倡白话文学。把中国文学弄得面目全非。现在的大学生古典文学也没有学好,现代文学也是一团糟。孙老师对当代一些作家他更不在眼下,他还写了一篇《当代作家的困惑》一文。被一家省级杂志刊登,曾引起了一段时间社会上的争论。可是他本人却连市作家协会会员都不是。他曾对我们说,他根本不想参加什么作家协会。他没有能参加作家协会,是因为他的话说得十分尖刻,得罪了不少业内人士。我觉得他有"吃不上葡萄说葡萄是酸的"之嫌。

他还直言不讳地对我说:

"攸鼎生,我承认你的作文是写得好,在我教过的学生中,还没有人能超过你。但我认为你的水平参加正式的吟诗活动还相差很远,你在那里凑个热闹还可以。"

我说:"孙老师,我是你的学生,我盐有多咸、醋有多酸,你是清楚的。正因为这样,我就要参加吟诗活动。通过吟诗活动,在你们这样具有很高文学素养老师的熏陶下,会有很大的提高。弥补我没能上大学的遗憾。"

"好吧,试试看。"孙老师的话虽然像铁板,但也开裂了一点缝隙。

我顺势感谢说:"谢谢老师。"

孙老师又问我,"你们物色的对象都是哪些?"

我把打算邀请的对象向他做了汇报。

孙老师摇了摇头说:"此地只有此物。"

我要孙老师也能提供一些名单。

孙老师说:"让我想一想后再说吧。"

我说:"那就麻烦老师了。"

孙老师没有拒绝我的要求,也算是给足了我的面子。

我的第二个联系对象是潘姐。那是她从黄阁坑小学放学回来的一个晚上,我走进我原来的那间蜗居时,只见潘姐一个人在那里。二槐哥因为公司加班而未回,我向潘姐重复了龙大姐的设想:"吟诗活动是龙大姐为了丰富我们的生活。并不是要大家要写出什么出类拔萃的诗作。"

潘姐说:"好,我参加。"

潘姐没有拒绝,我估计她不会是因为我给二槐哥他俩做了好事而违心同意的,她本来就对文学和诗歌有一定的爱好。她曾还我讲述过她的相关经历:她说,她原本爱好文学,上大学时就是读的中文专业。后来考硕士时,由于考文学的研究生竞争太激烈,为了保险起见,就考了社会学专业。考博士时,她曾想重温文学之梦,但导师建议她考南方民族史。这样她就越来越与文学相去甚远。她还谦虚地告诉我,她很高兴参加吟诗活动,就是怕自己水平低而拉大家的后腿。另外她再一次表示对龙大姐的感谢,因为她和二槐处境十分艰难的时候,我把自己的住处让给他们,龙大姐不仅没有反对,还时时表现出对他们的关爱,以后有了条件一定要好好报答龙大姐。

潘姐还趁机向我提起住房的事,她说:

"小攸,我和你二槐哥都有了事做,我们最近准备搬出去。"

我说:"潘姐,你们暂时还是住在这里,这里只不过是房子窄了一点。你想,你和二槐哥目前的工资加起来也不多,到外面租个一室一厅,一个月的房租费最少也要千把块,加上你们的伙食费和其他开销,一个月的工资也就所剩无几了。"

潘姐说:"这个我知道,但是我们长期把你挤到餐厅睡,我们自己不好意思。"

"没关系,我一个男子汉在哪里睡都行,不会有人对我怎么样的。"

潘姐笑了笑说:"不是有人会把你怎么样的问题,主要是我们自己过意不去。"

"潘姐,你的心思我是知道的。你不要把我当外人看待就行了。以后你们有了好的工作岗位和更高的收入,你们不走,我还要赶你们走哩。"我再次强调,"潘姐,住房的事你暂时就别提了,我们大家都维持现状。"

"好吧,那就太感谢你啦。"

与孙老师和潘姐联系后,我又得考虑了下一个目标,下一个目标也真叫我犯难。我到这里时间不长,认识的人也很有限,到哪里再去找吟诗对象呢。

好在中国的语言中有"冒天下之大不韪"这一个词。我就要来一次"冒天下之大不韪"了。我要去找龙岗电视大学的王教授,王天明。王教授是我经常送快餐的对象之一,我知道他既然是中文系的教授,写诗做文章肯定是行家里手。开始我心中有一种畏惧感:我一个送饭的,同一个大学教授谈吟风弄月的事,别人能认可你吗?曾给自己授业的孙老师都有一种不屑一顾的态度,更何况别人还是一位大学教授呢。但我又想,生意不成人谊在,就是他不同意也没有什么关系。相互了解一下又未尝不可呢?退一万步说,就是他拒绝或轻视了我,我也不会在意。反正只有他知我知天知地知,其他人再也不知。以后我送我的饭,他教他的书。太阳照样从东方升起。地球照样沿着轨道转。有了这些思想准备去找王教授,也就不怕碰壁了。

找王教授的那天是星期三下午,他正在他的教授工作室做课件。他见我到来,并没有因为我打扰了他的工作而不高兴,相反的是他很热情地接待了我。招呼我在沙发上坐下,并给我倒茶水,还给我送餐巾纸揩汗水。一切礼节性的程序完成后,王教授主动问我:

"小攸,你找我有事吗?"

"是的。"

首先,我向王教授表示歉意,说是打扰了他的工作。然后把我的来意向他全盘托出。

我一边说,一边观察王教授的表情,王教授全神贯注地听着。他的全神贯注倒引起了我的不安,感到有一种不祥之兆袭来。我想:我讲完后,王教授一定会对我的话来一个全盘否定,我最后收获是灰溜溜地离开他的工作室的结局。

我把该讲的都给王教授讲了,后面就静候他的反馈意见。

王教授一板一眼地说:

"小攸,你们的想法是好的,我大力支持,可惜我不会写诗。"

王教授的话,我真琢磨不透。他说他不会写诗,说的是真话还是假话,我分辨不清。但他这一句话却使我有些紧张,下面的结论就是"我不参加你们那个吟诗活动。"

真的,我是最忌讳听到这样的话的。

我还是大着胆子对王教授说:"王教授,你会不会写诗,我不知道。但是,你能够达到教授这一级别,在写作方面肯定有很高的造诣。"

王教授十分真诚地说:"小攸,说实话,我真的不会写诗。我研究的方向是现代文学,只是从理论上和结构上去研究探讨现代文学的规律,真正的文学创作是很少的。"

这时我的心提了起来,我估计他的下文就是"你们另请高明"几个字。然而我的预测又一次失败,他把话锋一转,说:

"不过,你们要组织一次吟诗活动,是很有意义的。你们邀请我参加,我还是义不容辞。"

想不到王教授竟能如此诚恳地回答了我的要求。我高兴无比地说:

"那就太感谢王教授了。"

王教授还肯定了开展吟诗活动的积极意义,他说:

"不要小看民间的文学活动,民间的文学活动也是中国文学的重要组成部分。中国的文学的源头就是民间文学。"

我被王教授说的话语感动得心花怒放,觉得真正有修养的人看问题,就与一般人不一样。说起话来也是很有水平的。

王教授还举了《诗经》的例子,他说《诗经》就是中国最早的民间文学,《楚辞》也是屈原等人从民间文学中吸取的营养而写成的。王教授说这些,有的地方我听不懂。我只好像南郭先生一样不懂装懂,装作十分了解的样子。

他举的《诗经》《楚辞》中的句例,我没有专心去记它,就是记住了对我也没有什么现实意义。

王教授为了表示自己的诚心,他还说:

"小攸,我一定参加你们的吟诗活动,这是一次学习的机会。"

最后还给我推荐两个人选,一个是他们中文系的洪立国教授,他是专门研究

《写作》的。王教授说洪教授有很多作品发表在省级以上文学期刊上。还有一位是王教授的学生，叫秦岭，秦岭是电大文学活跃分子。在学校办文学小报在全校很有影响。她还在市级刊物上发了几篇诗作，社会反映还不错。

"太好了，太好了！"我高兴得只差叫"王教授万岁！"

在龙岗电视大学，我真正体会了知识分子虚怀若谷。心想，如果我把这一情况告诉给龙大姐，她一定会很高兴无比的。

接着我又邀请老同学徐春莲参加吟诗活动。对徐春莲的邀请，我是以熟相欺，只是在电话上给她通知了一下。她很高兴，她说："到底是老同学，相互知道底细。感谢你的推荐和提携！"

她还用手机短信发了一首诗给我：

沐浴春风兼踏青，

同学言语肺腑心。

莫道人间真情在，

高谊常驻伴知音。

徐春莲过去我们一起读书的时候，作文写得很好，文笔清秀，文字简洁，作文经常得到语文老师的表扬。

我打电话给徐春莲，评论了她的诗："现在都到秋天了，你还再写'春风'呀，'踏青'呀什么的，不是有些不合时宜么？"

徐春莲在电话里反驳我说："你也真是孤陋寡闻，来深圳这么久，还不了解深圳呀，深圳一年四季就只有春天和夏天，现在虽然我们内地已是秋天，可这里还是春天的季节哩，我怎么不能写'春风'和'踏青'呢？"

徐春莲这么一说，我也就无话可说了。

龙大姐分配给我的任务，总算完成了。开展吟诗活动是"万事俱备只欠东风"了。第二步，就是她对吟诗活动如何策划和操作。她要我通知所有参加吟诗活动的成员召开一个筹备会，时间定星期天。不耽误上班人的工作。

筹备会在在胡记餐馆附近的一个叫林清招待所进行。

会上，龙大姐首先感谢大家对吟诗活动的大力支持，向所有与会人员致以亲切的问候。接着她说明了筹备会的主要议程。要大家进行讨论，她说：

"由于大家各自在不同的岗位，还来不及和大家一起商量，我就主观拟了几条。如果有不同意见大家马上提出以便改正。"

王教授说："龙老师，你做了很多前期工作，很辛苦。我们应该感谢你，不要说什么主观不主观的。"

　　王教授的话得到了大家的赞同。

　　接着,龙大姐向大家公布了吟诗活动的时间和地点以及其他事项:

　　"吟诗活动时间定在农历端午节。地点定在金海湾。龙岗区今年要在金海湾举办嘉年华国际龙舟竞赛活动。嘉年华国际龙舟竞赛活动之前,要进行舞狮表演和水上迎亲舞表演,我们先观看这三个节目表演。然后租一只船到海上进行吟诗活动。届时每人拿出一首诗朗诵。诗的内容不限,可以配合当时的端午节的内容,也可以是其它内容,还可以即兴吟诵。吟诗活动完后,大家到我们胡记餐馆共进晚餐。"

　　龙大姐的这一倡议得到了大家的响应,都说这样安排非常妥当。

　　端午节上午,我们租乘一辆商务车去金海湾的龙舟赛场。在车上龙大姐要王教授或洪冯教授对金海湾作一番介绍,使大家对金海湾有一个大致的了解。据说王教授和洪教授曾多次带大学生到这里采风,他们对金海湾的情况十分熟悉。洪教授推举王教授介绍,王教授也不推辞,他从金海湾的地理位置和风土民情两个方面作了比较详细地介绍:

　　金海湾位于风景迷人的大鹏半岛的最南部,东临大亚湾,南接太平洋,与香港平洲岛对峙,相距不过千米,据说香港尚未回归之前,内地偷渡去香港的人,大都是从金海湾泅水到平洲岛的。金海湾景色宜人,特别是呈马蹄形的月亮湾海滨,终日涛声阵阵,让人回味无穷。海岸上的青山如黛、绿树成荫,海湾绵延三公里。每当夜幕降临,金海湾的海滨就会出现渔歌唱晚的场景;逢年过节时,还有各种渔灯会以及水上娶新娘等民俗节目表演。

　　金海湾又是深圳东部的一处海滨旅游胜地。这里的原住居民多以捕鱼为生,外界习惯称这里的居民为金海湾渔民。金海湾渔民自古以来都是以海为家,被称为疍家人。疍家人还保留一种十分奇特的客家方言——疍话。是当代研究客家方言的活化石。由于金海湾的居民世代极少上岸,很少与陆上居民交往,造就了疍家这个特殊的群体,也形成了他们特殊的风俗习惯和文化。据介绍,除了在深圳的金海湾有疍家人,其他地方如广东、广西和福建沿海一带也有他们的同类,疍家人世居水上,漂泊不定,以出海打鱼采珠为生,被称为中国的"水上吉卜赛人。

　　中华人民共和国成立以前,历代统治者对疍家人都十分歧视,不准他们上岸居住,也不准他们与岸上人家通婚,自古以来,金海湾的渔民娶亲,婚礼都在海上举行。明朝时中国的航海业和渔业比较发达,渔民生活也相对富足,渔民们为把婚礼办得隆重,逐渐形成水上迎亲舞蹈,这种渔家婚娶时的传统舞蹈,起源于明朝中期,至今已有四百多年的历史。

　　中华人民共和国成立后,政府鼓励疍民上岸定居,但是直至今天,在金海湾乃至广东省内其它地方仍有很多疍民住在船上。青壮年大多在海上捕鱼，留守在家的只是少部分老年人和妇女儿童，他们都有两个家，一个在船上，一个在岸上，但多数人还是以海为家。当初疍民祖先的一切起居饮食都在一只小艇上，生活以摇船和捕鱼为主，随着鱼的踪迹而流动，被称为"水流柴"。让人们感受到浓郁的疍家风情。

金海湾的海鲜在深圳最为有名，金海湾的餐馆里，鲍鱼、海胆等海鲜种类多、味道好。品海鲜之余，还可以租快艇游览附近小岛游玩，随着深圳市发展东部大旅游战略的确立，这里独特丰富的海滨自然资源逐渐为人所知，越来越多的旅游爱好者开始向往这一神奇诱人的美丽海湾。这里相继兴建了具有异国情调的海滨风情别墅区、沙滩娱乐场、海鲜风味食馆、听涛音乐酒吧、沙滩排球足球场、烧烤乐园等休闲娱乐和餐饮场所。

王教授的介绍深深地吸引了车上的每一个人。王教授刚介绍完金海湾，我们乘的商务车驶入了金海湾。首先找了一处比较适中的观礼台入座，准备观看龙舟赛。

龙舟赛尚未进行之前，金海湾的舞狮队开始在海滨广场进行舞狮表演。金海湾舞狮队的演技非常高，在全国舞狮表演赛中有几次夺魁。

舞狮表演共有四十名表演成员，二十头醒狮，主要表演项目有：舞狮、梅花桩狮、威风锣鼓等。"梅花桩"动作难度大，表演过程特别惊险。它是用"三山五岳"的跨度，进行不间断地来回舞动。表演时狮头托在狮尾双肩迅速一起跨过，没有深厚的功底是难以表演成功的。

舞狮表演过后，进行金海湾的海上迎亲舞表演。这一表演在海中进行，海上迎亲舞表演的是二十条舢板船在月亮湾海面上一字儿排开，海上消防船向空中喷射出变化多样的水柱；演员们载歌载舞在海上巡游表演；中式的渔船和西式的游艇上，"新郎"、"新娘"站在船头，为观众展示海上迎亲仪式。迎亲舞表演中，除了新郎、伴郎外，全部是由各个年纪组的女性参加，金海湾几乎家家户户都派出"女将"，参加到迎亲舞队伍中。两人一条的"旱船"，围绕着打红雨伞的一对新人，边唱渔歌边划船桨，来回摆动，仿佛置身波澜壮阔的大海之中。另外，八艘摩托艇并排在海面上疾驰，划出道道白色浪花。叫人赏心悦目。

民俗表演完毕，海上嘉年华的国际龙舟竞赛活动就开始。

海上嘉年华龙舟赛正式开始：金海湾、香港铁达尼 A、B 队，葵涌、大鹏、南澳、磨坊野人等十五支龙舟队、四百五十余名龙舟运动员，被分成三组，在月亮湾海面五百米的赛道上展开了激烈竞赛。初赛后，诞生了六支决赛队伍。紧接着六支决赛队伍展开了拉锯战。观众站在看台上高声呐喊助威。最后，实力强劲的香港铁达尼龙舟 B 队率先冲过了终点,夺得冠军。金海湾龙舟队和香港铁达尼龙舟 A 队则分获二、三名。

龙舟赛结束后,我们乘租赁的一条小客船,行驶在月亮湾的海面上。小客船上布置了一个临时的吟诗坛,并在吟诗坛的正中还挂了一条写着"吟诗活动"的横幅,横幅下面摆了一张讲台,作吟诗席。讲台的斜左侧摆了一张写字台,是点评席。

没有进行吟诗活动之前,进行了两个程序,一是由龙大姐把所有参加吟诗的人员作了简单的介绍。二是大家推举了王教授和洪教授为点评人。

龙大姐还做了说明:"王教授和洪教授对诗作进行轮换点评,先王教授,再洪教授,再又王教授……这样轮流。另外,王教授和洪教授除了点评别人诗作外,两位教授也各要吟一首诗,让我们大家欣赏。"

龙大姐说完,大家鼓掌,用掌声欢迎王教授和洪教授入座点评席。

接着龙大姐走上吟诗席,来了一个开场白:

"大家看了今天金海湾的几个节目,不知大家感受如何,我的感受是,我原以为屈原是我们内地人,纪念屈原是我们内地的专利。今天看了这里嘉年华龙舟赛,觉得这里的龙舟赛的规模和气势,比我们内地的龙舟赛更浩大、更吸引人。另外,我来时在路上,从车窗里也看到了这里的老百姓家家门口都挂有菖蒲和艾草。看来,这里纪念屈原的风气并不亚于我们内地。我们的吟诗活动选择在今天,也是用实际行动对屈原的纪念。我先吟一首不像样的诗,起抛砖引玉的作用。吟后请大家指教。"

龙大姐恭恭敬敬向大家行了一个礼。然后向大家报告说她吟的题目是"中华文化迭绵绵",她吟道:

五月佳节是端阳,

海面沸腾看龙船。

家家户户吃粽子,

中华文化迭绵绵。

龙大姐把诗吟完,下面响起掌声。

王教授点评说:"龙芬芳这首诗的长处有两点:一是即兴之快令人赞叹,她就端午节的海上嘉年华的国际龙舟竞赛活动找到一个切入点,马上把这一活动融入诗境。二是把中国几千年的传统文化与现实生活作了巧妙的结合,后面一句'中华文化迭绵绵'用得恰到好处。"王教授停了一下说,"不足之处是语言过于平板化,当然这是现代写诗人的通病。我希望龙芬芳不断努力,有更好更多的诗作问世。"

　　王教授的话刚一说完,徐春莲迫不及待地冲上了吟诗席,把还没有下席的龙大姐挤了下去,她稍微清了一下喉咙,就吟诵了起来。徐春莲首先报告说她吟诵的题目是"可恨元帝是蠢牛":

　　　　玉兔圆脸挂树头,

　　　　昭君登上望月楼,

　　　　玉肤冰肌一才女,

　　　　可恨元帝是蠢牛。

　　徐春莲做了一个鬼脸,给大家鞠了一躬,等待点评。

　　洪教授是徐春莲的点评人,他点评道:"徐老师这首诗是咏叹历史人物之作,在点评之前,我想问一下徐老师,你的这首诗是在什么背景下创作的?"

　　徐春莲作了简单介绍说:"前次,我们学校组织部分老师去三峡旅游。途中,大家建议要去游览一下王昭君的故里兴山县的七连坪村和宝坪村。我们到那里后,实地看了昭君故里七连坪村的后坪、娘娘井、楠木井、琵琶渡、昭君台等古迹,也听了当地人关于昭君的一些传说故事,所以我就写了这么一首诗。"

　　洪教授点了点头,说:

　　"是的,徐老师有兴山的旅游经历,才能写出的这样的诗。否则我还以为你是抄袭别人的呢。"

　　接着洪教授点评说:"徐老师这首诗写得有情感,又有女性的笔调。现在也有人说昭君是民族团结和社会和谐的使者,这是后人加的光环。原来昭君的思想基础根本不是这样的,我认为昭君的故事是一出悲剧。是中国几千年封建社会制度的悲剧。这首诗有很强的思想性,那就是对荒淫无度耻的统治者进行了无情的鞭挞。另外,这首诗开头运用了'兴'的手法,结尾用了白描的手法,写得比较形象。不足之处是,如果能把前面两句的字再凝练一下就更完美了。"

　　洪教授的点评获得了大家的认同。

　　洪教授点评完后,胡记餐馆的小唐唐君群走上吟诗席吟了一首"屈原罢诗去经商":

　　　　昨晚和风兼雨天。

　　　　今天满街菖蒲香,

　　　　借问屈原何处去?

　　　　投笔罢诗去经商。

　　小唐的这首诗引起了大家的哄堂大笑。但小唐却一本正经,脸上还带着严肃的表情。

　　我原来真不了解小唐还能写诗,我只知道她模样长得好,端盘抹桌,兢兢业业。不想她还有这样的文才,我真要对她刮目相看了。难怪龙大姐竭力推荐她,是名至实归的,龙大姐身边也确实有藏龙卧虎之人。

王教授点评说:"小唐的这首诗很有意思,虽是结合端午来写诗,但角度新,内容也新。全诗是以景抒情,以情刺世,对当代那些所谓的名人投机钻营的人讽刺得入木三分,我想小唐绝对不是讽刺屈原的,只是借屈原来挖苦当今追逐金钱的人。"

小唐说:"王教授说得对。"并向王教授深深鞠了一躬,很坦然地下了台。

本来唐君群吟诗后,我想走上台吟一首,但我想,前面都是我们几个小青年占据了场合,我也就暂时忍一下,让在座成年人来表达一下。

这时,正好洪教授走上台,他说:"我今天吟的题目是'端午粽子泛清香'":
端午粽子泛清香,
菖蒲艾蒿挂门枋。
驱邪避灾请牢记,
合家欢乐保健康。

不敢恭维,洪教授可能上写作课是内行,研究写作是高手。可这首诗我认为很平常。也就是一般的大路货,没有什么特别之处。估计像洪教授他们这样的人,社会阅历多,或者经历过一些挫折,写诗也就四平八稳的,免得引火烧身。如果出于这些考虑,洪教授就也只能写出这样的诗作。

洪教授吟完后,静听王教授的点评。

王教授马点评说:"从洪教授的这首诗来看,给我们告诉了一个真理,那就是不要以为学历高、阅历深就能写出好诗。中国有句古话说'诗言志',也就是说诗是一个人的思想表露,诗是一个人的精神体现。也就是现在有句时髦的话说,就是晒自己。"王教授又说,"当然,洪教授这首诗还是很老到。我觉得他有一种满足感,别人一看就是一位安于现状守规守矩的人。不过,洪教授的笔力还是算不错的。"

洪教授走下讲台后,电视大学的秦岭填补了吟诗席。她作了简单的说明:"我吟的是一首新体诗,题目是'我和你',希望大家喜欢"。然后吟道:
当我和你在一起的时候,
我默默地注视着,把你的身影偷偷地收藏在我心底。
当我和你不在一起的时候,
我默默地翻阅着我思维的档案,攻读对你的记忆!
当我和你在一起的时候,
我的心里有一湾泓水欢快地流淌,

当你与我不在一起的时候，

我是那么的无奈又是那么傻痴。

秦岭吟完诗还给我们来了一个"谢谢！"在座的我们都对她投递一种好感的眼光。说实在的，这是一首青年学生的诗，没有脱离稚气，很适合我们这个年龄特征的人口味。

洪教授点评说："这是一首新体诗，我觉得写得还是挺不错的。从情感上来说是一位热情奔放青年的感情表白；从艺术性来说，诗的笔调很细腻，也体现了当代大学生的文学风格。当代大学生能这样用诗表达自己的情感，这是难能可贵的。"

秦岭吟完诗，王教授走上了台。他吟的题目是"劝君多洒雄黄酒"：

端午翩翩到人间，

菖蒲艾蒿泛清香。

劝君多洒雄黄酒，

既重民俗又健康。

洪教授马上点评说："自古道：'长江后浪推前浪'，像王教授我们这样的人，虽然在大学教书多年，接触了不少的文学作品，但要我们真正要创作文学作品时，还赶不上来自生活第一线的人。这些人的灵感要比我们强，笔调要比我们丰富。不过，我认为王教授的这首诗有两处可取的地方，一处是'劝君多洒雄黄酒'，这虽然是从古诗'劝君更饮一杯酒'脱胎出来的，但两个'酒'字风格迥然不同，有点新意。还有后面一句也不错，把科学与民俗相结合起来入诗，也是非常难得的。"

接着洪教授说："看哪一位继续吟下去？"他还用眼光扫视了一下，正好与我的眼光对接在一起。对我说，"那位小，小……"看来洪教授也忘记了我的姓，洪教授继续把他意思说了出来："那位经常给我们送饭的小伙子来吟一首。"

洪教授把我称为"送饭的小伙子"，引起了大家的笑意。王教授怕我接受不了洪教授对我的称呼，就打圆场说：

"小攸，洪教授可能忘了你的姓氏，用你送饭的职业来称呼你，你就不要介意。"

龙大姐替我说："王教授，你放心，没关系。小攸是不会计较称呼的。"

孙老师在旁边幽默了一下，说：

"我看呀，送饭的比要饭的强，要饭的比抢饭的强，抢饭的又比偷饭的强。"

孙老师的话引起大家的哄堂大笑，使整个吟诗的气氛显得非常活跃。

是啊！生活就是要活跃，生活就是要幽默，没有活跃，没有幽默，一潭死水的生活就像一把晃晃明亮的钢刀，让你感到恐惧。

我走上吟诗台，向大家说明了，我的诗作也是一首新体诗，题目是"轻轻地一声问候"：

轻轻地一声问候，

祥云萦绕在你的心头。

轻轻地一声祝福：

幸福时刻把你守候。

轻轻地一声祝愿，

我的心已被你带走！

望着你消失的身影，

寂寞何时从我心中驱逐？

吟完诗，我站在台上静候王教授点评。

王教授点评说："小攸的这首诗感情十分丰富，我倒觉得这诗不是一个小青年写的，而是一位经过婚姻沐浴的青年写的诗，说得直白一点，这是有过婚姻经历的人才能写出这样的诗。"

王教授评到这一份上时，我看见龙大姐的脸有些绯红，但她并没有把脸装饰起来进行回避，而是给我投递出了浓浓的爱意。这只有我能够察觉，别人是看不到的。

下面只剩潘姐和孙老师没有展示自己的诗作，我估计孙老师认为自己在最后，有些不好意思，于是他站起来走向吟诗席。

孙老师吟诗之前做了说明："我这首诗是前不久到湖北荆门的钟祥市，参观了一座假皇帝墓而有感而发的，这座墓是明朝嘉靖皇帝为他的父亲建造的，还把他父亲的墓叫显陵。嘉靖皇帝称父亲为献帝，而他父亲却没有当一天皇帝。这是封建制度下产生的一个怪胎。显陵的规模很大，与北京的十三陵中的任何一座墓都可以媲美。虽然遭到一些破坏，但雄伟的气势还历历在目。现在是国家级文物保护单位。我吟诗的题目是'孤坟何故叫显陵'。"孙老师说明完后就吟了起来：

嘉靖皇帝衰大明，

豢养严嵩大奸佞。

还将父亲封献帝，

孤坟何故叫显陵。

洪教授点评说："孙老师的这首诗怎么说呢？我用四个字概括，不知孙老师满意不满意？"

孙老师说："洪教授你说吧。"

"宝刀不老。"

孙老师说："洪教授你过奖了。"

洪教授说:"没有哩,孙老师,要详细点评你这首诗,得花一定的时间,并且还要对明史十分熟悉。这就已经超出了我们这次吟诗会的局限了。"

"谢谢,谢谢。"孙老师连说了两个"谢谢"后,从吟诗席走了下来。

最后是潘姐吟诗。她首先向大家声明说:"先生们,女士们:我首先告诉大家,我不会写诗,但在龙老板和大家的盛情邀请之下,参加今天的吟诗活动,我既高兴,又激动。既然来了,我就把一首不像样的诗献给大家。严格地说,我这只是一首打油诗。题目是'寒窗苦读廿二年'。"接着潘姐吟道:

寒窗苦读廿二年,

不知就业太艰难。

若知结局是如此,

早应回家去种田。

潘姐吟完诗后偷偷地转过身抹了一下眼泪。

这首诗激发了在场所有人员对潘姐的同情。

洪教授再未点评之前先问:"小,小……"

洪教授好像一时记不清潘姐姓什么。

龙大姐马上补充说:"洪教授,她姓潘。"

洪教授说:"啊,小潘,听了你这首诗,我知道你是一位博士生,可能在就业问题上也受到一些挫折。"

"是的。"潘姐很坦白地回答。

"你现在到哪个单位上班?"

徐春莲代潘姐回答说:"潘老师在我们黄阁坑小学上班。"并还作了一下说明,"前不久,我们学校招聘老师时考上的。"

洪教授摇了摇头说:"一个博士生当小学教师还要考,现在我们中国用人也真太没有谱了。"

洪教授还不知道,潘姐应聘小学教师还差一点没有录用呢。

"潘老师,你住在哪里?"

洪教授问潘姐住在哪里,潘姐脸上就显出了愧色。

我赶快替潘姐回答说:"她住在我那里。"

洪教授看了一下我,又看了一下潘姐,虽然没有说话,但看得出洪教授是很怀疑的,心里一定会想:"这怎么可能呢?"

龙大姐从一旁解释说:"洪教授,小攸没有表达清楚。因为潘姐的男朋友与小攸是老乡。潘姐他们刚来,还没有找到适合的住处,这样小攸就把自己住的地方让给潘姐和她男朋友住,所以小攸说潘姐住在他那里。"

"啊,是这么回事。"洪教授又问:"潘博士,你学的是什么专业?"

潘姐回答说:"我学得太杂了,本科是中文,硕士研究生时攻读的是社会学,博士研究生攻读的是南方少数民族史。"

"从你学的这些专业就证明你很有实力,一个博士生干小学教师的行当实在是有些大材小用。"

徐春莲补充说:"潘老师还是临时代课教师哩,如果要转为正式老师还要考教育学、心理学、教师资格证、普通话过级证等。"

徐春莲这么一说,我才知道要当一个教师的程序是那么的烦琐,我一听脑壳都麻木了。

洪教授没有对潘姐的诗进行点评。看来他也不想点评。他与潘姐说起了题外话:

"我说,小潘,潘博士,你愿不愿意到我们电视大学来任教?"

"我可以教什么呢?"

"按你的学识,教中文是很适合的。我们那里正缺一位教授古典文学的老师。"

"是的。"王教授进一步证实说,"洪教授又正是分管中文系的人才招聘。"

"那就真不知怎么感谢二位教授!"潘姐说。

洪教授说:"王教授的话说对了一半,我只是分管物色人才招聘,也就是说只有选择权,没有决定权,决定权还是在人才处和校长那里。这样吧,今天我回去后就向人才处和校长汇报,明天就给你回话。"

我又从旁边多了一句嘴:"洪教授,潘姐还有一位博士生的男朋友呢?"

"他学的什么专业?哪里就业?"

潘姐回答:"土木工程,他在天安数码广场做电脑技术员。"

"好吧,我们一并考虑。"洪教授问潘姐,"小潘,怎么与你联系?"

我怕潘姐说"没有手机"而失她的面子,就抢过来说:

"洪教授你就同我联系好了,我可以把信息转告给他们。"

洪教授说:"那就请把你的电话号码告诉给我。"

我把电话号码告诉给了洪教授。洪教授把我的电话号码存到了他的手机上,并交代我说:

"事情成功与否,我都明天通知你。"

我说:"好。"

第二天,快要到十点钟的时候,洪教授打电话来了,我从电话里一听他的口气,就很有希望。

"是小攸吗?"

"是的。"

"是这样的——"他拖长了一下口气,这也是我中学时代老师给我们说的,要把好的结果先不公布,让你有一种迫不及待的心情。大概停顿了两分钟,洪教授才继续说:

"潘博士他们两个的事我已经给人才处和校长说了。同意潘博士和尚博士到我们学校来工作。请你赶快通知他们,下午到学校来签协议。"

我骑着摩托车赶到黄阁坑小学找到了潘姐,我把洪教授的话转告了她,要他转告二槐。

潘姐十分高兴,她感谢我说:

"小攸,多亏你。"

我说:"没什么。只要你们有了一个比较稳定的工作就好了。"

二槐和潘姐也没有多说什么,立即去龙岗电视大学。

下午四点左右,二槐和潘姐回餐馆来了。从他们的脸色就反射出有一种满意的表情。

我迫不及待地问二槐:"怎么样?二槐哥。"

"很好。"二槐回答说,"先到房里坐一下,再给你说。"

我随他二人来到我原来住的房间。二槐告诉我,潘姐安排在中文系,月工资二千八百块。他被安排在物理系,月工资三千二百块,还不算上课津贴,学校还给他们提供一套两室一厅的廉租房,不过房子有些陈旧。

"怎么工资不是一样的?"

"是这样的,我在物理系的每周要比她多两个课时,还有一堂实验课。所以工资要高一点。"

"好哇。这样你们就解放了。"

二槐感激地说:"鼎生,这都是你和龙老板的鼎力相助的结果。"

潘姐马上说:"今天晚上我们请客,地点就在这胡记餐馆。要你和龙老板还有洪教授、王教授都来聚一下。"

我本来想推辞,但考虑到二槐他俩以后能在电大顺利开展工作,也就同意他们的意见。我在胡记餐馆给他们要了名叫红绒球的一间雅座。雅座弄好后,我又骑摩托到电视大学去请王教授和洪教授。王、洪二教授愉快地接受了邀请。

十四、三伯父进了派出所

这天下午,我去和心花园配送快餐,路上我的手机响了,我一看来电显示是水友哥打来的。他每次给我打电话都是我很忙的时候,我有点不太高兴,本来不想接听,但一回想:水友哥是我亲戚,他的电话是不应该拒绝的。

为了安全起见,我把摩托车停在人行道的一株芒果树下,然后再接电话。只听见水友哥在电话里急促地喊:

"鼎生,鼎生。"

我回答:"水友哥,你慢点说,什么事?"

"你这时在做什么? 在做什么?"

"我给别人配送快餐。"

"你能不能和老板请一下假?"

"水友哥,你又出了什么事?"

"大事,大事。我们出大事了。"电话里面的水友哥高喉咙大声气,口气十分急迫。

"出了什么大事?"

"你赶快回餐馆和老板请假。"

我知道事情可能有点严重,就回话说:

"好,我这就去请假。"

"你一定要快点,你一定要快点。"从电话里听出水友哥急得好像是热锅上的蚂蚁。

"水友哥,有什么大事,你快讲一下,我才好向老板请假说明原因。"

"我和三舅在派出所。"

"水友哥,你说什么?"我还以为我的耳朵发生了毛病,我又再重复问了一句,"水友哥你说什么?"

水友哥怕我听不清,就一字一板地对我说:

"我、和、三、舅、在、荷、塘、派、出、所。"

这一下把我弄糊涂了,急切地问水友哥:

"你们怎么跑到派出所去了?"

"是这样的,派出所把我和三舅是当嫖客抓起来了。"

水友哥这么一说,我感到问题的严重性。脑壳里"轰"地一下,受到了很大的刺激。我想三伯父和水友哥,怎么一下就成嫖客了。我问水友哥:

"派出所抓嫖客,怎么抓到你们头上来了?"

"你先别问这些,你想办法把我们救出来再说,这里日子实在不好过。如果再不出去,三舅就不行了。"

"我怎么救你们哩?"

"我们一个人要交五千块钱,交了钱我们就可以出来了。你赶快借一万块钱,先把我们救出来再说。"

"我哪里去借这么多钱呀。"

"你借得到也要借,借不到也要借。三舅那么大年纪到这里受罪,你忍心吗?"

心想,到三伯父那么大年纪在派出所受苦,太悲惨了。想到这里,我急得哭了起来。水友哥在电话里听到了我的哭声,他在那一头吼我说:

"你哭有鸡巴用! 赶快想办法借钱去。"

心想,水友哥说的也是对的,如果我不借钱,三伯父他俩是出不了派出所的。我回答说:

"好。水友哥,你把三伯父安慰好,我这配送完后就回餐馆借钱。"

水友哥那边又补了一句:"越快越好。"

我关上手机,心里真不是味儿:一方面想到三伯父在派出所,真想大声地哭一会。另一方面,我担心到哪里去借这么大一笔钱啊,这是摆在我面前的一道难题。我想去想来,想到了龙大姐,只有她才能解决我的这一难题。

我心急火燎地赶回餐馆。把摩托车一停稳,就去老板工作室找龙大姐。我来不及敲门,很冒失地把龙大姐工作室的门推开,看见龙大姐正在电脑上打字。如果换了一个人是这样的举动,龙大姐肯定会不高兴。她看见是我也就只轻描淡写地说了一句:

"怎么进来连招呼也不打一个?"

我怀着惴惴不安的心情走到龙大姐身边,悄悄地用哀求的口吻对她说:

"龙大姐,我求求你行吗?"

龙大姐见我惊慌失措的样子,知道我有要事找她,微微笑了一下,然后和气带安慰地对我说:

"别急,有什么事,你说吧。"

我看龙大姐对我有安慰的意思,也就放心了。我把三伯父和水友哥的被荷塘派出所抓了的情况给她如实地做了说明,并开口向她借一万块钱。

龙大姐听完我的话后,把头稍稍仰了一下,然后说:

"好吧,你和我马上去民生银行取钱。取了钱,我们就直接去荷塘派出所。"

"好。"有龙大姐这样的答复,我感到无比的欣慰。

龙大姐我俩走出她的工作室,并上了她的车,她赶快发车,我俩直奔宝龙路民生银行。

到了民生银行,龙大姐在自动取款机上把钱取了出来。然后我俩乘的小车就像一支脱弓的飞箭射向荷塘派出所。

我俩来到派出所值班室,我先向值班员通报了姓名和事由。值班员把我们带到负责办三伯父和水友哥案子的民警那里。那位民警开始脸是梆着的,就像倒水都不流的样子。阴阳怪气地问我们钱带了没有。龙大姐说带了。他的脸上马上转为笑容可掬的样子。他也没有说什么客套话,就单刀直入地说要我们先把钱交了,才能放人。

我问:"到哪儿交钱?"

民警回答:"就在我这儿。"

龙大姐把钱恭恭敬敬地递给了那位民警。民警接过钱反复数了多次,有两次还是从数过的另外一头数的,我心里想,民警怎么像银行里的营业员,数钱都数得那么过细。

"先生,开发票不?"龙大姐问了一句。

对方的回答是:"没有发票,我可以给你开一个收据。"他还补了一句风凉话,"开个收据就可以了的,你们不会拿去报销吧。"

我想:作为民警为什么会说这样的话呢?别人交了钱,要发票是正当的,现在国家一再强调,消费了就要有发票。他不仅不给发票,反而说不三不四的风凉话就更不应该了。

龙大姐也没有同民警计较什么,只是说了一句:

"行,就开个收据吧。"

那位民警就趴在写字台上用歪歪扭扭的字体写了一张收据,说是收据,其实就是一张白条,那位民警把白条递给了龙大姐。龙大姐看都未看,就把它塞进包里去了。

办完交钱手续,那位民警交代要我们到值班室等着,然后就拿着钥匙出去了。

不一会,民警把三伯父和水友哥带到了值班室。我一看三伯父,一脸的憔悴,没精打采,觉得他一下子老了许多。他的眼里有点泪花。我知道,他看见我们后,内心也有些愧疚。水友哥倒没有什么,他只是嬉皮笑脸地向我笑着。

　　龙大姐把我们送到三伯父的住处龙岗党校。到了龙岗党校,龙大姐开车回胡记餐馆。我暂时留在龙岗党校和三伯父他们聊聊。

　　到了三伯父的房间,三伯父、水友哥我们三人都坐在三伯父的床边上。

　　三伯父感激地说:

　　"鼎生,这次全靠你和龙老板呀。"

　　我说:"三伯,你快莫讲了。这是我们做后辈的应做的事。"

　　水友哥也带有一份感激的心情说:"鼎生,三舅说得对。这次真的要感谢你和龙老板。"

　　"水友哥,莫讲那些。都是亲戚,帮得到忙时,就应该帮忙。"

　　我很想知道水友哥和三伯父怎么当起嫖客了,我就冒昧地问水友哥:

　　"水友哥,你们怎么跑到派出所里面去了呢?"

　　水友哥就毫不掩饰地说:

　　"唉,鼎生,你就别说了。"他就把事情的经过一五一十地抖出了出来:

　　"今天下午两点多钟,我和三舅到鱼石岭路口去理发。走到万宝百货门口,有一位爱洁美发厅的女人,拉我们去他们那里理发。她说她们爱洁美发厅理发很便宜。我问多少钱一理,她说便宜得很,只要三块钱。我俩一听只要三块钱,也想图个便宜,就跟她去了。一到爱洁美发厅,看到里面有七八个年轻女子,很热情地招呼我们。那个叫我们的女人还给我俩各倒了一杯开水。我们喝开水时,有一个女的还给三舅两片淡绿色的药丸,他给三舅说,'你老人家年纪大了,肯定有点骨质增生,坐着理发怕腰痛,先吃这两片药,就没事了。'我想,现在理发店的服务也真是人性化,对顾客那么体贴。我从内心里还有些感激她们。"

　　"理发怎么和嫖娼搅在一起?"我不解地问。

　　"鼎生,你别急,让我把话讲完。"水友哥不喜欢我插嘴,然后他继续说,"我们在爱洁美发厅里坐了大概有二十分钟,她们还没有理发的意思,我催她们快给我们理发。她们说不要忙,理个发要不了多久时间。"

　　水友哥就像说书人一样,故意又停了一下,他还用手拍了拍身子,有意拖泥带水。我却迫不及待,只想听下文。

　　"你们理了发没有?"

　　水友哥带斥责的口气说:"你真像个屌形,急鸡巴! 我要一点一实地给你讲啦。"

　　水友哥这么一说,我也不敢再插话了。

　　接着水友哥说出了事情的经过:"大概过了半个钟头,我和三舅各人被一个女子招呼到里面雅座去。她们告诉我们，到雅座里面理发要舒适一些。我俩被她们带到两个相邻的雅座里面。两个所谓的雅座，也只是用纸板隔起来的两间简陋的房间，两边房里讲话和做事都听得清清楚楚。其实那不是什么雅座，而是专门是做那些事的地方。里面就只是一张床。带我进去的那个女人一进房就主动脱了衣服，大大方方躺在床上。她命令我赶快脱衣，意思就是要做那些事。"水友哥笑了笑又说，"鼎生，你是知道的，我和你嫂子拜拜已有一段时间，有人要求要我做那事，我求之不得的，正是老虎口里送肉。我就义不容辞、义无反顾地爬上去了。"

水友哥也真是没有名堂，他还把"义不容辞"和"义无反顾"这两个褒义词用在嫖娼上。他在用词上太没有个谱，也太不规范了。我又一想，现在整个社会都没有谱，又都没有规范，水友哥嫖娼用两个不规范的词也不值得大惊小怪。

水友哥把自己的事情经过讲完后，就把话题转到三伯父头上了，他说："我正在做那事的时候，听到隔壁三舅还和那位女的争吵。那位女的胁迫三舅说：'老家伙，你要放明白点，你要做也得做，你不做也得做。进了这里头就由不得你了。'后来我也就未听三舅和那位女的争执了。"

水友哥还故意问了一下三伯父："三舅，我未讲冤枉话吧？"

三伯父回答也不是，不回答也不是。脸上呈现出十分羞涩的表情。

水友哥继续说：

"我们把事做完后，来到'总台'结账，我花了两百块，心里有点不服气。因为其他地方做那事最多就一百块钱。便宜的地方还只要二十块、三十块。唉，上了人家的套，没办法只有'哑子吃苦瓜——硬撑'。心想，反正你自己做了那事，花点钱学个乖。以后再也不会到你们这里来了。我就乖乖地交了两百块。"

水友哥又把话题转到三伯父身上说："可是'总台'要三舅交八百块。三舅和总台小姐争了起来，三舅和她们论理说，怎么要八百块？站在一旁招呼三舅那个女人说：'你这老不死的，忘魂了是不是？你吃的两片伟哥，一片三百块，两片六百块，服务费两百块，加起来不是八百块？你莫老糊涂了！'三舅还高喉咙大声音和她争吵：'哪个要你的伟哥？'那女人也高声说，'你这死老头子，没有那伟哥，你这老家伙还硬得起吗？'他们正在争执的时候，荷塘派出所的来了，不问青红皂白，就把我们抓进派出所了。"

水友哥正说到这里的时候，外面有人敲门，我跑去开门一看，来的不是别人，而是胡记餐馆的吴师傅。她一进门，先拉了一条凳子，并把三伯父拉去坐在自己的旁边，吴师傅先是捧了捧三伯父的手，然后在三伯父的背上来回地抚摸着，口里连说：

"我的亲亲，你今天受苦受累了。我好心痛！"

水友哥反复地观察了吴师傅的举动，我从水友哥的眼里看出他受了感动。也就是说，水友哥已经改变了吴师傅和三伯父是露水夫妻的看法。房里暂时谁也没有说话，沉默了十多分钟，还是水友哥打破了沉默，他坦白地对吴师傅说：

"三舅娘，实话告诉你，三舅我俩今天是因嫖娼抓进派出所的。"

吴师傅并不忌讳地说："嫖娼有什么了不起，这个社会，当官的包二奶、搞小三，贪污受贿，欺压老百姓，无法无天的，五毒俱全。你三舅嫖一下娼，是正常的，用不着大惊小怪的。"

吴师傅这么一说，三伯父的脸上就像重重的阴霾露出了丝丝阳光。他向吴师傅投去了一张感激的笑脸。吴师傅还把脸轻轻地贴在三伯父脸上。

水友哥看到三伯父和吴师傅那么亲热的样子，就把话题转移了，他毫无掩饰地对三伯父和吴师傅说：

"三舅，三舅娘，既然你们两个的感情发展到了这一步，我看你们干脆就把婚结了。"

吴师傅也未推托，很坦率地说：

"行！你要问一下你三舅的意思如何？"

水友哥说："你放心，我可以保证三舅也没有问题。"他又转向对三伯父说，"三舅，你同意和三舅娘结婚吗？"

三伯父没有作回答。

水友哥说："三舅不作声，等于就是同意了。"他又问吴师傅，"三舅娘，你莫嫌我啰嗦，我还要问你一下，你不会生气吧？"

"你问吧。"吴师傅也回答得干净利落。

水友哥说："你到底与你河源那个丈夫离了婚没有？如果未离婚，弄成了重婚罪，那是要坐牢的。"

"请你们做晚辈的一万个放心，这个法律我晓得。我们那里有个犯重婚，坐了两年半牢。"吴师傅很直率地说，"我原来那个早就离婚了，是他找我离的。他现在到上海又找了一个比我年轻的老婆。"吴师傅还坦白地说，"不瞒你们晚辈说，我去年在回龙社区也谈了一个，那个男的是四川人，开始他说没有老婆，后来他家里的老婆来找他，我们一起还闹起纠纷，这样我就同他分手了。我只想找一个像你三舅这样的单身男人，两个才好过安稳日子。"

看来吴师傅还是没有隐瞒自己的婚姻史。

"你的子女和你那前夫处理好了没有？"

"早就处理好了的。两个女子法院都判给了我的前夫。不过先把话说清楚，两个女子虽然判给了前夫，但我还是要认她俩。"

"那都是应该的。自己的骨肉哪有不相认的道理。"水友哥又对三伯父说,"三舅你说对吗?"

三伯父说:"是的。"

"三舅娘,既然是这样,我建议你和我三舅马上结婚。两个名正言顺成了夫妻就好相互照应。"

"好哇。我也是这么想的,就看你三舅他有什么想法。"吴师傅再次强调要征求三伯父的意见。

"三舅,三舅娘的话是讲得好,你的意见怎么样?"水友哥又问三伯父。

我看三伯父想说又不好说的样子,嘴巴反复地抽搐了几下,最后终于从口里冒出了两个字:

"可以。"

水友哥说:"三舅,你说可以,话未讲落实,模棱两可的。两个人的婚姻大事是不能开玩笑。"

这时三伯父像一头被激怒的雄狮,咆哮了一句:

"我讲的可以就是同意。"

三伯父这句话把我们都逗笑了。

"还是和家里的堂哥和堂姐通一下气吧? 还有我的爸爸,他是三伯父的亲弟弟也得给他打个招呼。"我插了一句。

水友哥说:"我看把事情莫搞那么复杂,要是你堂哥、堂姐他们说东道西,反而把事情弄炸了。三舅和三舅娘结了婚,再给他们通气也不迟。"

三伯父认为水友讲得很在理,也就点了点头。

看到三伯父已经同意了,我也就推波助澜地说:

"二老同意了,水友哥我们就赶快准备三伯和三伯母的婚事。"

我立即把吴师傅改口称三伯母了。

水友哥又建议说:"我看两个老人家,反正你们都是过来的人,婚事也就从简,先到民政局登记一下,再花钱制一套床上用品,然后就找一个馆子包两桌酒席,邀请在深圳的亲人和熟人吃顿饭就行了。也就是向世界宣布你们成了夫妻。这样把事情办成了,花费也不多。"

水友哥的这一建议得到了三伯父和吴师傅的认可,我也认为这是好主意。

水友哥用手指掐了一阵,然后说:

"我大概匡算了一下,制一套床上用品,买一般的,花个千把块钱,再摆两桌酒席也就三千块的样子。共四千块,鼎生和我每个人出两千块。问题就 OK 了。"

我原来还以为水友哥在给三伯父他们结婚算黄道吉日,他那掐手指的姿势和社会上那些算命先生的动作一模一样,哪知他是给三伯父他们算结婚的费用。

我马上回应说:"好,我除了负责出两千块外。如果不够,其余的我就全部负责。"

我们正为三伯父的婚事谈得很投入的时候。这时,外面有人敲门。我还以为是胡记餐馆的人,来叫我和吴师傅要加班。我赶快跑去开门。开门一看,是一位穿着时髦的小伙子。我问:

"请问,你找谁?"

"找我家公。"

"谁是你家公?"

我正对来人满心疑虑的时候,他却一下就认出了我:

"你不是鼎生舅吗?我是彭可。"

啊!原来是彭可,是三伯父女儿的儿子,也就是我的堂姐的儿子。

我把彭可让进屋。

彭可一见三伯父就兴高采烈地叫了一声:"家公。"并把提着的一个大行礼包,主动地放到电视机前的一处空地板上。然后就很自觉地拉了一条小塑料凳子碍着三伯父坐了下来。

彭可见了水友哥,也很亲热地叫了一声"表叔。"由于他还不认识吴师傅,他只是对吴师傅瞟了几眼而已。

我认真打量了一下彭可,哎呀,他真是变化很大。他现在长得还算是一表人才了,我俩高度差不多,但他要比我胖一点。我看他的打扮除了时髦还很夸张:身上穿的是现在年轻人流行的米黄色名牌时装。也就是我在学校时老师对我们说的奇装异服,衣服和裤子上的口袋多得不得了。左手还戴了一块价值昂贵的欧米茄手表。最引人注目的是他的脖子上带了五条各不一样的项链。一条是铂金项链,一条是黄金项链,一条是珍珠项链,一条是绿玉项链,一条是钛金项链。整个脖子上就像有钱人家的宠物的颈上的饰物被挂得满满的。像他这样的打扮,也是彭可,如果换成我,挂在脖子上倒是一种负担。

"彭可,你是从哪里来的?"水友哥问。

"从浙江温州。"

"怎么这时才来?"又是水友哥问。

"火车有点晚点。"

"可,"这是三伯父对彭可的爱称,只叫他一个"可"字,外公疼痛外孙这是中国人的常礼,"你吃夜饭没有?"

"家公,我一下火车就在东门找了个小吃店吃了夜饭。"

看来彭可原来也到过深圳,他还晓得东门。

彭可的到来,把我的思绪立刻拉到对他的记忆。

五年前彭可和我的堂姐到我家里,那时彭可和我一样都还是小孩子。他就已经在外面打流。从那次以后,我俩就再也没有见面。在家乡人的记忆中,彭可已经失踪了,因为他有好几年没有与家里人联系。开始堂姐和堂姐夫还花钱到外面找了一阵,凡是在彭可落过脚的地方都找遍了,可就没有彭可的影子。堂姐和堂姐夫怀疑彭可已经不在人世,就带着失望的心情回到家乡。堂姐和堂姐夫先两年还因想彭可,身子都瘦了一圈。这两年,好了一些,但别人在他们面前只要一提彭可,他们就会流泪。

我父亲和母亲也经常对我说:"彭可那伢可惜了,要是活着的话也和你一样大了。"

彭可比我还大一岁,我俩是一年发蒙的。不过他在家乡的村小,我在县城完小。听说彭可的学习成绩非常糟糕,从小学一年级起,很少有一门文字课能考上六十分,小学四年级时彭可的常识课考得六十一分,我堂姐高兴得不得了,逢人就说"我彭可懂事了。"后来,彭可也随着大力发展初中教育的潮流而混入了乡里的初中。进了初中,彭可的成绩更加差得要命。上小学时他还参加考试,进了初中,一到考试的时候,他就溜了。听彭可的老师说,由于彭可成绩太差,会影响整个班的名次,到初中一年二期时,班主任就把彭可入了另册,那就是不在定案学生之列。不是定案的学生,学校就把这些学生的考试没有当一回事。你考也行,不考也行。按俗话说就是"有你不多,无你不少。"到了初中二年级,彭可自己也觉得实在混不下去了,就同寨子上的一批年轻人到外面打工去了。当时他还不满十四岁。

我听别人说,彭可到外面打工,从来没有规规矩矩地做过事,都是吊儿郎当的。彭可的负面消息经常传到我们的耳朵里。我听和彭可一起打工的人说,开始彭可年纪小,很多老板看不起他,原因是怕他胜任不了工作。后来彭可找到一家玩具厂,玩具厂的工作量不大,彭可是能胜任的。但黑心老板"你要他的钱,他要你的命。"一天要工作十四个小时,彭可对黑心老板有了仇视的心理。就邀几个厂里同伴谋划要摸老板的"夜螺丝","摸夜螺丝"是我们龙山方言,意思是绑架。目的要老板家人出钱赎人。彭可他们先摸清老板的活动规律,他们得知老板有玩女人的嗜好,经常自驾捷达车在一家叫天姿的会所出入,行车路线是车辆较少的一条偏僻的林荫道。老板一般都是在晚上十点左右经过这里。摸清老板的活动规律情况后,一天晚上,彭可和几个同伴事先守候在林荫道旁的椰子树下。他们看见老板的车开过来时,就把事先准备好的爆竹点燃后,扔到老板的捷达车面前,老板被爆竹声吓了一跳,下车查看出了什么事故。刚一下车,就被彭可他们猛揍一顿。由于彭可他们年轻不知事里,觉得打人是十分好玩的事情,一直往死里打。其中一个还把一管点燃的大爆竹放进了老板的裤裆里,随着一声巨响,老板"唉哟"一声就失去知觉。彭可他们估计老板已经死了,就惊慌失措地成为鸟兽散。勒索钱财的计划也就泡汤了。

后来老板虽然捡了一条命,但命根却没了,小便时都要像女性一样蹲起来。此案公安机关也查了一下,由于老板平素啬啬古板,从来不给当地公安人员半分人民币,老板在公安队伍中没有人缘。公安人员对案子的调查也无多大兴趣。听说又是几个十四五岁未成年人干的,敷衍了一阵后也就不了了之。从此后,彭可就不想进工厂打工,而在社会上游荡。

光游荡也不行,还是要吃饭。为了生计,他们就以偷盗为职业。先是小偷小摸,只能糊得上嘴。他们的野心越来越大,觉得小偷小摸不过瘾,就大偷,他们在有个地方专门偷人家的摩托车,他们屡屡得手。后来觉得偷摩托车销赃麻烦,他们就打算偷老板的保险柜。有一次,他们白天先到一个公司踩点,晚上就把这个公司的保险柜偷出来,没有打开保险柜的技术,他们就把保险柜抬到一个僻静的地方,用电焊把保险柜烧开,再取出保险柜里的钱。再后来他们又觉得偷保险柜也还是太笨重,麻烦费事,就打算偷金店,金银首饰便于携带。先偷了两家金店都没有破案,"夜路走多了总是要见鬼。"彭可他们在一家超市偷金店,虽然偷盗成功,但被破案,所有成员被悉数抓获。几个主犯都判了重刑,彭可因为年纪很小又是从犯,免于刑事处分。但彭可没有回家。从此以后彭可就像在人间蒸发了一样,一直没有影信。想不到彭可今天从天而降,我们在深圳相见了。

水友哥对指着吴师傅对彭可说:

"彭可,你不认识她吧?"

彭可不屑一顾地打量了吴师傅一下,然后摇了摇头说:

"不认识。"

水友带挑逗的口吻说:

"彭可,你要给她叫家婆。"

彭可说:"表叔,莫开玩笑,我家婆已经死很多年了。"

水友哥又把我扯进去说:

"是真的哩,你不相信问你鼎生舅。"

彭可问我:"鼎生舅,是真的吗?"

我说:"是的。"

彭可还是有点不相信,他又问三伯父,三伯父笑了笑。彭可一看三伯父的笑脸,知道事情是真的。就给吴师傅叫了一声响亮的"家婆。"

"哎,外孙你好。"吴师傅也是懂礼节的,不仅回答得很得体,而且还从包里拿出一张百元钞票给彭可作见面礼。彭可坚决不收,看样子彭可对这区区百元根本不放在眼里。

水友哥就督促彭可说:"家婆给你一个见面礼,大小是个礼,长短是个棍,你就要拿着。"

吴师傅趁势说:

"外孙如果嫌家婆穷,你就莫拿这一百块钱,如果不嫌家婆穷,你就拿上吧。"

水友哥代彭可把钱从吴师傅手中接了过来,转交给彭可。他督促彭可要感谢吴师傅。

彭可见没有退路,从水友哥手中接过那一百块钱。又鹦鹉学舌似的说了一句:

"谢谢家婆!"

说完之后还双手抱拳行了一个礼。

彭可在外面跑江湖多年,也还晓得礼节。要是换成我,我还不会给吴师傅行礼呢。

水友见彭可认可吴师傅为外婆,他就继续三伯父和吴师傅结婚的话题说:

"既然三舅结婚的事定下来了,我们就定个时间和聚餐的地方。"

彭可一听三伯父和吴师傅要结婚,就向水友哥询问了相关情况,水友哥就把我们开头议论的事向彭可复述了一遍。彭可马上表示:

"家公家婆结婚的时间和聚餐地点,就由水友表叔和鼎生舅决定,二老结婚的一切开支,都我一个人包干。"

水友哥一听彭可这一说,还是坚持我们既定的方针,他说:

"三舅结婚的费用就按我们先议定的办。彭可你到时只要跑跑腿就行。"

彭可说:"你们辛苦为老人家操劳,难道我就没有责任?我说话算数,就按我说的办。"

大家看彭可说得一点也不含糊,就依了他说的。

我们再议定三伯父结婚日期。

水友哥提出了看法:"三舅他们都是老年人结婚,也不要什么看一个黄道吉日。如果要请人看黄道吉日,在深圳没有过两三千块钱是不行的。我看什么事都乱作乱好。今天是星期二,结婚时间就定在再下个星期天。这中间还有十多天的时间安排。买东西和通知人参加婚宴都来得及。"

水友哥这一说法得到了我们的认可。大家又把话题转到餐馆的问题上。

水友哥又征求我的意见说:"鼎生,餐馆就定在你们胡记餐馆行不?"

我说:"先给龙大姐打个招呼,大概没有什么大问题。"

水友哥还是有社会经验的人,他对我的话不太满意,他说:

"我说鼎生你真像鸡巴脑壳,现在是火烧眉毛的时候,你说的什么'大概'和'可能',都不行! 一定要有百分之百的把握才行。"

听水友哥这一说,我觉得也是对的,于是我表决心说:

"水友哥讲得对。这样吧,餐馆的事就像彭可说的,我包干了。要是胡记餐馆不行,我就到别处去联系一家。"

这时吴师傅也在一旁帮腔说:"除了小攸和龙老板衔接外,我也可以给龙老板说说。"

"好的,聚餐就暂定在胡记餐馆。"水友哥又对我说,"鼎生,你以后说话就要刀砍斧切,不能狗咬粑粑不断纤的。"

水友哥说这话后,他地把我叫到外面,很诡谲地对人说:

"鼎生,你发现没有?"

"水友哥,什么事?"

"我看你那吴师傅的肚子有些大了哩。"

"是的,凡是到厨房里做事的人,都是大腹便便的。"

"你鸡巴都不晓得,她那肚子大,是有问题的。"

"什么问题?"

"肚子里有毛毛了。"

"你莫讲鬼话。"

"你是不晓得,我是过来人,我最清楚。"

"真的?"我还是半信半疑。

"一点都假不了。"水友哥还说出一些理由,"你看,你们那吴师傅,要是她没有结扎,才四十来岁,正在是生小孩子的年龄。她和三舅接触了很久时间,怎么不会有毛毛呢?"

水友哥还进一步解释说:"你看我一提起他们结婚,三舅就一下同意了。三舅的脾气我是晓得的,如果不到一定的时候,他是不会随便答应的。"

通过水友哥的这一分析,我心里想:是呀,水友哥一提他们结婚,两个都没有提出什么更多的反对意见。好像还巴不得快结婚似的。我认为水友哥说的也是很正确的。

十五、小唐不见了

就在三伯父和吴师傅举行婚宴的第三天,我突然发现餐馆小唐已经有好几天没有上班了。我问了其他几位服务生,得到的回答是"不知道。"小唐的突然消失我还真有些舍不得。她要离开餐馆,也应在事先在言行上有些预兆,或者有异常的举动。据我观察在她消失之前的言行中,既没有预兆,也没有异常举动。在百思不得其解的情况下我去问龙大姐。因为她是老板,老板对自己员工的去向应该是很清楚的。

我走进老板的工作室,见她正在全神贯注地看着电脑上的资料,她见我进来,就很客气地说:

"小老弟,这时没有去配送?"

我"嗯"了一声,然后就主动在一架沙发上坐了下来。

"找我有事吗?"龙大姐还是很温柔地问我。

我想,打听小唐的去向还是不能太直露,否则会引起龙大姐的一些猜疑。我得先找一个借口。

我用关心餐馆的口气对龙大姐说:"我有个建议,不知龙大姐感兴趣不?"

"有什么好建议,你提吧。"

"为了把我们餐馆办得有生气,我们也像蔡家围那边的海滨酒店一样,要员工学跳拉丁舞。这样大家既锻炼了身体,又可以丰富餐馆的文化生活。"

龙大姐还觉得我的建议很不错,她说:

"好哇,这样叫员工也多有一种生活情趣。"她又把话题一转说,"跳拉丁舞好是好,没有好老师教也不行。我看有的人拉丁舞跳得不好,就像猴子跳圈一样,难看死了。如果请外面的老师,要价太高不说,说不定她还不认真教,结果钱花了大家又都未学好。"

"可以就地取材,就在我们餐馆里找一个老师,只要给她补贴一点加班费不就完了?"

"我还没有发现我们餐馆有这样的人才哩。"

"我倒是发现我们餐馆有一个人,她的拉丁舞跳得很不错。"

"谁?"

"小唐。"

"小唐?"龙大姐脸上表现出一种很不自然的神态。

"是的,小唐的拉丁舞跳得很好。"我肯定地说。

"你怎么知道小唐跳拉丁舞跳得很好呢?"

"上次你派我们到龙岗电大参加大学生联谊会,小唐在联谊会上跳了一曲拉丁舞,征服了在场所有观众。"

"不行了啦。"

"为什么呢?"

"小唐现在已经离开我们餐馆了啦。"

龙大姐的两个"了啦"语气助词,真叫人有些异样的感觉,同时我也看见龙大姐的表情很诡异。

听龙大姐这么一说,我很惊讶,惊讶得有些失态。我急忙问:

"小唐到哪里去了?"

龙大姐反问了一句:"怎么? 有些舍不得么?"

龙大姐说完话后,我发现她的脸上带有一种嫉妒性的微笑。

我看见龙大姐脸上的微笑,真让我有些不寒而栗。世界上女人莫明其妙的微笑,是最令人可怕的。特别是那嫉妒性的微笑比海啸还要可怕。

龙大姐没有停止她的话语,她继续说:

"你是不是又想起了蝉联路口钟点房那温馨的时光?"

不知道龙大姐怎么发现了我与小唐的那极其隐蔽的秘密。真叫我无地自容,如果眼下有一条地缝,我真想钻进去。

龙大姐接着说:"你以为我不知道吗? 其实我早就知道了。只是没有惊动你们。"

龙大姐说的也是事实,在前一个月的一天,我去蝉联路口万佳超市配送快餐,正好小唐和小路也到那家超市给餐馆买海鲜。她们找了物流公司的一台皮卡车,小唐要小路随车回餐馆,她自己假装说是要在超市三楼去买日常用品,就支开了小路。小唐后来告诉我说,她是有意思地等我。我到三楼把快餐送完后,就看见小唐在楼口等着我。她笑嘻嘻地对我说:

"小攸,我俩到前面龙城公园散散步行不行?"

其实,我早就想同小唐在一起聊聊。因为她美貌的形象,时时刻刻都在我心中飘荡。既然她都主动邀请我,我又何而不乐呢?

我们走出万佳超市,小唐坐在我的摩托车后,没有几分钟,就到了龙城公园。我俩找了一株茂盛的榕树下坐了下来。我们面对面地着坐着,我看见她那面如皎月的脸庞,实在让人有点想入非非:她的头发虽然扎的是简单马尾型,但显得那么青春和飘逸。她胸前的那一对富士山头,更是让人神经错乱。她那白净而富有透明度的双手,就像是和田美玉琢成。我感到只要她让我摸一下都好像要年轻十岁。

啊,我总觉得在小唐身上没有一丝缺点,完全都是优点。一时间,我俩谁也没有开口说话,我只是眼望蓝天,当时的天空中出现了一道彩虹。不远处又有两只喜鹊在快乐地叫唤,这也是一种吉祥的预兆吧。

后来,她主动碍着我并排坐着,并把她的左手自觉地搭在我的肩上。由于没有心理准备,这一下我的心扑扑直跳,血液就像沸腾的开水,汹涌翻腾。

还是她先开口对我说:"小攸,当你走进胡记餐馆的第一天,你在我心目留下了难忘的印象。"

也是一种巧合吧,当我走进胡记餐馆的那一刻,对她的印象也是最深的。

她直言不讳地说:"小攸,我觉得你是男孩子里面长得最漂亮的。"

我同样地回了她一句:"你还不是女孩子中长得最美的一个。"

"那次吟诗活动中,我细品你的诗句更给我加深了印象。"

"你的诗句也打动了我的心灵,我还想与你探讨写诗的诀窍呢?"

"那是你在有意抬举我。"

"我说的是真话。"

"我说的也是真话。"

我们都在表白自己是说的真话,可能在这一场合是不会有假话的。

"要不是龙老板对你有着深深地爱,我真想和你一起私奔了。"

"你知道龙老板爱我么?"

"除非蠢人,才看不出你和龙老板的关系哩。"

她这么一说,我怎么也不好说,既不好肯定,也不好否定。我只说了一句模棱两可的话:

"我不知道龙老板怎么想的。"

"你不要讲那些话了,说真的,我不会当你们的第三者,我有自知之明,我是不会拆散你俩姻缘的。更不会因为我,而牺牲你们的爱情。不过我还是要给你讲句实话,我确实爱你。"

"……"

"因为我爱你,我今天给你讲一个秘密,不知你愿不愿意听?"

"你说吧,我愿意听。"

"我对你说呀,那个华利,你别看他是个大学生,其实他是一只色狼。他曾多次想占有我哩。"

一听那个华利,我又想起了郭金玲说过,也是华利想占有她而遭到断然拒绝。我觉得奇怪,一个年轻的男大学生,有性的要求是正常的,这是人的本能。可是为什么总是要遭到对方的鄙夷和拒绝呢? 是不是他的哪一方面出了问题。真使我百思不得其解。

"这是男人对女孩子的占有欲所驱使吧?"

"是的,你说的我赞成。年轻人哪个没有对异性要求呢? 但是有要求也应该要有个度,或者是要有点隐讳什么的才行。可他不一样,他一同我接触,就提出不正当的要求。有几次还想采取强暴的方式,太叫人恶心。"

"他怎么会是这样啊。"

我的印象中华利还是一位文质彬彬的知识型青年呢。

"他不仅想占有我,而且对我们餐馆的几个女孩子都有过分外之想。有一次小白去洗手间,他还偷看呢? 气得小白要拿刀子砍他。"

"他也真是太不自爱了。他不是有老婆么。"

"你们男人对女人的最大天性就是吃着碗里看在锅里。华利这样的人,他在女人的问题上是不愿吊死在一棵树上的。"

"他老婆不管他?"

"他老婆想管他,但管不了。"

"是的,他老婆在学校上课,很忙,对他是有些难管。"

"别看他老婆管不了他,可他的老婆可是一头母老虎,凶得不得了。但他老婆越凶,他越对老婆不在意下。"

"你怎么知道?"

"华利那样的人,这里不出事那里就要出事。前次他在和心花园与一位单身女人偷吃腥味,他老婆还打上门去,不仅把那位单身女人狠狠地揍了一顿,还把别人的门窗、家具都砸烂了。"

"我怎么不晓得这件事?"

"让你晓得这事的时候,事情都老早进博物馆了。"

"后来怎么样了?"

"那又能怎么样,还不是双方都让点步,把事态平息了。"小唐这时突然不讲华利的事了,她就马上调转话题说,"小攸,讲实在话,像我们这样到外面混的女孩子,人生的风险是很大的,我有一种预感,我总觉得有一天会被别人所占有。"

"不会吧,只要你自己坚强就不会的。"

"不! 因为今天的社会太复杂了,各种不同类型的男人都有。我每天都有一种危机感。天天都在诚惶诚恐中生活。"

"自己倍加防范就得了。"

"天天都去防范这些,其他的事就不做了?"小唐还讲了对人生的感受,"你知道不? 世界上做一个女人是最难的:你长得丑,是一种痛苦,因为男人会冷漠你,女人之间也会鄙薄你。你在社会上到处都难以立足而苦恼。你长得漂亮,又是一种包袱。因为有的男人想占有你,有的女人又嫉妒你。我认为女人在社会上有一种高风险,活得不容易,时时都提心吊胆。"

小唐说的这话也有些道理,我没有合适的话语来安慰她,开导她。只是用一种大众化的语言对她说:

"你做个正经人,别人也还是对你没有办法。"

小唐显然对我说的话不很满意,她说:

"我不说你讲的这话是废话。至少可以说是没有用的话,没有切中要害。"

"是吗?"

"是呀。"她脸上带着对我的一种信任感说,"我今天还要给你透露另一件秘密,不知你愿不愿?"

"我愿意,你讲吧。"

我还不知道她究竟又要给我透露什么秘密,就贸然作了肯定的回答。

"我想,既然别人想占有我,倒不如我主动把我最宝贵的献给你。"

"你要把你最宝贵的献给我?"

我向简直不相信自己的耳朵。

"是的,我今天就献给你。"小唐又说,"小攸,我要把最宝贵的献给你。再次给你声明一下,我不会破坏你和龙老板的幸福。我们两个只是人生道路上的一朵小小的浪花,你和龙老板才是人生道路上的一条汹涌澎湃的大河。"

听了小唐的这话,我的心脏在颤动! 我的细胞在跳舞! 我的头脑在膨胀! 我的浑身在燃烧! 我所有器官好像都失去了正常与平衡。我定神打量了一下小唐,觉得她不仅人模样长得美丽,而且还是一位通情达理又聪明绝顶的女子。

她也可能观察到了我对她话语的默契和认同。于是大胆地对我说:

"行吧,别发呆了,我俩就到蝉联路口钟点房去开房去吧。"

她所说的蝉联路口的钟点房,是打工者经常释放性苦闷和解决性饥渴的地方,去那里人的成分也很复杂:有夫妻、有情人、有一夜情者。那里还有专业的性工作者,为打工男子提供方便。所以那里是真正拉动内需最活跃的地方。特别是双休日的时候,那里人如蚁众,人气很旺。原来那里只是龙岗镇的一个生产小组,后来很多企业纷纷到那里落户,发展成了社区。现在由于人口猛增,最近听说又要升格为街道办事处了。我曾听水友哥说,他曾到蝉联路口的钟点房去过几次。那里的床位价也是打工者能够承受得了的。

治安机关也知道蝉联路口的钟点房的情况,但又是治安机关在那里捞外快的黄金地段,有时他们也在那里揩油,因而就对那里的管理就是半推半就,有时候走一下过场,光打雷不下雨,胡乱罚了一些款就万事大吉。所以各种性交易就在这块天地里茁壮地成长着。也就像一棵树,原先是一棵不起眼的小树苗,后来就长成了一棵参天大树而让人瞩目。因此蝉联路口原来是一个名不见经传的地方,就是因为那里有一种特殊的产业,而在深圳小有名气。

小唐提出要到蝉联路口去,我愉快地接受了她的邀请。

同小唐有了那一次后,后来我俩还在蝉联路口的钟点房开过几次房。

我不明白龙大姐怎么知道了我和小唐的事情,我想尽量在我的脑海中搜索一下"奸细"是谁:要么是小路告密,要么是小唐自己对龙大姐说的。除此而外绝对没有过第三者知道这事情。我原以为我们二人做得十分缜密,天衣无缝。哪知还是被龙大姐知道了。

我鼓起勇气对龙大姐说:"龙大姐,我是永远忠于你的。"

"我知道。你不要向我表白了。小唐已经向我坦白过了。"龙大姐说,"我明白地告诉你,小唐现在虽然离开了餐馆,但她去的地方比我们这里还好。工资比这里高,工作比这里轻松。"

"是哪个给她找的工作?"

"我。"龙大姐说。

"是你给小唐找的工作?"

"是的,你没想到吧?"龙大姐索性展开说了,"小老弟,自从人类异性间有了爱情,有人就会把爱情塞进了最自私的保险柜,除了自己谁也不能随便去打开它。本来你和小唐的爱情,从年龄上来说,比我和你更适合一些。但是,你已经成为我不可分割的一部分了,所以我只能采取这种手段,让你们分开。"她还问我说,"我这样做,你不会觉得我太自私,太残忍吧?"

"不会的,龙大姐。"我又追加一句,"龙大姐,你还是我的恩人哩。"

"我现在不需要你说我是你的恩人,我只要你先说的那句话'永远忠于你'就行了。"

看来龙大姐真的对我亲爱有加。她对我与小唐的事坦然面对,作了宽大原谅。不过小唐我俩没有山盟海誓,也没有构筑爱情长堤的打算。只不过是二者之间实现临时的一种夙愿而已。

龙大姐这么一说，我心里也放松了许多。我原本是会有一场狂风暴雨，会引起我们感情决堤，让我没有安身之地。哪知我看到的是一片朗朗晴空，只是有一些轻轻白云在作点缀似的飘扬，眼前充满着一种温馨和欢乐，我突然感到生活是那么美好。

龙大姐揣测到我心里有所放松，就进一步安慰我说：

"小老弟，你和小唐的事就到此打止吧，不要挂在心上了。我也不会追究了。这是男女青年所发生的正常的事情。过去的事就叫它永远过去了。让我们共同创造美好的未来。"

"龙大姐，你放心吧。我会永远和你在一起的。"

"好。有你这样的话我就满足了。"她把话题一转说，"小老弟，你要有一个心理准备。"

"心理准备。"

"是的。"

"什么心理准备？"

"我俩可能最近要结婚。"

"结婚？"

"是的，我俩要结婚。"

龙大姐回答得十分肯定。这一下把我弄得有些不知所措。我实在是找不出合适的词语来回复龙大姐：

"这……"

"这是不是不合适？"

"不是。"

"那是什么呢？"

"我想……"

"你也用不着想了，我知道你想的是什么。"龙大姐说，"你想的是我比你大了几岁，我俩结婚不太理想。"

龙大姐越俎代庖的回答，让我的思维更没有谱了。

"……"

"你想的我早就考虑过了。"龙大姐带着分析加研究的语言说，"中国男女的婚姻，自古以来就有一种性别上的不平等。民间就有'宁肯大男十岁，不肯大女一岁'的说法。假如你是我这种么大年纪，我是你那么大年纪，我们要结婚谁也不会说什么。而现在我俩这样一组年龄要结婚，就会遭来别人的一些非议。现在社会上也有这样的大龄女配小龄郎,但人们用语言包装一下,说是'姐弟恋'。作为我来说就不管他三七二十一,我的目的是要同你结婚,这是木板上钉钉的事。"

"我还未达到结婚年龄呢?"

"这没有什么关系,只要二者性成熟了就会有幸福。俄罗斯不是把结婚的年龄下调到十五岁么?你的年龄比俄罗斯的法定结婚年龄还要大两岁呢?"

"我是说还没有达到法定的结婚年龄,怕登记结婚时出问题。"

"把你的年龄多加几岁不就成了么?"

"年龄怎么能随便多加?"

"有办法,找个地下店子给你办一张合乎结婚年龄的身份证,不就行了吗?"

"那是假身份证呀。"

"为了弄到结婚证,就不管身份证的真假了。"她还进一步说,"小老弟,你知道不?人的眼睛往往只盯住目的,手段只是一个过程。为了达到目的,就不要去计较什么手段了。你看,现在大到国家,小到个人,为了达到某种目的,谁还去计较手段呢。"

"这样不好吧?"

"这有什么不好,人到没有办法的时候也要随机应变。社会实践告诉我们,不会随机应变的人,就是蠢人,就会吃亏,最后就会被社会所淘汰。"

我想龙大姐说的也是对的,于是附和龙大姐说:"好,那就马上去办假身份证。"

"是的。"

"我去找黄阁坑小学的徐春莲,她原来办过假大学毕业文凭。"

"不要去麻烦别人,也不要把自己的一些秘密泄露给别人。"龙大姐说,"我前两天看见有人在悦愉花园偷偷摸摸地办假证。就去那里办。"她还交代说,"办假身份证的事你就不用管,你只要弄一张身份证用的大头照片就行了。"

"我原来在家办身份证时,多洗了几张身份证照片,我带来了。"

"那几张照片在哪?"

"在我住处的提包里。"

"好得很,你给我,我抽时间去办。"

我弄不懂龙大姐为什么突然要求与我结婚。上次,我俩在回龙岗的机荷高速公路上,我曾向她提过结婚的事,被她婉言谢绝。现在她为什么又迫不及待的主动要求结婚呢?也才是几个月的时间,她的思想变化太大了。真让我赶不上她的思维。我又不能去直接问她,问了也不一定会得到满意的答复。反正一切都按她所说的去办,天塌下来有她顶着。

"要不要通知一下我们双方的父母呢?"我还是试探性地问了龙大姐。

"照理说,应该通知双方的父母。双方父母也把养育我们这么大,花了不少的心血。"可她又把话锋一转说,"毕竟婚姻大事是我俩的事情,以后的日子得我俩去过。我看暂时不通知双方父母。"

"我还没有见过岳父岳母呢?"

"这个你就不要说了,我还不是没有见过我的公婆呢。就相互抵销了吧。"

我想,其他的可以相互抵销,但与双方父母见面也能抵销么?我又想,现在是改革开放时代,什么陈规陋习都可以打破,不见就不见吧,不见面也不会对我们有多大的影响。如果让我第一次去见岳父岳母,说不定还很尴尬呢。

我最想得到龙大姐马上要结婚的充足理由,但又考虑到她是不会给我说的。有人说"女人的心深如大海"。我这样一个毛孩子能够探测大海么?岂不是自不量力?既然龙大姐作了这样的决定,以后我俩就是名正言顺的一对夫妻了,我还有什么追问的必要呢?说不定我以后的一切都要依附在她身上呢?如果我把她逼急了,她又不愿说,结果弄成了破局,不是自讨没趣?思去想来就没有去追问龙大姐,一切就按龙大姐说的办。

龙大姐还说:"我俩结婚登记了,以后就是合法夫妻。我们就双双结伴,走到哪里别人也就不会说什么。"她稍微停了一下又说,"我看是这样,我们结婚的事就只限于我俩知道就行,其他人用不着知道。"

"其他人用不着知道"这句话在我的脑海里萦回着,就像是下雨天农村家里的烟雾,只是在屋里打转,就是走不出屋外。

龙大姐还怕我有些不理解,就很明白地说:

"我们偷偷地结婚。"

"怎为什么要偷偷结婚呢?我听父亲说,结婚是一个人一生中最重要的事情哇。不仅要公开,要有很多人前来祝贺,还要尽量办得热闹一些。"

"是的,你父亲说的这些我也不否定。但是,任何事情都有特殊性和普遍性,你父亲说的那是属普遍性范畴,而你和我的婚姻是特殊性的范畴。所以我们要偷偷地结婚。"

龙大姐用哲学的理论来支撑她的观点,我就有些陌生了。学校政治老师也给我们上了《辩证唯物主义常识》课,其中也讲了矛盾的特殊性和普遍性,那仅仅只是为了应付考试而死背几个浅显的题目,一旦要用于实践,就要摸海洋风了。好吧,现在反正一切听从她安排,她怎么安排我就怎么去做。

"就这样吧,龙大姐,我出去了。"

"你就这样一句'我出去了'就把我打发了么?"

"还有什么事呢？"

"你既然都快是我的丈夫了，也应多陪一下我呀，难道你就不觉得我一个人在这里很寂寞吗？"

想不到像龙大姐这样的人也有寂寞的时候，在我看来她是一个有成就感的女强人！是功成名遂的人！从外表看来她是多么精神，多么风光！可能是我这个初出茅庐的小青年，不能揣摩一位女人的内心世界吧。作为女人的她原来也有寂寞感，这真是我万万没有想到的。她要我留下来，我也不好拒绝，我就留下来吧。

我坐在原来坐的沙发上，人是留下来了，还是显得有些坐立不安的样子。不过我的表情没有逃脱她的眼睛。

"怎么？有些不自在是不是？"

"没有。"我简单地回答。

"言不由衷吧？"

"没有。"我还是坚持说。

"今天我就要你在我这里。"

她还主动地与我亲了一嘴。

"可以。"我请求她说，"你要我做什么事，你就吩咐。我如果就这样呆呆地坐在这里会闷得慌的。"

"小小年纪就闲不住了，真有劳动人民的本色。"她说，"这样吧，你就在我那台电脑上学打字。"

我心里想：打字还用得着学吗？我在家里的时候我就已经会上网了。很多人都还没有我打得快呢？

"好。"我漫不经心地说。

"你原来在学校肯定学过打字。"

"是的。"

"你是打五笔还是打拼音？"

"打拼音。"

"一分钟能打多少字？"

"没有计算过。"

"你打几个字，我给你测一下时间。"

龙大姐做事也实在是太认真了，她要亲自测我的打字速度。打就打吧。到了这场合也就没有退路了。只有遵照执行。

"行。"我又问，"要打什么内容？"

"就打这几个字。"

龙大姐用笔写了几个字,然后要我打,我一看是:

"我很高兴,我要和龙大姐结婚了。我俩要组成新的家庭。"

我就按她写的开始打,龙大姐在一旁记时间。

龙大姐看我打完后,说:

"连标点符号一起共二十五个字,你却花了两分五十一秒。平均每分钟只打十个字,速度太慢了。"

"我还是算很快的。"

"我建议你要学五笔打字。如果是五笔打字,就要不了那么多时间。五笔打字其实就是打词,这二十五个字就只是只是二十个词,其中一键字又占了十一个,它们是"我"、","、"我"、"要"、"和"、"了"、"要"、"的"、"。"等,一下就节省了很多时间。"

"我用拼音法打字习惯了,可能一下就改不过来。"

"改不过来也得改,我在你打字时,我看你有几个字就反复识别多次后才定下来。这样就浪费时间。"

"五笔打字就是那歌诀难背。"

"事怕有心人,有什么难背的。你还非常年轻。记忆力好。我上大学时有一位副教授,为了学习五笔打字,他是下了苦功夫的。他把五笔打字法的歌诀抄了多张,在他办公室贴一张,在他的公文包里放一张,在他的衣袋里面揣一张,在他的家里卧室贴一张。就是在他家的卫生间里也贴上了一张,无论是吃饭还是上洗手间,他都要强行背诵。最后花了一个星期的时间,就背得滚瓜烂熟,再加上他的实际操作,现在他的打字速度比很多年轻人都要快。有些专业打字员与他也难分伯仲。"

"打字要那么快做什么?只要能应付过去就行了。"

"你怎么不把眼光放远点呢?一旦你事业有成,需要你快速打字,你不就得心应手了吗。"

"唉!"

"叹什么气哟?"

"我们这些人还有什么资格谈事业,只要能平平安安地混得到一碗饭吃就不错了。"

"你现在还很年轻,以后的路还很长,正如像毛泽东所说的'你们青年人朝气蓬勃,正在兴旺时期,就像早晨八九点钟的太阳。'还有辉煌的前途在等待着你呢?"

与大学生谈话真难,一下子她就把话题引到一个让你陌生的语言领域,使你无言以对。我知道和她磨嘴巴皮是占不到便宜的,干脆投降算了。

"好,我试一试吧?"

"不是试一试的问题,你就是要用五笔打字。"龙大姐说,"另外还有个问题,我听你的口音,有很多字发音不准。z、c、s 和 zh、ch、sh 不分,l 和 n 不分,i 和 ü 不分,f 和 h 不分。还有 an 和 ang 不分,前鼻音和后鼻音不分。其他还有很多语音上的错误,这样你用拼音打起字来就很困难。要试几次才能选中你所要的,那多麻烦。五笔打字,只要你会拆字,记清了基本法则,就能够运用自如了。"

真想不到,龙大姐是一个办事认真的人,她老早就关注我的吐字发音了,这些我原来都是忽略的,却引起了她的注意。同时我也觉得龙大姐的学识真是"老太婆咳嗽——无痰('无谈'的谐音,意思是'好得很',)"。这些都是我们在家乡读书的时候,就应该要由语文老师纠正的,可是,我们的语文老师只注重学生考试,根本不注重这些语文基础知识。我们中学老师也是用我们当地的方言给我们教学,"吃饭"都说成"七饭"或者是"歹饭",还有做什么事都说是"搞",老师的方言表述都司空见惯,我们也就不以为然。根本就不从这些基本功上下功夫。

十六、彭可的智商

　　我和龙大姐正在讨论打字的时候,外面有人敲门,龙大姐走过去开门一看是吴师傅,问:

　　"吴师傅,有事吗?"

　　吴师傅说:"龙老板,我找小攸。"

　　我赶快回应:"三伯母,你找我?"

　　吴师傅说:"是的,你出来一下,三伯有事找你。"

　　"什么事? 三伯在哪里?"

　　"你先出来呀,你三伯还在外面餐厅等着你哩。"

　　我对龙大姐说:"龙大姐,我出去一下。"

　　龙大姐说:"好,你快去吧。"

　　我跟吴师傅从龙大姐的工作室走了出来,看见三伯父坐在餐厅的一张餐桌边,我说:"三伯,我给你弄中饭吧?"

　　三伯父说:"中饭就不要弄了,我给你讲一件事情。"

　　三伯父的口气很果断,我也就没有坚持给他安排中餐。就直问他:

　　"三伯,什么事?"

　　"这里不好说,到你房里我再告诉你。"

　　我把三伯父领进我的房间,吴师傅就到厨房里工作去了。

　　三伯父在我床上刚坐下,迫不及待地对我说:

　　"彭可出事了。"

　　"他不是好好的吗? 又做了什么坏事?"

　　"不是,是F省的一个女老板和三个警察找他来了。其中一个警察就是这里白灰围派出所的。"

　　"他们怎么找到这里来了?"

　　"听说前几天他们还找到拉西峒,他们发现彭可不在龙山,就和拉西峒人调查了彭可在外面有什么熟人,可能是有人说我在深圳,他们就找到深圳来了。"

"那几个人现在到哪里?"

"在龙岗党校保卫科。"

"彭可现在到哪里?"

"他这几天都没有到我那里落脚,住在银珠宾馆。"

"他犯了什么法?"

"那个女老板给我大概说了一下,她姓林,是一家花卉公司的经理,彭可原来在她那里打工,得到了林老板的信任,后来林老板看上了彭可,就和彭可好上了。彭可在她那里不用上班,老板每个月还给他三千多块工资。过了一段时间,彭可又和老板公司里的另一位打工年轻的女子好上了,老板发觉后把那位女子赶出了公司。彭可见那个女的走了后,也就不安心在公司上班了,他骗了老板的一百五十多万块钱后就跑出来了。"

"啊!"

我想,难怪彭可那么阔绰,原来是他傍上了大款。

"三伯,我能帮彭可什么呢?"

三伯父说:"我的意思是你去找一下彭可,要劝他一下,要和那个老板恢复关系,免得他受牢狱之灾。"

"那个老板同意吗?"

"那个老板曾私下对我说,她的意思只要彭可能回心转意,同她一起回 F 省,她完全可以原谅彭可。听她的口气,也没有一定要抓彭可的意思。如果彭可没有回心转意的话,她就要警察把彭可抓走,不仅要彭可赔偿她的损失,说不定她还要以诈骗罪上诉法院,要彭可坐牢。"

"既是这样,我马上去找彭可。"

"是的,你快去找彭可。"

"三伯,我现在就去银珠宾馆。"

"好,你就在前面公交站坐 635 路去。"

"我知道,三伯,你回去安顿那些人。我找到彭可后,马上把他带到你那里来。"

"好。"

三伯父和我同时从我的房间走出来,三伯父回龙岗党校,我就去银珠宾馆。

我乘 635 路车很快就到了银珠宾馆。我在总台一查,彭可住在 6088 房间,我乘电梯来到六楼,当我走出电梯正要走到 6088 房间时,一位浓妆艳抹的女子从 6088 房间里面走了出来。好在房门还没有全关上,半掩着,我先在门上敲了一下,彭在里面问了一声:

"谁?"

我回答说:"鼎生舅。"

我边回答边进了房间。

彭可一见是我,就说:"鼎生舅,你怎么找到这里来了?"

我在房间的沙发上坐下后,把来意给他做了说明。我还以为我是他舅舅,他一定会买我的账,乖乖地同我一起去龙岗党校。哪知,他一听我的来意,就用说了一口的鄙话:

"鼎生舅,那个女的老了,我不喜欢了,我要另外找一个年轻的嫩婆娘。"

"哎呀,彭可你先别那么说。我是为你好,是和你商量来的,你万一不去,出了大事就不要怪我舅舅没有给你打预防针。"

"鼎生舅,"彭可给我喊了一声"鼎生舅"后,讲起了更不堪入耳的话:

"我给你舅舅讲真话,那个女的口子太松了,不上劲,我早就想甩掉她。"

他这哪里是讲的人话呢? 简直是牛话! 我真恨不得铲他几耳光。他怎么能讲这样下流的话啊,真是丢我们整个拉西峒人的丑。难怪我初中时一位老师对我们说:"世界上的哪种人都不可怕,可怕的是最无知的人。"彭可就是那种可怕的无知人。

我还是耐心地开套他:"彭可,你晓不晓得你骗人家的钱,是犯法行为,人家是有准备来的,她带了警察来找你,不是来好玩的。林老板请得起警察,也就告得起你。她告了你,你就完了。"

"他告吧,反正她那老屄被我日得不要了,我坐牢也值得。"

我内心暗暗叫苦,我那堂姐怎么养这么一个蠢家伙! 堂姐和堂姐夫还算得是我们那里聪明的人,真不知道他们生了这么一个彭可! 彭可以前小的时候好像不是这样。如今他到社会上混了这么多年,不仅没有学到一点聪明,反而越来越蠢了。

尽管彭可这样愚蠢无知,他毕竟还是我堂姐的儿子,俗话说"四亲有三顾",为了彭可免受苦难,我再耐着性子劝他说:

"彭可,俗话说'娘亲舅大。'你怎么就不听我舅舅的话呢?"

"不是,鼎舅,你不晓得,她已经三十岁了,比我要大很多年纪,她的小孩子都读书了。我和她搞事的时候松垮垮的,未得一点味呀。我一辈子找她那么一个老婆娘,不值得。"

唉! 无知的人除了他自己的灵魂被扭曲外,也给社会带来一种悲哀。

我想,那林老板与彭可相处中,难道就没有发现彭可的愚蠢么? 否则的话,为什么还对彭可一再迁就,一再宽容呢? 我想,这位林老板也纯粹是把彭可当成她的泄欲工具，除此而外再也没有什么。

我再警告彭可说："彭可，你要好好想一想，林老板带警察都找到拉西峒去了，现在又找到深圳。就是今天抓不到你，明天一定会抓到你的。你就是钻到牛屁眼里，她也会把你抠出来。她大不了就多花几个钱。俗话说'好汉不吃眼前亏'，如果你被抓到牢房里去，到时候就后悔来不及了。"

可能彭可也进过牢房，我这么一说，他待了一阵后，软了下来说：

"鼎生舅你讲得对，那牢房确实不是人坐的。"

"你原来进过牢房吧？"

"是的。"

"里面日子好受吧？"

"被人整得要死。"

"如果你这次进了牢房，要是她买活了一些人，把你打死在牢房里，看你怎么办。你要被人打死好些，还是乖乖地和那个老板讲和好些呢。"

彭可的心被我说得有些感化了，他说：

"当然和她好些，她对我确实太好了，我就是对她……"

我知道彭可又要讲鄙话，就赶快打断他的话说：

"你其他的都不要讲了，你现在就赶快和我去你家公那里。"

彭可这时有些心虚，他说："到了那里他们会不会抓我？"

"好话软人心，到了那里见了林老板，你给她讲几句好话，她肯定会原谅你的。"我又安慰他说，"万一她不原谅你，还有你家公和我替你求情呢。"

我这一说，彭可兴奋起来了：

"是的，林老板我给她讲几句好话就没事了。鼎生舅，我就听你话，我俩一起去家公那里。"

"好吧，我们这就去。"

我和彭可来到龙岗党校保卫科。看见里面共有六个人，他们是：三伯父、一位保安、白灰围派出所的一位警察和 F 省的两位警察，还有一位打扮入时的女性站在窗户边向外张望，我猜她可能就是林老板。

林老板虽然三十岁了，但从外表看来最多就是二十五六岁：直标标地站在那里就像是立的一根标杆。一头秀发瀑布般从头上一直泄到背上，肌肤透白玲珑，体态匀称适中，气质优雅不凡，脸庞俏丽，春光浓郁，淡淡的口红，呼唤着青春的活力。胸部那一双上帝给女人恩赐的圣物，不安分地在衣服里轻轻蠕动，如果主人稍有挪动，就会自觉地表演出进行曲的节拍。身着淡绛色的上衣，显示出一种高雅之态，两只脚被丝袜绷得轮廓分明，难以阻止性感外泄。从她的整体来看就是一位风姿焯灼的女人。

我们走进保卫科,党校保安和三位警察看见彭可的着装和他脖子上的五条项链,都不约而同地扭转脸面找机会偷笑。我猜测大家偷笑中一定蕴含着:女老板的情人怎么会是这样一个稀里糊涂的人。

三伯父一见我们来了,赶快站了起来,从他的眼光中流露出了一种特别的担心的神情。他那表情告诉我:生怕警察会用手铐铐彭可,他心急火燎地又带有一种哀求的口气对彭可说:

"可,赶快给老板认个错。给警察认个错。"

我也很担心:按彭可的智商和他刚才与我讲的那些鄙话,估计他是不会轻易就范的。我准备强迫彭可向女老板认错,目的是不让彭可吃眼前亏。如果在三伯父和我的眼皮底下让彭可肉体上吃了亏,我们也没有面子,他毕竟是我堂姐的儿子呀。

然而,想不到的事情发生了:当彭可一见林老板时,就像非洲草原上的一头大雄狮疯狂地扑向一头猎物。我的神经都绷得老紧老紧的,好像血管马上就要爆炸似的。我还以为是彭可去打林老板,或者扭林老板,我做了充分准备,想尽力去劝架。

出乎我们的意料的是,彭可是在众人面前,却来了一个大胆的举动:他扑向林老板既不是打她,也不是扭她,而是先把林老板紧紧地抱起抖了几下,再放下来。然后在众目睽睽之下用左手大胆地抚摸林老板的乳房,还把自己的嘴还送到林老板的嘴上,旁若无人似的狂吮吻林老板,并发出"嗤嗤"的响声。他那右手就像一把杀猪尖刀猛烈地杀进林老板的裤裆内,至于他的右手在林老板的裤裆里面摸什么,就不为人所知。

也许林老板已经习惯了彭可对她的这种特殊表达方式吧,她对彭可的出格举动不仅没有回避,反而带着微笑完全被接受了。

彭可在林老板身上的这一表演,使得我们这些旁人一时不知所措,把大家都弄懵了,室内顿时被难堪所萦绕,当大家回过神来时,觉得自己在这里完全是一个多余的人,都想走出去回避。

彭可表演了二十多分钟后,戛然而止。林老板先用一种温情脉脉眼神打量着彭可,流露出一种性饥渴的神情;接着用手搂着彭可,脸上表现出一种无比幸福的神态。口里还亲切叫着"我的可可,你好。"生怕别人会抢走彭可似的。

林老板看到大家要离开的样子,她从沉醉中清醒过来,她把彭可的手轻轻地从自己身上推开,然后对大家说:

"大家辛苦了,麻烦了大家。"然后用诚恳地语气说,"我和可可请大家用餐去。"

我想:林老板能够把彭可这样的人都当宝贝,说明她在两性问题上也太不讲究质量了。林老板得到了彭可就好像得到了整个世界。

在我眼里,彭可因为是我的外甥,我才与他接触,如果是换了其他的人,我真想把他抛进大海去喂鲨鱼。

"林老板,我们也应该去吃饭了。"F省的一位警察说。

从这位警察的口气中有一种失望的感觉,他们千里迢迢来到深圳就是想发挥自己警察的威力。如果说一种职业者,没有发挥出自己的职业本能,难免是一种遗憾。

彭可提高嗓门说:"好吧,我不摸老婆了,我也不喝老婆了。大家肯定饿了,我请大家吃饭去。"

彭可的这样说,我真替他捏一把汗,我埋怨我的堂姐怎么养这么一个蠢草包。

"彭老板,你们要请我们吃饭,你们就要给我们选择一个好酒店。"F省的一位警察取笑不像取笑似的说。

"可可,你一定得选一个上档次的酒店啊。"林老板耍着娇对彭可说。

"你们放心,我要你们去深圳最有特色的海鲜馆。在深圳就要吃海鲜,深圳的海鲜太好吃了。"

"好吧,就依可可的,我们去吃海鲜。"林老板说。

彭可高叫道:"我们吃海鲜去啰。"

F省的另一位警察带着讽刺的口气说:"彭老板,我们恭敬不如从命,就按彭老板的意思去吃海鲜吧。"

那位警察称彭可左一个"彭老板"右一个"彭老板",话语里面除了讽刺,还含有一些不满和挖苦的意味。

林老板这时就根本就不管在场人的心态如何,她继续对彭可撒娇说:

"我的可可呀,深圳我不熟悉,我也不知道深圳的哪家餐馆的海鲜好吃。一切由你做主吧。"

"我晓得,我晓得。我到深圳还不知道哪家海鲜好吃,那真是笑话。我带你们到皇冠酒楼吃鲍鱼和鱼翅,你们吃了那里的鲍鱼和鱼翅,晚上鸡巴都会硬邦邦的。"

彭可又讲了牛话。

几位警察只是傻笑。

我听了彭可的讲话,笑也不是,哭也不是,

三伯父一听彭可说鄙话,只是摇头,感到十分无奈。

林老板还顺从彭可说:"好,可可,你带路吧。到了那里,一切由你安排。"

林老板的脸上除了幸福还是幸福。

F省来的两位警察相互交换了一下眼色,表示出了一种说不出的滋味。

林老板左一个"可可",右一个"可可"的。她那"可可"的称谓,真让我一阵一阵地肉麻。我的堂姐和堂姐夫也还从来没有给彭可叫过"可可"哩。

我再认真地打量了林老板:我的眼光告诉我,可以肯定地说,这位林老板是事业上的女强人,是成功者。在爱情上却是一位懦弱者,是失败者。

我听龙大姐说过:那些事业有成的女强人,她们的婚姻和爱情往往是糟糕透顶。那些事业有成的男人的爱情却是春色满园、花枝招展、蜂蝶成群、万紫千红、绚丽多姿。

林老板请大家吃了一顿丰盛午餐后,心里都得到了平衡。为了让F省来的那两位警察不感到失望,林老板和彭可安排陪他俩到深圳玩了几天,玩的时候尽量满足他们的要求。凡是他们在深圳想玩的地方都一定去玩。另外,还给他们买一些高档商品。几天后,彭可和他们一起乘飞机去F省。

三伯父对彭可这样的结局非常高兴,他对林老板的表现也非常满意。

彭可去F省的那天早晨,三伯父把我和彭可叫到龙岗党校花园里面的一棵木棉树下,当着我的面,三伯父教育彭可说:

"可,我看林老板其他的都不错,就是岁数是比你大一点,岁数大一点也没有什么关系。只要两个人一辈子能好好过日子就行了。以后你两个一定要相互关照,不要扯皮。"

这次彭可没有讲出格的话,他只是静静地听三伯父给他的教诲。

离开深圳时,林老板给三伯父和吴师傅各给了一万块钱作见面礼,三伯父和吴师傅假装推辞了一下后,也就高兴地收下了。

我看到林老板给三伯父和吴师傅给钱的时候,心里就想:林老板怎么会有那么多钱啊!我才知道什么叫穷人,什么叫富人。也明白了穷人和富人不一样的地方是:穷人要一个钱就像在地球上找外星人一样难,而富人要一个钱比在河里检鹅卵石还容易。

彭可去后,有一个疑问时刻在我的脑子里盘旋:那就是现代社会为什么那些低智商的人向高智商者骗财骗色屡屡得手,最后那些高智商的人还沦为低智商人的感情俘虏。世界也是真奇妙。

十七、有情人没有成为眷属

龙大姐的爱好十分广泛,休闲也是她的爱好之一。按现在的话说,她会享受。

这天,她邀我去坪山罗浮海滩去休闲。

罗浮海滩风景十分优美。它有几大特点:一是沙滩很有名,这里的沙滩的沙子不仅沙粒细,而且还雪白松软。再就是木麻黄树也驰名整个东南沿海。这里的木麻黄树不仅多,而且树干特别高大,树冠非常茂盛,有人称之为木麻黄的王国。还有就是罗浮海滩的东北角,还有当今地球上存在不多的一大片红树林。这里的红树林面积比南山的红树林面积大三倍,只不过是南山已经开辟了红树林公园,可以供人观赏,这里的红树林还是一片处女地。

除了自然景观,罗浮海滩有名气的另一个原因,是抗日战争时期东江纵队是从这里出海去了山东的。

我们来到海滩入口处,龙大姐指着伸向海中不远处的礁石上的一座金黄色的亭子说:

"那就是东江部队东渡纪念亭。"

龙大姐又说:

"由于这里风景优雅,加上又被东江纵队的事迹给这里添上红色,来观光旅游人不少。"

我们走进纪念亭,看见一对恋人在那里相拥相抱,我们准备退避时,他俩却马上知趣地走开了。我觉得有些不好意思,好像有点棒打鸳鸯的味道。

龙大姐我俩在亭子里选了两个相邻的石凳上坐了下来,坐下后龙大姐给我讲了中国共产党的优秀指挥员曾山领导的东江纵队的故事。

她说,东江纵队的前身是华南抗日游击总队,主要活动于惠州一带。东江纵队这支孤悬华南敌后的抗日武装,在长达八年的抗战中,得不到来自党中央的直接支援,困难时期甚至连一部电台都没有,仅靠收音机来收听延安新华广播电台的消息。在艰苦的斗争中,东江纵队发展壮大为拥有一万多人的抗日武装力量。开辟了华南敌后战场。抗战胜利后,东江纵队主力从这个海湾北撤到山东解放区……

　　我看了一下龙大姐,从内心佩服她。凡是她所知道的事情都能讲得头头是道。我又扭头远望了一下湛蓝的大海,引起了我深深地沉思:我觉得龙大姐就像一座大海,她的脑袋里装满了各种各样知识。要是我能像她一样那该多好呀。

　　龙大姐看我对大海看得出神,她以为我对她的说教没有兴趣,于是用胳膊肘轻轻触了一下我的身体,说:

　　"愣着干吗? 如果你对这些故事没有兴趣,我们另外选择一种消遣休闲方式吧?"

　　"不,不,不……龙大姐,你讲得很好。我听得很有兴味。"

　　"我知道你有些言不由衷。"她指着海滨的一排房子说,"好吧,我们去那边的休闲山庄消费。"

　　我们起身来到名叫望海楼的休闲山庄。龙大姐建议先到休息室稍事休息,然后要服务生安排一个卡座。

　　我们一走进休息室,就看见一对青年男女坐在靠右边的沙发上。其中女青年正在低着头拨弄手机,好像是在给别人发短信什么的。男青年看见我们进去,一眼就认着了龙大姐,马上向龙大姐打招呼说:

　　"龙芬芳,你好!"

　　龙大姐定了一下神,马上反应过来说:

　　"哎呀,怎么是你!"

　　男的显得很兴奋,很自得地说:

　　"龙芬芳,你这话说得不伦不类,怎么不能是我呢。"

　　这时那位女的也抬起了头,我一看那女的,立刻傻了眼。啊! 怎么是她? 郭金玲!

　　郭金玲一看是龙大姐,马上招呼说:

　　"芬芳,想不到我们能这里相见。"

　　他们之间相见后,相互握手,又相互问候,气氛相当热烈,根本忘记了我的存在。

　　过了一会儿,龙大姐看到我呆呆地站在一旁,就向我介绍他俩说:

　　"这是我的两位同学。"

　　我机械地说了一句:"你们好。"

　　郭金玲一看见我,她脸上有了一种不好意思的神情,只不过龙大姐和那位男士都没有察觉。

　　"好哇,今天是观音菩萨给了我们一个温馨的日子,创造了一个十分难得的机会。我们老同学之间要好好聚一聚。"郭金玲如是说。

"是呀，我们要这里的主管给我们安排一间很幽雅的卡座。让我们好好叙一叙。"龙大姐赞成地说。

"好。"那个男的也很赞成。

龙大姐就去找了主管，主管派服务生把我们安排到二楼的叫白珊瑚的卡座，白珊瑚卡座临海，既能听到海涛声，又不干扰顾客的聊天。

窗户外面木麻黄树摇曳着它那柔和的细枝，给人有一种陶醉的温馨；海风阵阵袭来，让人有一种清爽高雅的韵味；远处海轮身影在视角里来回穿梭，让人有一种人生的航船在不停地运动；还有那白色的海鸥一忽儿在海面飞翔，一忽儿又与同伴相互在空中戏谑，让人觉得宇宙间有着无穷无尽的乐趣。

卡座里面对摆着两架真皮沙发，中间是汉白玉的茶几，我和龙大姐坐在一张沙发上，那位男士和郭金玲坐在我们对面的一张沙发上。

我们刚坐定，戴着红色歪帽身佩绶带标志的服务生拿菜单要我们点茶果，龙大姐拿着菜单先征求了大家的意见：

"你们各人要喝什么茶水？"

那位男士说："今天这场合我们就不能搞'单干'了，无论你喜欢与否，都要喝一样的茶水。"

龙大姐说："你说得也是。"

龙大姐就按菜单上点了山庄里最贵的云雾银尖人参茶，再点了几种高档茶点。然后把菜单还给服务生。

服务生去后，郭金玲指着我问龙大姐：

"小攸是你什么人？"

龙大姐很惊奇："怎么？你们认识？"

"我先问你他是你什么人？"

"他是我的弟弟。"

"我们以前读书时，从来没有听说你有这么一个弟弟？"

"是的，我是从来没有提起过他。"龙大姐马上把话题一转说，"你看他像我不？"

郭金玲认真打量了我，又认真地打量了龙大姐，然后下结论说：

"说像，有点像。说不像，又不太像。"

龙大姐说："像也好，不像也好，你现在可以告诉我你是怎么认识我弟弟的？"

"叫你弟弟自己说吧。"

"你说不行吗？何必要我弟弟说。"

"也好，"郭金玲说，"你弟弟是一家餐馆做配送业务的吧?"

"是的。"

"我是他的老客户。"

"你住在什么地方?"

"天星宾馆。"

"天星宾馆?"

"是呀。"

"好像有一次你还欠他的二十五块钱呢?"

郭金玲珑笑了笑说:"是有那么一次，也仅仅只是那么一次，不过我已经给他还了，而且还多给了他一些。"

郭金玲说这话的含意，只有我和她明白。我生怕她再往深层次里说开去。这个娄子一捅，我怎么能对得起龙大姐哩。如果她真的捅了娄子，我也做了充分准备:那就是马上跑下楼跳到大海里去。

好在郭金玲讲到这儿就没有再延伸说下去。她转对我说:

"小攸，你说是吗?"不知她的内心里还有什么变化，她马上补了一句说，"我说的那话请你别记在心上，我是同你开玩笑的。"

我选择了沉默，没有回答郭金玲。真的不好回答，这样微妙事情怎么能回答得清楚呢。

"哇，你就住在天星宾馆，我们相处很近呀。"龙大姐说。

"你在什么地方?"

"胡记餐馆。"

"那真的很近。"

龙大姐她并没有继续与郭金玲对话，而是把话题转到那位男士身上:

"方格，你不是在 Y 国留学吗? 什么时候回国的?"

听龙大姐对那位男的称呼，我知道了他叫方格。

"我是去年回国的。"

"你怎么与郭金玲接到头的呢?"

"上次我在天星宾馆住宿，在大厅碰上了她。"

"上次? 你是什么时候来深圳的?"

"就是上个月。"

"你现在何处工作?"

"留学生创业园。"

"具体干什么?"

"软件开发。"

"你那位谭滔滔呢?"

"我俩在 Y 国时就分手了。"

"你俩怎么舍得分手的呢? 她都掠人之美呀。"

"你快别这样说了。是我一时糊涂,没有同你坚守在一起。"

"你就不要说那些话了,我不是追究你我那一段的感情之债,我是问你为什么与谭滔滔分手了。"

方格稍微停了一下后,调整了一下思维后说:

"说来话长,这事我也给金玲说过了,她听起来是旧话。"

"可我还没有听你说过呀。"

"没关系的,你再说一次吧。"郭金玲说。

方格听郭金玲这么说,就告诉我们他与谭滔滔的事情,他说:

"反正今天我们老同学之间无话不谈,我就给你说吧。"

这时,服务生把茶水和茶点都端上来了,他们谈话没有我的份,我就认真地吃茶点。方格继续他的话题。

"老同学,实话告诉你,当时我与你分手,的确是谭滔滔从中做了手脚。我也助纣为虐,很对不起你。"

"这我已知道,不需要再说明"龙大姐说。

后来龙大姐告诉我,谭滔滔的父亲是国内一位水电大亨,钱多得没法形容。谭滔滔及其家人见方格一表人才,她家就刻意要把谭滔滔和方格捏和在一起,谭滔滔父亲许诺他俩去 Y 国自费留学。一切费用由谭滔滔父亲负责。

"好吧,我就讲我和谭滔滔在 Y 国分手的情况吧。"方格喝了一口茶水后说,"到 Y 国后,有一次她偷看了我的笔记本,因为在笔记本上我写了一首怀念你的诗。"

"什么? 怀念我的诗?"

"是的。"

"你怎么没有给我呢?"

"是呀,还没有来得及给你。"

"你能不能够念给我听呢?"

"可以。"方格当着我们的面,真的念了起来:

啊,你是我心中时时摇曳的玫瑰花,

啊,你是我脑海中时时飘逸的云霞!

我的一生被你侵略了一大半,

我的心被你摘去让我不能自拔。

"噫,写得还真有情感哩,你为什么不发给我呀?"

"谭滔滔把我的诗扼杀在摇篮之中,还能寄给你吗?"

"后来你们就分手了?"龙大姐穷追不舍。

"分手了。"方格说,"谭滔滔看见了我写给你的这首诗,认为在我的心里只有你没有她,她就把我从租住的房子里赶出了来。"

"谭滔滔也真做得出来。"龙大姐说,"后来谭滔滔一个人住在那里?"

"她一个人住了一段时间,没多久,她就和我们班上的Y国一个富商的儿子谈起恋爱来了。后来她就跑到那个商人家里与富商儿子同居了。"

"谭滔滔把你赶走了,你怎么办呢?"

"我也在班上与一位Y国女子谈了恋爱。目的是对谭滔滔的报复。"

"你也不错呀,开了洋荤哩?"

"唉,那是万不得已。"方格停了一下说,"坦白地说,我和那位Y国女不久就同居了。再后来,我觉得与洋小姐生活也是一件痛苦的事情,平时她对我百般挑剔。她还说我继承了东方儒家衣钵,不懂得生活,也不懂得真正的爱情,就和我分手了。这可能是她找的一个借口。后来我仔细回想我们相处的日子里,其实她在与我恋爱的同时,她也同别的男人在睡觉。"

"又吹了。"龙大姐超前替方格下了结论。

"是的,吹了。"

"后来呢?"

"后来我就回国了。"

"那谭滔滔现在到哪里?"

"她也不是一帆风顺,被那个富商人家的儿子玩弄了几个月,又被抛弃了。"

"也是报应。"龙大姐说。

"你们知道谭滔滔也是一个不安分的人,她被商人儿子抛弃后,马上又和Y国社会上的一个四十多岁的男子结了婚,谭滔滔结婚后发现,自己是那个男子的四姨太。"

"好哇。谭滔滔也不错嘛,国内很多名气比她大的明星,还不是到国外给人家做姨太太,她总有了好的归宿。"龙大姐半开玩笑地说,"你就光杆杆回国了。"

"是的。"

"回国后先在哪里求职呢?"

"先在我们的母校,我原来打算就在母校好好教书,混一碗饭吃就算了。"

"你为何又来深圳呢?"

"也是谭滔滔家人造成的。"

"你同谭滔滔分了手,就两不相干了。她家人与你来深圳有什么关系呢?"

"谭滔滔家人知道我回到母校教书,他的弟弟纠集几个人,向我索取去Y国留学的费用。并开宗明义地说,如果我不能偿还那些费用,就想办法要做掉我。你想,我哪里有那么多钱偿还他们啊。现在社会是官僚们的天下,他想做掉你还不容易? 我只好'三十六计走为上计'。躲得远远的,你就难找上我了。"

"谭滔滔的家人也真不讲道理。"

"现在当官人家有几个是讲道理的?"

"那也是的。"龙大姐说"今天我当着郭金玲的面给你说清楚,我可没有侵略你的一生啊?"

"这事我早已向她坦白了,已经得到了她的谅解。"

"真的吗?"龙大姐问郭金玲。

"是真的。"郭金玲的回答也没有半点含糊。

"我俩的事都只要说清楚了就没事了,但是,"龙大姐又说起另外的话题,"方格,看在我俩过去学校那段生活的情分上,我可要正告你啊。"

"你有什么向我正告的?"

"你与郭金玲在一起,以后那王市长如果要找你算账可就麻烦了,可能比谭滔滔弟弟找你的麻烦更要严重些。"

"他可能永远找不上我了。"

"你到听说王市长的什么消息了吗?"

"我在母校教书时就听说了。听说他最近就要开庭宣判了,可能是死刑。"

"有那么严重吗?"

"严重得不得了。"方格说,"我在母校听人说,那个王市长由副市长升为市长后,疯狂敛财,贪污受贿无恶不作。他的情妇除郭金玲外,他还在社会包养了其他几个情妇,还给其中两个情妇买了价值上千万的别墅。"

"那个野兽!"龙大姐咬牙切齿地说了一句。她又担心郭金玲的命运,"王市长现在被抓,对郭金玲有没有影响?"

郭金玲主动说:"三个月前,省纪委向我调查时,我如实地向省纪委作了交代,省纪委按我的交代并通过核实,认为我的交代完全是真实的。他们认为我虽然用了王市长的一些黑钱,但他并没有给我其他什么固定资产,仅够生活,没有触犯刑律。还说我是最大受害者,省纪律对我进行了一番教育,并要我以后好好生活,做一个无愧于党和国家的人。"

"啊——那就好。"龙大姐长长地舒了一口气。

方格继续说:"我听消息灵通人士说,王市长贪污受贿有几千万元,已查明的情妇不下五个,听说有个情妇被他买凶做掉了。关于他的罪行,上面的结论是'四个特别',即:受贿数额特别巨大,索贿手段特别卑鄙,犯罪情节特别严重,社会影响特别恶劣。"

龙大姐发表感慨说:"金钱如果让贪婪作为向导,就会使你越陷越深,它就成了毁灭一个人的利器。"

郭金玲愤愤不平地说:"该杀,该杀,像那样的人给他一颗子弹还有些便宜了他,应该是千刀万剐才解恨。"

"是的。"龙大姐又说,"方格,这时你就把王市长的事讲到这里打止。反正他活不成了,你也像说评书的人所说的,话分两头,下面你就讲一下你与郭金玲的事。"

"你要我说与郭金玲的什么事呢?"

"你现在是不是与郭金玲确立了恋爱关系?"

"不是确立恋爱关系,而应该说巩固夫妻关系。"

可能是方格的后面那句话让龙大姐一头雾水,龙大姐不解地问:

"你说什么'巩固夫妻关系'? 我还不懂你说的意思哩!"

"你怎么连'巩固夫妻关系'的意思都弄不懂?"

"如果说是换一个人,我是不会产生疑问的,但你们两个怎么一下就说成是'巩固夫妻关系'呢?"

"实话告诉老同学吧,"郭金玲替方格回答说,"我和方格在上个星期已经结婚了。"

"啊!"龙大姐对郭金玲的回答有些吃惊。

我虽然嘴上没有说,内心也震动不小。

龙大姐又对方格说:"你对郭金玲与王市长那段不光彩的历史,不会介意吧?"

"绝对不会。我只有同情她,因为她是受害者。"方格又说,"我只要郭金玲不介意我,我就满足了。"

郭金玲向龙大姐解释说:"芬芳,我是不会介意的。"她又坦白地说,"我还要感谢方格呢。如果不是他的到来,不是他来到我的身边,我可能就会沉沦下去。我不会给社会带来大的麻烦,但为了生存,为了满足生理的要求,必然会做一些女人所具有本能的那些不雅的事来。"

"是的,这我也可以理解,因为那狗官给你带来了一些伤痛后,你一时难以找到人生的突破口。"

郭金玲听龙芬芳这么一说后,带着一种感激而内疚的口气说:

"芬芳,说内心话,我还对不起你,因为方格原来与你爱得火热。"

"以前的事就用不着提了,我和方格的那段事情早已成了历史。过去我同方格的关系也只是一种模糊的关系,现在你和方格的关系才是名正言顺的。"

"芬芳,谢谢你。感谢你的宽宏大量。"

"你一万个放心,我只有祝福你俩永远幸福!"

郭金玲说:"芬芳,你也应该考虑你自己的个人婚姻问题了哩。"

"是的,我也在考虑。"

龙大姐这一说,我又怕她会把我端出来,让我有些担心。我也想:自己的担心也是多余的,龙大姐真的要把我端出来,我也是没有办法的。

"我看你和我们这样大的年纪,考虑婚姻问题还有些落后了,应该是要马上付诸行动才是当务之急。"郭金玲进一步督促龙大姐说说。

龙大姐摘了茶几上的一颗龙眼,慢慢地放进了嘴里,然后说:

"对的,如果说是在农村,我们都是大龄女性了,按法定年龄结婚,小孩子都可进幼儿园了。"

"让我马上能听到你的好消息。"郭金玲说。

"我会努力的。"

我在一旁只注意龙大姐会不会把我端出来,从她的话语来看,她没有端出我的意思。她又把话题转到郭金玲身上:

"郭金玲,你们现在还住在天星宾馆么?"

"没有,"郭金玲还带一种幽默感地说,"已经从天星宾馆解放出来了。"

"你们住在什么地方?"

"我们在留学生创业园和天安数码广场中间的雅利花园内租了一套房子。"郭金玲看了下方格说,"是我俩结婚时搬进去的。"

"多少平方米? 一月租金多少?"

"八十多个平方米,一月租金三千八。"

"房子有几成新?"

"是百分之百的新房。"

"还算便宜,在关内就租不到了。"

"现在你打算要做什么? 或者就当全职家庭主妇?"

"我和方格商量好了,我准备就在我们租房的楼下再租一间房子,开办一个钢琴培训班。"

龙大姐对郭金玲的打算予以肯定,她说:

"好,现在深圳人的生活情趣不同了,对小孩子也要进行高雅教育。你在学校时的钢琴基础就不错。"又问,"什么时候开业?"

"下周。"郭金玲说。

龙大姐还准备问一些其他相关的事情,这时方格的手机响了,从方格的举动来看,是准备拿着手机到外面去接电话。他考虑怕我们有想法,或者是更考虑郭金玲有想法,就当着我们接了起来,他先告诉我们说,"对不起我接个电话。"

方格在手机上用手机术语"嗯"、"是"、"好的"、"可以"、"行"等词语应付了一阵,然后关上手机对郭金玲说:

"金玲,房东要我俩马上回去。房东说,我们准备办钢琴培训的班那间房子有个问题还需要再敲定一下。"

郭金玲说:"还有什么问题可敲定的? 不是一切都说好了的吗。"

"房东说,我们前次建议把那个门的位置要换一下,他们具体要和我们协商后才能敲定。"

"我们明天和他敲定吧。"

"不行,房东把泥水工都叫来了。必须今天敲定。"

"我们一定得回去?"

"得马上回去。否则怕以后出麻烦。"

"芬芳,对不起,看来事情有些紧迫,我们得回去。你两姐弟俩还要在这里玩一阵呢,还是同我们一起回去呢?"郭金玲征求我们的意见。

龙大姐:"你们有急事,你们就先回去吧。我和弟弟还在这里再玩一阵。"

"好,那我们就回去了。以后再见!"

郭金玲说完,她示意方格去收银台埋单。

方格准备起身去收银台埋单。

龙大姐赶忙阻止说:"埋单的事用不着你们管,你们回去吧。"

方格停了一下后,似乎觉得让龙大姐埋单有些不妥,又起身再准备去埋单。龙大姐马上阻止了他。

郭金玲见龙大姐坚决不要方格埋单,就用感激的口气说:

"那就谢谢你姐弟俩。"

说完,就同方格走出了卡座。

郭金玲同方格回去后,我和龙大姐感到有些失落。

我俩心不在焉地喝了一会茶,也胡乱吃了一些茶点。龙大姐两眼直瞪瞪地看着窗外,心里不知在想一些什么。

约莫过了二十多分钟,龙大姐突然说:

"走,我俩到楼下海景婚纱摄影室照婚纱照去。"

我假装没有听清楚,明知故问龙大姐:

"龙大姐,你说什么?"

"我俩去照婚纱照。"

龙大姐的话里有强制我的含意。

龙大姐先去收银台埋单,然后又返回卡座催我说:

"走哇。"

我想:我们还未登记结婚,怎么就把婚纱照就照了呢? 但只能这么想,就是不好说出来。

我们来到海景婚纱摄影室,龙大姐先看了一下价目表,然后对我说:

"我们照个八千多块的婚纱照。"

我心里默默地想:我的天呀,不就是照个相吗,为什么要花八千多块?

龙大姐挑选了一个摄影师和化妆师,摄影师和化妆师把我们带到海滩边,化妆师向我们解释:

"八千多块的婚纱照是中等水平的,最高还有几万块的。一般选择八千多块这一款的人居多。这一款婚纱摄影的亮点是海中拍摄。等会你们就知道它的奇妙之处。"

化妆师把我们带到海边的化妆室先化妆。化妆的功夫主要花在头上。龙大姐的头发被化妆师梳成了几条鞭子,然后再认真盘绕,用发夹进行固定,在头发上适当地加了一些花朵,这才是名副其实的花枝招展。头上装饰好后,又装饰脸上,先是涂脂抹粉,再是画眉,还贴上了假睫毛等。通过化妆师精心造型,再配上洁白的婚纱。原本秀色可餐的龙大姐更加楚楚动人,就像天上的仙女下凡到了人间。

龙大姐化完妆后,化妆师又给我进行化妆,也是先从我头上弄起,她先把我的头发用高级洗发水认真清洗一遍,然后打上啫哩水,再分成西式头。头发弄好后,就在脸上也打了粉,涂了红,把眼眶圈了一下边,用眉笔把眉毛提了一下。穿上了白色衬衣,着了一套暗灰色西装,还配上了黑色领结。化妆师要我在穿衣镜中看一下,我在穿衣镜中一看,在我面前是一位富有生气的帅小伙。根本不相信这就是我自己。化妆师问我满意不满意。这些化妆和衣着,我原来没有接触过。哪里有不满意的!

龙大姐在旁边也高兴地称赞说:

"噫,不错,一个挺帅的好小伙。"

她的脸上浮现出十分幸福和满足的微笑。

摄影师和化妆师的导演下,龙大姐我俩做了很多亲爱的动作,都被摄影师一一记录在案。最后还有一个镜头是要我们站在海水中间拍照是该婚纱摄影店的一种特别创意。婚纱材料很特别,摄影师说是由当今最新的纳米材料做成的,就像芋头叶一样,放在水里不会沾水。婚纱的设计也与一般的不同,从左侧开了一个口子,我从口子里钻出来,和龙大姐融合在一体。

我们在海里站在摄影师预先设计好的地方,龙大姐穿的婚纱完全浮在海水上,形成了一个白色的圆盘,我俩站在一起就像是天山上冒雪盛开的雪莲!这就是这婚纱摄影室最独特的杰作。

照完了婚纱照,我俩回胡记餐馆,在路上龙大姐对我说:

"明天我俩就去结婚登记。"

"好。"

我想,婚纱照都照了,也应该去结婚登记了。

十八、榕树下的婚礼

第二天，龙大姐又把我叫到她的工作室，郑重其事地对我说：

"小老弟，你的假身份证办好了，我俩今天就去民政局去办结婚登记。"

听说要结婚登记，我心里就像奔腾的江水，怎么也难以平静。高兴、激动、飞泻的思维浪花一浪高过一浪。真想不到，我原来初衷是想来深圳打工，目的是来捞钱的，现在钱没有捞着，却捞到了一段婚姻，捞到了一个老婆，这是我始料不及的。

我同龙大姐到民政局办了结婚登记。

办好结婚登记后，龙大姐开车我俩奔向南澳西涌，她说我俩要在那里举行婚礼。

西涌位于深圳市龙岗区大鹏海湾，是全国八大最优美的海滩之一。西涌有两个概念，一个概念是西涌村，另一个概念是西涌的海滩。曾经听别人说西涌的景色很美，那里有蔚蓝的天空，洁净的海水，葱葱郁郁的林木，山水相连；长达4.5公里的沙滩细沙如银，晶莹剔透；海风习习，不时地发出一些音乐的声响；站在海滩上可遥望月亮岛和三门岛，可尽情享受阳光、海浪、海风的韵味，整个西涌海滩像一个的巨型月亮模型，弯得自然，弯出了神韵。任性的海水，不时地变成一组一组的海浪，一会儿冲向海滩，一会儿又退出海滩，就像风情万种的一对男女相互尽心调情。海面上不时地漂着几只海鸥，展示出它们的天真与悠闲。由于西涌海滩的区位优势赶不上大小梅沙，尽管自然环境优美，去西涌海滩的游客还是不多。

西涌也因一段特别的历史而闻名于世。改革开放以前，这个村有五六十户人家，三百多人口，当时由于村里很贫穷，人们都想去对面的香港寻求另一种生活。八十年代初的一天晚上，村里所有的居民都出逃香港。这里成了一座空城。为此，当时的省委书记亲自到这里进行视察，并还在当时的宝安县召开了防止逃港现场大会。改革开放后，去香港的西涌村居民陆续回来了一些，但还有很多居民滞留在香港，有的已经成为香港居民。至今还有一部分房子空着。很多游客也冲着这一历史人文景观前往西涌的。

去西涌的交通并不是很方便，只有一趟从南澳镇上到西涌的班车，而且到了下午两点后，这趟班车也不开了。如果要去西涌，一般都是游客自己备车。

大概是我们进行了结婚登记的缘故吧，这天龙大姐的兴致很高，她开车的动作比平时都要麻利得多。有时快得我都有些提心吊胆。但她并没有揣摩到我的心理，她仍然我行我素，有时嘴里还哼出一些小调，具体是什么调儿我没有听清楚。

我们到了西涌，龙大姐先把车停在一个临时停车场，然后我们先去西涌村参观。

我俩在西涌村进行了粗略的浏览，除了里面有一些空房子以外，与其他的海岛渔村没有什么两样。空房子里不时有人在里面休息，也有人在里面进行野炊，还有一些人在里面画画。据说在这些空房子休息、野炊、画画都是要收费的。

我俩在西涌村没待多久就去西涌海滩。龙大姐建议要在海滩找一处隔海很近又比较安静的地方作为我们的落脚之处。

我俩踏勘了海边的几处地方都不太理想，最后发现一株大榕树下清静凉爽，视野开阔。就决定在这大榕树下驻足。

那株榕树树干很粗，最少有四人圈手一围，榕树的树冠很大，树荫约有半亩地的面积。榕树下部挂满了密密麻麻的胡须，就像是耄耋之年的老头，榕树的根在地上盘根错节，就像是用树根编织的一只疏而不漏的恢恢大网。榕树下面有一块很平整而又干净的大石板，大石板的面积有约三平方米，光滑平整，而且离海很近，海涛的飞沫有时飞溅到石板上。

我们认真观察一番后，龙大姐连说：

"这里很好，这里很好。"

龙大姐把车从临时停车场开到大榕树下。下车后，她把车子的后备厢打开，后备厢里有两个大包，龙大姐要我先拿出其中一个大包。

我把大包拿出后，放在榕树下的石板上。龙大姐解开大包，里面除了有一张大塑料布外，还有两个靠背海绵垫，靠背海绵垫既可靠背，亦可做枕头。我俩把塑料布平平正正在石板上铺好，然后把靠背垫放在塑料布的靠榕树杆的方向。又把带来的零食很规范地摆成一条线，取来食用非常方便。

我俩都面对大海坐在靠背海绵垫上。龙大姐拿了一块蛋糕递给我说：

"吃上这个，先把肚子撑一下。"

我也就不客气地接过来吃了起来。她自己也吃了一块。她边吃边对我说：

"小老弟，今天我先给你告诉一件事情，然后我俩要做一件人生最难忘怀的大事。"

"好。"我信天回答了一句。

"给你未告诉这件事之前,我先问你,你知道我为什么要同你急着进行结婚登记?"

"我俩相爱。"

"回答对了一半,只能打五十分。"她笑了笑说,"还有一半没有回答出来。"

我摇摇头说:"我就不知道了。"

"是的,你是不知道的。这个问题除了我任何人都不知道。"

"龙大姐,那一半是什么呢?"

"今天我就是专门告诉你的。"她欲擒故纵地卖了一下关子,故意不说出来。我心里很想知道她的下文。

"你怎么不再问了呢?"

"龙大姐,我请你给我讲你要讲的另一半吧?"

"行。我给你讲另一半,"龙大姐说,"我与你急于结婚,主要是胡记餐馆要解散了。"

"什么?"我听了龙大姐的话感到十分惊讶,"餐馆不是开得好好的吗? 生意也不错哇。"

"是的。"龙大姐说。

"那是为什么呢?"

"有两个原因迫使胡记餐馆解散。"

"哪两个原因?"

"第一个原因是,深圳地铁三号线要经过我们胡记餐馆租赁的那栋房子,不久,那栋房子就要拆除。"

"我们可以到别处再开业呀?"

我担心:既然我俩已经登记结婚,餐馆是我们的主要经济来源,餐馆没有了,以后的经济来源不是枯竭了? 当然我只能这样想,就是不好说出来。

"不啦。"龙大姐说,"还有另一个原因也得对你说明。"

"另一个原因是什么?"

"我不想再当餐馆老板了。"

"你想去做什么呢?"

"我问你,如果胡记餐馆解散了,你想去做什么呢?"龙大姐反倒问了我一句。

我摇了摇头。这时一股强大的失落感涌现我的心头:是啊,胡记餐馆解散了,我去做什么呢? 我又能做什么呢? 我没有办法回答龙大姐的提问。

"你为什么只摇头,不说话呢?"

"龙大姐,如果胡记餐馆真的解散了,我就像大海里的一叶扁舟,也不知飘向哪里。"

"你怎么没想到我呢?"

"想到你又能怎么样啊。"

"我们是登记结婚了的夫妻啊!"

"你不能养我一辈子呀。"

"我要你养我一辈子呢?"

"我泥菩萨过河——自身难保,还能养你么?"

"亏你还是个男子汉呢? 这么说来,我俩登记结婚是我的错误。"

龙大姐这么一说,我很惭愧。她看出了我脸上的尴尬表情,就马上安抚我说:

"我是和你开玩笑的。至少现在我是不需要你养的。"她又说,"我就实话告诉你吧,我不当餐馆老板,是因为我要改行做其他的事?"

"你能带我去么?"

"哈哈……"龙大姐笑得是那么的爽朗,"这是当然的啦。请你放心,我与你登记结婚的目的,也就是要你永远和我在一起。"

我心中的乌云又马上消失,又出现了朗朗的晴空。她用一种十分和蔼的眼光看着我,好像怕我从她眼前消失似的。

龙大姐说:"告诉你,不仅是我要关心你的去向,就是我们胡记餐馆所有的职工,我都要给他们作妥善安置,他们如果自己能找到比我安置的更好的工作,那就他们自己安排。"

"你安置他们做什么呢?"

"那几位女服务生,我都把她们安置在沙井的一家电器厂工作,月工资与我胡记餐馆差不多。那几位大师傅我与同坂田的华为集团联系好了,叫他们去那里继续当大师傅。至于和你一起搞配送那个华利,我已同龙岗客家围屋博物馆联系,要他去那里当一名讲解员,那里与他妻子工作的学校也很近。"

龙大姐真是一个热心和细心的人,要是换了另外的人,都不会把自己的员工安排得这么周到妥帖。

"我们三伯娘如果到华为去的话,就和我们三伯父离远一点了。"我为我三伯娘有些担忧。

"这用不着你担心,你的三伯娘,也就是我的三伯娘。我已和三伯父工作的龙岗党校校长沟通了一下,要三伯娘在那里当一名客房管理员,正好那里有一位客房管理员回家带孙子去了。"

"你的这些安排都给他们说了吗?"

"还没有。是我自己先做了预向性的工作。"龙大姐又说,"如果事先给他们说了的话,我怕他们心里都会难以割舍。情绪会受到一些影响。"

"我还没有听说你把我的安置方案哩?"

"我先就说过'要你永远和我在一起'。你已经成为我生命中不可缺少的一部分了。"

"龙大姐,你到底要去哪?"

"我去鹏城大学教书。"

"我怎么办?"

"你也去那里。"她回答得没有半点含糊。

听说龙大姐说带我去鹏城大学,我想:去大学? 我能去大学吗? 大学是学术殿堂,是自由思想飞翔的圣地,是知识密集的场所,是知识分子工作的地方。我到那里能做什么呢?

"我去那里行吗?"我带着疑惑问龙大姐。

"行。我已经与鹏城大学谈好了条件:条件之一就是允许带家属,学校还得给家属安置工作。"

这时我才明白,她为什么要急于和我进行登记结婚。

她继续说:"以前,我曾经到鹏城大学作过当代文学讲座,很受学生欢迎。那里教当代文学的老师很缺乏,校长多次要我去那里任教。"

"现在大学里面教授副教授多的是,怎么要你去教当代文学?"

"有一点你就不知道。现在大学里教文学的是有很多教授副教授,可是那些教授副教授,他们在理论上是有一套,在创作实践上就不行。没有几个大学的文学老师是作家的。作为文学老师不是作家,不能不说是一种缺陷。"

龙大姐说这些有的我听懂了,有的我未听懂。

"鹏城大学在什么地方?"

"在坑梓和坪山交界处。"

"规模如何?"

"很不错,占地面积有三千来亩。老师有二千三百多人。学生将近三万人。"

"规模也不小哩。"

"是的,这所大学的历史比较悠久。其前身为鹏城公学,始建于一九零二年,由香港爱国人士捐资,仿照新加坡南华公学兴建的一所当时全国著名的新型学堂。鹏城公学的兴办,开辟了南粤近代教育的先河。学堂首创者是梁启超的学生孟善生,他提出'鹏程万里'的办学理念,矢志兴学育才,为国争光。解放初,学校更名鹏城师范,一九五八年更名鹏城师专,一九八二年晋升为本科,改名鹏城大学。传承至今已届百年。原来鹏城的公学,国学是强项,首创者孟善生在这里主讲先秦诸子百家学说,重点主讲《论语》。所以这所学校的国学基础很深厚。一九八二年后,由于社会上卷起了科技第一生产力的旋风,对文科有些忽视,可以说是滑坡。近几年文科有所进展,但进展不大。学校为了加强文科建设,加大了对文科的投入,最近要招揽一批人才充实文科教学。"

"我能到那里做什么呢?"

"一个大学要做的事多得很。当然不会要你去教书。你可做其他杂事。"

"其他的杂事我可能难以胜任,如果说是让我派送快餐还是可以的。"

"哈哈……"龙大姐又是一次畅怀大笑,我看她把眼泪水都笑出来了,她一边擦眼泪,一边对我说,"派送快餐,那是你在龙大姐手下打工时的工作,你到了鹏城大学的工作安排不是龙大姐说了算的。"她又说,"好吧,我们到那里后我尽量争取你去派送快餐吧。"

我知道龙大姐的这话也是含有一些玩笑的成分。我想:到了鹏城大学她一定会关照我。有她在,我也就不用操心了。

这时我把身子平躺下,用海绵靠背垫把头高高地垫起,眼望着蓝天,我看见天空中飘荡着缕缕白云,那些白云一时往东,一时又往西,一时又相互交织在一起,一时又分开各自选择方向飘动。它们是显得那么的自由自在和无忧无虑,看到这些天空中飘荡的白云,我联想到整个社会上在外的找工者,不也像是天上飘荡的白云么? 我是,孙老师是,三伯父是,徐春莲是,水友哥是,二槐哥和潘姐是,龙大姐是……凡是到流落到外面的人都是。

"你在思考什么?"

龙大姐带着微笑问我,还用她那极其柔嫩的手在我的肚子上轻轻地揉搓,就像是一位慈母在抚摸她心爱的女儿。

"龙大姐,你看,天上的那些白云是多么自由自在的飘荡啊。我想,我们不都像天上的白云飘来飘去的么?"

龙大姐望了一下天空,然后说:

"是啊。你说得对,不过天上飘荡的白云,它们没有思想啊。而我们地上的人,可就不一样了,我们是有思想的。我们是漂泊,不是飘荡。我们要面对现实,我们还要与现实抗争。我们可不能像白云那样自由自在和无忧无虑的飘荡啊。"

龙大姐又说:"人的漂泊既有风险,也有机遇。漂泊的风险就在于很艰苦,有时还会付出一些代价。而机遇又属于敢于漂泊的人,真正的光明还是属于勇敢的漂泊者。因为光明不是慈善家的施舍品,而是给踏实勤奋者的一种奖励。有时投机者也能得到光明,但却十分短暂。"

　　龙大姐的这话,我也想起了我在学校时一位老师曾对我们说过:"当你看见别人收获丰硕成果的时候,你不要爱慕,更不能嫉妒。你应该了解一下别人丰硕成果的来历,你也就没有话说。"此话与龙大姐所说的有异曲同工之妙。这样说来,我们漂泊还是一种人生的奋斗和拼搏的过程。

　　这时,龙大姐又对我说:

　　"我们的第一个节目就到这里打止了。下面我们就进行第二个节目。"

　　"第二个节目是什么?"

　　龙大姐一板一眼地对我说:"举行结婚典礼。"

　　"举行结婚典礼?"

　　"是的。"

　　"就这样举行结婚典礼?"我感到十分诧异。

　　"是的!"龙大姐回答得很干脆。

　　"我看我们家乡人举行结婚典礼就不是这样哩。"

　　"这个我知道。本来结婚是一个人一生中最重要的一件事情。但是,我俩的结婚来一个标新立异,破除陈规陋习。"

　　我想:再标新立异和破除陈规陋习,也不至于像这样简单草率吧。我们家乡青年结婚都是三媒六证,很多亲朋好友都要前来庆贺,如果说差了哪一道环节,都会给人生留下一些遗憾。龙大姐也太前卫了吧。但她要这样做,我也就只能听之任之。

　　"小老弟,不要怀疑,赶紧把车子后备厢里的另一个大包拿来。"

　　龙大姐显然是猜出了我心中的疑惑,但她并没有给我作过多的解释,而命令我要按她的思路去做,她也肯定知道我的想法,只是她有意忽略不计而已。

　　我把车子后备厢里的那个大包拿了出来。放在大石板的塑料布的中心。龙大姐把大包打开后,里面有:被子、被单、两束鲜花、一对布娃娃、一整套炊具和餐具,还有米、油、盐、蔬菜、肉食等。接着,龙大姐从驾驶室把笔记本电脑也拿了出来。

　　龙大姐指着这些东西说:

　　"我俩今天就在这里举行婚宴和婚礼。我俩先要动手操办我们的婚宴。"

　　我把炊具和餐具拿了出来,并在适当的地方摆好,一切准备就绪,就进行烹饪。龙大姐开始煮饭、切菜等工作,主要的活都不要我动手。只叫我作一些辅助性的工作。我发现龙大姐好像什么事都是办得那么认真、那么负责、那么利索。我想:我的一生有她这样的女人陪伴,我什么也不在乎。

　　没有多久,一顿香喷喷的饭食就弄好了。龙大姐要我把啤酒拿来。还拿出两只纸杯作酒杯。每一只酒杯里都倒满了啤酒。

龙大姐先提议道:"为了我们的婚姻天长地久,地久天长而干杯!"

以前我在学校时,和一些同学也在饭店里或野外野炊时也曾经干过杯,但是此一时彼一时也,那纯粹是一种娱乐性质,是一种好玩的游戏,而这次与龙大姐的干杯却是庄严的、神圣的。

后来,她又提议我俩喝交杯酒,还相互敬了几杯。一直到双方脸上浮现出了阵阵红晕,方才罢休。

龙大姐把我看了又看,从头到脚看了不下三遍,然后说:

"你呀,今天我才发现你还是一位最有气质的男子汉呢。以前我都只是把你当作小孩子看待。"

我不知道她的这一结论来自何处。突然把我的身份提高到男子汉的地位。我问道:

"龙大姐……"

我还未把话说完,她就打断了我的话说:

"告诉你,从现在起,'龙大姐'这一称呼已经过时了。"

"那应该怎么称呼你呢?"

"你刚才的称呼就对了。"

"我刚才没有称呼你呀。"

"你也真是,你这时都已经称呼我了。"

"啊,是不是我用的第二人称'你'?"

"对。"

"以后我俩当面相互称呼的时候就再不用'龙大姐'和'小老弟'了,就把它们放进历史的保险柜封存起来。"(尽管如此,后来我还是称她为龙大姐,因为成了习惯,觉得称她为龙大姐感到十分亲切)。

这一下我明白了,夫妻间的称呼用第二人称代词还感到亲切友好一些,难怪我的父母他们之间称呼的时候都是用"你"。

称呼,这一人间用得最多的常用语,随着爱情升华为婚姻后,也发生了变化,这一变化也可以说是蜕化和进化都行。就像蝌蚪小时候有尾巴,后来变成青蛙后就没有尾巴一样。我们原来的"龙大姐"和"小老弟",随着结婚即将过时。

龙大姐又提议说:"我们该举行婚礼了。"

龙大姐也真有她的思维,一般都是先举行婚礼再进餐,可她却反其道而行之。

"好。"我盲目地同意她的建议。

"我们的婚礼既简单又慎重。说简单不需要什么复杂的程序。说慎重,我们的婚礼具有划时代的意义。"

"怎么举行？"

"我们先背《祝婚词》，然后再念《结婚誓词》就行了。"

"念《祝婚词》和《结婚誓词》？"

我心里想：我还没有听说过有《祝婚词》和《结婚誓词》。以前我只听说有祝酒词、入党誓词和入团誓词。

"是的，要念《祝婚词》和《结婚誓词》，这就是我们的婚礼与其他人婚礼的不同之处。"

"我还不知道什么是《祝婚词》和《结婚誓词》哩？叫我怎么念呢？"

"你别慌，《祝婚词》和《结婚誓词》我已经写好了。"

"在哪里？"

龙大姐从坤包里取出两页打印好的文稿递给我说："这是我撰写好的《祝婚词》和《结婚誓词》，你认真把它看一遍，并要在十五分钟内把它完全背下来。"

我从龙大姐手中接过《祝婚词》和《结婚誓词》，认真看了起来：

《祝婚词》是这样写的：

吉日良辰结佳偶耶，

天时地利行婚礼耶，

洁白的海鸥为我们主婚耶，

拍岸的海浪为我们欢呼耶，

宁静的海滩为我们祝贺耶，

微微的海风为我们庆祝耶，

青青的山峦为我们鼓掌耶。

美满的婚姻永远伴随我们耶。

《结婚誓词》是这样写的：

苍天有缘兮，大地有情。

大海作证兮，海滩为媒。

海沙为凭兮，石板为邻。

爱情真挚兮，婚姻虔诚。

二人心一兮，胶漆相成。

山盟海誓兮，无假唯真。

泰山崩前兮，难撼同心。

麋鹿兴左兮，不斜一瞬。

永不背叛兮,宁可断魂。

形影不离兮,谗言远行。

互助互爱兮,相敬如宾。

姐弟手足兮,铸成神韵。

齐眉举案兮,情意均平。

白头偕老兮,光耀楣门。

子孙发达兮,富贵盈盈。

龙大姐嘱咐我要把《祝婚词》和《结婚誓词》背得滚瓜烂熟,为了背《祝婚词》和《结婚誓词》,我高声朗读。

约莫过了一刻钟,我把《祝婚词》和《结婚誓词》都背得很熟练了。她再要我演示几次。觉得没有一点纰漏后,她才命令我从车子的后备厢里取出一个纸质袋子,原来里面是男女用的各一套婚礼服。我的是一套黑色的名牌西服,她的是一套大红色的女式唐装。我俩各自把婚礼服穿上后,我俩就正式举行婚礼。

我俩背靠榕树,面向大海,举着右手,高声背诵了了《祝婚词》和《结婚誓词》。背诵完后,我俩紧紧地拥抱一会。再次,她轻轻地吻了我的前额,我感到无比的幸福与快乐。觉得这时在世界上最幸福和最快乐的人非我莫属。

举行婚礼后,龙大姐提议我俩在海滩上走一走,我俩手牵着手,身碍着身,走进了柔软而惬意的海滩,我们走过的地方留下了很多足迹。就像是记录着我俩人生的旅程。这是多么浪漫与潇洒啊。

龙大姐向后看了一下我们留下的足迹后,说:

"我告诉你呀,我们人生,就是要像海滩上留下的足迹一样,一个也不能含糊。"

"是的。"

我对她的话不是深层次的了解,但也了解一部分。我这样的回答最"简单"又最"标准"。

"老公啊!"她一声"老公"明白地提醒我成了一位成年人,也成了一位社会的真正公民。她接着说,"今天我要向你忏悔。"

她这话我真有些不明白,在这庄重的场合为什么她说出这样的话呢?她为什么要向我忏悔呢?在我们一起相处的时间段里,她对我的照顾、关心和爱护都是无微不至的,我只有对她感激不尽,哪里还要她向我忏悔呢?

她情真意切地征求我的意见说:"你能原谅我吗?"

"你放心,你现在是我最亲的人,没有什么不能原谅的。"

"既是这样,我就对你说。"

"你说吧。"我真想很快知道她对我忏悔的内容。

"我先问你,你必须回答我。"

"我一定回答。"

"我们胡记餐馆的小赖,你对她印象如何?"

"她很不错嘛。"

龙大姐说的那小赖,就是那位福建籍的女子,长得十分标致。但是我和小赖从来没有超出寻常的关系,就是有时见面,也只是礼节性地打一下招呼。为什么她突然提出小赖来了,真让我丈二金刚摸不着头脑。

"是啰。难怪她……"龙大姐说到这里又不说了。

我催促龙大姐说:"难怪她怎么样?"

"她多次请求我,要我当红娘,促成你俩成一对儿。"

龙大姐说出这样的话,我真有些乱了方寸,我马上追问说:

"真的有这么一回事吗?"

"是哇。没有这么一回事,我捏造有什么用?"

"小赖也真是自作多情。"

"你可能还不知道小赖这个人,如果她爱了一个人,就会爱得如醉如痴,爱得死去活来。她曾经对我说过,在这个世界上除了你,任何人她都不想嫁。"

这时龙大姐很亲切地把右手搭在我的肩上,显得对我无比的爱抚。

"小赖说这话,就像小孩子一样太天真。"

"小赖这个人很本分,很憨厚,很多现实的事情她还不能察觉。我多次对她说你早已有了对象,她就是不相信。"

"这真奇怪。我还蒙在鼓里呢。"

"你当然蒙在鼓里,蒙在鼓里的人,常常被人家所爱。"龙大姐伸出了三个手指头,"你在胡记餐馆的时间不长,但有三个人同时爱你。"

"小唐我俩虽然发生了那样的事情,也都早就割断清楚了的。"

"你不必向我表示这些,我也不会纠缠你和小唐所发生的事情。我是说,"龙大姐对小唐进行了评价,"小唐还是精明一些,她虽然爱你,但她爱你还是有个分寸,她明知我俩的特殊关系,当你满足了她的欲望后,她就知趣地退避三舍。"

"小赖爱我,我自己好像没有半点感觉。"

"那是肯定的,如果你感觉出来了,要是她与你弄得不可开交的话,我最后也会考虑做出让步的。那么今天我俩就不会走到一块了。"

"说实在的,我对小赖是不太了解的。"

"你对她不太了解,我对她是了解的。好在她不像小唐,小唐是一个敢于把理想化为实践的人,所以你们就有了蝉联路口打工钟点房的经历。小赖就没有直接与你发生肉体关系的本事。否则,你俩就会弄得满城风雨。"

"小赖是比小唐要内向一些。"

"是哇,她就是缺乏与你正面接触的胆量,只是死乞白赖要我给你们当红娘。你说,我能让她夺去我心爱的人吗?"

"她真的要有特殊要求,如果我不愿意她也达不到目的。"

龙大姐马上侧身用手封住我的嘴巴说:

"快别那么说了。世界上没有那么多如果。我问你,你和小唐为什么又会在蝉联路口的钟点房发生那样的事情呢?谁都难杜绝顺手牵羊的事情。"

龙大姐这么一说我又无言以对,自己心里想:

"是呀,有些水到渠成的事,也是身不由己啊。"

龙大姐爱抚地摸了我的后颈窝,说:

"我的老公喂,你说的比唱的还好听啊。男女之间,特别是青年男女之间,爱是最为炽烈而又看不见的一种无形的东西。男女之间只要有了爱的祈盼,就难免会擦枪走火的。就像一桶汽油,只要有一点点火星,都会酿成熊熊大火。小唐与你是这样,我本人与你不也是这样么?"

龙大姐说得很现实。

"你后来是如何说服小赖的呢?"

龙大姐把脸送了过来,紧紧地贴在我的脸上,用手死死地搂住我腰,然后两个头颅在空间中有节奏地摇晃,她生怕我会飞到天远的外国。接着她用舌头舔了舔我的下巴,说:

"亲爱的,我向你坦白吧。"

"你说。现在除了你,谁也别想把我夺走。"

"是我把她对你的爱扼杀在摇篮里。"

她说这话的时候态度十分明朗。

"后来我对小赖撒谎说:'小赖,你就死了这份心吧。我把你的想法告诉给了小攸,小攸说你是配不上他的。'她还是有些不相信,我又说,'你看人家小唐也曾主动追过小攸,小攸都看不起小唐哩。你能赶得上小唐吗?'我这话对小赖刺激很大,她把自己和小唐权衡了一下,觉得自己确实赶不上小唐。我这么一说,她也就不再说什么了。从此以后,她再也不纠缠我给她当红娘了。但我心中还是有些内疚,因为我的话对她有些伤害。"

"这些话都是你自己编的。"

"是的,我如果不这样编,她就是对你不肯放手。"

"你不说,我根本就不知道。"

"所以我事先就对你说,我是向你忏悔。"龙大姐声明说。

"你也用不着忏悔,反正我和小赖之间没有任何关系。"

"尽管你们之间没有任何关系,我也要对她进行补偿。"

龙大姐这么一说,我才明白了为什么她要把小唐安排到先科乐器公司。

"难怪你把小唐安排到先科乐器公司去了,这也许是对她的一种补偿吧。"

"是的。"

"你对小赖又怎么个补偿法?"

"小赖她对我说过,她的父亲准备来深圳开餐馆,我打算把胡记餐馆的餐具和厨具无偿地送给她。为她父亲开餐馆提供方便。"

"好的,餐具和厨具也值不少钱。"我又说,"我真弄不明白,为什么小赖要偷偷地爱我。"

"你是不明白。其实这样的事也不只是发生在小赖身上。"龙大姐说,"自从人类有了爱情和婚姻,各种各样的爱情方式都会出现。像小赖对你的爱情方式是一种单边主义的爱情。也就是你还没有察觉,她已经对你爱得深入膏肓了。"

"照你这么说还有双边主义的爱情。"

"是的。爱情的双方都有一致的意向,这就是双边主义的爱情。还有多边主义的爱情。比如,有的人同时爱几个人,这就是平常开玩笑所说的'全面撒网重点捉鱼'。在旧中国还有一种爱情,叫作无边主义的爱情。从严格意义上来说其实这叫无边主义婚姻,就是结成夫妇的双方,是没有权利表露与对方爱与不爱的,只是遵父母之命媒妁之言。直到结婚时双方才谋面。"

龙大姐说的无边主义婚姻,我家的祖辈上就曾发生过一桩这样的婚姻悲剧。听我父亲说,我的曾祖父是一位高大英俊的美男子。他年轻时,一位媒婆给他讲了当地一家富豪的女子。曾祖父很想看一下这位女子到底长得像什么样子,由于以前封建礼教管制很严,对方家就是不让曾祖父看到那位女子。直到结婚时,把这位女子用轿子抬进洞房后,曾祖父才看到这位女子。曾祖父发现这位左脸上的一块大疤痕,占据了半边脸,难看死了。因而曾祖父坚决不与这位女子同房。曾祖父的这一举动被对方家族知道后,就向我的高祖父施加压力,后来,曾祖父没有办法,就远走高飞到浙江做生意。他在浙江做生意的同时,也在浙江娶了一个漂亮的浙江女子。而进门的疤曾祖母成了活寡妇,最后郁郁寡欢而离世。

疤曾祖母去世后,对方家族因为有钱有势,纠集一伙人到我家,把我家的神龛毁掉了。我们那里的风俗认为神龛是一家至高无上的信物,毁掉神龛是对被毁者家的最大侮辱。平常如果说哪两家或哪两个人发生矛盾,相互就要用毁掉神龛来威胁。对方毁掉了我家的神龛后,并不甘休,还抄了我家。就是这样也还不解恨,对方还买通官府,把我的高祖父在县衙里关了三年。原本两家是亲戚,后来就成了仇人。直到新中国成立后,曾祖父带着浙江籍的曾祖母及其一家人才回到老家。

"你在想什么?"龙大姐发现我有半天未说话,就问我。

"我没有想什么。"

"你没有讲实话,你肯定在想什么。就是不愿对我说。"

既然如此,我就把我们家庭的这个故事说给龙大姐听。她听了之后笑了笑说:

"这就叫作吃人的封建礼教。封建社会像这样的婚姻引起的纠纷多的是。"她又说,"现在听起来这样的事情真像听小说。"

"要是我们生活在那个年代就太痛苦了。"

"是啊。我们还是算很幸运。"她又问我说,"你认为我们俩的婚姻是哪种类型呢?"

"是双边主义的。"我不假思索地回答。

"回答得不完全对。"

"为什么?"

"我们婚姻应是单边主义和双边主义的结合体。"她的右手把我的左手攥得紧紧的,就像电焊把我俩紧紧地焊在一起。然后一板一眼地对我说,"开始是我把爱偷偷地送给你,你还没有发觉,后来通过我们多时间的磨合,双方就产生了爱情的火花。完成了从单边到双边的全过程。"

"对,对,对。"

我觉得龙大姐说得太准确了。

龙大姐她还言犹未尽:"依我看,人类社会中爱情和婚姻是卷帙浩繁的一部大书。当你没有打开它的时候,你根本不知道那里面有些什么内容。当你打开它以后,你就会发现里面的东西光怪陆离,多姿多彩。"

"你的比喻太形象了啊!"

"俗话说'年长一岁,等于长辈。'我比你大了几岁,知道的比你当然要多一些。如果你到了我这样的年纪,可能比我懂的还要多。"

"我永远不会有你那样懂得多。"

"我的傻老公耶。你以后一定会比我懂得更多。因为你的智商并不低。"

"是吗?"

我们在海滩上边走边谈,加上海风轻轻地吹在我们的脸上,觉得格外的舒服和惬意,大海的波涛有节奏地拍打着海岸,形成了大自然特有的音乐,让人感到沁人心脾。

这时夜幕慢慢降临。

龙大姐我俩转身回榕树下。我用手搂住她的肩膀,她用手搂住我的腰,走到榕树下的大石板上。我俩把放在上面的东西收拾干净,用大塑料袋装好,放在车子后备厢里。然后在大石板上铺上棉絮和床单。这样就成了一个很标准的结婚用床了。

"这棵大榕树就成了我们的洞房。你觉得有意思不?"

"太浪漫了。"

这时,我先平着身子躺在结婚床上,两眼望着布满星星的天空。我隐隐约约看见从远方飘来一朵白色的云彩,慢慢地飘到了我的上方。很奇怪,那朵白云在不停地变幻,开始是变幻成各种不同的形状,后来又变幻成一位美女,她就像下凡的仙女慢慢地向我飘了下来,最后一直覆盖在我的身上。

这位仙女用一种娇柔的口气对我说:

"在空旷的野外过夜,要是以前我肯定是感到恐惧的,今天有了你在我身边,我不仅不恐惧,而且很幸福。"

"是的。真的很幸福。"

仙女用手轻轻地拍打着我的胸脯,让我享受着无限的温存。她又把柔嫩的大腿自然地放在我的腿上,顿时一股暖流在我全身循环。我看见天上的星星在向我幸福地眨着眼睛,流露出了一种羡慕的神情。不久,一张美人的脸蛋代替了星星,在我眼前微微晃动,这时海涛有节奏地为我们奏着交响乐,海风为我们唱着畅想曲,我真分不清哪是美梦,哪是现实。

十九、飘进鹏城大学

　　龙大姐把胡记餐馆的员工安置完毕,餐馆的餐具和厨具都被小赖的父亲拉走,餐馆与社会上的一切账目也都一并结清,我俩就来到了鹏城大学。

　　鹏城大学距胡记餐馆不是太远,也不是很近,公交车要一个半小时的车程。从胡记餐馆门口公交站台乘 838 路公交车就可直接到达鹏城大学。

　　鹏城大学的校门是新修的,但并不怎么气派,校门上方有启功体"鹏城大学"几个字。整个校门有三个古典式的斗拱门。中间一个斗拱门要大一点,是用来行车的专用通道。两边的斗拱门要小一点,是人行通道。我听二槐哥说内地大学的校门都修得很气派,有的大学还花几千万修校门。有的大学校门因为太奢华而在新闻媒体上曝过光。鹏城大学的校门既不前卫,也不落后,属适中型。校门后面是一片二十来亩的院落,院落两边是专门用来停车的。为了保持校园静谧的学习环境,无论什么车进了第一道校门后,是不允许再进里面教学区的。进了校门,龙大姐把车速放慢,边开车边用眼睛扫视,为的是找一个停车位。她看到小车的右侧碍一堵墙的地方有一个停车位,就把车掉了头,然后慢慢地把车退到停车位。车停好后,龙大姐拔出车钥匙,又按了一下电子锁,我俩步行去学校行政楼。

　　走过院落就是原来鹏城大学的老校门,校门上竖写着"鹏城公学"几个刚劲有力的繁体行楷字,据说这几个字是戊戌维新的领军人物康有为的遗墨。最近被人涂了一层新的金色涂料,闪闪发光。

　　老校门其实是一座哥特式的老房子,房子正中是不太宽的大拱门,拱门中的一条过道一直把整个房子都穿透了,我们沿着拱门的过道直走,走完过道,才是新校园。

　　新校园与老校园的结合部是一座花园,花园里面有很多热带植物,用南方特有三角梅栽植成的绿化带,呈各种几何图案。还有一些被剪修的动物造型,镶嵌在公园里,煞是好看。两排蘑菇似的榕树就整齐地排列着。几株气势宏伟的木棉树树冠就像天文馆的穹顶盖在草地上。不远处还有一片鱼尾葵树林,透露出秀丽的身段,那特殊的倒垂花穗,让人觉得可圈可点。那星星点点的芒果树尽力地发挥出它的青春活力。特别是很多株高大黝黑的铁树点缀着整个公园的肃穆景象。

深圳的环境就是这样优美,无论是你走到哪个单位,都像是到了一座美丽的花园,都有一种赏心悦目的感觉。

龙大姐带我来到鹏城大学的行政大楼,行政大楼有八层。我们乘电梯到了六楼,来到一处挂有"人事处处长室"牌子的门口,龙大姐轻轻地敲了一下门,里面发出了"请进"的声音。我俩走进去后,一位中年男性接待了我们。龙大姐叫他为马处长。马处长招呼龙大姐坐下,龙大姐顺势坐在她身边的一张沙发上,因为我没有坐下的指令,就只好站着。后来马处长发现了我,问:

"你是哪个系的学生?有什么事?"

马处长以为我是鹏城大学的学生。

龙大姐赶紧解释说:"处长,他是我的先生。"

"啊!"马处长不自觉地发出了一声感叹声,然后再把我认真打量了一番。我从马处长的脸上挖掘出了一种惊疑的神情:在马处长看来我还没有资格当龙大姐的丈夫。

过一会儿,马处长向龙大姐和我表歉意说:

"对不起,我误会了。"

龙大姐回答说:"处长,没关系。"

马处长招呼我坐下,我就碍着龙大姐坐了下来。

我落座后,马处长叫一位办公人员给我们倒了茶水,然后向龙大姐说,学校把龙大姐的所有的调动手续已经办齐。只要对号入座就行了。

马处长说完,就用座机打电话。他放下话筒没多久,一位二十几岁的女士进来了。马处长对她说:

"陈老师,你去基建科咨询一下龙老师的廉租房收拾好了没有?如果没有收拾好,就要他们赶紧收拾一下。如果收拾好了,你就陪龙老师去看一下廉租房。"

"好。"

陈老师回答得很利索,马上离开了处长室。

陈老师出去后,马处长对龙大姐说:

"龙老师,经学校研究决定,你的先生就安排在学校客家文化研究中心,是按职员编制安排的。"

我不知道马处长说的职员和编制是什么意思。

"好的,谢谢处长关照。"龙大姐说。

马处长还交代说:"你们今天刚到,按我们学校的惯例,给初来的老师两天时间自由安排,先熟悉一下学校环境,然后再到系里报到。"

"好的。"龙大姐回答。

没多久,陈老师又回到处长室,给马处长汇报说:

"基建科说龙老师的廉租房已经收拾好了。龙老师可以进住了。"

"好。陈老师你就带龙老师他们去看廉租房。"马处长又转向对龙大姐说,"龙老师,你们跟陈老师先看看廉租房吧。"

"谢谢处长。"龙大姐回敬了一句。

我们跟着陈老师从人事处走出来,去看廉租房。龙大姐是打算开车过去,陈老师说:"开车要从校外绕,而且有一段路很不好走,不如步行还来得快些。"

这样我们就步行。

步行途中,陈老师给我们介绍说:

"鹏城大学的廉租房在校园最里面的围墙外,实际上是当地的民用房。学校为了方便刚调来的老师有个栖身之处,就把这一片民用房全部租用下来。并交由学校基建科管理。"

陈老师还向我们介绍了鹏城大学的相关情况。她说,鹏城大学校园分前后两大部分,前面一部分是原鹏城公学的老校区,面积不大,只有三百来亩。但房子很有特色,清一色的西欧哥特式建筑,在国内其他地方还找不上这样集中又保存完好的哥特式建筑群。上世纪八十年代就被国务院列为全国文物保护单位。一九九七年以前的鹏城大学一直在里面办公上课。现在这些老房子是鹏城大学的成人教育学院。后面一部分是原龙岗的职工大学和坪山的电脑专修学院并入鹏城大学后扩建的,扩建后的新校区,面积很大很气派,占地面积三千余亩。一栋大楼与一栋大楼之间都有宽阔的绿化带,说得更准确些就是花园。校园里面最多的有两种树,一种是细叶榕树,另一种是荔枝树。校园里还专门建了两个公园,一个榕树公园,另一个是荔枝公园。一到荔枝成熟的季节,很多社会上的人都到这里来品尝荔枝,场面十分热烈。公园和花园里面的休闲设施很多,是师生员工休闲娱乐的好去处。曾被深圳市政府授予花园式的先进单位。"

陈老师又介绍了鹏城大学的专业设置情况:全校共有四十五个系,八十六个专业。其中材料学专业和机械自动化专业在全国都小有名气,其中有几位全国著名的专家教授,还有两位院士。外国留学生大部分都是选择这两个专业学习。其他的像电子信息专业和环境化学专业也是不错的。

"文科里面的特色专业有哪些?"龙大姐问。

陈老师说:"文科中汉语言文学系的先秦文学专业是很著名的。里面还有两个硕士点。原来鹏城公学的创始人,有很深的古典文学功底,先秦文学一直是学校的品牌学科。全国高校的先秦文学专业大部分都是使用的鹏城大学所编写的教材。上世纪九十年代全国高校系统还在这里召开过两次先秦文学学术研讨会。今年准备申请博士点。"

陈老师介绍人到这里后,她问龙大姐:

"龙老师,你执教哪个专业?"

"中国当代文学。"

陈老师微微一笑,说:

"龙老师,我说直话,中国当代文学专业是鹏城大学的弱项,前两年有两个好一点的教授被越岭大学挖去了,现在就是几个讲师在那里撑台子。"

"那里科研情况怎样?"龙大姐问。

陈老师回答说:"我听学校科技处的人说,这个专业没有国家和省部级科研项目,就是区级科研项目也只一两项。所以,那里的经费在全校来说是最少的。"

"那里的教师能安心么?"

"不安心也没有办法,前一个月,那里的一位老师竞争到学校物流公司当采购员去了。"

"照陈老师说,我来鹏城大学执教中国当代文学专业是一种错误的选择?"

陈老师听龙大姐这么一说,知道自己说漏了嘴,赶紧采取补救措施说:

"不,不,不,中国当代文学专业是鹏城大学很有前途的一个专业,正方兴未艾。"

她又再一次对龙大姐说:"龙老师,我前面讲的话都只是调侃而已,以后面讲的为准。"

"没关系的。陈老师,你这样直说,还能激励我以后更加努力工作。"

"龙老师,我们期待你对鹏城大学的中国当代文学做出重大贡献。"

"重大贡献我不敢奢望,努力工作我是完全可以保证的。"

"好,好,好。"陈老师连说几个"好"后,她把话题转到了我身上,"龙老师,他是你弟弟吧? 在哪个中学念书?"

陈老师把我的学籍降到了中学。在她看来我还是一个不懂事的毛孩子。

"陈老师,他是我的先生。"

陈老师很不相信地看了我一阵,又认真打量了一下龙大姐,她想用她自己的眼光来找出正确的答案。看来她通过多方努力还是失败了。她带着一种羡慕和恭维的语气对龙大姐说:

"哎呀,龙老师你真有福气,先生这么年轻。"

"你别看他年轻,年龄可不小了。"

"在我看来他还是一个小孩子哩。"

"他长的是娃娃脸,很多不知情的人一见到他,都与他的实际年龄挂不上钩。"

"是的。我还以为他只是一位初中生或者最多是一位高中生呢?"

我心里想,唉,别人说年轻是一种优势,我觉得年轻成了我的负担,因为别人老用拿我的年轻说事。

为了让陈老师释疑,龙大姐进一步说明道:

"陈老师,我的先生高中毕业后,因家庭经济困难,没有去读大学。来到深圳打工。我们相识已三年多了。前不久我们刚结婚。"

"龙老师,你真蹲在蜜罐子里啊。"

"陈老师,我不懂你说我蹲在蜜罐子里意思。"

"你看,你的先生那么年轻。多帅气啊!"陈老师一副羡慕的口气。

"陈老师,你的先生呢?"龙大姐问陈老师。

"快别提我老公了。"陈老师好像是对她的老公不是太满意的,她接着说,"我就没有龙老师那么幸运了。我是去年刚从大学毕业。"陈老师坦承了她的现实情况,"龙老师,你是知道的,现在大学生毕业后是最难找工作的,我就来了个曲线就业。"

"曲线就业?"龙老师不解地问。

陈老师毫不隐讳地告诉龙大姐说:

"是呀,所谓曲线就业,就是先找一个老公,再用老公的裙带关系来就业。"陈老师还补充说,"现在很多女大学生,有很大一部分走曲线就业的道路。"

"有趣。"龙大姐说。

"龙老师,你不知道,当时我在学校时如果听到这样的故事也会感到稀奇,然而,这样的故事竟然发生在自己的身上了。"

"你老公在哪个单位上班?"

"就在我们学校保卫处。"

"任处长?"

"他下一辈子也当不了处长。"

"真的?"

"真的,他连股长都不是。只是一般的办事员。"

龙大姐看陈老师说话爽快,就进一步追问下去,说:

"你和你先生是怎么结识的?"

"看到一家杂志的征婚启事。"陈老师说,"去年鹏城大学出台了一项政策:凡是丧偶的教职工,如果再婚,凡对方没有工作的,学校给予安排工作。我看到征婚启事上的这一政策就动心了。"

"学校这一政策还挺人性化哩。"

"今年学校取消了给一般办事员家属安排工作的规定。只有博士生或有高级职称人员的家属才可以安排工作。"

"你碰到了一次机遇。"

"是的,"陈老师说,"不知哪位大师给机遇下了个定义:机遇是对社会无知程度的一种度量。我的情况就是符合对机遇下的定义。"

陈老师毕竟还是大学生,她还掌握了一些社会知识。她还言犹未尽地论证机遇说:

"机遇是稍纵即逝的,你抓住了它,它就成了你的奴隶,你如果没有抓住它,它就成了你身边的过客。"

龙大姐问陈老师:"你老公现在多大年纪?"

"五十一岁。"

"她原来有老伴不?"

"有哇,前年去世了。"

"有小孩不?"

"有两个。大的是女儿,在布吉南岭村的一家外企当会计,都有了小孩。小的是儿子,在坪山一家夜总会当保安。"陈老师还补了一句,"老公家里的人都很大。"

"陈老师,我不明白你后面那句话的意思。"

"龙老师,可能是我的表述有问题,我是说我老公家里人的年龄,比我们家里人的年龄都要大。"

"是吗?"龙大姐有点好奇地问。

"是呀,我老公比我父母大两岁,老公的女儿比我大四岁,老公的男孩比我大两岁。你看他家里的人不都是很大么?"

龙大姐"扑哧"一笑,我估计她笑的意思是陈老师的话具有幽默感。

龙大姐又安慰陈老师说:"也好嘛,人家养儿你享福。"

"龙老师,快别那么说了。"

"可不是吗? 你看你老公的女儿都有小孩子了,你这么年轻就当外婆了。可享天伦之乐了。"

"现实生活就不是像你龙老师说的那么阳光。"陈老师说,"儿女不是自己亲生的,也就是说鸡蛋隔了一层皮,别人的儿女你对他再好都是枉然。相互之间麻烦多多,矛盾多多,猜疑多多。"

陈老师说了三个"多多",若是换了我,就一个"多多"都会叫我彻底崩溃。

陈老师还告诉我们，她老公的儿女坚决反对他们的结合，自从他们结婚后，就宣布同他父亲断绝父子关系。

"你老公肯定对你好啦。"

"开头好了一阵子，现在也只是那样子。"陈老师吐怨气说，"老公还经常在我面前炫耀说，要不是他，我就不会到鹏城大学工作。他现在对我是表功有余，关怀不足。"

"那是夫妻间开玩笑的。"

"开玩笑也不能这样开，要别人受得了沙。"

"反正你还是在鹏城大学就了业，这也是亮点。"

"也就是有这么一点亮点，要不我早就和他拜拜了。"陈老师停了一下说，"虽然我有了工作，但老公却成了我的一块心病。"

"你想没想过，假如你的一些同学现在还没有工作，还在外面漂泊，那该是多么艰难啊。"

"如果从长远来看，我宁愿在外面漂泊。说不定自己还能奋斗出一个名堂出来。"陈老师说还举了一个例子说："我的一个同学回到老家农村，办了一个集约化的农业产业集团，专门经营西红柿，现在资产不下百万。"

"自己创业既要毅力，也要本事，还要勇气，不是说到就能做到的。"

"那都是。"陈老师说到这里时，我们快要走到校园尽头，她指着前面校园围墙外的一排白色房子说，"龙老师，前面就是学校的廉租房。"

我们很快来到廉租房楼下，来到一栋叫巧月楼的房子面前。陈老师带我们走进巧月楼的第一单元，上到四楼，到了4005号房间门口，陈老师用钥匙打开门，我们走进里面一看，是两房一厅，约有七十来个平方的面积。地面也还比较干净，还有沙发、绷子床、穿衣柜之类的简单家具。

陈老师说："你们暂时就住这里，以后有了钱再到房地产商那里买一套高档的新房子。"

"谢谢陈老师。"龙大姐又问，"这里小车能开进来么？"

"能。"陈老师从窗口指了一条通道说，"车可以从那条通道开进来，这栋房子的西边有一家停车场，是要收费的，而且停车费比较贵。一个月少说五百元。如果你们平时用车少，车就停在学校的停车场。这样可以节省一笔停车费。"

"感谢陈老师指点。"

陈老师又从房间的窗户里向我们介绍说：

"你们要买普通的日用品，就在这栋房的前面那条街上去买，那里什么东西都有。而且价格很便宜。如果要高档的日用品就得到学校校门前面的大超市购买。"

"好的。"

陈老师怕我们再问下去会耽误她的时间,她马上向我们作交代说:

"好哇,你们先在这里休息一会吧。我回处里上班。"

陈老师还把钥匙交给了龙大姐。

"这样吧,陈老师,我们一起到外面吃顿便饭吧?"龙大姐邀请陈老师说。

"不用了,反正我们以后来日方长。吃饭的机会多得很。"

我估计人事处的人可能不会随便吃别人的饭,他们要随便吃的话,就用不着在自己家开餐了。

陈老师不吃饭的态度十分坚决,龙大姐也就不挽留她了。

"那就麻烦陈老师了。"龙大姐对陈老师表示了感谢。

我和龙大姐把陈老师送到门口后,就在房子里认真察看了一番,把房间如何布局作一个初步的设计。龙大姐说,暂时不购置家具,就使用房里的那些简易家具,工作了一段时间,生活安定了,以后买了新房子再考虑买家具的事。对她的观点我赞成,反正我拿不出什么主张,一切都听她的。

我俩在房子里坐了一阵子后,龙大姐建议到外面找一家小餐馆吃中餐。我说好。我的肚子也真的饿得有些受不住了。

我和龙大姐走下楼,信步来到陈老师指点的那条街。走到街上一看,也不是什么专门街道,就是一条规模较大的消防道。两边的门面也是由房子下面的一层楼面改装而成的。正如一位哲人所说的:"世界上本来没有街,做生意的人多了也便成了街。"

这条街与廉租房很近,不要两分钟就到了。街虽然不大,也不具什么规模,但街上十分热闹,有餐馆、有旅馆、有商铺、有理发店、网吧、有邮局、有药店……可以说只要人们生活所需要的都要有尽有,不过餐馆和旅馆占绝大多数。

让我最感到奇怪的是很多旅馆的名称取得有特色,如什么星期八旅店、星期九客栈、龙凤会旅社、生状元宾馆等,不一而足。

我问龙大姐为什么要把旅馆的名字取得这么有个性,龙大姐说她也弄不清。我就顺便问了旁边路过的一位中年妇女,这位中年妇女笑了笑,反问了我一句:

"小伙子,你想不想进去住宿?"

"我自己就住在附近鹏城大学的廉租房里。"

"你可能是刚来?"

"是的。"

"既是这样,我就告诉你,那些客栈都是为大学生情侣开的,所以名字都取得稀奇古怪,有的学生不好好读书,封建思想还严重,他们以为住了生状元宾馆,以后他们生了小孩子就会中状元。"

"啊。也有意思。"我又问,"那里住的人多吗?"

她说:"嘿,多的是。生意好得不得了。特别是到了双休日,如果先不预订房间,还抢不到手哩。"

她给我们作了这一番解释,我也就不再追问下去了。

我们原来也是从事餐饮业的,对这里有的餐馆发生了兴趣。龙大姐建议我们先浏览一下这里的各种各样的餐馆,再用餐。从我们的浏览的餐馆招牌上来看,这里有鲁菜馆、川菜馆、粤菜馆、闽菜馆、苏菜馆、浙菜馆、湘菜馆、徽菜馆、东北菜馆、京菜馆、豫菜馆、赣菜馆、沪菜馆、西北烤全羊馆、涮羊肉馆、专门供伊斯兰教食用的清真馆等。而且招牌上又对这些菜系中还有细分,如鲁菜馆又分为齐鲁风味、孔府风味;川菜馆又分为重庆风味、成都风味、乐山风味、内江风味、自贡风味等;粤菜馆又分为广府风味、客家风味、潮汕风味等;苏菜馆又分为徐海风味、淮扬风味、苏南风味等;湘菜馆又分为湘江风味、洞庭湖风味、湘西山区风味等;徽菜馆又分皖南风味、江淮风味、沿淮风味等。从招牌上可以一目了然。可以说这里是饮食王国。这些餐馆是专门为鹏城大学的老师和学生服务的。鹏城大学的老师和学生都来自全国各地各个不同的民族。就需要各种不同的菜系和风味。这里的菜谱标出的价位也不是很高,比其他地方的价位要低得多,可能这里的老板们占着天时地利人和的优势,是不愁赚不到钱的。

二十、王群的故事

　　浏览完餐馆的大体情况后,我们在一家农家菜馆吃中餐后,返回鹏城大学。龙大姐说我俩去校园里面走一走,一方面是玩耍,另一方面也是熟悉一下校园环境。

　　我们走到校园的一个十字路口时,我们的正前面来了一位年轻女子。龙大姐一看见这位女子,就马上停止了脚步,龙大姐高兴地叫了起来:

　　"王群! 王群!"

　　那位女子定神一看,也认出了龙大姐,她高兴地跑到龙大姐面前说:

　　"哎呀,龙芬芳。你怎么到这里?"

　　"我在这里有点事。"

　　龙大姐没有把到鹏城大学任职的情况透露出来。

　　"有什么事?"

　　"俗话说,'无事不登三宝殿'嘛。"

　　"好哇,老同学,毕业后几年不见了。想不到今天能在这里碰上你。"

　　"高兴吧?"

　　"当然高兴。我们在什么地方坐坐吧。"

　　"就在那边那个花台上坐吧。"

　　"这样吧,我们先找个地方吃中餐,就在餐馆里聊。"王群建议说。

　　龙大姐说:"如果你还没有吃中餐,我们就……"

　　"我刚吃过,我是怕你们还没有吃哩。"

　　"我们刚从餐馆出来。"

　　"既是这样,我们就聊聊天吧?"

　　"还是找个地方坐下来聊吧。"

　　"好。我们往右拐五十米,"王群用手指了一下方向,"那边有一个文轩亭,就在亭子里坐下聊行不?"

　　"行。"

我们三人来到文轩亭,亭子中间有一张圆形石桌,石桌周围有四个石凳,龙大姐和王群碍着坐下来,我和龙大姐对着坐下来。

龙大姐向我介绍说:"这是我大学同班同学。姓王,叫王群。"

"我怎么称呼呢?"

我本来是问的龙大姐,可王群抢着回答说:

"我一看你就是我的弟弟辈,你就叫我王姐吧。"

"你好! 王姐。"

"这位是……"王群指着我问龙大姐说。

"你先别问他是谁,我先要了解一下你这几年来的情况。"龙大姐说,"我们大学毕业的时候你不是和班上的四个女同学一起到 K 省支教去了吗?"

"是的,在那里待了一个学期。"

"怎么只弄一个学期? 我看你们当时的那种心态好像整个地球都属于你们的。"

"当时是一股激情。你知道,大学生的激情是最容易调动起来的。"

"是不是激情一下又没有了呢?"

"是啊,学生时代是梦想的时代,根本对现实社会一无所知。"

"怎么? 你发出这样的感慨呢?"

王群摇了摇头说:"真想不到,梦想与现实还有那么遥远的距离。"

"你的意思是那里没有你们想象的那么好?"

"不,应该是没有我们想象的那么差。"

"是吗?"

"因为那里条件太差,实在没有办法混下去了。"

"我清楚地记得,毕业时,你们表决心说,要用自己的满腔热情改造贫困地区,怎么一下就当了逃兵呢?"

"我们在学校时想得太天真了。"

"那里差到什么程度?"

"我们把那里归纳为三个字。"

"哪三个字?"

"穷、脏、险。"

龙大姐听了王群归纳的"穷、脏、险"三个字后,觉得挺有意思,就想进一步问道:

"你能给我详细解释一下'穷、脏、险'的含义吗?"

"行,先说穷吧。穷到哪个地步,我们归纳了四句话,你就晓得那里穷得像什么样子。"

"哪四句话?"

"交通完全靠走,通讯完全靠吼。"

王群只说出前两句,龙大姐就插问:

"那里没通公路,没通电话?"

"没有通公路,就是一般通往县城或集镇的山路都是挂在悬崖绝壁上,步行在那些山路上真让人胆战心惊。那里的老百姓每家都备有草鞋,他们出行时把草鞋往脚上一套,健步如飞。"

"你们也可以穿草鞋试试。"

"我们也试了一下,那草鞋一到我们脚上,就把我们的脚打起泡了。莫说走路,就是不走路都受不了。"

"那也是的。"

王群又解释通讯说:"至于通讯嘛,那里开会或要发一个什么通知,都还用土喇叭。土喇叭是用洋铁皮制作成的,村里有什么事要告知群众,村干部站在村边的一座山上,把嘴巴对着土喇叭高吼起来。"

"那也确实落后。"龙大姐问,"还有两句话呢?"

"肚子完全靠酒,取暖完全靠狗。"

"请你解释一下,这两句具体是什么意思?"

"先说'肚子完全靠酒',那里其他什么产业都不发达,就是酿酒业发达。什么玉米、小米、红薯、高粱等,凡是有淀粉的粮食作物都可以用来酿酒,而且家家户户都在酿酒。他们酿的酒都是自给自足,很少与外界交易。那里老百姓无论男女老少都会喝酒。天天、顿顿又都离不开酒。一般很少吃饭。他们喝酒还要喝60度以上的高度酒,低度酒他们不感兴趣。只有酒才是他们用来哄肚子的最好食物。"

"'取暖完全靠狗',是什么意思?"

"就是到了冬天,那里的人,白天每个人手里都揣一只小狗,用小狗的热能来暖手。晚上睡觉时,也要把小狗捂在胸窝前用来取暖。"

"没有被子吗?"

"有,但是那里天太冷,被子也很薄。"

"啊,想不到还有那么穷的地方。"

"我再说脏吧。"王群继续她的话题,"'脏'字也有四句话归纳。"

"哪四句话?"

王群念道:

千万莫洗脸,

洗脚你莫想。

洗澡要丢命，

吃饭不洗碗。

龙大姐听了王群的话后，笑着说：

"是你夸张的吧？"

"我一点都未夸张，因为那里水特别困难，老百姓喝的水都要到十公里开外的山下去背，他们家家都有一个木制的背桶。一个强劳动力一天只能背回一桶水。所以那的水比金子还贵。我原来听说中东有个国家叫科威特，说是科威特的水比石油还贵，当时我根本不相信，我到那里后才相信水的金贵。你想，水是如此金贵，你还能洗这洗那么？"

"没有水的日子是最难熬的。我们在学校时，有时停了半天水，都难受死了。"

"是呀。学校只是停水，那里是没有水。"

"难道你们在那里真的没洗澡？"

"洗什么澡啰，如果要洗一次澡，你想人家一天要到十多里的地方只能背一桶水，有时弄得不好还要搭上性命，你还能洗澡吗？洗脸、洗脚都成了奢侈品。"王群摇了摇头说，"说句不好意思的话，我们在那里生活了半年，没有洗一次澡，洗脚不上三次，洗脸不上五次。半年没有刷一次牙，同别人讲话时，自己知趣地用手把嘴捂起来。"

"那也真是难熬。"

"还有更难熬的。"

"还有什么最难熬的？"

"就是第三个字——'险'。"

"那里地处偏僻，道路难走，肯定是险。你们自己走路多加小心就是了。"

"不是那个险。"

"是什么险呢？"

"人身安全险。"

"自己多注意安全不就得了。"

"不行。"王群说，"我说的人生安全险是自己根本无法注意和小心的。"

"怎么呢？"

"因为那里男光棍忒多。"

"男光棍多与险有什么关系？"

"我们归纳的四句话。"

"你们归纳了哪四句？"

王群念道:

光棍多又凶,

见女就发疯。

一旦落他手,

骨质要疏松。

龙大姐听了王群的这四句话,想笑又不好笑。

"如果真是这样,叫人不寒而栗。"龙大姐说,"我不相信,这可能是你编造的"

"没有亲身经历,编造是编造不出来的。再说我怎么会编造啊!随便编造侮辱现实社会的语言,是要负政治责任的哟。"

"那就请你把这四句话诠释一下吧。"

"我们支教的那个地方是一个偏僻山寨。那个村有六百多人口,其中三十岁到五十岁的男光棍有七十三个,他们的性饥渴已到了顶峰。只要见了女人,他们就会奋不顾身地对女性进行性侵害。我们几个女同学还未到那里时,县里就给我们作了预警宣传,开始我们还不相信,到了那里后,才知道事态的严重性。"

"太可怕了。"

"白天还好一点,到了晚上那些光棍汉,在我们住房周围肆无忌惮地大喊大叫,敲窗打门,弄得你不得安宁。好在那里有一些老百姓给我们作义务保护。否则我们真的就遭殃了。"

"打110报警嘛。"

"没有电话,你打什么110。再说,我们支教的地方离派出所有几十公里,交通又不便,你就是打110000也没有用。"

"多恐怖啊。"龙大姐说。

"是啊,那里的现实告诉我:没有爱情的社会,是可怕的社会。"

"这么一说,那里是爱情的荒漠?"

"我没有做社会调查,我也不敢妄下结论说那里是爱情的荒漠。但从那里的情况看,由于男女比例失调,男女之间的爱情问题还是有些乱套。你想:爱情本来是人类最神圣的精神产品,一旦这神圣的精神产品成了那些为了满足性饥渴者的野蛮动机时,爱情也就变成了精神赝品。"

"你们岂不时刻都有一种危机感?"

"是呀。"

"那里的政府也不管么?"

"也在管,就是管不了。发生这些事情后,你就跑到派出所报案,派出所的民警也抓了几个肇事光棍汉,但对其他光棍汉并没有什么震慑力。那些被抓的光棍汉说,反正一辈子闻不到女人臊气,只要把乖女人捞到手,吃回腥,就是坐几年牢也值得,哪怕是砍了头也心甘情愿。"

"确实恐怖。"龙大姐把话题外延到其他地方,"是不是那里所有的地方都是穷、脏、险?"

"也不是。在县城还是有高楼大厦,有高级宾馆,有灯红酒绿,有高档轿车,有名牌服装。"

"反差也太大了。"

"是啊!你说我们还能在那里还能待下去吗?"

"是有些难度。"

"因此,我也产生了一些联想。"

"什么联想?"

"以前我们在学校时听老师说:'无产阶级解放全人类,最后才能解放自己。'从那里的情况看来,我们的无产阶级已经解放了自己,但还没有解放全人类。"

"后来你们怎么办?"

"后来县里为了我们几个人的安全,县公安局派几个干警专门为我们站岗。这样才勉强糊过了一个学期。"

"再后来呢?"

"再后来县里就把我们安排到一所县城中学。"

"你们到了县城中学,支教的那所学校不是老师又缺额了?"

王群怕我听见,就用手挡住嘴对龙大姐说,因为我们毕竟离得很近,我还是听到了:

"上面派了几个带钢钎(男性)的老师。顶替我们的编额。"

龙大姐听了王群的话,忍不住笑了。然后说:

"你这个背时鬼,还会说调皮话呢?"

"哎呀,如果是你到了那个地方体验了实际生活一段时间,也会说调皮话的。"

"我没有说调皮话的天赋。"龙大姐又问王群,"你在这里干吗?"

"是这样的,深圳市是K省的对口扶贫单位,除了扶贫,还帮K省解决一些就业问题,K省领导见我们为K省工作几年任劳任怨,我们的工资水平又不高,领导同情我们,他们与深圳相关部门联系后,就把我们几个安排到深圳来就业,我就被安排在鹏城大学。"

"那好哇,你还是先苦后甜。"

"也可以这么说吧"

"你在哪个系哪个专业?"

"历史系地方志专业。"

龙大姐听王群说在地方志专业有点感到新奇,她反问王群:

"地方志专业?"

"是的。"

"这是一门冷僻的学科呀。"

"对呀,全国大专院校中很少有这样的专业。以前有的院校也开过地方志课程,只不过是一门选修课。大都只讲一些地方志的源流、流派或介绍一下优秀的地方志书,就算完事。近几年国家对地方志的编修工作十分重视,为了培养地方志的专门人才,有的大学开设了地方志专业。目前只有复旦大学、江西上饶大学、杭州大学和鹏城大学等几所少数院校才有这一门专业。"

"地方志我以前在大学图书馆看到过,但我觉得那里面的内容是很枯燥的。语言也干巴巴的,不具什么可读性。更谈不上有什么学术可言。"

"我原来也有与你一样同感。但是,通过我对这门学科的接触,改变了我的看法,发现地方志还是一门有趣的学问。要修好一部真正高质量的地方志也并非易事。"

"是吗?"

"是的。"王群说,"地方志有它自己特定的体例。也有它自己特定的语言表达方式。如果违反了这些规矩,就犯了地方志的大忌。哪怕文笔很不错的人,不一定能修好地方志的。"

"还有这样的事吗?"

"我原来对地方志的体例不是很看重,但在史志学界对地方志的体例是非常看重的。比如说地方志中有一种叫'三宝体'吧,是修志人员必须了解的。"

"什么叫'三宝体'?"

"地方志中的'三宝体'就是指的土地、人民、政事三大类。在地方志中这三大要素是必有的。"

龙大姐稍微思考一下后说:"细细一想,一部地方志如果说是缺少了这三要素中的哪一项都是不完整的。"

"对呀。地方志的三宝体的渊源还很悠久哩。"

龙大姐没有插话,她静听王群把三宝体的渊源说下去。

"这三宝体又是源于《孟子·尽心下》:'诸侯之宝三:土地、人民、政事。'在中国地方志中真正的'三宝体'的形成又是明代新创的方志体例,最早采用这种体例的是明代唐枢的《湖州府志》和王一龙的《广平县志》。但在这三类之下如何划分小类,这些方志并没有解决。真正创造性地运用这种体例的是明末清初李世熊的

《宁化县志》。"

龙大大姐听王群这一说,赞扬她道:

"士别三日,真可值得刮目相看,想不到你还掌握了这么多关于地方志的知识。"

"都是逼出来的。"

"逼出来的也好嘛。在你的脑子里又多了一门知识,何而不乐呢。"

"你说的也是。"

王群对龙大姐的提问可以说是有问必答,这时她也开始向龙大姐讨价还价,说:

"芬芳,现在你也得回答我对你提问哩。"

"好吧。"

王群指着我问龙大姐:

"请问这位小弟弟是谁?"

"你猜一下,看你猜得准不?"

王群把眼光放在我身上,估计她对我进行了反复研究,好像还没有得出答案。她摇了摇头说:

"我猜不着。"

"真的猜不着吗?"

"真的。"

"真的猜不着,我就告诉你吧。"

龙大姐先做了一个鬼脸。但又故意不说出来。急得王群催促:"你快说呀?"

龙大姐一字一板地说:"他-是-我-的-老-公。"

"真的?"王群似乎有些不相信。

"难道一个女人,能随便把一个男人称之为老公么?"

"哎呀,你怎么找到这样一位年轻漂亮的老公哟。不是……"

"不是骗来的吧?"龙大姐把王群的话补充完整。

"这话是你自己说的啰?"

"是的。我知道你就是要说这样的话。"

"他还在读书吧?"

"他还在读书怎么能成为我的老公呢,他前两年来深圳就在我手下打工,久而久之我俩之间有了感情,慢慢地发展成爱情。"

"是姐弟恋。可贺!可贺!"王群又问,"老同学,你现在到何处供职?"

"我也在鹏城大学。"

"以前怎么没有看到你?"

"我今天刚报到。"

"在哪个系哪个专业?"

"在中文系教当代中国文学。"

"你的专业对口,你本身文学底子好。"王群又问,"你的先生呢?"

看来王群已经认可了我是龙大姐的老公。

"学校把他安排到客家文化研究中心。"

"你不是说他没有读过大学么?"

"是的。"

"客家文化研究中心可是专家学者扎堆的地方哩。"

"学校安排他为职员。"

"职员就是打杂的哩。"

"他也只能打杂。"

"不要紧,他还年轻,以后想办法弄个硕士博士,再考虑职称问题。"

"我也是这么想的。"

王群显得十分高兴,她说:

"龙芬芳,我俩也真是有缘分。原来在一所学校读书,现在又能在一个学校教书。"

"是呀。"

"你们住在哪里?"

"住在后面巧月楼405号。"

"我也是住巧月楼,我住的202号。"王群还自言自语地说,"巧,巧,巧。"

"你找男朋友没有?"

"你说在K省工作的那段时间,哪里有时间和条件考虑自己的爱情婚姻问题?"王群说,"现在想找,又没有一个合适的,暂时还未找。"

"暂时未找不要紧,反正国家提倡晚婚晚育。"

"那都是。"

王群问龙大姐说:"你们这时打算去哪里?"

"我们想把整个校园浏览一遍,熟悉一下环境。"

"行,我也陪你们一起走走,我就给你们当向导吧。"

"这样最好。"

在王群的带领下,我们一起浏览校园。

王群问:"我们先从什么地方开始浏览呢?"

"这得要听你的意见,因为先来,对这里的情况要熟悉一些。"龙大姐说。

"这样吧,我们先到老校区看一下。那里的面积不大。原来老校区的建筑从外表上来看,观赏性很强,但是对现代大学来说实用性不足,因为室内采光不行。而且房子与房子之间的空间距离也很狭窄。"

龙大姐说:"我们还是先从新校区浏览。最后看老校区。"

"也好。"

王群先给我们作了一下大致的介绍:新校区共有两纵四横的大道,各系和科研单位都分布在这几条大道上。王群还介绍新校区的特点是一个系就在一座公园里。基本上达到了布局规范化,视觉美术化。是南方高校中设计得最好的一所学校。她还向我们介绍了哪里是哪个系,哪里又是哪个科研单位。还介绍了里面有哪些重点学科,有哪些知名的专家和教授。

"你怎么一下就知道那么多?"龙大姐说。

"这些本来都不是一位普通大学老师所掌握的,好在我刚来不久,先是帮科技处整理档案搞了两个月,后又在人事处办公室待了两个月,这两个单位把学校的基本情况记录得非常详细,这样就掌握了学校的大部分情况。"

我们没走多远,有一组方形建筑群耸立在马路两边,王群告诉我们说:"那是学生公寓。"

学生公寓是既不是太新,也不是太旧。但数量不少,每一栋都有七八层。王群故意考我说:

"小弟,你说一下:道路两边的房子哪边是男学生公寓?哪边是女学生公寓?"

我摇了摇头说:"我弄不清。"

"他没有读过大学,难分清哪是男生公寓,哪是女生公寓。"龙大姐说。

王群说:"你分不清我就给你告诉一下,其实你只要仔细留神一下就会知道的。"

"谢谢王老师。请讲。"

王群就给我说了男女学生公寓的区别法:

"大学里男生公寓和女生公寓的区别,最明显的标志就是他们晒衣服的形式,女生宿舍的衣服晒得规范有序,就像是万国博览会上的各国国旗,整整齐齐的。而男生宿舍晒的衣服杂乱无章,像是经过一场大战后,战败国的国旗一样,七零八落的。"

我们走到建筑群中间的道路上仔细一观察,也的确如此。左边宿舍的衣服晒得整齐有序,那肯定是女学生公寓,右边的衣服晒得就杂乱无章,那肯定就是男生公寓了。

　　我们很快走出了学生公寓,离学生公寓大约四百米远的地方,有一条由西向东的水沟。水沟旁边立一巨石,巨石上面镌阴刻着"夫子溪"三个字,并且还在阴刻的笔画中填上了红油漆,显得比较醒目。从龙大姐的表情上来看,她对"夫子溪"三个字感兴趣。

　　"怎么这里叫夫子溪? 这好像与这里文化板块有些不相适应。"龙大姐说。

　　"你的意思我明白,你认为'夫子'就只能到内地的山东才有资格取名'夫子'是不是?"

　　"对呀,因为在中国认同地域文化的意思还是比较强烈的。"

　　"我们上大学时老师就给我们说过孔子是中国的文化名人,也是世界文化名人。现在世界各到处都有孔子学院。人们就是冲着孔子这块文化招牌来的。

　　"这我清楚。"

　　"既然你清楚这一点,也就不能有门户之见了。"

　　"你说得很对。"

　　"据说创办鹏城公学的是梁启超的学生孟善生,他对《论语》很有研究,他把前面的那些老房子都取名为什么学而楼、时习楼、正名楼等。"

　　"这可能是薪火相传吧。"

　　"是呀,据说这条小溪就是孟校长亲自命名的。"

　　王群还介绍了夫子溪的历史,这条小溪原来是坪山河的源头,原本是流水潺潺,鱼虾成群,水丰草茂,清澈见底。是鹏城大学的一处风景亮点。后来一家房地产商在鹏城大学下面一公里处买下一大片土地,阻断了溪沟,溪水就不能畅通了,因而溪沟里面十分肮脏。

　　王群接着说:"不仅这条溪叫夫子溪,溪上的几座桥也都是《论语》里的名称,什么克己桥啦、复礼桥啦、乐乎桥啦、远方桥啦等。"

　　"很有意思,看来这位孟校长也还挺文化的。"

　　"是的,现在有的领导头脑中也的确有些文化自觉和文化复苏趋向,是想在文化建设上做出一些实事,但也有的领导是为了附会高雅,用文化装潢一下门面。"

　　"你在外面支教一段时间以后,有了一些真知灼见哩。"

　　"不是什么真知灼见,这是明摆着的事实。"

　　"你说的也是。"龙大姐建议,"我们就沿着这夫子溪走一走行不?"

　　"好。"王群同意了龙大姐的意见,"我虽然到这里快一年了,还没有走完过夫子溪。"

　　"今天我们就把它走完吧。"

　　夫子溪从外表上看还是不错,溪的两岸间栽着紫荆树和木麻黄树,紫荆树的垂枝在轻轻地摇曳,木麻黄的针叶在相互微微拂拭。两边还有很多供人休闲的妨木靠椅和长条凳显得很人性化。溪里面却脏乱无比:什么污水、塑料快餐盒、烂衣裤等乱七八糟东西都有。简直是一口大垃圾围。虽然里面人工栽植了一些睡莲之类的观赏植物,由于垃圾的入侵早已失去它们本来的观赏价值。我想如果孔夫子活到现在,他能亲自看到以他名字命名的这条溪,不知会发出怎样的感慨,反倒会让这位老夫子蒙羞。我这个低水平的人都可以看出这条溪名不副实。

王群向我们介绍说:"如果是过去学习风气浓厚的时代,夫子溪的环境应该是看书学习的好去处。但是,现在的大学生却不是怎么爱学习了,倒是把恋爱当做头顶大事。一到晚饭后或其他业余时间,这里成了青年男女幽会的天堂,甚至有的人不管有没有人看见,就明目张胆地在这里性爱。有一位老师见此状况,还专门写了一首俏皮诗。"

王群就顺口把诗念了出来:

夫子溪边艳会多

少男少女尽情摸

鱼儿羞愧潜水底

鸟儿鼓噪齐吆喝

我们沿着夫子溪走了不到五十米就看见一座克己桥,桥是用砖建成的。后来安上了铁栅栏,但桥上的铁栅栏却是油漆剥落,桥的两端外侧也是杂草的天堂。看来桥面很久时间没有人清理了。再过五十米就是复礼桥,再过五十米又是乐乎桥,最后五十米才是远方桥,这几座桥的外观都差不多,从视觉上来说破败有余,气派不足。我都有些不愿再看下去了。可是龙大姐还没有打退堂鼓的意思,她同王群说得饶有兴味,她们老同学多久未见,天南海北的话题是必然很多的。我也只好跟在她们后面。

我们终于走完了夫子溪的尽头,来到叫烟雨湖的地方。王群给我们介绍说,所谓的烟雨湖,就是一个堰塞湖,位置在鹏城大学与房地产商所建的商品房结合处,面积五百多亩。开始的时候,这堰塞湖还有一些生气,碧波荡漾,水鸟结伴,倒影连连,岸柳依依。因而有人取了一个十分漂亮的名字,叫烟雨湖。过了一段时间后,由于湖中的水不能外流,上面的污泥浊水不断往里面施压,烟雨湖受到污染后,湖水慢慢变黑,再后来慢慢变臭,最后是基本上废弃了。面前的这个烟雨湖的景况是:岸上杂草丛生,杂草中有一些餐巾纸,卫生巾、废弃的布片、泡沫塑料餐盒等,应有尽有,岸上的很多树木都在杂草中垂死挣扎,残花败柳一派衰落景象。最糟糕的是湖面,已被大片的水葫芦所侵害,没有被侵害的部分又是芦苇探头探脑地伸出湖面,还有一些不知是谁扔的几只死猪崽和一些宠物尸体躺在水葫芦中。

这些东西组成的一股难闻的混合气味,让人知道了什么叫作臭气熏天。这里与教学区那边的大楼、花园和公园形成了鲜明的反差。

听王群介绍说,学校曾多次与房地产商打官司,都解决不了问题,因为房地产商的后台是市政府,你学校能斗得过市政府么？所以打官司也是白打。

看到这些,晦气一股一股地向我们袭来,龙大姐和王群赶紧用手蒙住鼻子,像避瘟疫一样选择了离开。

离开了烟雨湖,王群建议我们再去看一下老校区。

龙大姐没有再看下去的兴趣,她说:

"我们先找一个地方坐一坐。"

王群也就听取了龙大姐的意见。把我们带在电子信息系旁边的一座小山堡上的荔枝林里休息。

二十一、新的岗位

花了两天时间,我们把生活所需的一切都安顿好后,各自准备去上班。在上班前夜,龙大姐给我说了一些想法,她说以前自己虽然在这里做过讲座,都是临时性的,讲完课夹着讲义就走了,只求自己讲的课能吸引师生,目的是想得到师生的好评。现在成了一名真正的大学教师,天天要上课,意义就大不一样了。除了上课,她自己还要不断地学习,要不断地加强自己的学术修养,积累更多的文化知识,时刻要进行知识更新,不能满足于现状,要在实践中不断地充实自己,争取做一名合格的大学教师。

同时,她给我也作了详细的交代,在客家文化研究中心上班,与胡记餐馆上班是不同的。按现在时髦的话说,在胡记餐馆上班是粗犷型劳动,而在客家文化研究中心上班是集约型劳动。因为在胡记餐馆上班的劳动方式简单,自由得多,也散漫得多。客家文化研究中心是一个学术研究机构,在那里上班的劳动方式要复杂些。里面都是专家、教授,都是研究学问的人才。时时处处要注意自己的形象。语言要文明高雅,说话也要文质彬彬,不该说的话就坚决不说。领导要你做的事就一定要努力去完成。还要遵守劳动纪律,不能随心所欲,对人要有礼貌。自己不懂的地方就虚心向别人请教,千万不能自以为是,切忌不懂装懂。在实际工作中把自己锻炼成为一个有一定本领的人。

龙大姐给我交代的这些,就像是我到深圳打工来时的先天晚上,母亲对我交代的一样。循循善诱,全面而又细致。同时我也感到很幸福。难怪,我在高中时上屈原的《离骚》的时候,其中的女嬃对屈原是苦口婆心的教育。开始屈原把女嬃的教育不放在心上,后来他在现实生活中遇到了一些烦恼的时候,才后悔自己没有听女嬃的话。便千方百计多次求女,寻求解脱,想给自己烦恼找到合理的释放。当时我对屈原"三求女"的这一举动,还很不理解,现在才明白:屈原为什么要那样苦苦寻求女性?原因是:女性是人类社会良知的源泉,女性是人类社会伟大思想的核心!

我知道自己现在的情况和刚来深圳时的情况有所不同,觉得自己还是一个不懂事的小孩子。母亲的教诲,我认真去做,龙大姐的交代,我努力实践。尽量不让她们失望。现在龙大姐以妻子的身份来交代的,她懂得的比我多,社会经验比我丰富。她给我的交代,既是妻子的责任,也是母亲的嘱咐。她的话是说得很有道理的。我只要认真地照着去做,就能让我在实际工作中不犯错误,或少犯错误。

这天,人事处的小李受人事处的委托送我到客家文化研究中心上班。客家文化研究中心可能知道我要来上班,他们事先集中在会议室等待我们的到来。还给我和人事处小李各预留了一个座位,在小李称他为"吕主任"一位中年人的指点下,我和人事处小李在预先准备好的座位上坐了下来。人事处小李先来了个开场白:

"学校里为了使客家文化研究中心工作开展得更加顺利,特地安排小攸在中心做服务工作。希望中心对小攸的工作多多支持,也希望小攸做好中心的服务工作。使中心的服务工作迈上一个新台阶。"

接着吕主任讲话,也算是欢迎辞吧:

"我们欢迎小攸来我单位工作。小攸来我们这里工作,说明学校领导对我们中心工作的支持和重视。小攸初来,先对我们这里的工作熟悉一段时间,然后就大胆工作。我相信,小攸以后的工作一定会做得非常出色。"

吕主任说了"欢迎辞"后,交代了我的工作职责:"小攸的主要协助董老师的办公室工作,具体归纳起来有如下几项:一、每天把办公室打扫干净;二、到学校收发室领取报刊和邮件;三、做好中心与上级和其他单位的联系;四、做好来人来客的登记接待工作;五、协助董老师做好中心的档案管理和图书管理工作。"

吕主任还说:"董老师现在除负责办公室的全面工作外,还可以腾出一部分时间用来研究客家器物。中心撰写材料的工作仍然由董老师兼任。"

后来我才知道要我做的几项工作,原来是董老师兼着的。除了中心的吕主任领导外,我还要受董老师的领导,也就是双重领导。也好,多有一个人领导自己,也就进了双保险。

吕主任给我安排的工作,除了打扫办公室的工作外,其他的我原来都没有做过,什么去交费用和档案管理,我听都没有听说过。真是大姑娘上轿——第一回。

吕主任说完后,他要我向大家作一下自我介绍。这一下也真叫我有些为难,但到了关键时刻,不说是不行的。按我们老家的说法,是"逼公牛下崽"。吕主任是领导,既然领导要我说,我也不得不说,龙大姐预先就给我说过"领导要你做的事就一定要努力去完成"。领导要我介绍自己,如果不介绍就没有完成领导要我做的事情。为了给大家有个好的印象,我就像小学生站起来回答老师的提问一样,向大家作了自我介绍:

"我叫攸鼎生,'攸'是忽悠的悠下面没有心,'鼎'就是我们湘西人用来煮饭用的鼎罐的鼎,'生'就是生小孩子的生。"

我这一介绍,当时在座的都想笑,但可能考虑我初来初到,顾及我的面子,他们也就不好笑出来。如果他们一笑,我的讲话就无法继续下去了。既然他们没笑,我还是继续讲:

"我衷心拥护领导给我安排的工作。这也是党和领导对我的高度信任。我有信心,有决心为中心服好务,为在座的所有专家学者服好务。尽量让我的服务使在座的专家学者满意。另外我要向在座的专家学者学习。我一定会全力配合专家学者做好本职工作。尽我的所有能力把中心的工作做得好上加好。如果我的讲话有不对的之处,请在座的领导、专家和学者批评指正,我虚心接受。谢谢大家!"

我讲话完后,想不到,大家给了我一片掌声。

简单的欢迎仪式就这样结束了。

后来我了解到,客家文化研究中心成立不到两年,成员都是从外面招聘的顶尖级人才,原来有六个人,现在加了我,就是七个人。成员的基本情况是:

吕主任,吕梁民,四十八岁,广东潮汕人,职称研究员,从广东省社科院调来的,研究方向是客家民俗。察老师,察志秘,四十八岁,山东菏泽人,职称教授,从山东大学调来的,研究方向是客家艺术。秦老师,秦自明,四十六岁,湖南常德人,研究员,从湖南省志编纂委员会调来的,研究方向是客家语言。赖老师,赖恩原,四十五岁,广东深圳人,职称副编审,是深圳大学调来的,研究方向是客家围屋。汤老师,汤自羊,五十岁,教授职称,是从苏州大学调来的,研究方向是客家历史。董老师,董维莲,女,三十一岁,河南周口市人,博士生,研究方向是客家器物,兼任办公室工作。

上班之前王群给我说过,鹏城大学的客家文化研究中心是藏龙卧虎之地,中心成员个个都是高级知识分子,有的人还说该中心是广东省研究客家文化的一面旗帜。龙大姐嘱咐我说,我在这些饱学之士面前,要近水楼台先得月,要我向这些专家学者学习,古话说得好:"近朱者赤,近墨者黑。"因为我还很年轻,容易受他们熏陶,坚持多年后,必定会在知识上有很高的造诣。

中心共有四间房,一间主任室,吕主任就在主任室,两间教授工作室,察老师和秦老师在一间教授工作室办公,赖老师和汤老师在一间教授工作室办公。最后就是办公室了,办公室是很大,有八十来个平方,中心的图书室、档案室和文印室都在里面,相互间用高密度板隔开的。因为中心人不多,会议室也就在办公室里面。原来董老师一人在办公室办公,现在加了我,也就和董老师一起在办公室。

欢迎仪式一完,我就开始打扫中心的各个房间。打扫完后,我又主动问董老师有没有其他工作安排。

董老师莞尔一笑。她这一笑,我的心里一惊。因为我最怕别人那猜不透的笑。不知道笑里面包含着什么。弄不准是她对你的肯定还是否定。那笑真是有些折磨人。尤其是像董老师这样的博士生,她们的知识就像大海一样的深邃,她的笑就更有一些让人有些毛骨悚然。

我还是硬着头皮向她请教,她是我的上级,我是她的下级,下级服从上级,全党服从中央。

她对我的请教有些不置可否,她却问起了我的一些私事。

她先问我说:"你是哪个大学毕业的?"

"我高中都未毕业。"

"不会吧?"

"真的,董老师。"

"你爸爸妈妈在省里或市里工作呢?"

"他们都是农民。"

"他们都是农民?"

我知道她话里潜台词是:既然你爸爸妈妈都是农民,你怎么可能到鹏城大学来工作。

我本想告诉她我是因自龙大姐而来鹏城大学的。后来一想还是不想说。但又一想久而久之她还是会知道的。迟说不如早说。

"是这样的。"我对她实话实说,"我是因为我老婆而来这里工作的。"

"你老婆?你有了老婆?"董老师睁大眼睛,可以从她的神态中看出她对我的话表示深深怀疑,就像怀疑外星人来到地球上一样。

"是的。"我向她告诉了龙大姐是被学校作为人才引进中文系的,她这才从怀疑的氛围中稍稍有些缓解。

"你老婆多大年纪?"

"二十三岁。"

"你多大年纪?"

"我俩同龄。"

"从外表上看,你好像还不上二十岁。"

"别人都是这么认为,我主要是皮肤显得年轻。我的父母都是皮肤好。"

"那就是遗传了。"

我的谎言把她说得似信非信。

我也问了她的婚姻状况："董老师,你的老公在什么地方工作?"

我这一问,她脸上泛起了被打烂的五味瓶的景象,出现了很难堪的表情。不过她还是一板一眼地回答了我:

"我还没有老公哩。"

我也重复了她对我的一句话:"不会吧?"

"真的。"她漫不经心地说,"我还没有谈过恋爱呢。"

我和董老师从一个极端走向了另一个极端,我在不该有老婆的年龄却有了老婆,她却在该项有老公的年龄没有老公。人们常说上帝是公平的,从我和董老师两个人的情况来看,上帝一点都不公平。我本来还想问下去"你为什么还没有谈恋爱呢?"又一转念怕戳到她的痛处,也就没有问她。反正以后到了一定的时候,什么都会知道的。我向她请教了一些工作上的问题。她对我的请教,回答得非常到位。

她给我告诉了办公室的基本工作程序和原则,她从最简单最起码的从收发室取邮件和报纸杂志讲起:如果邮件中有中心工作者的私人邮件,就一定要马上送到他的办公室,还有急件和快件,一定要收件本人签字,如果本人不在就要代为签字。还有取来的报刊,先把报刊上架,如果中心的工作人员要看,就先作登记,假如有人当天没有退还,就要提醒当事人退还。外单位如果有人来借阅,就得经主管人员(实际上就董老师她自己)签字同意后才能借出。如果主管人员不在,就请示中心领导批准。

哎呀,光就收发邮件的事就有这多麻烦手续,要是其他的图书呀,档案呀,来人来客接待呀,不知要烦到什么程度。看来办公室工作无小事。这些东西我得从头学起,如果弄不好,除了受批评外,可能还要负一定的责任。以前在胡记餐馆送快餐时是多么单纯,就是客户给钱不方便的时候,自己有时要先贴一点钱,别人有了钱就会给你如数补上的。哪知这里的事情还这么复杂,我甚至还有些后悔不该同龙大姐来鹏城大学。

人啊,当你到了一个新的环境时,外人看来你好像得到了什么好处,实际上自己要付出的代价,远超出人们的想象。

下班后回到家里,龙大姐因为下午就在家做课件,她没有上班。抽空把饭菜已经弄好,只等我回来就可以吃饭了,她见我回来,感到十分高兴。

"亲爱的,你辛苦了。先洗漱一下吧。我们再用餐。"

我进洗手间去洗漱,她就把做好的菜端到餐桌上。等我出来时,她把饭都盛好了摆在餐桌上,只等我来吃。

本来还是有些饿,但没有激起我的食欲,我胡乱吃了一点,就放了碗。

"你怎么就只吃这么一点啊?"她关心地问。

"吃够了。"

"你每次不止吃这么一点呀?"

"今天够了。"

"是不是在单位遇到了什么麻烦?"

"没有。"

"你肯定在瞒着我。"

老婆面前还是要讲实话,于是我就向她说了真话:

"那里上班太难了。"

她安慰我说:"开始是有些不习惯。没关系,过一段时间就好了。"

"唉,还是没有到胡记餐馆上班那么惬意。"

"我原来说过,胡记餐馆的工作是简单劳动。做简单劳动当然要惬意些。"她笑了笑又说,"其实你到你单位也还是简单劳动,如果你要做专家学者的那些复杂劳动,那可就更要考脑筋了。"

"我又不想做专家学者,考脑筋干吗?"

龙大姐又像哄小孩子一样哄我说:

"你在那里好好上班,以后说不定也会成专家学者的。"

"我连那里的简单劳动都胜任不了,还能当专家学者吗?"

"只要你有恒心,不是没有可能。"

"我就没有恒心。"

"你现在可能没有,但到了一定程度明白了事理也就有恒心了。"她为了让我开心,她还把当天到中文系上班碰到的一件轶事说给我听。她说:

"我今天一到中文系,一位去年博士毕业的男教师主动找我谈话。"

我想:一个单位的人找你谈话有什么大惊小怪的。我就淡淡地说了一句:

"他主动找你谈话,说明他对你刚来的人一种关心。"

"他的意思不是对我关心。"

"那是什么?"

"是关心他自己。"

"怎么说是关心他自己呢?"

"他首先就向我表白他还没有找对象。"

"这也没有多大关系。"

"接着他就向我表示想和我交朋友。"

"你是怎么回答他的?"

"我说我已经结婚了。他又问我的老公在什么地方,我回答说在客家文化研究中心。他问是研究员还是教授。我说既不是研究员也不是教授,而是一般职员。他开头还不相信,后来通过我的一再说明,他才相信了。你看,只要一提起到客家文化研究中心工作,别人就会把你与教授、研究员联系起来。"

"我一不是教授,二不是研究员,这么说我到客家文化研究中心工作是一种错误?"

"不是,而是一种机遇。也就是像我先说的,说不定你以后也是专家学者。"她怕伤了我自尊心,又把话题转向了对我的关心,"老公呀,如果今天我做的饭菜,不合你口味,我们就去外面吃夜宵。"

"那可不必,你做得很好吃。"为了不使她失望,我就对她说,"不信我再吃一碗给你看看。"

她微笑着看了看我,把头摇了几摇。我估计她认为我还是一个小孩子。她也像哄小孩子似的哄我说:

"好吧。你就再吃一碗给我看看。"

我还真的又吃了一碗饭。她才满意地收拾了碗筷。

吃完晚饭,龙大姐催促我到洗手间盥洗一下,然后建议我俩去到校园内散步。

龙大姐对我的关心,真是就像一位慈母关心自己的儿子。我感到很幸福。在家里,我的母亲是无微不至,在这里又得到了她的关爱,我也应该知足,更应该珍惜我这份来之不易的爱情。

我俩出来散步的途中,她始终用双手拉着我的右手,可能在别人看来是亲热的表示,而在我看来,她好像怕我飞走的意思。

我们漫步在校园中一条名叫学林路的大道上。这条大道的左边是体育活动场,有体育馆、足球场兼田径场、篮球场、排球场、网球场、羽毛球场等。右边是一些休闲场地,有花圃、园林,还有一些健身器械。

我原以为在体育活动场所应该是大学生们云集的地方,我在中学读书时,除了高三学生要备战高考外,其他肄业班的学生,晚饭后就争先恐后地到体育场地去锻炼,有时还因为争不到场地而发生打架的现象。可在这鹏城大学我发现在体育场里面进行各种体育活动的大学生并不多,只是有稀稀拉拉的几个学生在那里进行勉强支撑着。体育场对面的休闲场所却有很多退休教职工在那里进行锻炼,形成了强烈的反差。难怪社会上流传着"年轻人把身体不当数,老年人把身体看得要紧"的说法。

散步中,我也发现一个有趣的现象,那就是各种广告很多,在林荫道的两边树干上、路灯电杆上、比较光滑的墙壁上、甚至在路旁的变压器外壳上都有很多广告,这些广告上部是广告内容,下部是剪成了纸条的电话号码,就像螃蟹脚。内容大多是求租住房、出租住房、出售电脑、四六级考试证、刻章办证、代写论文等,也有一些贷款广告,可能是贷款广告相信的人不是很多,所以,只是偶尔在地上贴有几张。在未进大学之前,在社会都把这些乱七八糟的广告称之为牛皮癣,哪知学校的广告比社会上的牛皮癣有过之而无不及。

龙大姐我俩漫步到一座面积不小的花园,花园里面大部分地面都是被草皮所覆盖。里面有木棉树、紫荆花树、红绒球树、大王椰树、大叶榕树、箭竹丛,还有造型各异的花坛和很多休闲用的双人长凳。这里面有一些游人,模样都是大学生。大部分是双双结伴,有手挽手的,有搂腰抱颈的。

龙大姐对我说:"我给你出一个题目你能回答么?"

"什么题目?"

"现在大学生的双手的主要功能是什么?"

"双手除了用来翻书和敲电脑键盘外,还有什么功能?"

"我说的主要功能。"

我双手摸了一下脑袋,一时真的也想不出大学生手的主要功能。我反问道:

"你说说呀。"

"我是问你呀。"

我只有像小学生一样乖乖认输:"我真的回答不出来,只有请教你。"

"你如果真的回答不出来,我就告诉你吧。"龙大姐说,"现在很多大学生的手的主要功能有所异化,他们除了敲敲键盘和翻翻书外,大部分时间都是用来挽情人的手臂和搂情人的腰。"

"啊!"她这一提醒,让我恍然大悟。

当时我们就看到大学生情侣,有的坐在长凳上,有的坐在草地上。有的显得比较斯文,有的在众目睽睽下做一些过激的亲密动作,如亲嘴呀,对着相拥呀,还有的干脆睡在草地上互相调情。

我有时被这一场面所吸引,有时甚至停下脚步驻足观望。

龙大姐见我把注意力集中在这些恋人身上,她把我的手狠狠地拉了一下,催促我说:

"快一点,你自己不是有一个女人在陪伴你吗?"

她这一提,我才觉得自己的存在。我不好意思地挪动了脚步。

她批评我说:"你们男的对异性就是这山望着那山高,"

"我没有这山望着那山高的意思,我是对这些青年学生的恋爱感兴趣。"

我听人说,大学是知识创造的中心,思想激荡的圣地,自由精神的堡垒。我应补上一句:大学就是恋爱的战场。

龙大姐又说:"现在大学生的恋爱是一种普遍现象。我看现在的大学校园就是恋爱试验基地。"

我没有读过大学,没有龙大姐所说的那种体验。我听了龙大姐的话感到很稀奇,怎么大学是恋爱的试验基地呢? 我不解地问:

"大学是恋爱试验基地?"

"这些都是大学生的盲目所造成的。他们一进大学,没有任何思想准备就进入了恋爱的圈子。最后就形成了:恋爱,失败,再恋爱,再失败的结局。"

"是吗?"

"是的。"龙大姐肯定地说,"这我也有一比。"

"有什么可比的?"

"人说有的大学生的恋爱了一遍又一遍,就像是小学生写作业,擦了写,写了又擦。到了最后还是没有得到真正的爱情。有的为之悔恨,也有的为之不屑一顾。"

"啊,原来如此。"

我若有所思地回答。

二十二、爱情往往是巧合

鹏城大学的工作也实在是辛苦,很多双休日都没有能够开心地玩一下。不是龙大姐为上课而准备资料,就是我要陪研究中心的老师去外面进行客家文化的田野调查。不过这样也无怨无悔,反而觉得比较充实。

好不容易又迎来了一个我俩都很轻松的双休日。这个双休日,龙大姐我俩都没要事。龙大姐建议我俩也放松一下。如果把脑子的弦绷得太紧,不利于身心健康。她建议我俩去留学生创业园邀郭金玲和方格一起去园博园游玩。她先在电话上同他们进行了联系,方格回答说要去会展中心和一家公司约谈,改天再说。这样我俩就打算在学校的荔枝公园和榕树公园玩玩。

校内的荔枝公园和榕树公园规模也不小。荔枝公园和榕树公园各占地面积三百多亩。中间被一条马路隔开,荔枝公园里有两座小山,荔枝树都长得非常茂盛,听说一到六七月份的荔枝成熟季节,里面就热闹非凡。只要你不把荔枝的枝叶弄坏,你就可以随便品尝那鲜美的荔枝。荔枝公园不仅有荔枝树,而且还有一些桉树、蒲葵、木棉树等亚热带树种,据说这样间种更能发挥荔枝树向上生长的竞争力,因为一般的荔枝树都是长得比较矮敦,蔽荫有余,挺拔不足。

公园里面的设施也非常不错。学校为了争取评为园林式的先进单位,还专门将两座公园重新请人设计,进行了整修和扩建,要求做到一百年不落后。

我们先游荔枝公园。

虽然是十月份,深圳的天气还是很炎热,公园里面很多人都在消夏避暑。我们先是散步溜达,这也是一种享受方式,以前我只知道散步,没有认真地体验生活享受生活。这也是龙大姐教我如何生活的一种实战演练吧。

我们悠闲散步的时候,我发现了一个令我非常难以相信的事情,那就是公园里面的鸟雀特别多,我还以为这些鸟雀都是学校专门喂养的。原因是这些鸟雀不怕人。只要人一到,它就马上走在你的前面或者是跟在你的后面。走在你前面的就像是欢迎领导人的仪仗队,走在你后面的又像是领导的陪同人员。它们自觉地与人和睦相处,人与自然形成了一种和谐氛围。这些鸟雀,无论是跟着你的或是走在你前面的,虽然与你近距离接触,但你要伸手去逮它,还是逮不到的。只要你一伸手,它就马上飞走,过不了多久,它又会飞回到你的身边。好像故意与你逗乐而相映成趣。

鸟雀中,最多的是斑鸠、竹鸡、野鸡、麻雀、锦鸡,也有个别叫不出名字的飞鸟。最让我很奇怪的是这里的斑鸠和麻雀,个体都要比我们家乡的大得多,几乎是大了一倍。我们那里有一种传统说法是:"斑鸠四两竹半斤,麻雀一两不要称。"意思是常规的斑鸠四两重,竹鸡半斤重,麻雀就只有一两重。原来我还有些不太相信这种说法,我爸爸是一位打鸟的业余爱好者,在家时我和爸爸有时去去山野打鸟,打得了斑鸠或竹鸡,回来一称,它们的重量都是与传统说法八九不离十。

凭我的直觉,这里的斑鸠至少有七八两重,竹鸡最少有一斤左右,麻雀最少也得有二两重。斑鸠和竹鸡在你面前走路时的样子都是摇摇晃晃的,就像鸭子摆蛋一样,失去它原本的那种敏捷轻巧的步履。我们家乡的麻雀在地上走路时,就是跳跳蹦蹦的,可这里的麻雀却是踱着方步,走在地上有时还发出一种特有的小声音。我真有点怀疑这些鸟雀品种是不是曾被宇宙飞船载入太空而发生了变异?我把自己的想法向龙大姐求证,因为她知识面比较广,肯定能给我一个满意的答复。

龙大姐告诉我说:"这还不好理解吗?你看,学校里有几万师生员工,特别是一些学生就随时拿一些快餐什么的,把没有吃完的食物盒子顺手一扔,不都是这些鸟雀的最好食品么?你看这里面的白色垃圾之多,你就知道了这里供鸟雀的食物是多么丰富!你们那里山野的鸟雀,要吃一餐丰盛的食物是多么艰难。在春天哺雏的季节里,有的雌鸟为给雏鸟找一个虫子,还千里迢迢地去捕捉,有的几乎使尽浑身解数也捉不了几个虫子,它们这样辛苦劳作不窈窕才怪。这和人不是一样吗,你看那些养尊处优的人不都是大腹便便?乡里勤劳苦做的老百姓没有一个不窈窕的。"

龙大姐这一解释,也确实说到了点子上。我想,对呀,公园里和校园到处都是一次性的餐盒、食品袋。清洁工一天到晚都扫不完。那些餐盒和食品袋里面剩菜剩饭多的是。难怪我不久前就听人说过,在大学周边人的生猪出栏周期最短,市场上买肉的人首先要问一下卖肉的,是不是哪个大学周围喂养的牲猪,如果说是大学周围喂养的牲猪,别人就不肯买,因为大学周边人喂的猪油水太好,胆固醇含量很多。

公园里的游人很多,更多的是学生恋人。他们三三两两地各人寻找一些自己理想的地方向对方宣泄自己的情感。

我还惊奇地发现,那些女大学生的装扮和社会上的一些女孩子一样,很多女学生的裤子都扎得垮垮的,虽然有一条皮带,但已失去皮带的正常功能,只是象征性地挂在两边的胯骨上面。看她们的前面,真叫人魂飞魄散,她们把裤沿压得低低的,故意把肚脐和小肚亮了出来,有的甚至连阴毛也跃跃欲试观望外面的世界。后面呢?后面也是叫人惊心动魄,她们的裤裆十分超短,故意把股沟也展示给大众。整个裤子处于时刻都会垮塌的危险。看到这些,就会发现改革开放已经在女大学生身上充分显示出来了。不过我还是着实为这些女大学生担忧。怕她们的裤子垮掉,从内心又希望她们的裤子垮掉。

我对龙大姐说:

"你看现在的一些女大学生,不,应该是包括社会上的一些年轻女性,她们的裸露是否太过分了一点?"

"是的,我也是年轻女人,对她们这样作法不是认同的,但她们却认为这样装扮是一种美。我就不好理解了。"

"美也不至于弄到这种地步。"

"是呀,从整个人类来说,女性是男人最值得追求的一种实体。女性越隐蔽越含蓄,越使男人垂涎欲滴。如果女性过于大胆暴露自己,她们把自己的阴私都不能好好隐藏的话,如果我是男人的话,觉得这样的暴露就没有什么神秘可言了,也仅仅只是男女之间两种不同的小小器管而已。"

我对龙大姐的说法表示赞同。

龙大姐又说:"可能有的人会说我的认识有些偏激,限制别人爱美的自由,无论男女。爱美都得有个度,如果过于放肆也有悖美的原则。"

我们说话时,不时地有大学生恋人一对一对地在我们面前走过。

龙大姐问我说:"你敢不敢肯定他们都是在恋爱。"

"敢肯定,如果他们不是恋人就不会走在一块。"

龙大姐说:"你说的也是,不过现在大学生的恋爱都是跑步式,他们中间有的人会一下就进入到恋爱的最高阶段。"

"恋爱还有最高阶段和最低阶段之分?"

"有哇。如果说是循序渐进的恋爱,就要经过几个过程:最先是恋人之间是用语言挑逗,然后就拉手,拉手不过瘾,就身体零距离接触,身体零距离接触不过瘾,就相互拥抱,拥抱还不过瘾,就接吻,接吻还再不过瘾,就把眼睛一闭进行恋爱的最高阶段。"

"嘿嘿……"

我开怀大笑起来,龙大姐的说法很有意思。

"你不要笑,我说的都是实话。"

"你和方格的恋爱到哪个阶段？"

"与现在的老公谈以往的爱情是没有价值的。"龙大姐很认真地对我说，"既然你已经问到这个问题，我也就破例说给你听。"

"你说吧。"

"我与方格的恋爱只达到身体零距离这一阶段。我们还未发展到最后的阶段。"

"这就只有你知他知了。"

"你说这话也真是无知。这一点我可以向你保证和发誓，我们现在成了夫妻，你也应该感觉得到哇。"

她这么一说，倒把我弄得不好意思。

龙大姐继续说："其实，我与方格并不是没有发展到那个地步的可能，我们只走到半路就杀出个谭滔滔，她占据了我们的爱情的空间。"

龙大姐说得这样实在，我也没有不相信她的理由。

龙大姐看我对她说的话没有什么反应，再问我说：

"你知道这些恋人之间说的是一些什么内容么？"

"不知道。"

"你不是说，你在中学时就恋过爱吗，你们那时相互之间说的什么？"

"我们当时都是一些不知事的少年，能谈一些什么哟。

"总是要谈一些东西呀。"

"要谈也就谈一些拈不上盘夹不上筷的东西。"

"能给我谈一下吗？"

"可以。"我就把我过去谈恋爱时的谈话内容复述给她听，"我们过去就谈一些我爱你呀，海枯石烂不变心呀，还有我以后做了大事让你享福呀等。"

"讲的是实话。"她就问，"你们相互间也吹过牛没有？"

"吹牛？谈恋爱怎么会吹牛？"

"譬如说自己家里如何如何好，自己的父母又是如何了不起之类。"

"也说过。"

"为什么要这样说呢？"

"就是在恋人面前提高自己的身价吧。现在想起来也真很幼稚。"

"你说得很对。"她说，"你也就猜出了这些大学生们谈恋爱时所说的一部分内容。"

"你过去和方格谈恋爱时也说过这样的话吗？"

"说过，这些都是谈恋爱的基础语言。"她停了一下说，"到了大学，人的思维又向前迈了一大步,所以谈恋爱的话语也又丰富了一些。要我归纳一下的话,大学生谈恋爱的话语有五部曲,第一部曲就是你所说的那些基础性的东西。第二部曲就是相互设计人生和前途,也就是对自己前景的展望。第三部曲就是高谈阔论,把本来达不到或实现不了的事情,说成唾手可得。第四部曲就是抬高自己,说自己在哪些方面如何如何,再就贬低别人,说别人这也不行那也不行。第五部曲,就是给对方许愿,以后会给对方带来什么好处,把前途都设计得无比辉煌。"

"你真会总结。"

"其实说白了,这些恋爱语言都是为以后二人劳燕分飞的铺垫。很多不是现实,也是不会实现的。"

"你一定在现实生活中看到很多实际例子?"

"多得很。"

"我听说大学生之间发生性关系的也不少。"

"是的,恋爱语言的五部曲都讲完后,如果是理智的就相互尊重,不会越界,如果不理智的就会发生性冲动。"

我们正说得投入的时候,上次人事处带我们看过渡房的陈老师和一位老头子迎面向我们走来。

可能陈老师早就发现了我们,她抢先给龙大姐打招呼:

"龙老师,你好。"

龙大姐也礼貌性地回了一句:"陈老师好。"

陈老师走上来还很热情地同龙大姐握了手,然后她还请示龙大姐说:

"我能同攸老师握手吗?"

我顿时一阵脸红,长成这么大还没有人给我叫过老师呢,而陈老师却破了先例。

龙大姐对陈老师说:"握一下手有什么不可以的。亏你还是知识分子,在男女问题上为何那么谨小慎微了?"

有了龙大姐的这一句话,陈老师把手伸了过来。我也慷慨地把手伸了出去。

我说:"陈老师,你就叫我小攸吧,老师这个称呼我还受之有愧呢。"

陈老师说:"只要是学校的教职员工都可以称老师,你没有发现,很多厨房工友不是也有人叫他们老师么?"

陈老师说的也是一个理由,我们也没有必要去辩驳。

陈老师向我们介绍了同她一起来的那位老头子说:"这是我的老公。"

陈老师也真好意思把她的老公介绍给我们。在我看来,陈老师的老公很不般配。从外貌看,大大地超过了他五十一岁的实际年龄。陈老师和他在一起就连父子辈都谈不上，应该是祖孙辈。陈老师的老公穿了一身深蓝色的保安服，背微驼，两鬓斑白，脸上黧黑的肌肉粗糙得起了疙瘩。牙齿不知是被抽烟所薰还是没有刷好的缘故，黄中带黑。两颗门牙都偏离了岗位，就像一个人的两只脚稍息的姿势。像这样的形象不说是令人恶心，至少是令人作呕。特别是他那看人时的似笑非笑，似怒非怒的样子，让人有一种恐怖的感觉。陈老师原先只给我们讲了她与她老公组成新的家庭真是"麻烦多多，矛盾多多，猜疑多多"。但她为什么不说对自己老公的"恐怖多多"呢。说实在的，要是我同陈老师老公这样的人同桌吃饭，我都不敢拈菜哩。

龙大姐很有礼貌地也向陈老师老公打了招呼："您好！"

我也跟着龙大姐鹦鹉学舌似的向陈老师老公打了招呼。

陈老师向她的老公先介绍了龙大姐："这是中文系刚调来的龙老师。"

陈老师老公点头哈腰地说了一句："龙老师好！"

我也真弄不明白陈老师老公点头哈腰的意思，这是他的一种以生既来姿态，还是有一种其他摸不透的内涵？

陈老师又向她老公介绍我说："这是龙老师的先生，在客家文化研究中心工作。"

陈老师老公又莫明其妙对我说了一句："攸老师年轻有为。"

陈老师接过她老公的话题，连讽带刺地说：

"如果都像你那么大的年纪，世界就没有希望了。"

陈老师老公对陈老师的讽刺作了恭维的回答："哈哈，是呀，是呀。"

从陈老师老公对陈老师话的反应来看，也许是他们之间说话刻薄惯了吧。尽管陈老师说了对她老公讽刺的话，陈老师的老公除了对陈老师恭维外，还送了一个让人难以揣摩的微笑。我从陈老师老公那非正常的微笑中看到了一个胜利者的姿态。我估计陈老师老公是这样想的："我年纪再大，还是把青春年少如花似朵的你捞到手了，生米已经煮成熟饭，你跑也跑不掉了的。"

龙大姐替我回答陈老师老公说："他年轻是真的，不过还没有作为，所以也就谈不上年轻有为。"

"只要人年轻，以后的作为是不可估量的。"

陈老师老公还能说出这样让人鼓舞的话，也算是很不错的。

"谢谢！"龙大姐又转问陈老师，"你的先生贵姓？"

"他姓赵，你就叫他老赵吧。"

"赵老师，谢谢你！"龙大姐把原先话补充完整。

陈老师听龙大姐把她的老公称为老师，便幽默地说：

"龙老师,他只能是你一个人的老师啊。"

我本来想替龙大姐说:"你不是说只要是学校的教职工都可以称老师么?"但我还是不敢说出来。我估计龙大姐更不会用同样的话来回敬陈老师,她毕竟比我多喝了一些墨水,说话应有分寸。

人是有感情的动物。是人,就难免有所考虑。

本来陈老师的老公还想和我们讲话,也许是陈老师对自己的老公有点自惭形秽吧,不愿意过多地同我们交谈,她催促她的老公说:

"我们走吧,别影响人家的散步。"

陈老师说完牵着老公的手匆匆地离开了我们。

他们去后,从我们背后飘来了陈老师老公的一句话:

"男的那么年轻,不知他们能维持多久?"

这句话不知龙大姐听到没有,我都听得清清楚楚。

我心里暗暗好笑,陈老师的老公为什么不问一下自己的婚姻能维持多久呢?他自己年龄比陈老师的父亲年龄还要大,他们之间才是泥巴做的砖墙,经不起风吹雨打。他说的这句话应该是我们说的呀!我们乡里也有一句话赠给陈老师的老公是最合适不过的了,那就是"猪母娘莫讲老鸹黑。"

我问龙大姐:"龙大姐,你对陈老师夫妻俩的感受如何?"

"世界上的事情是一言难尽的。各有各的人生活准则。"

"我弄不懂你的话的意思。"

"你的意思是说陈老师同她的老公不相匹配吧,我看她自己满足了就行了。"

"你认为陈老师与她老公结合就满足了吗?"

龙大姐笑了笑说:"我怎么晓得呢?从目前的状况看来他们的感情还不错。"

"他们之间潜伏着危机没有?"

"这个我不清楚。从外表来看,他们还是过得比较平稳。不过,"龙大姐又来了个转折语,"时间长了谁也说不清楚。"

"为什么说时间长了就说不清楚呢?"

"时间是一个令人费解的怪物,有时他可以把人的缺点和错误无限放大,有时他又能把人的缺点和错误无形地磨掉。你如果遇到他放大缺点错误那一招的话,那么就会改变原来的格局。一切都得从头开始。"

"我看,陈老师和她老公时时都潜伏着危机。"

"你不是预测大师,你怎么乱给别人下结论啊。"

"你想,陈老师那年轻而又姣好的容貌,要她一辈子守住那个老头子,她能做得到吗?"

"你不能低估陈老师,她可能做得到哩。"

"你们两个说什么呀?"突然从我们身后传来了一句质问的语言。当时给我吓了一跳。我掉头一看,不是别人,而是龙大姐的老同学王群。

龙大姐见王群偷听到了我们的话,赶快遮盖说:

"我们没说什么,只是随便聊聊而已。"

王群说:"我不是克格勃,请放心你们,就是讲了什么,也没有什么关系。"

"王群,你也来这里玩?"龙大姐问。

"是啊,一个人坐在房子里也无聊,出来散散心。你俩就幸福啦,成双成对的。"

"你也赶快找一个啦,也好成双成对地散心呀。"

王群很直爽地说:"你说到这里,我还正想求助于你呢。"

"你要求助什么,老同学之间有话照直说就是了。"

王群很直爽地说道:"我前两天物色了一个对象,我拿不准把握,需要你给我参谋参谋。"

"其他的事可以参谋,婚姻大事上就得自己做主,哪要别人参谋啊。"

"我没经验,你毕竟是过来的人,我们老同学之间,这点忙都不帮么?"

"你既然这么说,我可以帮你参谋一下。"龙大姐问,"对方在哪个单位工作?"

"你先别问他在哪个单位工作。我们先同他接触一下。通过接触,你认为合适,我就把这桩婚事弄圆满。你认为不合适,我就把这桩婚事打上句号。"

"行。"

"既然你同意了,我们现在就去和他交流一下。"王群又说,"我马上同他联系。"

"好,你联系吧。"龙大姐爽快地答应了。

龙大姐答应要帮王群去相郎,我觉得自己就没有必要和她们在一起了,免得给人家带来不便。人也要有自知之明。

我就主动说:"好,王老师,你俩去吧。祝贺你的婚事成功!我就回去了。"

王群说:"你也去呀,你不能当逃兵哩。"

"我去没有多大作用,说不定还有反作用。"

"你说到哪里去了。你是我同学的老公,也应该去帮我参谋一下。"

有王群的邀请,我也就不好得推托了。随口说了"好吧"两个字。

王群这时用手机给对方打电话说:"喂!"她给对方也没有具体的称呼,就直接进入主题,"这时我的老同学夫妻俩同我一起来看你,你在坪山镇桑叶茶社安排一个雅座,我们来那里喝茶聊天。"

大概是对方同意了王群的意见，王群还在电话上嘱咐对方说：

"你联系好了就在桑叶茶社门等我们，我们马上赶到。"王群对我们说："讲好了，我们到校门口打个的去坪山镇桑叶茶社。"

"这样吧，"龙大姐说，"就坐我们的车去吧。何必浪费钱呢？"

"坐你的车去你还不是要花钱？什么油费呀，过路费呀，停车费呀，一大堆的。"

"没关系的。那些也要不了几个钱。"

"好吧，也让我享受一下老同学的坐骑的风采。"

我们来到学校停车场，龙大姐把车倒了出来，然后打开车门叫我们上坐。我要王群坐副驾驶，王群坚决不肯，我就坐进了副驾驶。王群坐在后一排位子。王群刚坐稳，又在电话上给对方告诉了我们的车牌号。

龙大姐熟练地发动了马达。车子就像发了疯似的冲出了鹏城大学。王群在车上看着龙大姐开车熟练的动作，称赞说：

"老同学，你真混得不错，工作也有了，钱也有了，车也有了，人也有了。"

我知道王群所说的"人有了"大概就是指的我。

龙大姐边抹方向盘边回应说："不久的将来你什么都会有的。到那时我的一切又都落伍了。"

王群很自卑地说："老同学，你的永远不会比我落后。"

龙大姐说了一句风趣的话："到那时我的一定会落伍，因为你的一切都是新的，我的一切都变旧了。"

"哈哈。"

王群被龙大姐说得大笑了起来。

没多久，我们来到了坪山镇的桑叶茶社。我刚从车里出来，就看见一位青年男子站在茶社门口，他见我们来了，就主动地走上来迎接我们，我估计他就是王群物色的对象。他把我们带到二楼的一间雅座。我和龙大姐坐在一张双人沙发上，王群与那位青年男子坐在对面的一张沙发上。

落座以后，我打量了一下对面的青年男子，无论从他的打扮和举止言行，和深圳其他农民工没有什么两样。

服务生走过来来，把菜单递给了那位男子。

"你们都想喝什么茶水？"男青年征求我们意见说。

这人说话不仅很轻声，而且还有些腼腆。看来是一个还未经过大世面的乡巴佬。他长得五大三粗，特别是那双手，我觉得比一般的人要大一倍。我心里想：王群怎么会看得起这样的男人呢？

龙大姐首先发言："我就只要一杯绿茶。"

王群马上否决："老同学,你这样做不是扫我们脸面么? 不行。"

看来这位男青年在王群的心中已经有了一定的位置,王群都自觉地把"我们"用在了公开场合。也就是说她已经把这位还未确定的男人已经印在自己的心坎上了。

"那就你们先点吧。"龙大姐听王群说的也是道理,马上作了修改。

王群说:"我点杯人参枸杞茶。"

这是养颜补阴的一道名茶。价格是一百八十元。

王群点茶后,又对我说:

"小弟弟,你点呀。"

龙大姐替我说:"俗话说,'主不吃,客不饮。'还是你们先点吧。"

"那就你点吧。"王群把话题转到她身边的男人身上。

"我点,我就点个……"

他还未把话说完,我看到王群偷偷地用左手拉了一下那男的衣服边角,马上越俎代庖地说:

"我替你点,你就点天麻龙井毫剑茶。"

这是一道补脑活血又祛斑的名茶。价格也不菲,要一百五十元。

王群替她那个男人点了后,再对龙大姐说:

"现在该你们点了吧?"

我点了一道天麻灵芝茶,要一百二十元,有补血生津的功效。

龙大姐点了两份蜂蜜泡笋白毫茶。这道茶是中档茶,具有减肥的功效。

各人需要的茶水点完后,王群还交代服务生说:

"除此而外,每人还来一份松饼果酱的茶点。"

服务生问:"还要不要瓜子之类的小盘?"

"要。"

王群还给每人点了一个小盘。

茶点和茶水还没有上来的时候,我又反复认真地打量了一下我对面的男青年。我总觉得他好像有点似曾相识,心想,好像在哪个地方见过他。就是一时想不起来。人的记忆有时就像被狗吃掉了一样,怎么也回忆不起来。

说也奇怪,对方也眼瞪瞪地看着我,脸上有一种迟疑的神情,好像是他也认得着我似的。

后来,他还是忍不住开口问了我:

"小伙子,我好像到哪里见过你呢?"

一听口音，就夹有浓厚的我们家乡的方言音。我想他肯定是我们家乡人。

"你想想，我们在哪里相见过。"

"我一时就是想不起来。"

"是啊，我也好像在哪里见过你。一时也想不起来了。"

王群从中插说道："你两个都在讲梦话，你们刚见面，能在哪里相见哟。"

"小伙子，你贵姓？"那人还是不服气地问了我。

"我姓攸。"

"你知不知道拉西峒？"

"那是我的老家呀。"

"这就对了，你是不是叫攸鼎生？"

"是呀，你怎么知道我的名字？"

"我姓尚，我也是拉西峒的。"

"你是拉西峒人？"

"是呀。我叫尚柯哈，按辈分你还得要叫我表叔哩。"

"啊，你就是尚柯哈表叔。真是大水冲了龙王庙，一家人不认一家人。"

"你小时候常到拉西峒老家玩的时候，那时我都读初中了。好久未见，还是有点挂相。"

"是啊，我也对你有点印象，就是不那么十分清楚。"

我和尚柯哈的这一席对话，把王群和龙大姐都弄懵了，她俩呆若木鸡似的坐在那里。

尚柯哈的名字对我来说已是如雷贯耳，"尚柯哈"这几个字让我的脑海中浮现了一段记忆……

去年的一天，与我同一天同一个时辰出生的彭天成外出打工，借宿在我家，我问他："你为什么不好好读书要去打工？"

彭天成回答说："读书有什么用，读了书还不是找不到工作，最后还不是要回到乡里打牛屁股（我们那里还是用牛耕地，所以把搞农业生产叫做打牛屁股）。"

他举了寨子上读了大学的尚柯哈的例子："你看寨上的尚柯哈，读书是出了名的，他考上了北京的一所大学，后来又考上了研究生。当时家里和寨上人都为他很高兴了一阵子。他前年研究生毕业，没有找到工作回到家里。现在跟随他父亲打油。当了打油匠。"

"尚柯哈当起油匠来了？"

尚柯哈当了油匠，我真有点不敢相信。我想对彭天成讲的话进行证实。因为我们那里认为打油匠是一个下贱的职业，有俗话说："养儿莫学油匠，打得三天油就像猴相。"打油是一种苦差事,劳动强度大不说,因为天天被油烟薰着,食欲也是不好的。不想吃饭,所以身体也就自然瘦得像猴子一样。

"真的,尚柯哈和他父亲当了油匠,一个月捞得到七八百块钱。"

"钱多钱少都没关系,就是一个大学生当油匠,有点划不来。"

"那有什么划不来的,到什么山上唱什么歌。"彭天成说,"尚柯哈现在也不像大学生了,天天穿着打油的衣服,比公路边换轮胎的检修工都还肮脏。"

"现在不是有榨油机了么?"

"有了榨油机也还要用大力,那大筐大筐的菜籽、茶籽、桐籽也还是要用手端啊。一般没有大力气的人是端不起来的。打了油,还要用手要提油,倒油,给人家上油。除此而外,还要熬夜,你看累不累死人?"

彭天成接着说:"他家里为了尚柯哈读书,凡是家里值钱的东西都卖掉了。最后把屋也给卖了,现在他们一家还住在窝棚里。尚柯哈读书的钱还不是白花了,何必呢。就是尚柯哈父子打十年油也把他的读书成本收不回来。"

想不到在深圳碰到了尚柯哈。

我问尚柯哈:"表叔,我听说你大学毕业后不是说在家……"我赶快把不太文雅的"打油"两字吞回去,改成了文明一点的"加工"二字。我想如果说"在家打油",怕他心里承受不了。

果然,尚柯哈认同了我"加工"的说法。他说:

"是的,其实在家里做加工生意也是能赚到钱的,就是父母接受不了这一现实,他们认为我读到大学,最后到家里加工,划不来。还有社会的舆论也有一定的压力,最可悲的是有人还把我当作读书无用论的典型,心理上实在承受不了,我就出来了。"

尚柯哈是个忠厚老实人,他说的这些,我早都就知道了。

"这样你就出来打工了?"

"开始,我不愿意出来打工。我想:'人怎样过也就只有一辈子,只要自己过得充实就行。别人他要怎么说,就让他去说吧。月大让他就多说一天,月小让他就少说一天。'但是父母不干,他们说'人言可畏'呀。"

"这么说你家里一定要你出来打工?"

"是的,不过我父亲就怕我到外面找不到工作会受下贱。他又嘱咐我说:'发财不发财,只要人转来'。要把安全放在第一位。"

"你的父亲还不错哩。"王群感叹地说。

"表叔,你是什么时候来深圳的呢?"

"上个月初。"

"哪里上班?"

"原来我的一位老同学说给我在横岗的一家电子厂找了一份工作,后来那家电子厂换了老板,没有去成,他又给我到南联中学找了一份园林工的差事。"

"园丁也不错呀。"

"工种没有什么挑剔的,就是……"他省略后面的内容,我估计他后面要说的完整内容是"就是工资太少"。他怕在大家面前说了自己有些难堪,所以就把它省掉了。他赶快问我说,"你来深圳多久了?"

"我都快要满一年了。"

尚柯哈指着龙大姐问:"这位女士与你是什么关系?"

王群代我回答:"我不是在电话里给你说过了吗?他们是夫妻。"

接着王群就把龙大姐的和我的关系及其身份向尚柯哈作了介绍。

尚柯哈不解地问我:"龙老师是你的老婆?你好像……"

我估计尚柯哈肯定会说"你好像还没有达到结婚年龄",我马上接过来掩饰说:

"是的,我们刚结婚,我今年刚满二十二岁。"

"你有二十二岁了?"

我的回答还是没有解除他的疑惑,他掐着手指好像在算我的年龄。

我马上把他的话叉开说:"表叔,你怎么认识王老师的?"

这时待在一边的王群主动向我说了他们认识的经过:

"上个星期天,我去关内去办点事回来,乘公交车到清平路段的时候,我正在用手机给同学发短信。这时一个歹徒突然从我身后抢走了我的手机。我大声呼救,车上其他人都怕引火烧身,没有人理睬。歹徒还从身上拿出一把刀子,叫嚷要司机停车而强行下车。正在这万分危急关头,尚先生挺身而出,一只手夺了歹徒的刀,另一只手抓住歹徒的脖子,歹徒束手就擒。后来他从歹徒身上取回了我的手机。再后来司机把车开到清平派出所。把歹徒交给派出所处理。"

"演了一场英雄救美女的喜剧。"半天没有说话的龙大姐发了话。

"表叔,你从哪里学的一手武功?"

"鼎生,你可能不知道,我家本身就是武术世家。特别是家传的虎爪功在旧社会是远近闻名的。我祖父还与日本的武术师比过武,把日本武术师打得双脚朝天。以前我祖父一个人对付十来个人是没有问题的。我父亲也能对付七八个人,到我这辈就差远了。"

"我以前还真的没有听说过。我以后还得向表叔学几招。"

"因为武术动不动就要伤人,我们的家规是武术不外传,也不随便教人。就是家里的成员也只能学几招,作护身之用。"

我说:"啊,作护身之用也行嘛。你这次不是派上了用场。"

"这也就是一种巧遇。"

"恰恰这巧遇被王老师给撞上了,这可能也是上帝专门给王老师和表叔准备的一段奇缘吧。也正如人们最爱说的一句话,叫作'天作之合'。"

王群对我的话马上予以认可:"是啊,后来我得知他在南联中学上班,我专门到那里感谢他。我给他一千块钱的感谢费,他不仅不要,反而说我是小人。因此我觉得他这个人道德品质不错,后来,通过我的观察,还发现他人很憨厚,也就表达了自己的心仪。"

是的,在品德高尚人的心目中,对金钱是不屑一顾的。

龙大姐半开玩笑地说:"以后我们的王小姐有了一个得力的保镖。"

"是啊,"我对王群说,"王老师,你闭着眼睛都可以嫁给我表叔,他的为人是没得说的。"我又开了一句玩笑说,"王老师,如果你和我表叔成为伉俪,以后我不能给你叫王老师了,要改叫表婶娘了。"

王群这时拔得了一个彩头,很得意地对龙大姐说:

"老同学,你以后也随小弟弟要给我叫表婶娘哩。"

龙大姐马上进行了反驳:"你真不知道人间还有'羞耻'二字。凭什么要我给你叫表婶娘?"

"因为你的老公给我叫表婶娘,你也就得叫我为表婶娘哇。"

"他叫表婶娘,那是他的事,我可不能给你叫表婶娘。你还要脸不?"

王群回了一句:"嫁鸡随鸡,嫁狗随狗。你老公都叫我表婶娘,你就得给我叫表婶娘。"

"你莫把脑壳想偏了。"龙大姐又回应了一句。

这些玩笑话,顿时把气氛鼓动得高涨了许多。

这时龙大姐才想起王群话中的漏洞,她说:

"我说王群,你和尚先生的关系都还未确定,你就这么放肆?"

王群也觉得自己确实有些忘乎所以,也就只好承认错误说:

"是的,我们把关系确定后才能和你讨论称呼问题。"

我鼓动王群说:"我说王老师,你同我表叔结合,可以一百个放心,他是天底下打着篙把找不到的好人。"我又转向对尚柯哈说,"表叔,你也大胆放心地同王老师结合,王老师是天底下最温柔的女性,你们以后会获得无比的幸福。"

王群对我的话很感兴趣,她说:

"小弟弟,你真会说话。"

"我哪里会说什么话？只不过是讲的一些真话而已。"

"就是要讲真话，如果在这种场合还讲一些假话，那就没有什么意义了。既然我邀请你来，就充分相信你有说话能力。"

"你给我过誉了。"

"这是你的谦虚。"

"我不是谦虚，我想你们商定终身大事，我怕我在场的话对你们有些干扰。"

"如果你不来，可能是我们这次会面的最大损失。"

"早就知道你是同我表叔谈恋爱，你就是不要我来，我也要争着来。"

"这说明王群还有先见之明。"龙大姐给王群抬举了一下。

"我也不是什么有先见之明，我当时想的是多一个人就多一个脑袋，好应用自如。"

龙大姐故意挑逗说："看来你还对尚先生有所畏惧。"

"不是畏惧，主要是刚接触，不了解对方，怕造成尴尬局面。到了关键时刻有人在旁边打个圆场也好些。"

龙大姐对尚柯哈说："尚先生，你听清楚了没有？我们的王小姐是大家闺秀，考虑得非常周到，你以后得多顺从她一些。"

尚柯哈对龙大姐的话没有做出什么表示，可能他心里也有些顾虑，不好表示出来。

"尚先生，你是哪个学校毕业的？"龙大姐问，但她还是把话留有余地，没有问尚柯哈是哪个大学毕业的，我估计龙大姐考虑要是对方不是大学毕业，岂不给人难堪。

尚柯哈回答说："本科毕业于华东工业大学，研究生毕业于东北重型机械学院。"

龙大姐高兴地说："不错嘛，东北重型机械学院那可是211的重点大学。"

"现在的大学重点不重点，都无所谓。主要问题是能够就业。"

"这是一个必要条件。一般用人单位还是对重点大学和非重点大学有所区别。说你是211高校毕业生，用人单位就会另眼相待。"龙大姐又问，"研究生学的什么专业？"

"矿山机械制造。"

"现在这个专业还很吃香。因为国家大力发展建设事业。你可以到内地一些机械制造的大工厂就业。"

"我尝试过，那里的工资太低，像我们这样的技术员还赶不上一般农民工的工资。"

龙大姐觉得尚柯哈也是说的实在话,她说:

"某些专业在宏观上是吃香,具体到了某个人也就不一定吃香了。"

"龙老师你说得很对。"

"你从事园林工作与你的专业有些不对口呀?"

"没有办法。"尚柯哈又说,"龙老师,你还别说我的专业与园林工作不对口,我在南联中学按机械制图原理,把一些花木作了造型,得到了师生员工的好评。在深圳市也产生了一定影响。"

"啊,我想起来了。我在一家网站上就看到一篇报道,说南联中学的园林造型在深圳市是一流的,还受到市里的表彰。"龙大姐说。

这时服务生把茶水和茶点都上齐了,王群就号召我们集中精力品茶,吃茶点。

我觉得尚柯哈和王群的事还没有得出一个结论,就催问道:"王老师,表叔,你俩个终身大事考虑得怎样了?"

王群征求龙大姐的意见说:"老同学,你看如何?"

龙大姐批评王群:"婚姻是你两个人的事情,主要是看你两个人的意见。"

"我是专门要你做参谋的呀。"

"我说尚先生不错。最终还是要你自己决定。"龙大姐表态说。

"既然老同学说不错,我也就同意。"

"表叔,你呢?"我问尚柯哈。

尚柯哈说:"行,只要王老师没有意见,我也就没有意见。"

龙大姐出个点子说:"既然你两个都没有意见,你俩当着我们的面也得表示表示。"

王群说:"我没有任何准备,怎么表示?"

"不是要什么物质来表示。你两个可以就在行动上表示,比如说拥抱一下,亲亲嘴。"

龙大姐的建议,我有点担心尚柯哈绝对难以接受,因为他在拉西峒封闭了几年,性格上一定很古板。

倒是王群很开放,她响应龙大姐的建议说:"好。我们就按老同学说的办吧。"

王群站了起来准备实施龙大姐的建议。她把手递给了尚柯哈,意思是拉尚柯哈起来。当时我十分担心,生怕尚柯哈拒绝而扫了王群的脸。实践证明我的担心是多余的,尚柯哈"唰"地一下站了起来,一扫原来那粗笨的作风,顿时就像一位训练有素的军人。他与王群进行了热烈的拥抱后,还深深地亲了嘴,我看到王群沉在无比的幸福之中。

王群和尚柯哈表示完后,各自又坐了下来。显得是那么些的平静与自然。

　　我高声祝福他们说："好哇。从今天起,世界上又多了一对夫妻!"

　　龙大姐这时提议说："既然老同学和尚先生的婚姻关系定了下来,今晚我们做东,在皇冠大酒店庆贺你们。"

　　"谢谢老同学!"

　　我一边品茶,一边反复地看着其他三人,我想:世界上的事情真是很奇妙。两位大学同学,同时嫁到十分偏僻的山寨的两个男子,这是上帝的一种安排,其中的奥妙也十分有趣。

二十三、云变雨

　　王群和尚柯哈的婚姻关系发展很快,自从那次到桑叶茶社会面后,他俩后来通过几次接触,双方达成协议,准备马上结婚。她们把结婚地点就安排在前次我们请他们吃饭的皇冠大酒店。

　　事先,他们都通知了各自的父母。双方父母在结婚时都来深圳庆贺。

　　为了结婚,尚柯哈向家里要了一笔钱,他家里也很乐意。听尚柯哈说,他父亲虽然是一个地道的农民,但很开明。他认为,莫说是儿子结婚要钱,就是儿子要做其他的事要钱,都会义不容辞的给他。

　　举行婚礼那天,王群这边,除了王群的父母,王群还邀请了凡是能够来深圳的同学、朋友、亲戚,鹏城大学历史系的大部分老师也都参加了。尚柯哈这边,除了尚柯哈的父母,还有拉西峒的尚氏家族每户都派一个代表前来参加。尚柯哈在深圳的几个同学也都来捧场。

　　他们的婚礼完全都是按照传统的模式进行(不是家乡拉西峒的传统模式,是按社会上的流行的模式)。显得隆重而热烈。与我和龙大姐的婚礼相比,王群和尚柯哈的婚礼规模就大多了。我的感觉是:王群和尚柯哈的婚礼隆重有余,浪漫不足。我和龙大姐的婚礼浪漫有余,隆重全无。我总感到我们的婚礼还是让人回味无穷。一桩新兴事物,它的价值在于创新,哪怕是不成功也是让人留恋的。

　　王群还是一个重情义的人,她为了报答龙大姐和我,她把我俩都安排了一个婚事职务:龙大姐安排为证婚人,我安排为红娘。

　　婚礼过后,王群和尚柯哈给龙大姐和我各自买了一份礼物。龙大姐的礼物是一双康穹高统皮靴,我的礼物是一套相思鸟西服。两种礼物花费四千块左右。

　　王群和尚柯哈婚礼的第二天晚上，我向龙大姐提出，我们应该去看一下三伯父。因为到鹏城大学已有较长一段时间了，我还没有和三伯父他们见面。作为后辈，也应该去看望一下自己在深圳的唯一亲人。

　　龙大姐对我的提议欣然同意。

　　出发前，我问龙大姐："在三伯父面前，能不能挑明我俩的关系呢？"

　　"暂时还是保密。待到了合适的时候就向三伯父和我们两家各自的父母、亲戚、朋友，把我们的关系向他们作庄严地宣告。"

　　"那要到什么时候？"

　　"快了，不会很遥远。"

　　既然龙大姐还不想把我们的关系向三伯父挑明，我也一定要尊重她的意愿。我又换了一个话题问她说：

　　"我们去三伯父那里，是否先给三伯父打个招呼？"

　　"没有必要。"她还说明了理由，"你想，我们先给三伯父打了招呼，他就肯定会作一点准备。他作准备就肯定要花钱，我们何必要他老人家破费？"

　　"如果不先打招呼，他不在家怎么办？"

　　"我们自己开车过去，如果他不在家也不要紧，我们马上开车回来，不就得了么？"

　　我听她说得也很在理，就不事先给三伯父打招呼。

　　晚饭后，我们在万佳百货超市买了一些糖、酒、烟之类的物品，就驱车前往龙岗党校。在车上，龙大姐给我告诉了一个我意想不到消息。

　　她娇滴滴地对我说："老公喂，我要告诉你一个让你惊喜的消息。"

　　"什么消息让我惊喜？"

　　她欲擒故纵地说："如果你不惊喜我就不告诉你了。"

　　"你不说，我怎么知道惊喜不惊喜呢？"

　　她故意把车停了一下，用手摸了一下我的胸口：

　　"我先要探一下你的胸口跳不跳？"

　　"你呀，你就是爱玩弄我。"

　　"我不玩弄你，我去玩弄别的男人你没有意见么？"

　　"我相信你绝对不会去玩弄别的男人。"

　　"啊，有这样的胸怀，才算是我的好老公啰。"

　　"你快把让我惊喜的消息说出来吧？"

　　她慢腾腾一字一腔地说："我的好老公，你快要当爸爸了！"

她这一说真是让我又惊又喜："你说什么？我快要当爸爸了？"

"是的。他马上就要出生了。"她回答得十分平静。

"怎么这么快呀？我们结婚时间不长呀。"

"你真是个笨蛋哟，我俩在一起的时间不能以结婚为限。"

"那要与哪个为限呢？"

"要从大梅沙巴堤亚那天晚上为限。再说，从那以后，我俩的频繁相处你就忘啦？"

"没有忘。"

"事情就是这样。你看惊喜不惊喜？"

"是的。"

"你在这方面还很不懂事。你还怀疑我与方格有肉体关系，难道你就忘了我们到巴堤亚那一夜的亲身体验么？"

"龙大姐，你不要说了，请你原谅我的无知。"我又说，"为什么你怀孕了我都没有一点感觉呢？"

"你太年轻，不谙事理。你没有发现我还在胡记餐馆时，经常呕吐，身体不适么？其实那都是妊娠反应，只不过是我没有给你挑明而已。"

"难怪有一段时间你食欲不振，你对我说是肠胃不行。"

"那是我骗你的。我知道，就是给你告诉真相也没有用。"

"唉，我太失职了。对你照顾不周。"

"我不怪你，毕竟我比你年纪要大一些。我自己能克服的就不会麻烦你。"

"你有什么困难都瞒着我。你在我面前从来不说你的困难。"

"我就是说了，你能解决么？"

"我不能解决，表示一下我的心意又有何不可呢？"

"不能解决问题，何必多此一举？"

"我们两个的私事你总是不能瞒我吧？"

"瞒你的目的，就是要给你一个惊喜。"

"难怪前几天我问你的肚子怎么大了一些，你还骗我说，这是女人结婚后身体的正常体征。"

"因为那时还没到告诉你的时候。现在到了该告诉你的时候，不就告诉你了吗。"

"你自己忍受了那么多痛苦，我也心里难受。"

"没关系。还不是忍受过来了。"

"我知道你的忍受也是对我的关爱。"

"你能这样理解,我就满足了。我的好老公哟。"

她用右手托起我的下巴,狠狠地吻了我一下。

不知不觉车子开进了龙岗党校。

龙大姐找了个停车位,把车停好,再锁好了车,我们直径向三伯父的房间走去。

到了三伯父房间门口,我先敲门。

"是哪个?"三伯父从里面发话了。

"三伯,是我,鼎生。"

三伯父就来开门,一见是我和龙大姐,就高兴地说:

"你们来了,快点请进。"三伯父对龙大姐说,"龙老板,稀客呀。"

龙大姐"嗯"了一声,她也没有作任何解释。

我喊了一声"三伯",龙大姐也好像浑水摸鱼地从鼻孔里哼出了两个音节,具体是不是"三伯"二字我没有认真去考证它。

我们走进里边,看见三伯娘——吴师傅坐在里面。

"三伯娘。"我喊了一声吴师傅。

吴师傅高兴地说:"小攸,你来了。"

吴师傅见龙大姐在我后面,她还是没有脱离在胡记餐馆时对龙大姐的敬重,她很恭敬地对龙大姐说:

"龙老板,你也来了。"

龙大姐回答说:"吴师傅,你好。"

让我惊奇的是,我看见吴师傅怀中抱着一个刚满月的婴儿。

我问:"三伯娘,你抱的是谁?"

三伯父对我说:"你们先坐,先别问这些。"

三伯父的话对我没有多大的兴趣,我只想解吴师傅怀中那个婴儿之谜。

我和龙大姐找个位置坐下后,我又问三伯父:

"三伯,三伯娘抱的那个小孩是谁?"

三伯父神秘兮兮地对我说:"鼎生告诉你,你就不要往外面传。"

"三伯,你放心,我绝对不会往外传。"

三伯父兴高采烈地说:"那好,我就告诉你吧,他是我和你三伯娘给你生的小弟弟。"

我一听三伯父这一说,脑壳里突然"轰隆"一声,三伯父也真有意思,那么大年纪还说给我生了个小弟弟。按我们那里的习俗，像三伯父这样年纪生的小孩要叫作"结的秋瓜"。意思是说是"秋天结出的小嫩瓜"。

三伯父继续对我说："鼎生，你是自己人，我才给你讲实话。"他又悄悄地说，"在外面我们都说是拉西峒你的堂兄送来的孙子。否则，这里的计划生育部门知道了是要罚款的。不然的话我和你三伯娘也就不能到这里上班了。"

听了三伯父的这一段表白，我才发现，每一个人都有自己的一片保密天空，在那一片保密的天空中，任凭鸟儿鸣叫和飞翔，任其鸟儿扇动着它那自由的翅膀，让其享受一种大自然赋予的欢乐！这些人又把这一片保密天空经营得天衣无缝。一般人谁也不会知道其中的奥秘。

我原来还以为龙大姐我俩的事保密得滴水不漏。现在看来，三伯父和吴师傅的保密比我们的层次更深，内涵更丰富。

"三伯，你这么大年纪还生个小弟弟做什么？你现不是内孙外孙都一大堆了么？你的外甥彭可还可以蒙骗人家女老板了。"

三伯父嘿嘿一笑，然后说：

"鼎生，你年轻，不清楚这生儿育女不是一般的事情。生儿育女的事是与祖宗积德有关。不是你想生就能生。你看，很多年轻人要想生个儿子，就是生不出。证明他们的祖宗没有积德，或者是积德不厚。我这么大年纪还能生一个幺儿子，说明我们的祖宗积德厚重。我们攸家的神龛上对联就是'积德百年元气厚，书经三代雅人多'。你要晓得，我这个幺儿子是我们攸家的老祖宗送来的。"

三伯父给我的说教，我听是听着，就是弄不清楚。

我只好转话题问："小弟弟叫什么名字？"

"你叫攸鼎生，他叫攸圳生。"

"啊！意思是深圳所生。"

"对。"

三伯父脸上出现了无比自豪的神情。

龙大姐听三伯父这一说，用手蒙着脸轻轻一笑。

我应付三伯父说："小弟弟的名字取得好，有纪念意义。"

"为了这个名字，我和你三伯娘还讨论了几天。"

我又问三伯父："水友哥知不知道你生小孩这件事呢？"

我的意思是，水友哥是一根狗肠子到底的人，肚子里没有一点弯拐，他那里是没有什么保密可言。如果他知道了一件新鲜事，他马上就急于告诉别人，要是说他白天没有时间，他晚上都要跑去告诉别人。

"水友就是那次彭可你们三个人到我这里后,他就再也没有到我这里来过了。"

"他是不是出了问题?"

我还对水友哥的安全有些担忧。我最担心的是因为他老婆离他而去,他耐不住寂寞的,怕他在男女关系上出问题。

"肯定没有问题。"

"他现在到哪里上班?"

"前几个月他就未在原来那个厂里上班了。"三伯父说,"我听人家说以前他和宝安一个发廊的女子裹在一起,后来那个女子把他的钱裹干后,又把他甩掉了。"

"水友哥也真是太不自爱了,他怎么又和发廊女子裹在一起哩,难道他进派出所还未进怕吗?"

"派出所不会抓那些和发廊女长期裹在一起的人。因为派出所分不清他们是同居还是夫妻。派出所对那些明显的嫖客就要抓,他们好罚款捞油水。"

看来三伯父在这方面还很有经验。他也没有顾及龙大姐在这里,什么"裹"呀,"嫖客"呀的,按他自己的思路该怎么说就怎么说。

我又问:"他被那发廊女甩掉后,水友哥不是又提了空箩箩了?"

"没有哩,我看水友一有本事,二有命。"

"他有什么本事,有什么命?"

"我也是听别人说……"

我马上打断三伯父的话说:"三伯,你又是'听别人说',最好是你讲一下你自己晓得的水友哥的真实情况,我就相信了。"

三伯父先骂了我一句"娘皮的",然后说:

"你莫插嘴,你听我讲啦。"三伯父像说书人一样,给我讲了水友哥的事,"前两个月,水友被一位香港富婆包养,住在那位富婆在深圳买的别墅里。前不久他还打电话和我吹牛说,有机会还要带我去香港什么或多或少港和气死你乐园玩。"

"三伯,应该是维多利亚港和迪斯尼乐园。"我纠正三伯父的说法。

"反正我讲不清楚,他讲的那些词词拗口拗嘴的。"

"三伯,如果水友哥像说的那样是真的,那都是好事。反正水友哥又没有老婆,他被富婆包养,是吃不完用不完的。"

"这是真的,这附近被香港富婆包养的不止水友一个,前面白灰围玩具厂四川的一个农民工也是被香港富婆包养了。和他一起来打工的老婆,就靠她丈夫每月给两千块钱坐享其成。"

吴师傅也帮三伯父说:"小攸,水友的事你放心,你三伯讲的是实话。水友给你三伯的电话我也接听过,从他电话里口气可以听出,有点财大气粗的样子。"

经吴师傅这么一说,我也就不再担心水友哥了。

这时吴师傅反倒问我说:"听说你和龙老板到大鹏开什么公司去了?"

三伯父埋怨我说:"你们去那里,为什么给我们不打个招呼,害得我们天天挂牵你们。"

看来,吴师傅和三伯父还不知道我们具体的去了鹏城大学,我示意要龙大姐给他们作个说明。龙大姐向我噘了噘嘴,意思要我说明。我说:

"三伯,三伯娘,我们不是去大鹏办公司,我们是到鹏城大学。"

"鹏城大学?"三伯父反问了一下。

"是的。"

"你们到鹏城大学做什么生意?"三伯父又问。

"龙大姐在那里给学生上课,我到那里打杂。"

"那好。你们这么久都杳无音信,我们当长辈的也有些放心不下。前几天你父亲打电话来问你,我也讲不出个所以然。"

"你们老人家放心,我们会自己管理好自己的。"龙大姐说。

龙大姐为了保密我们的关系,她给三伯父只称"老人家"。

三伯父对龙大姐说:"龙老板,你要比鼎生年长一点,你要对他多多关照。"

"是的,我一定听你老人家的话。"龙大姐说,"其实鼎生他也很不错,他把自己料理得有条有理。"

"我晓得龙老板是天下最好的好人,鼎生在你身边我也是很放心的。"三伯父又把话锋一转。"不过,像鼎生这样的年轻人,有时候也要注意他在男女关系上出问题,这一点龙老板时刻要给鼎生敲警钟。"

三伯父的这话真让我好笑,我又觉得三伯父也真是一个琢磨不透的人:他原来是一个坚定的不续弦者。在我们老家人的心目中他是一个独善其身的人,受到万人敬仰。可他来到深圳后,就发生根本的变化,尤其是在两性问题上一发不可收拾。六十开外的他,先是与吴师傅偷偷摸摸接触,再把吴师傅融汇成朋友,再把吴师傅裹挟成恋人,再把吴师傅发展成女朋友,最后把吴师傅锻造成老婆。更让人不解的是,他这么一大把年纪还与吴师傅还结了一个小秋瓜。他还要给自己越轨行为进行辩护,端出祖宗积德的谎言掩盖自己的责任,把所有责任都推到我们的祖宗头上,给祖宗一条光明的尾巴。他把自己打扮成一位祖宗道德的坚定执行者和守卫者。

　　唉！三伯父还好意思说，在男女关系上他要龙大姐给我敲警钟，真是五十步笑一百步了啊！

　　这时龙大姐轻轻地掐了一下我的左大腿。意思是我们不能再到这里消磨时间。

　　我明白了龙大姐的意思，我就对三伯父和吴师傅交代说：

　　"三伯，三伯娘，时间不早了，我们准备回去。"

　　"你们有车，不要忙。多坐一会也没关系。"三伯娘吴师傅说。

　　"不了，我们改天又来看望你们两个老人家和小弟弟。"龙大姐说。

　　龙大姐还从钱包里取出两千块钱递给三伯父说：

　　"我原来不知道有个小圳生，我这点钱就作为我给小圳生的见面礼。"

　　三伯父推托说："你们买了那么些多礼品，这钱就不用给了。"

　　吴师傅也说了同样的话。

　　龙大姐说："原来那些礼品是鼎生买的，这是我给小圳生的一点心意。"

　　相互推让了几个回合后，三伯父把钱收下了。

　　我们走出了三伯父的房间。

　　第二天一早醒来，龙大姐对我说："老公，我今天身体很不舒服，是不是我们的宝贝要见面了？"

　　"那我们就去医院吧。"

　　"是的，要去妇幼保健医院。"

　　"我去叫的士车来把你送到医院去。"

　　"的士车不行，你打一下120，要救护车来。"

　　"好，我打120。"

　　"另外，你还要给我们系里的张主任和你们中心的吕主任打电话，说我们去医院，要请假。"

　　"你们张主任的电话是多少？"

　　"存在我的手机上，你翻一下就是。"

　　我按龙大姐的所说的，找到张主任的电话号码，就打电话向张主任请假。张主任在电话上同意了，并还询问了龙大姐的身体状况，如果说有什么解决不了的问题，他还从系里派人来帮助解决。我回电话说暂时不需要帮助。

　　向张主任请假后，我又打电话向吕主任请假。吕主任也准了我的假。

　　我们把请假的事情办妥后，正好120急救车开到我们楼下，几个医务人员拿着担架上楼来了。

我们作了简单的收拾,龙大姐被抬下楼,我也就急忙跟在后面。

急救车把龙大姐送到妇幼保健医院,医院的医生护士赶忙出来接龙大姐。马上把龙大姐推进诊断室。

一位中年女医生对龙大姐进行了认真的诊断,最后得出的结论是:已经临产,赶快推到产房。我也随着进了产房,我只见龙大姐脸上冒出黄豆大的汗珠和痛苦的表情,想到她是多么痛苦难受。我们隔壁的一间产房里,一位产妇因为疼痛而高声大叫。

医生训斥她说:"你太没有一点忍性,世界上生儿生女都是这样生的。不只是你一个就像这样。"

从龙大姐的痛苦表情和隔壁那位产妇的高叫声,我才知道天下的母亲为了生孩子是承受多么大的痛苦!

难怪我在家时母亲对我说过:"养儿不知娘辛苦,养女才报父母恩。"今天我才体会到了这话的真正含义。

龙大姐在产房躺了约莫一个钟头,还没有婴儿出生的迹象。助产的两位医生也有点着急。

下面是两位医生的对话:

医生甲:"是不是难产,"

医生乙:"我看好像不是难产的样子。"

医生甲:"胎位正常吗?"

医生乙:"正常。"

医生甲:"其他指标正常不?"

医生乙:"检查过后的所有指标都正常。"

医生甲:"既然这样,按常理应该是早就生产了。"

医生乙:"你看她羊水有没有异常现象?"

医生甲:"没有。"

医生乙:"这是怎么搞的?"

医生甲:"要不要进手术室?"

医生乙:"再等一会,先要她家属签字。如果该动手术就动手术。"

医生甲带我到医生办公室去签字,我也没有作任何考虑,只要保证龙大姐生命安全,要我签字我就签字。在医生甲的指点下,我在一张手术表格的家属签字栏里庄重地签上了我的名字。

出乎我们的意外,当我和医生回到产房时,婴儿出生了,医生乙告诉我,说是一个男婴。我本想好好地端详一下自己的宝贝,医生却忙于把婴儿过秤,登记什么的。然后再叫护士给婴儿洗澡。

我看到龙大姐的痛苦消除了很多。

没多久,医护人员把龙大姐推进产妇病房。

我也就跟着来到病房。

护士给龙大姐打先打了一针。然后打点滴,我看着点滴药水一滴一滴地滴进了龙大姐的体内。龙大姐微微地闭着眼睛,没有原来那样的痛苦表情。

不到二十分钟,护士把婴儿抱进病房来了。我看见婴儿的左脚上还系着一块小纸牌,我仔细一看,原来是给婴儿编的序号。医院里产妇多,编序号是怕把婴儿弄混淆。以前在一些媒体上也曾经报道过在医院里抱错小孩的事例。惹了不少麻烦。

护士向我报告说:"小孩子有三点二公斤。"

护士还把小孩递给我抱一下。我看着自己的小宝贝,心里真是有一种说不出的高兴。我还未抱上五分钟,护士又抱回去了,轻轻地把小孩子放在他母亲的身边睡着。

我向护士说了声:"谢谢。"

护士问我:"你这小孩叫什么名字?"

"我还没有给他取名呢?"

"他没有名字,就得给他取一个名字,有了名字,我们才好填写婴儿出生登记表。"

"我考虑一下。"

"赶快考虑,现在就临时取一个,以后慎重考虑再取一个好名字。"

"行。"

"你赶快给他叫个名字。"护士一再催促。

我稍微考虑了一下说:"就叫攸小龙吧?"

"嘿,你年纪轻轻,就想望子成龙。"

"不是,这个名字是我们一家三口的组合。我姓攸,他妈姓龙,他是小孩,不正好是攸小龙。"

"这也真是巧合,以后长期叫他攸小龙也是一个不错的名字。"

"谢谢。"

一切医疗手续都办好后,医生和护士准备离开病房时,他们反复向我叮嘱:暂时不要动他们母子俩,因为产妇很累,小孩的生命力还很脆弱。还向我交代了在护理产妇和婴儿过程中的注意事项,我只是连连点头。其实也没有记住那么多,我想,我只要尽心去为他母子效劳,就是我的目的。

医生和护士出去后,病房里就只剩我和妻子、儿子我们三人,我看到妻子安详的面容,心里是有一种特殊的安慰。我又轻轻地把被打开,偷看了一下我们的宝宝,我看见宝宝突然睁了一下眼睛。

我想:他睁眼的目的是要验证我是不是他的真正父亲。不管他验证不验证,他已经来到了人间,这是一个不争的事实,他的出生让我沉浸在无比幸福的氛围里,妻子这时也可能因为儿子的出生沉睡在幸福的美梦之中。

我看到安睡着美丽妻子和幸福的小宝宝,使我产生了联想:

我这近一年来的漂泊历程已经有了一个理想的结果,其中的风雨与阳光、挫折与快乐已变成了难以追逐的烟云。漂泊的云已经化成了春雨,这春雨随着浩荡的春风去绿化大地。

同时,我也希望,让普天下漂泊的云都应凝聚成水珠,让整个大地变成迷人的绿色,让世界变得更加祥和更加美好!

2013 年 4 月 16 日